世间最美的唐诗

陈写意——编著

文匯出版社

图书在版编目（CIP）数据

世间最美的唐诗 / 陈写意编著 . -- 上海 : 文汇出版社，2017.10
ISBN 978-7-5496-2238-2

Ⅰ . ①世… Ⅱ . ①陈… Ⅲ . ①唐诗－鉴赏 Ⅳ . ① I207.227.42

中国版本图书馆 CIP 数据核字（2017）第 174334 号

世间最美的唐诗

出 版 人 / 桂国强
作　　者 / 陈写意
责任编辑 / 乐渭琦
封面装帧 / 姚姚设计工作室

出版发行 / 文汇出版社
上海市威海路 755 号
（邮政编码 200041）
经　　销 / 全国新华书店
印刷装订 / 三河市京兰印务有限公司
版　　次 / 2017 年 10 月第 1 版
印　　次 / 2017 年 10 月第 1 次印刷
开　　本 / 710×1000　1/16
字　　数 / 311 千字
印　　张 / 20

ISBN 978-7-5496-2238-2
定 价：39.80 元

导读

唐代揭开了中国古代历史最绚丽的篇章，而唐诗就如一颗珍珠，是唐代文化艺术的最强音。唐王朝诞生了如李白、杜甫、王维、白居易、李商隐等才华超卓而风采各异的诗人，呈现出令人沉醉的生命意境。唐诗的迷人在于丰富，有发亮的激情，有缠绵的幽思，有昌盛时代的张扬，亦有繁华过后的怅惘。

初唐时期，他们创作出大量与宫体诗风格截然不同的或清新委婉、或豪情奔放的诗作，展现诗人广阔的眼界与心胸，抒发诗人远大的志向与抱负。同时，他们的诗作对之后五言律诗及七言古诗的发展定型也有很大的影响，是初唐文坛上新旧过渡时期的重要人物。他们分别为王勃、杨炯、卢照邻、骆宾王。正是初唐的杰出诗人，为盛唐之音打下了坚实的基础。

盛唐不只李杜诗，可又不得不着重说明，他们二人将盛唐诗分为了两个阶段，李白天才极致，无所束缚，他的诗作似一种脱口而出的随性创作，美妙奇异，不可思议。“人生得意须尽欢，莫使金樽空对月。”“天生我材必有用，千金散尽还复来。”李白喜欢采用毫不掩饰、毫不控制的夸张表达方式，被后人称为“诗仙”，到达了中国古代浪漫主义文学的极峰。随后唐诗转入另一个极端的现实典范阶段，也就是“诗圣”杜甫所创造的另一种盛唐诗象。这是一种完全不同的风貌，那种李白的神龙见首不见尾的不可捉摸、超群逸伦、高华雅逸的贵族气质转变为杜甫的平易近人、通俗易懂、工整规矩的世俗风度，使得唐诗更广泛地被传播，朗朗上口。

安史之乱后，诗风涌现出“建安风骨”“正始之音”，形成了中唐绚烂的艺术图景。“曾经沧海难为水，除却巫山不是云。”“天若有情天亦老”，元稹、韩愈、李贺、贾岛等才子的涌现，促使诗的个性与成熟慢慢表露出来，在风格繁多、个性突出、潇洒风流中更染上一层薄薄的孤独忧郁之感。

杜牧、李商隐、温庭筠于晚唐诗坛中最为著名，他们的诗以怀古伤今为主，盛世的繁华只能追忆，使得这一时期的诗作染上了浓重的悲凉之雾。“此情可待成追忆，只是当时已惘然。”“夕阳无限好，只是近黄昏。”幻灭与眷恋的纠缠，好像唐王朝已走到尽头。

这些醉人的诗句，或豪情壮志，或温存感人，字字蕴藏着时代的美感。从初唐新气到盛唐风华绝代，到中唐的千古绝唱，再到晚唐的绚丽伤感，全书细致梳理唐诗的风韵流转，沉心品味极致的汉文字之美，让独坐喧嚣、忙碌倦怠的你开始一段心灵之旅，邂逅美丽的字句，体悟其间的点滴感动，与古人神会。

目录

第一章　诗是一颗珍珠·初唐四杰

第二章　诗歌的盛世·盛唐不只李杜诗

第三章　一场美的沉思·中唐诗千古绝唱

第四章　在回瞻与迷离之间·晚唐的生命情调

第一章

诗是一颗珍珠·初唐四杰

卢照邻：得成比目何辞死，愿作鸳鸯不羡仙。

诗人名片

生卒年月：约公元 635 年—公元 689 年

字号：字升之，号幽忧子

祖籍：幽州范阳（今河北省涿州市）

代表作：《长安古意》等

诗人小传：曾任邓王（李元裕）府典签，乾封三年（668）调益州任新都（今四川成都附近）尉。离任后定居洛阳，因风痹症所困，辞官归隐太白山。最后因仕途坎坷和无法忍受疾病折磨，投颍水而死。为“初唐四杰”之一，擅长诗歌骈文，以歌行体为佳，意境清迥，其诗多忧苦愤激之辞。曾著《五悲文》以自明。有文集二十卷，今存其集有《卢升之集》和《幽忧子集》，均为七卷。《全唐诗》编录其诗两卷。

长安古意[①]

长安大道连狭斜[②]，青牛[③]白马七香车[④]。

玉辇[⑤]纵横过主第，金鞭络绎向侯家。

龙衔宝盖承朝日，凤吐流苏带晚霞。

百尺游丝争绕树，一群娇鸟共啼花。

游蜂戏蝶千门侧，碧树银台万种色。

复道交窗作合欢[⑥]，双阙连甍[⑦]垂凤翼。

梁家画阁[⑧]中天起，汉帝金茎[⑨]云外直。

楼前相望不相知，陌上相逢讵相识？

借问吹箫[10]向紫烟，曾经学舞度芳年。
得成比目何辞死，愿作鸳鸯不羡仙。
比目鸳鸯真可羡，双去双来君不见?
生憎帐额绣孤鸾，好取门帘帖双燕。
双燕双飞绕画梁，罗帷翠被郁金香。
片片行云着蝉翼，纤纤初月上鸦黄。
鸦黄粉白车中出，含娇含态情非一。
妖童[11]宝马铁连钱，娼妇盘龙金屈膝。
御史府中乌夜啼，廷尉门前雀欲栖。
隐隐朱城临玉道，遥遥翠幰[12]没金堤。
挟弹飞鹰杜陵北，探丸[13]借客渭桥西。
俱邀侠客芙蓉剑，共宿娼家桃李蹊。
娼家日暮紫罗裙，清歌一啭口氛氲。
北堂夜夜人如月，南陌朝朝骑似云。
南陌北堂连北里，五剧三条控三市。
弱柳青槐拂地垂，佳气红尘暗天起。
汉代金吾[14]千骑来，翡翠屠苏[15]鹦鹉杯。
罗襦宝带为君解，燕歌赵舞为君开。
别有豪华称将相，转日回天不相让。
意气由来排灌夫[16]，专权判不容萧相。
专权意气本豪雄，青虬紫燕[17]坐春风。
自言歌舞长千载，自谓骄奢凌五公[18]。
节物风光不相待，桑田碧海须臾改。
昔时金阶白玉堂，即今惟见青松在。
寂寂寥寥扬子[19]居，年年岁岁一床书。
独有南山桂花发，飞来飞去袭人裾[20]。

【注释】

① 古意：六朝以来诗歌中常见此类标题，以示拟古之意。

② 狭斜：狭窄的小巷。

③ 青牛：古代驾车，牛马并用。

④ 七香车：用七种香木制成的车辆，通常是贵夫人乘坐的。

⑤ 玉辇：帝王的车舆，此诗中泛指上流社会中人乘坐的车辆。

⑥ 复道：楼阁间的通道。交窗：木条交错成格的窗。合欢：本是花木名，这里用来指窗上的雕纹。

⑦ 甍（méng）：屋脊。

⑧ 梁家画阁：东汉时的外戚梁冀曾在洛阳修建豪宅，其上有雕梁画栋，十分华丽。此诗中指代长安的豪贵之家。

⑨ 金茎：指铜柱。汉武帝时，建章宫内有铜柱，高达二十一丈，上置掌托承露盘的铜仙人。

⑩ 吹箫：春秋时，秦穆公的女儿弄玉嫁给了萧史，萧史擅吹箫，秦穆公为他们搭建凤台居住，后来他们双双随凤凰飞走了。

⑪ 妖童：装扮得非常妖艳的随侍歌儿舞女的少年。

⑫ 翠幰（xiǎn）：用翠羽装饰的车帏，指代装饰华丽的车辆。

⑬ 探丸：探取弹丸。《汉书·尹赏传》载，长安少年有专门谋杀官吏的组织，行动前，将赤、黑、白三色弹丸混在一起，探得赤丸者杀武官，探得黑丸者杀文官，探得白丸者为行动中死去的同伙办丧事。

⑭ 金吾：古代执金吾者统率禁军，负责巡防京师。此处泛指禁军军官。

⑮ 屠苏：美酒名。

⑯ 灌夫：据《史记》记载，他是汉武帝时期的一位将军，因与丞相武安侯田蚡不和而最终被陷害，遭诛族。

⑰ 青虬、紫燕：骏马名。

⑱ 五公：指张汤、杜周、萧望之、冯奉世、史丹五人，都是西汉的著名权贵。

⑲ 扬子：即西汉末年的扬雄。他仕途坎坷，官职一直低微，后闭门著书，以辞赋名世。

⑳ 裾：衣襟。

【赏析】

《长安古意》是卢照邻的代表作。作者实际上是借汉代人物来写初唐现实，展现了不同阶层的生活情态，其中包含人情冷暖、世态炎凉，深寓讽喻的意味，并陈述个人哀痛，有寂寥、有牢骚，还有深深的无奈。

按照描写的内容，全诗可以分为四个部分：从首句到“娼妇盘龙金屈膝”，描写了长安城里繁荣富丽的景象以及上流社会豪华奢侈的生活；从“御史府中乌夜啼”到“燕歌赵舞为君开”是第二部分，浓墨重彩地描写了长安城里的夜生活；第三部分从“别有豪华称将相”到“即今惟见青松在”，写统治集团内部明争暗斗、互相倾轧的黑暗现实；结尾四句是第四部分，诗人以扬雄自况，抒发个人的身世感慨。

“长安大道连狭斜，青牛白马七香车。”起首两句在第一部分中发挥着提纲挈领的作用，像是把一幅长安的整体平面图徐徐铺展在了读者面前，长安城的磅礴气势、贵族风范尽在眼前，纵横交织的小街小巷，穿梭流动的宝马香车把各种各样的风景、人物连缀在了一起。接下来，诗人具体描画了这幅“平面图”上的风景：玉辇、金鞭、宝盖、流苏、游丝绕树、娇鸟啼花、游蜂戏蝶、碧树银台、复道交窗、双阙连甍、画阁金茎……建筑华美、春光灿烂，直令人眼花缭乱。闻一多先生说，这段文字的节奏如“生龙活虎般腾踔”，简直让人心花怒放。其中有亭台楼阁，有蜂蝶花鸟，也有“纵横”“络绎”地“过主第”“向侯家”的各色人物。

长安城里的人多到什么程度？“楼前相望不相知，陌上相逢讵相识？”人物多到无法辨识，自然无法一一付诸笔端，于是诗人首先把豪门贵族家中的歌儿舞女请上了长安城这座无比华丽的大舞台。从“得成”一句开始，诗人集中笔墨描写了他们虽置身金笼，却对爱情和自由充满渴望，其中“愿作鸳鸯不羡仙”一句情感真挚，热情洋溢，得到了后世无数人的共鸣和响应。

第二部分中，围绕“娼门”这个特殊的群体，诗人描写了长安城里极致喧闹、也极致冷落的夜景。那些“挟弹飞鹰”的王孙公子，“探丸借客”的莽撞少年，还有持“芙蓉剑”的英雄“侠客”，从“杜陵北”到“渭城西方”、从“南陌”到“北里”，通过“五剧三条”的“弱柳青槐”，最后“共宿娼家桃李蹊”。这一派“颠狂中有战栗，堕落中有灵性”（闻一多语）的画面，诉尽了夜幕笼罩下长安城里的癫狂和放荡。

然而，在描画这胜景之前，诗人已把门庭冷落、无人探访的御史府和廷尉府拉入读者的视线，这清冷府衙是热闹前景后不可忽视的幕景。“御史府中乌夜啼，廷尉门前雀欲栖。”不管是掌弹劾的御史，还是掌刑法的廷尉，都是喧腾夜景的寂寞陪衬，各类或身世显赫或出身市井的人都在忙着欣赏“燕歌赵舞”，连禁卫军的官兵们也成群而来（“汉家金吾千骑来”），与政事军务相关的府邸却悄寂无声。诗人的讽刺意味在表达方式上显得含蓄，但其旨不失犀利。

第三部分，诗人进一步刻画了掌权者的形象，他们不仅沉溺于腐朽的享乐生活，还热衷于追名逐利，互相排挤打压，真是丑态毕露。权臣得意骄纵，“自言歌舞长千载”，自以为能够荣华常在风光永存，但荣华富贵却“桑田碧海须臾改”。诗人以“昔时金阶白玉堂，即今惟见青松在”一句，形象地说明了豪门将相们“转日回天”的能力终究改变不了无常的世事。

既然名利富贵都不能长久，诗人在结尾感叹道：“寂寂寥寥扬子居，年年岁岁一床书。”“扬子”即西汉扬雄，诗人以扬雄自况，希望能像他一样致力于读书著述。“独有南山桂花发，飞来飞去袭人裾”为诗人自我剖白：我宁愿远离尘世，独在南山与桂树为伴，自由来去而不与世俗同流。事实上，卢照邻也有经世致用的愿望，但他的仕途非常坎坷，不能得到统治者的赏识和重用，甚至曾因祸下狱，难免会在诗中流露出怀才不遇的愤慨，但因无可奈何，只好做自我宽解。

全诗采用了赋的手法，既有铺陈描写，也有特写镜头的引入，点面结合，回环相应，结尾又能“劝百讽一”，颇具功力。

在宫体诗中作讽刺与怨愤语，于初唐时期并不多见。这幅巨大的长安风情画，张扬恣肆地描写了长安风貌与贵族生活，但对其豪华和富贵没有表现出任何钦羡之意，也未作歌颂之辞，反而表达出辛辣的嘲讽，使歌行体诗歌具有了现实主义的意义。闻一多先生在《宫体诗的自赎》中给了这首诗极高的评价："在窒息的阴霾中，四面是细弱的虫吟，虚空而疲倦，忽然一声霹雳，接着的是狂风暴雨！虫吟听不见了，这样便是卢照邻《长安古意》的出现。"

这首诗一扫自南北朝后诗坛的虚无、萎靡的诗风，给诗坛注入了刚猛和生机，扩大了歌行体诗歌的题材范围。其内容的丰富性、思想的深刻性、艺术的卓越性方面得到了升华，并取得了突出成就。

王勃：海内存知己，天涯若比邻。

诗人名片

生卒年月：约公元 650 年—公元 676 年

字号：字子安

祖籍：绛州龙门（今山西省河津县）

代表作：《送杜少府之任蜀州》等

诗人小传：与杨炯、卢照邻、骆宾王以诗文齐名，并称"王杨卢骆"，即"初唐四杰"。王勃出身书香世家，少年英才，十四岁便中举及第，被赞为神童，十六岁时授职朝散郎。后因戏写讽文《檄英王鸡》遭贬，后游历于巴蜀之地。咸亨三年（672）任虢州参军，又因擅杀官奴触犯刑律，被革职。其父因此受到牵连，黜到边疆，在南下探亲归途中，渡海溺水，惊悸而死。

王勃赋诗作文崇尚实用，风格"壮而不虚，刚而能润，雕而不碎，按而弥坚"，对扭转以上官体为代表的宫廷诗风发挥了很大作用。曾撰有《汉书指瑕》十卷，《周易发挥》五卷，《次论语》十卷，《舟中纂序》五卷等，诗文多为五律，《全唐诗》录其诗两卷。

送杜少府之[1]任蜀州[2]

城阙[3]辅[4]三秦，风烟望五津[5]。
与君离别意，同是宦游人。
海内存知己，天涯若比邻。
无为在歧路，儿女共沾巾。

【注释】

① 之：到，往。少府在古代是官职名，管理山海地泽收入及手工制造，唐时县尉也称少府。

② 蜀州：即现在的四川崇州，有的诗集版本中也作“蜀川”。

③ 城阙（què）：原指皇宫门前的望楼，这里指唐都长安。

④ 辅：拱卫。

⑤ 五津：指四川岷江上的五个渡口，这里泛指蜀州一带。

【赏析】

这首诗是王勃初仕于长安时为送友人杜少府所作。诗的情感浓厚，格调高扬，虽是送别郁事却充满活力，成为后人喜闻乐读的名篇。

首联“城阙辅三秦，风烟望五津”很有气势。“三秦”指三秦之地，“五津”指蜀地岷江白华津、万里津等五大渡口。这两句的意思是，国都长安城被辽阔的三秦之地所辅卫着，尽显雄浑，友人将前往的蜀州路途遥遥，烟波浩渺，却一眼能够望透。一边是“辅三秦”，一边是“望五津”，点出送别的地点和友人赴任的地方，将长安和蜀川牵连在一起，一下子把遥远的前去之地拉近，造成宏远辽阔、天下一体的意境，铺陈了一种特殊的送别氛围。

“与君离别意，同是宦游人。”意为：与你这分别应属于怎样一种情境？你我都是宦游他乡出来博取功名的人。古时在外求仕，往往身不由己地随着差遣四处漂泊多年而不能归乡。这两句带有劝勉之意，是说既然走进仕途就不要过于在意离别，人人皆是一样，都要看开一些。于此处，诗人同时还表达了对这种宦游生涯的无奈。

在微露伤感之后，诗人横挥一笔“海内存知己，天涯若比邻”气势顿时高昂。“即使是海角那样渺茫也有知心好友，就算在遥远的天涯路也如相邻而居。”人生自古伤离别，千里万里我们的情意都在，知音者心心相印，何必咫尺？真正的友情永远不破。

末尾“无为在歧路，儿女共沾巾。”“无为”指不要为；“歧路”是岔路口，指送别之地。诗人劝慰友人，不要为了道别而在此如小儿女般哭哭啼啼让人难为情，言外之意是指长远的目标才是最终的追求。“共沾巾”三字既有表明双方情谊深厚之意，又在规劝友人莫以离别伤怀。这两句紧扣送别之题。

好诗皆情、境、艺俱佳。情即感情，是诗的灵魂；境即境界，是诗的骨架；艺即表达的方式技巧，是诗的血脉。该诗送别友人的情感极为浓郁，天涯咫尺的坦荡友谊尽显境界高远，精警洗练的语句又引人喜爱，立意深远，气度雄浑，余韵悠长，是一篇脍炙人口的杰作，成就了千古名句。

滕王阁[①]诗

滕王高阁临江渚，佩玉鸣鸾[②]罢歌舞。

画栋朝飞南浦云，珠帘暮卷西山雨。

闲云潭影日悠悠，物换星移几度秋。

阁中帝子[③]今何在？槛外长江空自流。

【注释】

① 滕王阁：故址在今江西南昌赣江滨，江南三大名楼之一。

② 佩玉鸣鸾：身上的玉佩、响铃等饰物。

③ 帝子：指滕王。

【赏析】

滕王阁是唐高祖子滕王李元婴任洪州都督时建造的，矗立于赣江岸边，号称江南第一阁。首句“滕王高阁临江渚”，点出了滕王阁高耸巍峨的形态，描述了高阁踞江望远、与江屿对应的地势。次句“珮玉鸣鸾罢歌舞”，是遥想当年滕王建阁后人们坐着鸾铃马车、挂着琳琅的玉佩去阁上宴歌行乐，过后竟一切成虚。句中“罢”字指当年建阁的滕王已经死去，昔日的豪奢早已不在，叹息之意颇深。诗的第一联就点画出世事兴衰的变幻无常。

接下来的两句“画栋朝飞南浦云，珠帘暮卷西山雨”，是写《滕王阁》接空揽云的气势及瑰秀华丽。阁的画栋在朝霞的映照中飞进了南浦的云，珠帘在暮色晚照里卷进了西山的雨。“画栋”“珠帘”是阁中的美，朝云染彩、暮雨披虹是天光的美，高高的阁亭与天光云影接融，当然美不胜收。诗人形象地让云和雨飞入阁中，既描绘了阁的气势，又渲染了它的美丽。然而“朝飞”与“暮卷”又在暗喻时光朝朝暮暮地无情飞度。

“闲云潭影日悠悠，物换星移几度秋。”云朵自由自在地在天空中飘游，映在地上的潭水里，隐约浮动，更显悠闲，时光却在这悠悠中很快流逝；世事交替，星移斗转，季节年华在不知不觉中变换。

“阁中帝子今何在？槛外长江空自流。”最后一联可以看作是一声长长的慨叹。当年建造这雄伟秀丽高阁的滕王如今在哪儿呢？展望眼前栏杆以外，长长的江水兀自默默向东流去。“今何在”意为显然今已不在，“阁中”句是反问自明。尾联与首联呼应，慨叹盛衰变换的世事。

这首诗把阁、江、栋、云、雨、山、浦、潭、日、物、星、秋等诸多物、事、景揉合在一起，构成了行云流水一样的句子和诗韵，意境美和韵律美适宜结合，如悠扬苍远的行歌。诗人以大自然的景象物候比喻人生的短暂，古奥而富有哲理，引出人的无尽遐思。诗人写出如此苍古美韵的诗章，堪称诗史上的奇例。

杨炯：宁为百夫长，胜作一书生。

诗人名片

生卒年月：约公元 650 年—公元 693 年

祖籍：华阴（今属陕西省）

代表作：《从军行》等

诗人小传：十一岁被誉为神童，上元三年（676）应制举及第，任校书郎，因其弟参加徐敬业起兵而受连坐之罪，被贬为崇文馆学士，后累任詹事、司直，梓州司法参军。公元 690 年，任教于洛阳宫中司艺馆。如意元年任盈川令，以执法严厉闻名，世称杨盈川。其诗风雄劲浑厚，运笔刚健，以边塞征战诗著名。擅长写五律，有诗集《杨盈川集》流传于世，《全唐诗》录其诗一卷。

从军行

烽火照西京，心中自不平。
牙璋①辞凤阙，铁骑绕龙城。
雪暗凋②旗画，风多杂鼓声。
宁为百夫长，胜作一书生。

【注释】

① 牙璋：古代的一种兵符，作用同虎符。

② 凋：指色彩脱落。

③ 百夫长：军中统领百名士兵的低级军官。

【赏析】

杨炯这首诗以读书人投笔从戎为设境，描写了边塞战争的场景和书生在边疆的心理活动。

“烽火照西京，心中自不平。”边塞烽火已经映耀到京城，点燃了诗人心中的满腔怒火。一个“照”字把边疆和京城紧密地相连起来，渲染出战争的紧张气氛。诗人以夸张的手法描绘了边关战事的紧迫。初唐时，突厥等少数民族不停地侵扰边境，严重威胁着西北边陲的安全。烽火传报战情点燃诗人心中之火，在国家受到威胁之际，即便是一介书生也愤然而起，欲投笔从戎。突厥犯边激起诗人的大义陈词，这是他发自内心的“不平”之气。

“牙璋辞凤阙”，“牙璋”是皇帝调兵的兵符印信，凸凹两块，分别掌握在皇帝和领军主将手中，“凤阙”代指皇宫。第三句是说大将受命于皇帝，已经率领大军出发。“铁骑绕龙城”，“铁骑”指强大精锐的征伐军队，“龙城”是匈奴的城堡，这里泛指敌人的城堡或营地。第四句渲染了战事吃紧的气氛，描绘出唐军威武雄壮、所向无敌的气势。一个“绕”字形象地说明唐军快速奔袭，将敌军紧紧包围起来，描绘了战争的势态。据《旧唐书·高宗纪》载，永隆二年（681），突厥侵犯原庆等州（今甘肃固原、庆阳一带），朝廷派遣礼部尚书裴行俭率师讨伐突厥的温傅部落。第三四句描述的应是此次大军的出师情状。

“雪暗凋旗画，风多杂鼓声。”这两句描绘了宏大而激烈的战争场面。大雪飞卷，战意弥漫，连军旗上的彩图都黯然失色，烈风乱卷，夹杂着战鼓声声，显得更加急促惨烈。诗人没有直接写战斗过程，而是以“雪暗凋旗”和“风杂鼓声”勾勒出疆场鏖战的场图。一方面渲染酷寒、描述战场艰苦，另一方面用长风急雪象征战斗的激烈，把旌旗漫卷和急迫鼓声中战士们奋勇杀敌的情景刻画出来。

“宁为百夫长，胜作一书生。”尾联两句是诗人的呐喊：宁可做一个低级军官冒死报国，也不要做一个弄墨书生苟且偷安。这是诗人杀敌报国雄心的真实写照。

该诗笔力遒劲，气势雄浑，一扫婉丽浮靡诗风，有大气磅礴之象；对仗工整，节奏明快，一气呵成，并且跌宕有致，充满韵律美；诗的情绪充沛，昂扬向上，激越的报国之情有鼓舞人心的艺术效果。这也是杨炯边塞诗的代表作。

骆宾王：昔时人已没，今日水犹寒。

诗人名片

生卒年月：约公元 638 年—公元 684 年

字号：字观光

祖籍：婺州义乌（今浙江省义乌市）

代表作：《于易水送人》等

诗人小传：七岁便能成诗，被称神童。曾任道王李元庆的属官，后被贬从军，仪丰三年（678）入朝相继担任武功主簿、明堂主簿、侍御史等职，后被贬入狱。公元 680 年出任临海县丞，被后人称为“骆临海”。徐敬业起兵讨伐武则天时，骆宾王起草了《讨武氏檄》并随徐敬业参加兵变，兵败后下落不明。善诗，与王勃、杨炯、卢照邻合称“初唐四杰”。《全唐诗》录其诗三卷。

于易水①送人

此地别燕丹②，壮士③发冲冠。

昔时人④已没⑤，今日水犹寒。

【注释】

① 易水：也称易河，河流名，位于河北省西部的易县境内，分南易水、中易水、

北易水，为战国时燕国的南界。

② 燕丹：指燕太子丹。

③ 壮士：指荆轲，战国时著名的刺客。

④ 人：一种说法为单指荆轲，另一种说法为当时在场的人。

⑤ 没：死，即“殁”字。

【赏析】

虽然题为“送人”，但此诗不像一般的送别诗描写离别时的愁苦景色，也没有表达不舍或思念之情，甚至连送别的对象都没提到。骆宾王在易水送别友人，由送别之地想到古人荆轲。

“此地别燕丹，壮士发冲冠。”前两句咏史，写的是荆轲刺秦王的悲壮旧事。

战国末年，荆轲为了报答燕太子丹的知遇之恩，决心以身犯险去刺杀秦王。临行前，太子丹、高渐离等人到易水河畔为荆轲送行。《战国策》记载：“……至易水上，既祖，取道。高渐离击筑，荆轲和而歌，为变徵之声，士皆垂泪涕泣。又前而为歌曰：‘风萧萧兮易水寒，壮士一去兮不复还！’”

骆宾王诗中的“此地”即易水，照应诗题。诗人没有写自己与友人作别的场景，而写荆轲辞别送行众人后，视死如归地踏上了刺杀秦王的征途。“冲冠”二字在此描写的是荆轲大义凛然的英雄豪气。这两句营造出了悲壮萧瑟的气氛。

“昔时人已没，今日水犹寒。”后两句寓情于写实，表达了诗人怀才不遇的抑郁之情。从第二句到三句转得极为突兀，诗人没有写荆轲刺秦失败而惨死的悲惨遭遇，直接跳转到了现实中：古代的英雄豪杰早已不在，眼前只有冰凉刺骨的易水依旧静静地流淌着。一个“寒”字，既写易水冰凉的特点，又言世道艰险，也道出了诗人有志难伸的愁闷心境，可谓一石三鸟。

诗人巧妙地把叙事、描写和抒情融为一体，用典自然，不着痕迹。后两句中尤把叙事、用典嵌入工整的对仗句里，遂借古寓今、抒怀咏志，更显构思巧妙、诗艺精工，同时也表达了诗人壮志难酬、怀才不遇的心情。

近人俞陛云在《诗境浅说》中解读后两句为：“一见人虽没，而英风壮采，凛烈如生，一见易水寒声，至今日犹闻呜咽。怀古苍凉，劲气直达，高格也。”

在狱咏蝉

西陆①蝉声唱，南冠②客思侵。

不堪玄鬓③影，来对白头吟④。

露重飞难进，风多响易沉。

无人信高洁，谁为表予心?!

【注释】

① 西陆：指秋天。

② 南冠：楚冠，这里是囚徒的意思。

③ 玄鬓：蝉的黑色翅膀。

④ 白头吟：乐府曲名，《乐府诗集》解题说是鲍照、张正见、虞世南所作。

【赏析】

骆宾王在狱中听到蝉鸣，有感而作此诗。他在任侍御史时多次上疏讽谏武后，遭弹劾，并遭人陷害，以莫须有的贪赃罪名下狱。这首诗也是他对自己因言招祸遭遇的陈诉。

“西陆蝉声唱，南冠客思侵。”秋蝉马上就到生命尽头，正在唱着最后的挽歌，诗人则从庙堂之上坠入了囹圄之中。两句分别从蝉和诗人自己两方入手，把原本没有关系的两物联系起来，表达了人世无常、沧桑变幻之感。

“不堪玄鬓影，来对白头吟。”三四句由蝉说到己身，仿佛正在对蝉倾诉衷肠：自己的命运已经十分悲惨，让人不堪忍受，却又在狱中看到你，并且还要忍受你凄惨的鸣叫声。表面看来这是在写蝉之可怜，实际上是诗人自况。“玄鬓影”“白头吟”都有年老之意，表达了诗人老来无成的遗憾。

“露重飞难进，风多响易沉。”蝉与诗人的形象进一步融合，难分彼此。蝉因露重而展翅难飞，犹己之以谗言而含冤莫白；蝉因风多而响易沉，犹己之以毁积而辞不达。“飞难进”和“响易沉”既写出蝉在这种环境中身不由己的形象，也表明诗人仕途受阻、心迹难明的遭遇。

“无人信高洁，谁为表予心？！”前句先言明自己志本高洁却锒铛入狱，说尽世事的荒唐；后句表达希望有人替自己辩白洗冤，但呼天抢地也无人相信自己的清白，也没有人会帮自己昭雪。

全诗咏蝉自喻，将物我统一起来，且语多双关，用典自然，比喻精妙、托物言志，寓意深远。清代学者方东树说：“咏物诗不待分明说尽，只仿佛形容，自然已到。”此诗就是这样一篇佳作。

第二章

诗歌的盛世·盛唐不只李杜诗

张若虚：江畔何人初见月？江月何年初照人？

诗人名片

生卒年月：约公元 660 年—公元 720 年

祖籍：扬州

代表作：《春江花月夜》等

诗人小传： 曾任兖州兵曹，以文词俊秀闻名于京都，与贺知章、张旭、包融合称“吴中四士”。《全唐诗》中仅存《春江花月夜》《代答闺梦还》两首诗。其中《春江花月夜》成为广为传颂的名篇，有“以孤篇压倒全唐”之誉。其诗歌特点是清新细致、感情表达流畅，为改变初唐的文风做出了重要贡献。

春江花月夜

春江潮水连海平①，海上明月共潮生。
滟滟随波千万里，何处春江无月明。
江流宛转绕芳甸，月照花林皆似霰。
空里流霜不觉飞，汀上白沙看不见。
江天一色无纤尘②，皎皎空中孤月轮。
江畔何人初见月？江月何年初照人？
人生代代无穷已，江月年年只相似。
不知江月待何人，但见长江送流水。
白云一片去悠悠，青枫浦上不胜愁。
谁家今夜扁舟子？何处相思明月楼？
可怜楼上月徘徊，应照离人妆镜台。
玉户帘中卷不去，捣衣砧上拂还来。

此时相望不相闻，愿逐月华流照君。

鸿雁长飞光不度，鱼龙潜跃水成文。

昨夜闲潭梦落花，可怜春半不还家。

江水流春去欲尽，江潭落月复西斜。

斜月沉沉藏海雾[3]，碣石潇湘无限路。

不知乘月几人归，落月摇情满江树。

【注释】

① 海平：指江水上涨，与海连成一片。

② 纤尘：指水天一色，没有微尘。

③ 海雾：指月亮缓缓下沉，隐于海水的雾气中。

【赏析】

《春江花月夜》是一篇脍炙人口的名作，以动人的情感将春、江、花、月、夜及各种相关景色融入月光的笼罩下，并在营造意境的同时，从这令人心驰神往的良辰美景中阐述了深奥的人生哲理，构成朦胧深邃、耐人寻味的艺术境界。

诗人开篇就描绘了一幅温婉动人的春江花月夜景图。浩瀚无垠的江潮，就像大海连在一起，这时候一轮明月随着潮水的涌动渐渐升上天空，无垠的江潮滚滚涌动向前，在月光的照耀下更显得气势宏伟，景象壮观。作者用一个“生”字便把明月、潮水写得灵活生动起来，为广阔的夜景增添了无穷的生命力，也为后面所讲的哲理埋下了伏笔。

皓月当空，照耀千万里，每一处江水都在明月的笼罩之下。江水蜿蜒曲折地向前涌动，带着读者绕过花草丛生的芳香原野，撩人的月色倾泻在岸边的花树上，仿佛撒了一层白雪。至此春、江、花、月、夜诗人已经全部点到，妙笔一挥就把江月闪耀下的夜景勾勒出来，紧扣题面。在月光的洗涤下，人世间的一切景物都随之熠熠生辉。银光薄雾缭绕之下，平凡的景色立刻披上了梦幻的色彩。皎洁的月光下，似乎感觉不到“流霜”飞舞，岸边的白沙也看不见了。开头八句，作者用细腻的笔法，由远及近，慢慢将目光聚焦到一轮明月上，银白色的月光洒下来，天地宇宙瞬间变成了一个幽静甜美的神话世界。

在宁静而纯洁的境界中，诗人自然而然地陷入了沉思，进而俊才飞驰，思考着宇宙的奥妙，发出了“江畔何人初见月？江月何年初照人”的疑问。宇宙是无限的，人生是短暂的，这样的主题难免使人悲伤。但诗人并没有一味沉浸在这种难解的悲情中无法自拔，而是想到人类会世世代代无穷尽地发展下去，而汹涌澎湃的江水和当空闪耀的月亮年年岁岁都是相似的，无穷的人类传承将与江潮明月永远共存。

“不知江月待何人，但见长江送流水。”诗人从前面的思考中进一步想到，人生世世代代相继，这江月也是年年相似，一轮明月下，江潮无期无限又无声无息地在此翻涌，是在等待着谁吗？如果在等待，却难以遂愿，因为江水总要无可奈何地随着江海大浪向前奔腾而去。诗人将意境由景入理，再由理及人，自然、宇宙、人生、情感都融汇在笔下，引出下面要写的人间爱恋、两地相思。

“白云一片去悠悠，青枫浦上不胜愁。谁家今夜扁舟子？何处相思明月楼？”这四句由春夜的景色写到妇人与游子的相思之情。飘飘远去的白云就像游子一样，远在千里之外，行踪不定，音信杳杳。这里诗人先用景物比喻、寄托相思之情，完成由景向人的引入，十分巧妙。悠悠飘远的白云、岸边停泊的舟楫、随风散落的枫叶，每一个都是离别分手时刻常见的景物，想来未免使人伤感。触景生情，睹物思人，这景物是普遍的，而这离愁别恨又何尝不是哪家都有的呢？一种相思，几人离愁，诗人用设问的形式使诗情回环往复，曲折委婉。

“白云”“青枫浦”托物寓情。白云飘忽，象征“扁舟子”的行踪不定。“青枫浦”为地名，但“枫”“浦”在诗中又常用为感别的景物、处所。“谁家”“何处”二句互文见义，正因不止一家、一处有离愁别恨，诗人才提出这样的设问。一种相思，牵出两地离愁，一往一复，诗情荡漾，曲折有致。

接下来“可怜”八句回答了上面的设问，写妇人对游子的思念。诗人以月为背景，渲染了思妇的相思离愁，在楼上徘徊的不只是月光，还有月光下可怜的思妇。月光倾泻在孤楼上，晚风吹动着树影，忽明忽灭，妇人一脸愁容，好像倚楼眺望着、等待着离人的身影，直到夜深了还徘徊着久久不忍离去，而月光好像要与她做伴，也一样不忍离去，盈盈月光映照着她的妆镜台。

此景此情中，妇人的相思更加浓烈，月光依恋着她，任她卷也卷不去、拂去复又来。月光下的她惆怅着、迷惘着，而这月光想必也正照着远方的爱人。“明月千里寄相思”，远在天边的游子是不是也能感受到妇人的这份相思之情呢？也许她更希望“卷不去”“拂还来”的不是月光，也不是这浓浓的哀愁，而是游子对她的思念吧。即使爱人也在思念她又能怎样呢？此时两人都在望月相思却无法相见相闻，所以诗人设想妇人的内心活动“愿逐月华流照君”——我希望追逐着这皓月的光华，照在爱人的身上。然而这终究是无法实现的，就像天上的鸿雁飞得再远也飞不出月光之外，就像水中的鱼儿跃得再高也跳不出江水，只能激起阵阵涟漪罢了。

最后，诗人用落花流水、海石残月来烘托游子的归思。春去春又来，花开花又落，随着大自然的四季回往变迁，离家的人也已经年华渐逝，落叶归根，他做梦都想回到故乡，却依旧不能回家。梦醒时分，昭昭雾气之中，月亮已渐渐落下，沉沉归藏海平面，碣石潇湘无限路，却没有一条是可以归家的路，他的悲伤仿佛增加了几分。在这美好的春江花月夜中，该有多少人正照着皎洁的月光走在回家的路上啊，可是他却只能看着落月的余晖挥洒在江边的树上，风吹着树枝慢慢摇曳。在此春、江、花、月、夜所构成的图景下，景、理、情交融，情韵袅袅，余音不绝。

在韵律上，全诗共三十六句，四句一换韵，共换九韵。平仄交错、回环往复，形成一唱三叹之势，声情韵律与诗情意境丝丝相扣，和谐优美。

张若虚一生仅留下两首诗，这首《春江花月夜》语言清新，意境开阔，诗人先描写春江花月夜这动人的良辰美景，又由景入理，引出对自然宇宙和人生哲理的探求，进而写到人，讲到情。前面的美景和哲理与后面的相思哀愁相辅相成，写出了人生有美景也有哀愁，在无限自然景物与有限人生中找到了慰藉。

诗人将真挚的离情放在动人的景色中，同时富含深刻的人生哲理。全诗语言清新、布局曲折、浑然天成，给人空灵、自然之感，为初唐诗坛带来了一股清丽之风。其中对自然宇宙的探索、人生哲理的阐述、离愁别绪的渲染，引起了千百年来众多读者的共鸣。闻一多先生在《宫体诗的自赎》中称赞《春江花月夜》是“诗中的诗，顶峰上的顶峰”。

王之涣：羌笛何须怨杨柳，春风不度玉门关。

诗人名片

生卒年月：公元 688 年—公元 742 年

字号：字季凌

祖籍：并州（今山西省太原市）

代表作：《凉州词》等

诗人小传：常常击剑悲歌，为人豪放不羁，尤其善于描写边塞风光，常与高适、王昌龄吟诗唱和。当时，王之涣的诗多被制曲而歌，轰动一时，“欲穷千里目，更上一层楼”已经成为千古绝唱，也是后人追求更高理想的座右铭。

凉州词

黄河远上白云间，一片孤城[①]万仞山。
羌笛何须怨杨柳，春风不度玉门关。

【注释】

① 孤城：指塞北边关的戍守堡垒。

【赏析】

凉州，在现在的甘肃省武威县。“凉州词”即为凉州歌的唱词。《乐府诗集》第七十九卷《近代曲辞》载有《凉州歌》，并说明是玄宗开元年间西凉府都督所进。王之涣这首《凉州词》是一首意境雄浑苍凉的边塞诗，在当时已成为广为传唱的名篇。

相传当时王之涣、王昌龄、高适同为著名边塞诗人，又都在洛阳游学，他们因互相倾慕对方，故而常常小聚闲谈、唱和。一天，三人又相聚在酒店饮酒作诗，偶遇梨园伶人唱曲宴乐，三位难分伯仲的大诗人便约定以伶人所唱歌曲多少来评定他们的诗艺高低。歌女们先是唱了王昌龄的两首绝句和高适的一首绝句。王之涣以为自己早就出名了，可歌女们却一首他的诗都没唱，面子上有些挂不住，就指着最漂亮的一位歌女对王昌龄、高适两个人说，如果这位歌女唱的不是他的诗，他便一生不再与二人争夺高下，如果是他的诗，就要王、高二人当即拜他为师。最后，这位最美丽的女子终于开口唱道："黄河远上白云间……"果然唱的是王之涣的诗，这首诗就是《凉州词》。

这个"旗亭画壁"的故事，虽然真实性有待考证，但却客观地表明了这首诗的艺术魅力。

诗的首句按照从下到上、由近到远的顺序描绘了一幅动人的画面：向远处望去，波涛汹涌、气势磅礴的黄河水浩浩荡荡，像一条绮丽的缎带轻盈地向白云之间飞去，写出了黄河一泻千里的气势。唐诗中描写黄河的好句很多，这一句的独特之处就在于，诗人选取与黄河流向相反的方向为参照，"上"字，渲染了黄河高低错落、源远流长的壮阔之美，同时也展现了凉州的边塞广袤无垠的壮丽之美。

次句"一片孤城万仞山"点出了本诗的主要意象——塞上的孤城。在辽阔的画卷中，如果"黄河远上白云间"是远景、大背景的话，这一座"孤城"则是近景，它是整个画卷的中心。"万仞山"在黄河白云的映衬下，静静地守护着一座孤城，这个大漠中的孤城就是塞北边关的戍守堡垒了。"孤城"意象的引入，为下面两句中刻画征夫的心理做好了准备。

第三句，由视觉转为听觉，羌笛之声忽然而至，使征夫们心中顿生思乡之感，心中一阵悲凉。"杨柳"是唐诗中常用的意象，因为"柳"与"留"同音，因此折柳相赠意思是劝君暂留。所以，在唐诗中"杨柳"这个意象往往与离愁别绪联系在一起。无须多问，这悠扬传来的苍凉遒劲的羌笛之声，一定会引起征夫们对家乡和亲人们的怀念，更何况吹奏的还是《折杨柳》呢？此情此景，对于离家万里的征夫们来说，由于思乡心切，不用见到折杨柳，就是听到《折杨柳》的曲子也会触动心中隐隐的离恨。

这一句造语巧妙，诗人不直接说“羌笛何须闻折柳”，而是说“怨杨柳”，“怨”字深化了诗意，也点明了征夫们的心态。

最后一句“春风不度玉门关”的意思是：过了玉门关以外，即使春天来了，杨柳树也不会变绿，也就是说边地气候寒冷异常，春天来得很晚，言外之意是在物产不丰富的塞外边关，分别时刻想要折柳相赠都难以实现。思乡之情更为强烈，进一步升华为对杨柳的怨恨，使上一句的诗意到此喷薄而出，水到渠成。“何须怨”三字运用得委婉而含蓄，极其逼真地写出了戍边者的矛盾心理，他们既思念故乡又不想辜负戍边卫国的重大责任，只能在无奈中聊以宽慰。

本诗写戍边征夫思乡不得还的离愁别恨，诗情起伏有致，格调苍凉而慷慨，意境悲壮而不颓废，写出了盛唐气象中诗人广阔的胸襟，可谓是“唐音”的典型代表。

孟浩然：坐观垂钓者，徒有羡鱼情。

诗人名片

生卒年月：公元 689 年—公元 740 年

字号：字浩然

祖籍：襄州襄阳（今湖北省襄阳市）

代表作：《望洞庭湖赠张丞相》等

诗人小传：世称“孟襄阳”，因他未曾入仕，曾隐居鹿门山，又称之为孟山人。孟浩然的诗歌以山水田园诗为主，继陶渊明、谢灵运、谢朓之后，开盛唐山水田园诗派之先声，和另一位山水田园诗人王维合称为“王孟”。孟浩然与当时很多著名诗人交好，尤负盛名。襄阳南门外背山临江之涧南园有他的故居。

孟浩然一生经历比较简单，诗作的题材也不宽，主要写山水田园生活和行旅等内容，多抒发诗人愤世嫉俗和表达个人感怀，具有独特的艺术造诣。孟浩然的诗五言居多，现有《孟浩然集》，存诗二百六十多首。

望洞庭湖赠张丞相

八月湖水平①，涵虚混太清。
气蒸云梦泽②，波撼③岳阳城。
欲济无舟楫，端居耻圣明。
坐观垂钓者，徒有羡鱼情。

【注释】

① 平：指湖水上涨，欲溢出堤岸。

② 云梦泽：指湖北南部、湖南北部。

③ 撼：指惊心动魄。

【赏析】

诗人孟浩然，苦学多年，四十岁时，游长安，应进士举不第。于是他给当时的丞相张九龄写了这首《望洞庭湖赠张丞相》，希望能够得到丞相的引荐。

洞庭湖在湖南北部，是中国第二大淡水湖。这是一首投赠之作，但诗人没有直表心意，而是通过描写身在烟波浩渺的洞庭，想渡水却无舟楫的情况，进而发出临渊羡鱼的慨叹。

这是一首五言律诗。诗歌可以分为两个部分，前四句写的是洞庭湖的秋景；后四句抒发诗人胸中的感情，委婉地表达了诗人的心意。其中“气蒸云梦泽，波撼岳阳城”两句历来被认为是描写岳阳洞庭的佳句，千百年来为人们传颂。

“八月湖水平，涵虚混太清。”这两句是说，初秋八月，湖水上涨，天空在几乎与岸平齐的水面形成迷茫的倒影，水天浑然一体。开篇诗人即点明时间，正值“八月”，洞庭湖湖水泛溢。写的是诗人极目远眺时所看到的景色，八百里洞庭湖水浩浩荡荡，与天相接，广阔浩瀚。“平”字表现出湖水上涨欲溢出堤岸的气势。接下来，诗人俯瞰天空在水面形成的倒影，使水天浑然相融。诗人起笔不凡，开篇便写出了广阔宏大的意境。

“气蒸云梦泽，波撼岳阳城。”在古代，云泽和梦泽指的是湖北南部、湖南北部一带低洼的地区，诗中的洞庭湖就是它南部的一角。这里的意思是，云梦泽水汽蒸腾，浩渺一片，洞庭湖波涛汹涌似乎要撼动岳阳城。这两句承接第一、二句，波澜壮阔的湖面上，风卷云涌，汹涌的波涛层层向前，拍打着岳阳城的城墙，似乎要将城池撼动。“撼”字，把汹涌澎湃的洞庭湖水写得十分传神，并具有自己的意识，显示出水势上涨的秋季，洞庭湖烟波浩渺、波澜壮阔的气势，具有惊心动魄、震撼人心的艺术力量。

前四句描写洞庭湖秋景，意境壮美，后四句转为抒情，表明心意。“欲济无舟楫，端居耻圣明。”这两句的意思是，我想渡这浩波飞荡的洞庭水，却因为找不到船和桨而感到十分苦恼。在这大唐盛世中，我依然悠闲地隐居于山林，实在感到有些不好意思。这两句实际上是在向张丞相表明心迹，在这太平盛世，人人都出来为国家做贡献，自己虽是隐士，对于出仕为官还是向往的，只不过就像渡河找不到船只和桨一样，出仕也找不到门路。

“坐观垂钓者，徒有羡鱼情。”闲坐着看别人在河边殷勤地垂钓，多想一展身手，施展才华，如今却只能白白地羡慕被钓上来的鱼。诗人巧妙地引用了《淮南子·说林训》中的名句，“临渊羡鱼，不如退而结网”，并从中翻出新一层意义；同时“垂钓”之事也正好与前面所描写的洞庭湖水照应。诗歌从远观洞庭水写到欲渡洞庭水，再写到钓鱼之事，合情合理，层次分明，结构完整，一气呵成，委婉地表达了诗人希望通过张九龄引荐干一番事业的急切心情。

这是一首干谒诗，所谓干谒诗就是古代文人为了推销自己，展示自己的才华与抱负，求得进身的机会而作的一种诗歌。在唐代，很多文人都是通过向达官显贵呈献诗文而走上仕途的。可以说，干谒诗是文人进身的台阶，其阅读对象或为高官显贵，或为社会贤达，因而言辞限制颇多，诗人们写作起来常常竭尽才思，诗歌风格也往往深沉，语言含蓄。

孟浩然这首诗是赠予张九龄看的，目的与一般的干谒诗没有什么不同，只不过诗人为了保持隐逸者的清高，在写作笔法上力求泯灭干谒的痕迹，措辞委婉，不卑不亢。在不失身份的前提下，用语得体，不落俗套。诗中有景有情，层次有转有合。在诗人的笔下，本来是借以求得推介的洞庭湖水竟然被渲染得意境雄浑，蕴含着浓郁的诗意，因而本诗也不失为一篇出色的山水诗。

春晓

春眠不觉晓，处处闻啼鸟。
夜来风雨声，花落知多少。

【赏析】

孟浩然一生大部分的时间都在隐居中度过，这首《春晓》即是诗人隐居鹿门山时所作。诗人抓住春日黎明的短暂瞬间捕捉典型而细微的春天气息，表达了自己对春天来临的喜爱和对春光易逝的怜惜，景色迷人，意境优美。

“春眠不觉晓，处处闻啼鸟。”春日里对黎明的来临总是后知后觉，不知不觉便到了早晨，从酣梦中醒来，到处都能听到鸟儿明快的啼叫声。诗的前两句没有直接描绘眼前的春，而是写诗人因春宵梦酣，天空既白还不知道，只听到的是鸟儿到处在欢快地鸣叫。

诗人首句破题写春梦香甜，对明媚春光的喜爱之情溢于言表；第二句写景，本来春天有醉人的花香和流光溢彩的图画，但是诗人却只选取一个侧面、细节来展现春天万物复苏的景象。“处处”写出了鸟儿们起落鸣叫的欢快情景，使人仿佛置身空灵秀美的山林中，眼前众多的鸟儿正欢叫雀跃着，好像对春光的来临表达出由衷的欣喜。诗中前一句写的是不觉春日黎明的到来，可以想象刚刚起床的诗人也许这时候正睡眼惺忪，那么对他来说视觉上的春光尚无暇顾及，反而最先诉诸听觉，这是人之常情，也正是充满活力的春天早晨最典型的形象。

“夜来风雨声，花落知多少。”可爱的春晓景象，使诗人不禁回忆起昨夜庭院里可爱的花儿来。想起夜里朦胧中听到的阵阵风雨声，诗人感叹不知道庭院里的花现在到底被吹落了多少。可以想象，也许正是夜里的轻风细雨使诗人很快进入甜美的梦乡，也正是在这场春风春雨后春光才更加明媚，可是它却不知摇落了多少春花。春花落尽也代表春天就要结束了，想到这里诗人不禁担忧起来。

到这里，诗人由对春天的喜爱转为对春光的怜惜，也正是爱得深切才会为春雨过后的花木担忧，所以诗人写回忆、写惜春，实际上是更进一步表达对春天的喜爱。

这首诗题材贴近生活，语言明白晓畅，读起来朗朗上口。小诗仅仅二十个字，却写得情景交融，意味隽永。在结构上也回环曲折，其中有眼前与回忆的时间变换，有春雨前后的阴晴交替，也有从爱春到惜春的感情变化，诗情错落有致，结构完整，回味无穷。

本诗初读来平淡无奇，反复诵读却别有韵味，这就是它最大的特点。本诗的艺术魅力不在于华丽的辞藻、雕琢的手法，而在于“自然”二字。诗人取之于自然景物，抒情如行云流水般自然而变化有致，语言也浑然天成，所以，千百年来深受人们喜爱。

过故人庄

故人[1]具鸡黍，邀我至田家。
绿树村边合，青山郭外斜[2]。
开轩面场圃，把酒话桑麻。
待到重阳日，还来就菊花。

【注释】

① 故人：指诗人的老朋友。

② 郭外斜：指绿树环绕的村居。

【赏析】

《过故人庄》是一首脍炙人口的田园诗，也是孟浩然的代表作之一。诗歌通过描写一个普通的农庄中的农家宴请，表达了诗人宁静淡泊的情怀。诗人用清丽的语言奏响了一首淡雅悠远的田园交响曲。

“故人具鸡黍，邀我至田家。”诗的首联写老朋友邀“我”到家宴饮，共叙家常。没有虚礼，有“邀”就“至”；不用排场，“鸡黍”相邀既表现出农家的特有风味，也显示出主人的热情淳朴，主客之间的真挚感情跃然纸上。开篇自然而亲昵，使人读来很快进入情境之中，既紧扣题目中的“故人”，也为下面做了铺垫。

“绿树村边合，青山郭外斜。”漫步进入村中，看到的是一派清新的景象。绿树环抱之中，郭外的青山静静地陪伴孤独的小村庄。诗人由远及近，将村庄在远处青山的掩映中被绿树环绕的景象写得栩栩如生。优美的自然环境给人带来身心的愉悦，景物描写中传递出诗人愉快的心情。

正是由于“故人庄”出现在这样的自然和社会环境中，所以宾主临窗举杯，“开轩面场圃，把酒话桑麻。”打开窗子，面对菜园和打谷场，农家的景象令人顿觉轻松，心旷神怡。在这样宽敞明亮的农家小舍中，没有疲惫，只有轻松；没有尘世的纷扰，只有心灵的简单与平静。所以宾主之间的谈话也不是富有深意的内容，他们只是端起酒杯随便谈着眼前看到的农事。怡风送爽，窗外田野中正在劳作的农民，闻到了泥土的清新香气，听到主客谈话时的欢声笑语。在这样宁静优美的田园风光中，与故人举杯共饮，闲话农事，诗人忘记了尘世间的一切烦恼、失意与惆怅，这对于诗人来说这里何尝不是心灵的一个隐逸之所呢？

“待到重阳日，还来就菊花。”诗人被简单清新的农庄生活所吸引，更被故人真挚淳朴的情感深深打动。临行前，诗人与主人再次相约，秋日重阳节再来一同把酒临风，共赏菊花。结尾处，尽显主客亲密融洽，但似乎余兴未尽，尚有依依不舍之情。

沈德潜在《唐诗别裁》中评价孟浩然的诗“语淡而味终不薄”。意思是说，孟浩然的诗常常在淡淡的语言中蕴藏着深厚的韵味。《过故人庄》用简单明丽的语言描绘了宁静的山中小村庄，平铺直叙地讲了一个闲适赴宴的故事，平淡到没有一个令人感到心潮澎湃的字眼。诗中描写的都是农家日常生活中常见的情景，生动地描绘了故人农庄的自然风光，表现了农家的生活情趣，同时也寄托着诗人宁静淡泊的情志。本诗不事工巧，极自然，句句不见锤炼痕迹，却并不孤立薄弱，看似平淡如水，读罢细品便觉此诗如一幅田园风光水墨画。诗人将事、景、情相互融合，形成了强烈的艺术表现力，不愧为孟诗中的上乘之作。

宿建德江①

移舟泊②烟渚，日暮客愁新。

野旷天低树，江清月近人。

【注释】

① 建德江：新安江流经建德（今属浙江）的一段江水。

② 移舟泊：划动小船，让船靠岸。

【赏析】

孟浩然一生的大部分时间都隐居在家乡的鹿门山，四十岁时去长安谋功名失遇后，曾在长江下游的吴越等地漫游以排遣心中的抑郁，后回家隐居。这首诗大概作于公元730年诗人漫游吴越途经建德之时。建德江，指新安江流经建德（今属浙江）的一段江水。诗人选取了能够充分表现漂泊孤寂的景物，通过描绘暮色中船停靠岸边时看到的江景，轻描淡写地表达了内心的客居乡愁，抒发了心中的羁旅之思。

“移舟泊烟渚，日暮客愁新。”烟雾弥漫之中，诗人把船停靠到岸边沙洲旁，残阳西落的黄昏又给他增添了一份新的哀愁。“移舟”，就是划动小船的意思；“泊”字点出泊船而宿，紧扣题意。“渚”即水中小洲。在烟雾朦胧的暮色中，停船准备夜宿，简单的叙述为下面的写景抒情做了铺垫。

“日暮”点明时间。黄昏时刻的江上烟雾笼罩，景色是朦胧的，诗人的心情如薄雾一样渺茫。诗人以暮宿停船为背景，“愁”字刚露诗情就立刻转折了。按照绝句的章法来说，四句之间应该是起承转合的结构。一般第二句是承接第一句来说的，但本诗第二句实际上是把承和转都包含在内了。“日暮”是首句的泊、渚的大背景，也是烟雾产生的原因。“客愁新”三个字从对背景环境的描写一下子转入诗人对心情的表达，可见诗人在摄取景物和表现笔法上的独到之处。

“野旷天低树，江清月近人。”这两句是写景，空旷的原野上远处的天空好像比眼前的大树还低；清澈的江水中，月亮的倒影仿佛与人更加亲近。诗人用一个对偶句来铺写景物，苍茫无垠的宇宙中只有一个即将在江水上夜宿的孤独旅人，与天地为伍，和树影、月影做伴。一颗愁心驰骋在空旷寂寞的原野上，融入寂静的天宇中，更添一份新的愁绪。正如清人沈德潜所评价的：“下半写景，而客愁自见。”

此时的孟浩然奔入长安却难得赏识，经历了穷困潦倒，体味了世态炎凉。带着多年的疲惫、抑郁和忧愤，诗人踏上了南寻吴越的道路。如今在这苍茫的江上，他孑然一身，异乡为客，面对着茫茫原野、悠悠江水，建功立业、有所作为的理想幻灭了，人生的坎坷尝尽了，明月下、孤舟中，他不禁想起遥远的家乡，羁旅惆怅涌上心头。

孤寂难耐中，诗人放眼四顾，只有一轮明月（实际上是看到明月的倒影）如此亲近地陪伴着自己，抚慰着诗人一颗充满愁绪的心。其中意味只可意会不可言传。诗人凭借敏锐的洞察力，以白描的笔法将由野旷和江清而引起的天与树、月与人的关系变化描绘得精准、生动。

“野旷天低树，江清月近人。”这两句历来被认为是写景的佳句。“低”和“旷”、“近”和“清”这两对词都是互相映衬、依存的。“树”因天“旷”而“低”，“月”因水“清”而“近”。这样视觉的变化和心灵的震荡只有在第一、二句所描绘的景色（暮色下，江中薄雾笼罩）中才能感受得到。诗人通过细致的描写，揭示了客观景物之间的必然联系，同时抒发了自己的愁绪。

这是一首描写秋江暮色的诗。本诗记叙羁旅夜泊之事，再借着描写日暮生烟之景抒发愁绪，最后以天地浩渺、明月伴人收束全诗。虚实映衬，构成一个千古难寻的绝妙意境。全诗淡有余味，含而不露，颇有浑然天成之风韵。

夏日南亭怀辛大

山光忽西落，池月渐东上。

散发乘夕凉，开轩卧闲敞。

荷风送香气，竹露滴清响。

欲取鸣琴弹，恨无知音赏。

感此怀故人，中宵劳梦想。

【赏析】

孟浩然的诗取材于日常小事，生活气息浓厚，语言文字清淡简朴而不假雕饰，却能给人亲切自然的感受。其意境空灵清旷，飘逸淡雅，这首五言古诗《夏日南亭怀辛大》便是代表作之一。

诗人描写了夏夜南亭沐后纳凉闲适舒爽的自然景致，在感叹良辰美景的同时，怀念起多日未见的友人。语言流畅，感情细腻，层次分明，韵味极浓。其中“荷风送香气，竹露滴清响”更为雅静之千古佳句。

“山光忽西落，池月渐东上。”这两句写的是夕阳西下、皓月东升时刻的景色，是诗人纳凉怀友的大环境。天边的太阳依傍着远山忽然向西沉沉落去，池塘上一轮皎月从东面慢慢地升起来。这是一个短暂的瞬间，“忽”字写出了诗人的心理，夏季的白昼烈日炎炎，人们心中都希望白天早些过去，所以夕阳“忽”落；而月亮慢慢爬上天幕正代表凉爽的夜晚渐渐地来临了，“渐”写出了诗人期盼夜晚纳凉而嫌夜晚来得太慢的心情。

“散发乘夕凉，开轩卧闲敞。”沐浴之后诗人并不着急梳起头发，而是披散着头发，打开南亭的窗户，闲卧在幽静宽敞的亭中乘凉。可以想象，这时候诗人的心情多么舒畅。

前四句简要点出夏季夜晚纳凉的时间、地点和周围的环境，接下来“荷风送香气，竹露滴清响。”在如此闲情逸致中，阵阵清爽的晚风送来了池塘中荷花的香气，露水从竹叶上滴下来，发出清脆的声音。清香可嗅，清响悦耳。这两句诗写荷花而不写花开艳美，却只写香气；写竹林而不写翠绿成荫，却只写“清响”。一写嗅觉，一写听觉，好像看到诗人正于清静闲适的夜晚闭目纳凉静养，给人夏夜清凉舒服的感受。清沈德潜在《唐诗别裁》中，称赞这两句诗所表达的意境“一时叹为清绝”。

露滴竹叶的清响仿佛天籁，这时的诗人自然而然地想到了人间雅致的音乐。“欲取鸣琴弹，恨无知音赏。”正想要抚琴弹奏一曲，忽然想起来可惜没有知音欣赏。这两句由自然环境的描写过渡到思念友人。

琴在古代是文人雅士喜欢弹奏的乐器之一，相传焚香沐浴之后而抚琴可以清净内心，除去一切杂念。这里诗人暗用“高山流水”的典故：传说春秋时期，楚人钟子期精通音律。俞伯牙在山中弹琴，意在山高，路过的钟子期在一旁自语道：“峨峨兮若泰山。”伯牙再弹奏，志在流水，钟子期又道：“洋洋兮若江河。”至此两人结为知音，后来钟子期死后，俞伯牙自断琴弦，表示不再弹琴了，因为没有了知音，再也没有人领会琴声中的意蕴了。

诗人引用高山流水遇知音的典故，意在表达友人与自己也和伯牙子期一样，正是世间难觅的知音。夏夜纳凉，荷送香气，露竹清响，诗人多希望自己的知音朋友也能在此共赏美景、同度良宵啊！只可惜知音友人不在这里，诗人也变得无意抚琴了。本是抚琴一曲平添雅致的良辰美景，顿时也变得黯然忧伤。

“感此怀故人，中宵劳梦想。”如此良宵引发深深的感慨，心中不禁怀念起老朋友来，以至于睡着了在梦中也苦苦地想念他。到这里，诗中的感情也已经从清静幽雅转为淡淡的哀愁了。怀念友人的感情，由此直至夜晚梦中仍然萦绕不绝。

本诗兼具近体诗歌音律、形式的优点，中间六句近似对仗，音律和谐，读起来朗朗上口，严羽谓之“有金石宫商之声”。

夏日良宵也许不止一晚，但孟浩然却捕捉到了生活中平常的情景，抒写出了诗意的感受，以景带情，引读者渐入佳境。在悠然自得的闲适情趣中，夹杂着知音难聚的伤感。这首诗情感细腻，起伏有致，层层递进，平淡中隐含绵绵意味。

岁暮归南山

北阙[1]休上书，南山归敝庐。
不才明主弃，多病故人疏。
白发催年老，青阳[2]逼岁除。
永怀愁不寐，松月夜窗虚。

【注释】

① 北阙：指帝宫。据《汉书·高帝注》注："尚书奏是，谒见之徒，皆诣北阙。"

② 青阳：指春天。

【赏析】

相传，孟浩然在长安期间，王维曾邀他到内署。不料，唐玄宗突然驾到。孟浩然因为自己是布衣平民不便接驾，情急之下藏在床底。王维想到若不如实相告，圣上怪罪下来便是欺君之罪，于是就向唐玄宗如实禀报了。孟浩然从床下出来，唐玄宗表示素来久闻孟浩然诗名，向他索诗，孟浩然就读了这首《岁暮归南山》。玄宗听后生气地说："卿不求仕，而朕未弃卿，奈何诬我？"这首诗写得曲折委婉，但是玄宗还是听出了弦外之音，孟浩然的仕途彻底宣告失败。

"北阙休上书，南山归敝庐。"这两句中"北阙"是指长安的帝宫，敝庐是诗人自己破落的园庐，这里是自谦的说法。这两句的意思是：我已经停止去皇宫进奏章请求谒见，决定归隐到南山破旧的草庐。一北一南，一个在繁华帝都，一个在幽静的山林，前者代表出仕，后者代表归隐。一开篇诗人便举出相对的事物，可见心中诸多矛盾，心绪烦乱。一个“归”字紧扣题目，写出诗人的决意。

“不才明主弃，多病故人疏。”这两句讲的是失意的缘由：因为我缺少才华和能力而被明主遗弃，由于身体多病旧友也渐渐疏远了我。“不才明主弃”，不才是自谦的说法，实际上，诗人“为文三十载，闭门江汉阴”，得到张九龄、王维等人的赏识。长安应进士举落第后孟浩然心情苦闷、懊恼，他想上书却踌躇不定。怀才不遇的牢骚不易发作，说自己“不才”而遭“弃”，这是委婉的说法，实际上是怀才而失遇，表达了千里马难遇伯乐的苦闷。“明主”一词含有奉承赞美的之意，似乎又在说有才而不用正是“不明之主”。这里有哀怨也有恳请，感情十分复杂。

而“多病故人疏”一句也很委婉，本意是表达对“故人”不能使圣主明察自己才能的幽怨之情，表面上却说是因为自己“多病”而导致了故人的疏远。字里行间，看尽世态炎凉，道出了自己穷困潦倒的窘境。

“白发催年老，青阳逼岁除。”这两句是诗人感叹年华虚度、壮志难酬。“青阳”即为春日。“白发”“青阳”本无情，但诗人却说是白发催促年华流逝，春天逼迫着旧的一年过去，表达自己不想一生布衣毫无作为却又没有任何办法的无奈心情。这两句的意思是，随着时光的流逝头上的白发催得人衰老，岁月也无情地以新春逼迫着旧岁消除。在求仕与归隐的矛盾心情下，经历过官场世态、人情冷暖的诗人感到前途渺茫。况且两鬓斑白，华发早生，年华已逝，自己仍然一事无成。想到这里，诗人不免黯然神伤。

“永怀愁不寐，松月夜窗虚。”这两句抒发了诗人空虚寂寥的胸怀。意思是：我心中怀有着如此多的愁绪，萦绕在胸，彻夜无法入眠，抬头看看窗前，松下一片皎洁的月光更增加了心中的空虚。诗人的苦闷难以排解，致使他“愁不寐”，这句写出了诗人焦灼无奈的心态。最后一句是写景，与上句的感情交融，更好地烘托出诗人内心的空寂。“虚”字，表面上写的是月光照耀下窗前的空虚、夜晚的静谧空灵，而实际上更反衬出诗人自己仕途前程的空虚。

孟浩然以此诗自断仕途的说法未必可信，但不可否认的是，这首诗语言简单、委婉曲折、内涵丰富，形成了悠远深厚的艺术风格。

夜归鹿门歌

山寺鸣钟昼已昏，渔梁[①]渡头争渡喧。
人随沙岸向江村，余亦乘舟归鹿门。
鹿门月照开烟树，忽到庞公[②]栖隐处。
岩扉松径长寂寥，唯有幽人独来去。

【注释】

① 渔梁：襄阳城外沔水边。

② 庞公：指庞德公，汉末著名隐士。

【赏析】

“鹿门”是指鹿门山，这座山在汉江东岸、沔水南畔，与岘山隔江相望。孟浩然的园庐名为“南园”或“涧南园”，在襄阳城南郊外的岘山附近，位于汉江西岸，正好与鹿门山隔水而望。诗人早前便隐居在这里，直到四十岁赴长安谋仕不成，便南下游历吴越。几年后他返回家乡，继续隐居生活，还在鹿门山特辟一住处，决意从此隐居不仕。这首诗写的是 “夜归鹿门”一事，读起来像一篇山水游记，表达了诗人归隐的人生理想和清高的隐逸志趣。

“山寺鸣钟昼已昏，渔梁渡头争渡喧。”这两句是记叙归鹿门山一事。“山寺鸣钟昼已昏”点出诗人归鹿门山的时间是在傍晚。天色已近黄昏，诗人乘船行于江上，听见远处传来山寺报时的阵阵钟响，看见渔梁渡口上人们回家的喧闹景象。这里“渔梁”是地名，诗人要去鹿门山，必须从岘山南园渡汉江，经沔水口便可望见渔梁渡头。

这两句写的是诗人于黄昏时分乘船渡过汉江，伫立船头凝神远望的景象。远处悠然的钟声和近处嘈杂的人声形成鲜明的对比，写出山中的幽静和尘世中人们的喧闹。

“人随沙岸向江村，余亦乘舟归鹿门。”三四两句又是对比，意为：人们随着沙岸向村里奔去，我却乘着小船回到了人迹罕至的鹿门山。众人生活的村庄是嘈杂的尘世，诗人回归的鹿门山却是人世间静谧超然的境界，也正是诗人身心的归属之地。

“鹿门月照开烟树，忽到庞公栖隐处。”这两句写的是夜晚诗人独自攀山而上，朦胧的树木被纯洁的月光照得异常美丽，宛如仙境。诗人沉醉在这宁静优雅的环境中，不知不觉就走到了自己的住处。“忽”字写出了诗人怡然自得而不觉山路漫漫、时间悠远的心情。

“庞公”指的是东汉名士庞德公，其与当时隐居襄阳的徐庶、司马徽、诸葛亮相交。诸葛亮待庞德公以师礼，每造必拜于床下。荆州牧刘表多次请他入府，庞德公拒绝了他的征召，后隐居于鹿门山，采药而终，后世便将鹿门山视为隐逸的圣地。南游归来后，孟浩然决意追随先贤（也是同乡，孟浩然也是襄阳人）隐居于此，以示隐逸不仕的决心。这里的“庞公栖隐处”就是诗人在此特意开辟的住处。

“岩扉松径长寂寥，唯有幽人独来去。”最后两句写的是诗人住处的情况，其中的“幽人”，既指庞德公，也指诗人自己。“岩扉松径”说的是庞德公隐居采药而走的路，这条林中小路一如真正隐逸者的路一样，是漫长而寂寞的，但是诗人领略了在大自然的怀抱中独自漫步往来的妙趣，并深深沉醉其中，便也不觉得寂寥和漫长了。

诗人以简单的布局结构、淡雅的笔墨和疏朗的情致描绘了归往鹿门山时在水上的见闻和攀山走在林中小路上静谧的自然景色，从日落黄昏再到皓月当空，这个时间并不短，这段路也很漫长，这是诗人回归鹿门山的路，更是从嘈杂尘世通向寂静自然的心灵之路。诗中不仅描绘了寂静幽雅的鹿门山夜景，也成功地塑造了一位飘逸洒脱、超然世外的隐者形象，语言平实，意象清远，景、人、情共同构成了独特的艺术格调。

王昌龄：黄沙百战穿金甲，不破楼兰终不还。

诗人名片

生卒年月：约公元 698 年—公元 757 年

字号：字少伯

祖籍：河东晋阳（今山西省太原市）

代表作：《从军行（其四）》等

诗人小传：盛唐著名边塞诗人。他的边塞诗苍凉遒劲，气势雄浑，格调高昂，充满了昂扬向上的精神。王昌龄中年中进士，但早有诗名。他的诗歌在当时便享有盛誉，被称为“诗家天子王昌龄”。

唐人殷璠的唐诗选集《河岳英灵集》认为王昌龄是“风骨”的代表，称赞他的诗是“中兴高作”，选入的数量也为全集最多。

王昌龄的诗以七绝见长，被后人誉为“七绝圣手”。

从军行（其四）

青海①长云暗雪山②，孤城遥望玉门关。
黄沙百战穿③金甲，不破楼兰终不还。

【注释】

① 青海：指青海湖。

② 雪山：指祁连山。

③ 穿：穿透、露破，意指战事的激烈和频繁。

【赏析】

这首《从军行》没有抒发戍边士兵的思乡之情，而是通过描写战士们屡战杀敌的忠勇，表达了他们精忠报国的决心。

“青海长云暗雪山，孤城遥望玉门关。”诗的前两句写边疆的自然环境和孤城所在的地理位置。“暗”字给全诗奠定了沉重压抑、苍凉悲壮的基调。这里出现了三个地名，其中“青海”是指青海湖，在今青海省；雪山，是祁连山。青海湖的上空，密布着浓浓的乌云，连绵的祁连雪山被遮挡得暗淡无光。从这座边塞的孤城回头遥望，朦胧中看到的就是玉门关了。“玉门关”为汉武帝时期设置，当时西域从此处取道输入玉石，因而得名玉门关，其故址在今甘肃敦煌市西，是古代通往西北的边塞关口。第二句写地势险要，点出将士们正处在紧张的战事中，戍守着边境的前线阵地。

这两句诗在字面上的意思不难理解，而实际上从地理位置看来，青海湖、祁连山、玉门关相距甚远。这样说来，这首诗应该不能算是写实之作。与其说它是对整个西北边陲的一个鸟瞰，不如说诗人所写的是西北边陲普遍的景象，是对整个征戍军人生活环境和战斗环境的概括。而这几个相去甚远的地名共同入诗，又进一步塑造了一个地域宽广的画面，营造了一个开阔辽远的意境，可以想象西北边地宽旷的荒漠、遥远低沉的云天，为下面的抒情做了铺垫。

“黄沙百战穿金甲，不破楼兰终不还。”这两句诗高度概括了将士们与敌人战斗的紧张激烈，抒发了战士们誓死杀敌的决心。这两句意思是，在黄沙遍地的古战场上，将士们一次次地战斗着，身上的铁甲都已经磨破了。“金甲”是用金属做的铠甲战衣，“穿”字进一步表现出战事的激烈和频繁。如果一战便胜，想必早就班师回朝，铠甲不会磨破，也就没有后面的“不还”一说了。而连年的激烈战斗虽然磨破了金甲，但却没有消磨将士们的意志，他们立誓不败楼兰决不回家。

这里的“楼兰”是西域古国。西汉时期，这里战事频繁。当时的楼兰是汉与西域诸国的交通要冲，它横亘在西汉与匈奴中间，时而归属汉，时而归属匈奴，是丝绸之路的必经之所。在人类的历史上，楼兰是神秘的代名词，它曾经有过辉煌的时代，但却在公元四世纪之后突然销声匿迹，它的消失至今是个千古之谜。这样说来，在王昌龄生活的唐朝，楼兰古国早就消失了，诗中所说的战事应该也是虚写，或者是诗人欣赏过边地风貌的感怀之作；或者顾忌到当时唐朝统治者穷兵黩武导致边境战事频繁的现实情况，故而以汉代唐，暗有所指。

无论是哪一种情况，都对理解诗中的情感并无大碍。在诗歌的三四句，诗人由景入情，直抒胸臆，代戍边战士们表达了保家卫国、必胜的决心。在前三句中，诗人极力写出了边陲战斗环境的艰苦、战事的激烈，最后一句掷地有声地替战士们表达了响彻云霄的誓言。

本诗前边的写景雄壮、苍茫、遒劲、悲凉，但却没有低沉、哀伤之感。意境越悲凉，战士们的决心就越坚定。这首诗所表现的豪情壮志，也正是盛唐气象的表现之一。

从军行（其五）

大漠风尘日色昏①，红旗半卷出辕门。

前军夜战洮河②北，已报生擒吐谷浑。

【注释】

① 昏：指风沙遮天蔽日。

② 洮河：黄河支流，流经甘肃临洮县。

【赏析】

王昌龄的《从军行》一共七首，可以说每一首都具有独特的思想内容和艺术特点。诗人撷取了边塞战事中一个小小的片段，采取虚实相生的笔法，描写了戍边战士们在暴风骤起、飞沙走石的沙漠战场中进行的一场夜间鏖战以及后续军营中的将士们听到前方胜利战报后那种喜悦的心情，烘托出战士们的自豪感、自信心，显示出唐军的军纪严整、气势旺盛。这首诗一扫边塞诗那种悲凉的风格，字里行间充满了宏大的气势。

诗的第一句“大漠风尘日色昏”描写了西北大漠飞沙漫天、狂风乱卷的恶劣天气。

这一句是情景渲染，并没有直接写戍边战士，但可以想象，在大漠地区风沙滚滚、遮天蔽日的天气里，战士们依然顶着狂风行军，其气势可见一斑。

“红旗半卷出辕门”，风沙漫天的大漠中能见度很低，正是偷袭的有利条件，所以在这种恶劣的条件下，唐军并没有严防死守，而是采取了主动出击的战略。这一句中，“红旗”指代军队；“半卷”二字用得极妙，它写出了风沙之大，反衬出了军队军纪严整、行动迅速，显示了他们前进取敌的强盛士气。有了这个铺垫，这支部队能够生擒敌酋当然在情理之中。

滚滚黄沙骇浪之中，半卷的红旗好像一柄利剑，一支轻装上阵的前锋队在艰难前行，一场迫在眉睫的战争即将拉开帷幕。

“前军夜战洮河北，已报生擒吐谷浑。”这两句写的是这支军队正满怀信心与气魄在风沙大漠中寻敌而去，忽然前方传来首战告捷的喜讯。“洮河”，发源于青海省东北，流经甘肃省临洮县，是黄河支流。

“夜战”暗示着生擒敌酋、取得胜利的艰难过程。一般在如此恶劣的环境下，如果没有运筹帷幄、决胜千里的气魄，克服白天行军的劳困和勇猛的精神是无法取胜的。“已报生擒吐谷浑”，捷报传回，可以想象将士们忽闻喜讯的欢呼声和先行部队浴血奋战的喊杀声。

盛唐是我国历史上一个民族大融合的时期，汉民族与边境的少数民族在经济、文化上交流颇多，同样频繁的还有边境的战事，尤其开元、天宝年间，边境线上烽火四起，战事连连。在这种情况下，“宁为百夫长，胜作一书生。”（杨炯《从军行》），越来越多的人把征战边疆看作建功立业、名垂千古的必赴之地，边塞诗也随之产生。

王昌龄也曾到过西北边境，这首《从军行》即是他在边塞所作的众多边塞诗歌之一。这首诗歌前两句渲染了边疆战士出战时的恶劣天气和紧张气氛，后两句以侧面烘托的方式写出了战士们取得的辉煌战果。诗情转换跌宕，内在联系合情合理。

本诗以侧面烘托、虚实相生的笔法著称。诗人用尚未参战的军队忽闻捷报的表现来烘托出先锋队胜利的战果，在叙事方式上具有小小说的神韵。

出塞（其一）

秦时明月汉时关①，万里②长征人未还。
但使龙城飞将③在，不教胡马④度阴山。

【注释】

① 关：指秦汉时期的边塞关口。

② 万里：指辽阔的空间。

③ 飞将：指将军李广，当时人称“飞将军”。

④ 胡马：指敌人骑兵。

【赏析】

《出塞》为乐府旧题，也是唐代诗人写边塞常用的题目，本有两首，此为其一。这首诗大约是王昌龄早年赴西域时所写。诗中描写了辽阔的边塞景象，表达了任用良将以平息战事的希望。

起句写景，气势雄浑，被认为是千古妙句之一。“秦时明月汉时关”，声调高昂，统摄全篇，意思是秦汉时期的明月，秦汉时期的关，在修辞上属于互文的手法。由秦汉至唐，明月时时照着这片土地，没有改变过，与此同时，从秦汉以来这里的战事也从来没有停歇过。另外值得注意的是，“明月”和“关”又紧扣了乐府主题，乐府中常有《关山月》曲子，表现的是离别的哀愁，它们已经成为了苍凉、哀伤的标志，因而以乐府为题的诗歌常常出现“关”和“月”的字眼。

诗人匠心独运，在“明月”和“关”的前面加上了“秦”“汉”作为时间上的限定，这样就把整个诗歌的意境放在了一个较长跨度的历史时间背景上，起意高远，给人一种悲壮雄浑的感觉。历史变换，征战未断，为下一句做了铺垫。

“万里长征人未还”，万里形容征战距离之远，行程之艰辛。“万里”给人辽阔的空间感。“人未还”，诗人联想到古来多少男儿战死沙场，连年战争给人民带来的离别，甚至是死亡的灾难，也使千万个家庭妻离子散，这句诗表达了诗人对战争的反对和悲愤的心情。

王昌龄生活在盛唐时期，对外战争频繁，所以很多边塞诗都表现了昂扬的斗志和慷慨向上的精神。也有很多人看到了战争给人民带来的深重苦难，在诗歌中表达了希望统治者休养生息，使人民过上安居乐业的和平生活的愿望。王昌龄的《出塞》正反映了诗人对战争的批判，对和平的向往。

同时联系上一句诗人所塑造的宏远时间背景，"万里长征人未还"就成为对千古以来战事给人民带来灾难的批判，这不仅是唐人的悲剧，更是秦汉以来所有人民的悲剧。

那么，这样的悲剧能停止上演吗？要怎样才能停止呢？诗人给出了自己的期望——"但使龙城飞将在，不教胡马度阴山。""龙城"是指卢龙城，在今河北省喜峰口附近一带，为汉代右北平郡所在地。"飞将"指的是汉朝名将、人称"飞将军"的李广，他戎马一生，身经百战，智勇双全，在出征匈奴的战争中屡传捷报，也多次虎口逃生，匈奴闻风丧胆，深受汉朝人民的爱戴。"胡马"，泛指敌人的骑兵。"阴山"在今内蒙古自治区中部。

这里诗人希望在唐代也能有像汉朝李广一样所向披靡的将军率军出征，取得胜利，给人民创造一个和平的生活环境。这不仅仅是汉代人民的希望、唐代人民的希望，更是世世代代人民的希望。

全诗气势雄浑，格调高远，语言流畅，铿锵有力，一气呵成，被认为是唐人七绝的压卷之作。

塞下曲（其一）

蝉鸣空桑林，八月萧关①道。
出塞复入塞，处处黄芦草。
从来幽并②客，皆向沙场老。
莫学游侠儿，矜夸紫骝③好。

【注释】

① 萧关：关中四关之一，宁夏古关塞名。

② 幽并：即幽州和并州。

③ 紫骝：骏马。

【赏析】

诗人通过这样一首边塞乐府诗，表达了强烈的反战思想。

悲鸣的蝉，凋落的桑叶，齐步行进在八月萧关大道上的队队戍兵，都流露出悲凉萧瑟之意。塞内外是由枯黄的芦草覆盖的苍茫的原野，在秋风侵袭下透出刺骨的寒意。这四句话是对边塞景象的描写，秋意浓浓、寒苦悲凉之意简直透人心骨。

诗的后四句主要写戍边的情境，来自幽州和并州的勇士，青春年华都挥洒在边疆战场上；莫要像那些争强好胜之人，只知道通过炫耀自己的骏马来显现自己的勇猛。诗人的感慨与同情并发，奉劝好胜的青年人“莫学游侠儿，矜夸紫骝好”，真情实意得以极尽表达。“从来幽州并，皆向沙场老”与王翰的“醉卧沙场君莫笑，古来征战几人回”相得益彰，抒发了诗人的悲壮情怀。

这首诗表达了诗人对不顾战士死活的戍边政策的不满和对战亡将士的沉痛哀悼，带有浓厚的反战思想。

塞下曲（其二）

饮马渡秋水，水寒风似刀①。

平沙日未没，黯黯见临洮。

昔日长城战，咸言意气高。

黄尘足今古，白骨乱蓬蒿。

【注释】

① 风似刀：指凛冽刺骨的寒冷。

【赏析】

《塞下曲》是古时边塞地区的一种军歌，唐朝很多诗人尤其是边塞诗人用过此题写诗。这首诗作于王昌龄早年漫游陇右之时，据内容，当是追忆开元二年（714）唐将薛讷等大破吐蕃一事。诗中描绘白骨成丘的惨烈场面，让人触目惊心，足见诗人的反战思想。

一二两句“饮马渡秋水，水寒风似刀”描绘了边疆塞外广袤凄凉的深秋景色。“饮马”者乃是军士，首句中描写军士饮马的情景，为下文中的战争描写埋下伏笔。“秋水”二字点明当时正值深秋时节，渲染凄清悲凉的气氛。“水”指洮水，临洮城就在洮水畔。“风似刀”三字用比喻的手法来形容北风的凛冽刺骨。这两句诗选择了水和风这两种事物来渲染塞上深秋的苦寒景象，笔墨简洁，艺术效果极强。

三四句“平沙日未没，黯黯见临洮。”描写远望临洮看到的景象。茫茫沙漠，一望无垠，夕阳西照，即将没入地平线。放眼望去，黄沙之中，隐隐约约望见了临洮城。这两句诗意境雄浑，气势恢宏，在诗人的匠心之下，营造出了一种行军紧迫、前景黯淡的凄凉氛围。此二句同王维名句“大漠孤烟直，长河落日圆”（《使至塞上》）意境相似。

“昔日长城战，咸言意气高。”这两句描写了临洮的战争场面。“长城”一作“龙城”，此处指临洮。诗人来到古战场，自然想到历史上此处发生的众多战争。

“黄尘足今古，白骨乱蓬蒿。”“足”是充满的意思，“白骨”是战死者的尸骨，“今古”不仅指从古到今，而且还包括一年四季，每日每夜。临洮这一带黄沙漫天，见证了无数战争，战死者的白骨被杂乱地抛露在蓬蒿之间。这两句诗用生动的景色描写将战争的无比残酷深刻地揭示出来，极具震撼人心的力量。

全诗格调苍凉悲壮，流露出诗人浓厚的反战情绪，尤其是白骨乱蓬蒿的场景，令人印象极为深刻。

芙蓉楼送辛渐

寒雨连江夜入吴[①]，平明送客楚山孤。
洛阳亲友如相问，一片冰心[②]在玉壶。

【注释】

① 吴：指诗人和友人所在的长江镇江一段，在长江下游。

② 冰心：指为人光明磊落、胸怀宽广。

【赏析】

这首诗大约作于开元二十九年王昌龄任江宁（今南京市）丞之时。芙蓉楼在润州（今江苏镇江）西北，辛渐是王昌龄的朋友，王昌龄陪同他由江宁出发到润州，在此分别，送其北上洛阳。全诗构思精巧，诗人借送别朋友的离愁别绪抒发了自己清明如镜的胸怀。

“寒雨连江夜入吴”，昨天夜里绵绵的秋雨造访长江。首句从昨夜的秋雨写起，为送别设置了凄清的气氛。三国时期的吴国在长江中下游一带，所以这里也被简称作“吴”，诗中指的是诗人和友人所在的长江镇江一段。这一句写的是送别时刻所见的实景。“连”“入”摹状秋雨连绵之势。阴沉天空中秋雨纷纷，水天相连，烟波浩渺。诗人从视觉、听觉的角度描绘了一幅烟雨蒙蒙的长江秋雨图。

“平明送客楚山孤”，这是诗人在送别时刻所见到的景象。早晨诗人在此面对孤独的楚山，送朋友远行。此句中“楚”与上一句中的“吴”是互文的说法，春秋时期楚国在长江中下游一带，因此诗人称这里的山为楚山。

昨夜的秋雨使秋意更浓，天气更凉，给人萧瑟凄冷之感，为别离设置了寒意弥漫的意境。别离的愁苦想诉说却难以言表，想咽下却如鲠在喉。远望长江水天相接，看不到尽头，不知友人前方行程如何。想到朋友乘坐的小舟即将起航，渐行渐远，最终消失在长江天际的尽头，诗人心中怅然若失。抬头远望，江北的楚山孤独地伫立在平旷的江水之上。楚山没有生命也没有感情，它自己不会感到孤独，孤独的是为友人送行的诗人。朋友即将回到洛阳与亲朋好友相聚，自己却还要独身一人回到江宁。

想到这里，诗人将千言万语化为一句嘱托：“洛阳亲友如相问，一片冰心在玉壶。”这是一句千古传颂的佳句，现代作家谢婉莹的笔名“冰心”即取于此句。诗人以冰心玉壶来表达自己为人光明磊落、胸怀坦荡。

开元初年，时任宰相的姚崇曾作过一篇《冰壶赋》告诫官吏为官要廉洁奉公、内清外润，一时间成为做官的指导性文件，被官吏和士大夫广为传阅，甚至曾作为考题出现。王维、李白、崔颢等诗人都写过以此为题材的诗歌，而王昌龄此诗所表达的也是廉洁为官、心胸澄明的意思。

据说，王昌龄为人坦荡不羁，不拘小节，也因此得罪了朝中不少人。在众口交恶的情况下，他先后几次被贬。清者自清，王昌龄的心胸显然没有改变。因此在这首诗的结尾，他并没有向家人道自己安好敬请放心，而是托付友人转告洛阳亲友自己的心在污浊的尘世间依然玉洁冰清。

回味此诗，方才领悟诗中平旷的江天、孤伫的楚山正是诗人胸怀的写照。到这里，诗人胸怀坦荡、耿介孤傲的形象仿佛伫立在苍茫浩渺的秋雨江岸边，融入清澈澄明、悠远深沉的意境中。全诗意境隽永，余味无穷，写景、抒怀浑然天成，不愧为唐诗中的佳品。

闺怨

闺中少妇不曾[①]愁，春日凝妆上翠楼。
忽见陌头杨柳色，悔教夫婿觅封侯。

【注释】

①不曾：刘永济《唐人绝句精华》注：“不曾”一本作“不知”。作“不曾”与凝妆上楼，忽见春光，顿觉孤寂，因而引起懊悔之意，相贯而有力。

【赏析】

盛唐时期国力强盛，社会上流行尚武风气，许多人幻想着马上取功名，万里觅封侯，从此改变自己的命运。在这首诗中，女主人公的丈夫很可能就是其中一员。为了建功立业、功成名就，他离开家乡和妻子远戍边关。而他的妻子，也就是诗中的女主人公，心中很可能也怀抱着同样的理想。

这首诗题为《闺怨》，开头却言少妇不曾愁。接下来诗人要怎样演绎出闺阁之愁怨呢？诗人选取了少妇生活中的一个小片段，在短短二十八字之内，展现了少妇从“不曾愁”到“悔”之间细微的心理变化。

本诗将开头的场景设置在一个春日。“闺中少妇不曾愁，春日凝妆上翠楼。”这位空守闺阁的少妇心中尚未感到哀愁，大好春光使人心情疏朗，她精心梳洗打扮后登上翠楼欣赏春光。这两句中暗含着女主人公惬意闲适的心情，第二句正迎合了首句中的“不曾愁”。这位少妇在大时代背景和社会风尚的影响下，很可能和自己的丈夫一样，梦想着他在战争中立功，成就一番事业，改变自己乃至全家的命运。对于丈夫的离开，她也一样踌躇满志，以为这只是短暂的分离，以为用这暂时分别作为代价换取功名是值得的。所以，她并没有陷入日日难挨的愁怨中，仍旧乘兴欣赏春景。

“忽见陌头杨柳色”，第三句写的是她在登楼后观赏到的春景。“忽见”一词暗示她在楼上应该可以观赏到很多景物，也许有鸣叫的翠鸟、盛开的鲜花……在这“忽见”之前她看到的应该是风轻云淡、鸟语花香，一幅春意盎然的画面。只是她忽然看到了路边新长出来的柳叶，这一刻的画面也随着她的目光定格了。

新柳之色本是春天最常见的景象，登楼远望自然可以见到。只是为何诗人要说“忽见”呢？这一句可以说是诗情起伏的关键，也是女主人公心情发生变化的时刻。“忽见”是因为她的心灵受到了触动。之前不曾愁的女主人公，看到春天的杨柳忽然发生了变化。

在古代，分别的人往往折柳相赠，因“柳”与“留”读音相近，意谓愿君停留，以表不舍之意。诗中的女主人公看到清新的柳色不禁想起了当年与丈夫分别的时刻，也许那时候她也曾经轻轻折下一条柳枝送给他，然后也是独依着翠楼望着他的身影渐行渐远。也许那时候她也有不舍，也有悲伤，但想到丈夫将来立功而归，拜官封侯，心中尚存些许安慰。可是现在，同样在翠楼上登临远望，看到的只是和那时一样的柳色，却连丈夫的身影也望不见了。再想到几年时间转瞬即逝，丈夫远征仍然未归，音信杳杳，她不免黯然神伤。

这时候女主人公的心情与开头相比发生了强烈的变化，她后悔当初让丈夫出征边地，建功立业“觅封侯”的梦想不知何时能够实现，倒不如撇下梦想留在家里安安稳稳过日子的好。

诗中的女主人公本来没有“怨”和“愁”，春日登楼只是兴从中来，但是柳色入目后，心情忽然一转。从来都是“古来征战几人回”，千万远征军中建功立业的毕竟是少数，而能够建功并活着回到家乡的人更是少之又少，女主人公和爱人的梦想恐怕也很难实现了吧！

全诗从开头的“不曾愁”到结尾的“悔”，短短四句之内写出了女主人公微妙的心理变化。其中第三句诗人以景色的描写作为女主人公情绪变化的引线，堪称绝妙。诗人抓住了女主人公心理的微妙变化，汇集万千感想于一瞬，刻画细腻、精准。

王维：独在异乡为异客，每逢佳节倍思亲。

诗人名片

生卒年月：约公元 701 年—公元 761 年

字号：字摩诘，号摩诘居士

祖籍：山西省祁县

代表作：《九月九日忆山东兄弟》等

诗人小传：开元九年（721）中进士，任太乐丞，后官至尚书右丞，故后世亦称“王右丞”。中年居于蓝田辋川别墅，潜心修佛，过着半官半隐的生活，亦号“诗佛”。王维精通音律、佛学，工于诗画，其早期写过一些边塞诗歌，后多作山水田园诗，与孟浩然并称“王孟”。北宋文学家苏轼曾评其道：“味摩诘之诗，诗中有画，观摩诘之画，画中有诗。”今存诗四百余首。

九月九日忆山东兄弟[1]

独在异乡[1]为异客，每逢佳节倍[3]思亲。

遥知[4]兄弟登高[5]处，遍插茱萸[6]少一人。

【注释】

① 九月九日：农历的九月初九，为重阳节。山东：指华山以东的蒲州，今山西永济，是王维的故乡，并非指现在的山东省。

② 异乡：他乡。

③ 倍：更加，加倍。

④ 遥知：远远地想到。

⑤ 登高：民间在九九重阳节这一天有登高辟邪的习俗。

⑥ 茱萸：一种落叶乔木，香气浓烈，又名越椒。古人在重阳节时有佩戴茱萸的习俗。

【赏析】

《九月九日忆山东兄弟》是一首抒写思乡之情的诗，是王维在十七岁时所作。少年时期的王维，与他的胞弟王缙结伴离开了家乡蒲州，到东都洛阳和西京长安客游。虽然那时的王维非常年轻，但他在诗歌创作方面久负盛名，很快便受到王公、驸马、达官贵人的青睐，成为他们的座上客。他每天接触上流社会的人物，过着悠哉的日子。然而在短暂的新奇和兴奋过后，他却渐渐对这种漂泊的生活产生了深深的厌倦，思乡之情无时无刻不在侵扰着他，挥之不去。长安，是繁华的帝京，吸引着无数雄心壮志的年轻仕子；也是遥远的异乡，困扰着那些举目无亲的少年游子。

又逢重阳佳节之日，达官贵人们纷纷设家宴自娱，胞弟王缙也回老家蒲州去了，只剩下王维在长安谋取功名。繁华热闹一时间成了孤独无亲的参照，一种难以排遣的思乡之情在年少的诗人心中瞬间爆发，遂写下《九月九日忆山东兄弟》。

游子和故乡向来是文学作品中一对经典的意象。在异乡思念亲人的感受恐怕所有漂泊在外的人都深有体会。若赶上欢庆的节日，乡情就更成了不能触碰的痛处。佳节本应是家人团聚的日子，记忆里故乡的一切都那么亲切熟悉，而自己却孤身在外。乡愁是每个游子的“痛风病”，节日就成了加重病情的诱因。但王维成功地用朴素却不失纯美的语言，替所有的游子说出了病情的症状：“独在异乡为异客，每逢佳节倍思亲。”此句一出，便不胫而走，成为流传后世的佳句。

当时王维共作了三首诗，这是其中的第二首。本诗以白描的手法，刻画了诗人思乡的浓烈情感，简洁而有力。

前两句开门见山，不经任何曲折迂回，写身在异乡的诗人到了重阳佳节倍加思念远在故乡的亲人。

“独”和“异”是诗里的浓墨重彩。第一句一个“独”字，如当头一棒，造境突兀，传达出乡愁带来的一种强烈的刺痛感。两个“异”字，则反复强化了游子孤寂无亲的心灵触觉，诉说中强忍着一丝酸楚。

第二句是全诗的核心与高潮。“每逢”二字用得巧妙，打破了九月初九的特定时间格局，使人体会到诗中思乡之情已经积聚了许久。感情在这一刻不可遏制地喷发出来，只不过是重阳佳节这根导火索对乡情的再一次触动。“倍”字一箭双雕，既道出了平日里思念亲人的频繁，又表明了此时思念亲人的程度。

后两句由自己思念亲人，转而想到亲人们在重阳佳节登高远眺之际，也定然会想念自己。相传古代有一个人叫作桓景，跟随费长房游学。一天费长房告诉他：你家在九月九日这一天有难，快回去让家里人做些绛色的袋子，装上茱萸，佩戴在胳膊上，再登高饮菊花酒，就可以躲避这场灾难。桓景回家后，按照老师费长房所说的方法做了。九月九日这天桓景从高处下来回到家时，发现家里的牲畜都死了。因此，后世的人们在九月九日相聚登临高处，佩茱萸、饮菊酒，认为这样做可以消灾辟邪。

诗人借着重阳节的经典旧俗把抽象的思念转化成具体的形象，使诗歌的意象更加丰富。杜甫在《月夜》中有“今夜鄜州月，闺中只独看”，与王维的这两句似有异曲同工之妙。同样是猜想，而王维的诗显得更不经意、更不着力。

前两句相当饱满，是为千古名句。如此的气势叫人过目难忘，却也给下文平添了难度：若延续佳节思亲的路子往下走，会显得头重脚轻；若想写出新意，也难以再出佳句。然而诗人却另辟蹊径，笔锋一转，从亲人的角度入手，处理得轻巧高明："遥知兄弟登高处，遍插茱萸少一人。"用自己的想象幻化出一幅兄弟登高的图景。扣紧了诗题，进一步说明了文中"佳节"所指的重阳。诗人确定，亲人们团聚在一起"遍插茱萸"时，是会记起他这客居他乡的游子的。亲人们的心思，是他自己细心体贴出来的。之前的感情强烈真挚，到这两句转变为深沉细腻，像湍急的激流一下子过渡到平缓的涟漪，感情处理得有放有收，颇具韵律感。

前半段诗从自身的漂泊在外的思念，到后半段亲人兄弟中只差一人的遗憾，遥相呼应。人虽处两地，心却在一处。《诗经·魏风·陟岵》末章里说："陟彼冈兮，瞻望兄兮。兄曰嗟！予弟行役，夙夜必偕。"梦中思念亲人，想象着亲人也在思念自己。清人沈德潜在《唐诗别裁》中评价王维的这首诗"即陟岵诗意"。"遥知"下面两句的表达方式不难找到根源，是从《诗经》中脱胎而来，且极为相似。

这种用想象完成的空间转换也被其他敏感的文人捕捉，同一朝代的诗人罗邺的《雁》也采用了这种巧妙的转换："暮天新雁起汀洲，红蓼花开水国秋。想得故园今夜月，几人相忆在江楼？"这种表达方式免于流俗，同时也丰富了诗歌的内容。

使至塞上

单车欲问边，属国①过居延。征蓬②出汉塞，归雁入胡天。
大漠孤烟直，长河落日圆。萧关逢候骑，都护在燕然。

【注释】

① 属国：即典属国的简称，这里指使臣。

② 征蓬：飘扬在秋风中的飞蓬，此处借指诗人自己。

【赏析】

开元二十五年(737)，监察御史王维奉唐玄宗的命令前往平凉犒劳将士，探访军情。

因为之前河西节度副使崔希逸袭击吐蕃，于青海西破敌，此诗就写作于诗人去该地的途中。该诗描写了黄河上游的壮阔景色，记录了诗人第一次到塞上的所见所感。

首联和颔联以“欲问边”开头，“过居延”“出汉塞”“入胡天”等短语的依次出现表明了行程的紧凑和路途的遥远。当时正值春天，诗人形容自己如同随风飘扬的蓬草一样出了“汉塞”，仿佛振翅北飞的“归雁”一样来到“胡天”，兼用了比喻和起兴的手法，将在塞上的所见和所感表现了出来，可谓叙事和抒情相结合，手法自然贴切。

第三四句描写了进入边境后所见的壮美奇丽的塞外景色，因其意境壮阔而广为流传。其中，一个“大”字表现了边疆沙漠的广阔，一个“孤”字表现了烽火台燃烧时浓烟的醒目和沙漠的荒凉、单调，一个“直”字又表现了烟的挺拔、刚劲。“直”和“圆”的搭配使用触动了诗人的悲壮诗情，将一幅壮美的边疆黄昏美景图呈现在读者眼前。

尾联的基调由悲寂变为喜悦，因为诗人路上遇到了候骑，听到了捷报。

诗人将悲壮、寂寥的情怀融入细致描写的壮阔边塞景色之中，写法巧妙。

送别

下马饮君酒①，问君何所之②？
君言不得意，归卧③南山陲④。
但⑤去⑥莫复问，白云无尽时。

【注释】

① 饮君酒：即劝君喝酒。饮：使动用法，意为使某人饮。

② 何所之：“之何所”的倒装，去到哪里。之，去、到。

③ 归卧：归隐，隐居。

④ 南山陲：终南山边。南山：终南山。陲：边，边陲。

⑤ 但：只。

⑥ 去：离开。

【赏析】

《送别》是一首送别友人归隐山林的诗。

诗的开头两句叙事，写饮酒饯别，以设问引起下文，中间两句是用朋友的答话点出了归隐的原因；最后两句是诗人对友人的劝慰，借以表达自己对功名利禄、荣华富贵的轻视。

第一句“下马饮君酒”，诗歌开篇就直写与友人的饮酒饯行，用质朴无华的叙述方式点出“送别”一题。

第二句“问君何所之”，诗人对朋友关切地询问：“你要到哪里去？”这替读者问出心中想问的话。将要分别的朋友，总是有太多想说的话，却不知从何说起，关切爱护、深情厚谊都凝练到一句“问君何所之”里，已胜过千言万语，惜别之意尽在字里行间。特别是运用了设问的句式，引起读者的注意，顺利地引出下文，将话题自然而然地过渡到写归隐上来。

接下来三四句有了答案：“君言不得意，归卧南山陲。”诗人的朋友答复了诗人的问话，表示自己仕途不顺，做官遭受排挤打击而不得意，于是只好决定归隐终南山下。

“不得意”三个字充满弦外之音，是理解本诗题旨的关键所在，不仅交代了友人选择隐居的原因，其中也暗含着朋友官场失意后不满的情绪。其实只要稍微注意便知，在朋友的这份不平的情绪中，也夹杂了诗人的牢骚和不满，要借着朋友的际遇宣泄一下自己对现实愤懑不平的心绪。

“归卧南山陲”，是朋友告诉诗人自己将要隐居在终南山。这里的“南山”很容易让人联想起陶渊明那句千古传诵的“采菊东篱下，悠然见南山”来。间接地以陶渊明的淡泊恬静与朋友的品性作比，也借此抒发自己向往隐居、超然物外的情怀。

在诗的最后，诗人在得知好友“不得意”的心情后，以“但去莫复问，白云无尽时”来劝慰他，意思便是：你尽管去吧，我也就不再苦苦追问了。其实你何必心心念念想着官场的失意呢？尘世的功名利禄、官场的荣辱沉浮总是有尽头的，而山谷中的白云却没有穷尽的时候，时时刻刻伴随着你，你并不会孤独，想想这些，你就可以释怀，从失意中走出来了。

最后两句虽然是以释然的话语规劝朋友放下心里的负担，却表现了诗人很复杂的感情，其中有对好友的同情和安慰，也有自己对隐居生活的羡慕。在否定人世的荣华富贵的同时，却又油然而生一种无可奈何之感。毕竟，同在官场的王维对于政治倾注了太多情感和期待，最终却落空，以失望收尾。与上文的“不得意”联系起来看，这两句中更重要的是与朋友的共鸣。淡泊中，对现实的不满和激愤成为这首诗的潜台词。

从写作方法上来讲，前四句显得平淡，叙述得无色无味。而到了最后两句，诗的意味顿出，渐入佳境，如同慢火熬制的浓汤，要到最后才出味。其实最后精彩的两句并不是空中楼阁，正是在前面貌似平淡的四句的铺垫下才得出的。谢榛曾说过，这两句结尾“清音有余”。这种审美感受源自前文的不徐不疾。

与此同时，诗人以悠悠白云作为诗歌结尾，寓情于景。“白云”这一景物所象征的，就是悠然自得、远离尘世的隐居生活，让人联想到晋代诗人陶渊明的“云无心以出岫”的飘逸与洒脱。结尾含蓄的表达，瞬间提升了全诗的境界，丰富的想象空间引人入胜。

总之，这首诗歌借朋友的失意归隐，传达出诗人自己的复杂情感，韵味深厚悠长。全诗语句愈淡，情致愈浓，在结尾处韵味骤增，使人感慨无限。

相思

红豆生南国，春来发几枝。
愿君多采撷，此物最相思。

【赏析】

这是一首借咏物寄相思的五言绝句，题一作《江上赠李龟年》，可见确实是诗人为眷怀友人而作无疑。李龟年是盛唐时期著名的音乐家，安史之乱时，流落江南一带。杜甫也写过一首《江南逢李龟年》。据《唐诗纪事》记载，李龟年曾在湘中采访时的筵席上唱过王维这首《相思》。

首句点明红豆生长的地区，也是朋友所在之地。红豆生于南方，果实红润浑圆，如珊瑚般晶莹，南方人常用红豆作为镶嵌的饰物。传说古时候有一位女子，她的丈夫死在边疆战场，她便哭死于树下，化为红豆，于是人们又称呼红豆为“相思子”。唐诗中常常用红豆来隐喻相思之情。所谓“相思”，不局限于男女情爱，亦可以用在朋友之间。

“春来发几枝”一声轻问，春天到来，红豆的枝丫又发了几枝呢？这句承接得十分自然，设问的语气也显得分外亲切。对友人关怀的心绪自然而然地流露于字里行间。诗人在这里问红豆“春来发几枝”，其实是意味深长的，是选择富于情味的事物来寄托诗人自己的情思。

“愿君多采撷，此物最相思。”希望你多多采撷，因为只有这红豆才最惹人喜爱，最叫人忘不了呢！“此物最相思”是作为补充的理由来解释为何“愿君多采撷”。诗人寄意于对方“多采撷”红豆，实际上是言在此而意在彼。“愿君多采撷”其实是说：“希望你看见红豆，就想起关于我的一切。”意在暗示远方的朋友一定要珍视朋友之间的情谊，语言诚挚动人。虽然这里表达的是希望友人能够记得自己，但自己的相思则处处流于言外。

全诗中主要有两个关键字，一个是“相思”，一个是“君”。“相思”之情，人皆有之，相思的对象有可能是任何人，而“君”，指的是作者最在意的一个人。“相思”于“君”具有很强的对象性和专一性，情有所专，情有所真，它表达了人与人之间的深挚情谊。“劝”“最”同“君”“相思”组合在一起，诗人内心的情感就曲折完美地表达了出来。这种表达方式，能够轻易地触动读者的内心，令人浮想联翩，从而将诗的境界转化为读者的自我境界。

整首诗丝毫未表露相思之情、离别之意，尽管作者柔思满怀，却仍然只字未提。相反，却句句话不离红豆，情感超脱于物象之外，萦绕于诗人心中，将相思之情表达得无形却有神。在生活中，最情真意切的话往往朴素无华，妙在自然。

王维善于用素朴的语言表达深厚的思想感情，此诗虽语句浅显，但是意境深刻，在当时广为流传。诗中“红豆”这一意象使人自然而然地联想具有深厚民间基础的爱情故事，如相思木、相思树之类。这种符号上的延续丰富了诗的内涵，让历代读者都能从中得到共鸣。

终南山

太乙[①]近天都，连山[②]到海隅。
白云回望合，青霭入看无。
分野中峰变[③]，阴晴众壑殊。
欲投人处宿，隔水[④]问樵夫。

【注释】

① 太乙：终南山的别称。

② 连山：指自甘肃天水向东绵连的山脉，气势高拔。

③ 变：指终南山峰峦林立。

④ 水：指深沟大涧。

【赏析】

《终南山》是王维山水诗中的名篇。终南山由甘肃天水向东绵延八百里，气势高拔、清灵俊秀，深受历代文人骚客的青睐。王维成功地把握终南山的形态之美，以其传神之笔将终南山的雄壮与缥缈描绘得淋漓尽致，整首诗层次分明，轻快明朗。

“太乙近天都，连山到海隅。”首联写远远望去，终南山巍峨高大，连海接天。“太乙”是终南山的别称；“近天都”一词用夸张的手法突出终南山凌云绝顶之高；“到海隅”一词，形容终南山绵延不绝的样子。首联突出终南山延绵之广，视野开阔，意境宏大。

“白云回望合，青霭入看无。”诗人在此处将“白云”作衬，虚实结合；“青霭入看无”一句更是把读者带进了神秘的终南山的氤氲之中。上句中的“回望”与下句中的“入看”是“互文”，它们交错为用，相互补充。诗人身在终南山中，前方一片白云弥漫，道路迷阻，什么都看不见，一切都笼罩于茫茫“白云”和蒙蒙“青霭”之中。正是如此，才更令人神往，更急切地想要进一步“入看”。

“分野中峰变，阴晴众壑殊。”颈联着眼于终南山的各个分峰，“变”字形容终南山峰峦林立，姿态万千。紧接着王维又巧妙地用“众壑”来与“中峰”做对比，间接把终南山的群峰之间的距离点出。下句中的“殊”字更意味深长地道出了“同山不同天”的奇异。“分野中峰变”这句诗还展现了终南山从北到南十分辽阔，诗人立足“中峰”，纵目四望之状依稀可见。

“欲投人处宿，隔水问樵夫。”尾联抛开景物描写，转而写事。终南山景致优美，趣味无穷，令诗人流连忘返。他“欲投人处宿”，既是想要舒缓游走之累，又希望能饱览山色之美，品味其幽。“隔水问憔夫”的“水”实际是深沟大涧，“隔水”二字也点出了作者“远望”的位置。

同时，王维之问终南山樵夫令人想起东晋大诗人陶渊明《桃花源记》中武陵渔人之问，暗含以终南山比桃花源之意，突出终南山闲适安谧的隐逸气氛。

全诗写景、写人、写物，转换自如。景物、人物的描写声色俱佳，意境高深，展现了终南山恢宏雄壮的气势和山中宁静悠远的气氛。诗人采取“以不全求全”的写作手法，达到“以少总多”“意余于象”的艺术效果。

山居秋暝①

空山新雨后，天气晚来秋。
明月松间照，清泉石上流。
竹喧归浣女，莲动下渔舟。
随意春芳歇，王孙②自可留。

【注释】

① 暝：日落，黄昏。

② 王孙：原指贵族子弟，后来也泛指隐居的人。此处指诗人自己。

【赏析】

这首五言律诗是山水田园派诗人王维的代表作之一，大约成于诗人隐居终南山或辋川别墅之时。全诗主要描绘了深秋傍晚时分雨后山中的旖旎风光，意境清幽雅静、淡然闲适，反映了诗人安逸淡泊的生活态度，寄托了他渴望超脱尘世、追求隐逸生活的情怀。

“空山新雨后，天气晚来秋。” 首联纯粹是风景描写，描绘的是薄暮之时，山雨初霁之景。诗人用寥寥十字勾勒出一幅清新宜人、宁静幽深的雨后山村的水墨画，意境深远，空灵淡然。“空山”是王维惯用的词语，在王维的《鹿柴》中，也有“空山不见人，但闻人语响”的诗句。这里的“空山”二字绝无冷清、空洞之意，也不是禅宗所谓的空寂、虚无，它主要有四层意思：一是指山中林木繁茂，翠绿成荫；二是暗示此处远离尘嚣，人迹罕至；三是形容山雨初霁之时山中一派空明洁净、熠熠生辉的灿烂图景；四指空而不虚，静而不寂，意趣万千，因为山中有欢歌笑语、渔舟晚唱，有明月朗照、清泉潺潺。

“明月松间照，清泉石上流”仍然是一幅自然画卷。被雨水洗涤后的松林，空气清新，枝叶青翠欲滴；皎洁的月光投射进松林，地上一片洁白的月光，干净而透彻。山中的石头被雨水冲刷得一尘不染，晶莹圆润；山雨汇成的潺潺清泉流淌于错落有致的山石上，又顺着山涧蜿蜒而下，发出淙淙的清脆悦耳的欢唱，恰似婉转的夜曲。上句中的“照”与下句中的“流”，一上一下，一静一动，静中有动，动中有静，静动结合，仿佛是大自然的脉搏在跳动。苏轼称赞这句诗“诗中有画，画中有诗”，意境之美，可见一斑。

“竹喧归浣女，莲动下渔舟。”从对景物的静态描写过渡到对人物的动态描绘。句中对“浣女”与“渔舟”的刻画采用“未见其人，先闻其声”的手法。上句里写听到一片欢声笑语，嬉戏打闹，笑声打破了竹林的宁静，原来是一群农家少女正浣衣归来。下句写几艘打鱼的小船满载而归，渔舟所到之处，莲叶随之而动，掀起阵阵浪花。虽然只有短短十个字，但将乡村生活的欢快、乐趣巧妙自然地展现在读者面前。乡村的平凡生活在诗人的眼里却成为了淳朴率真、安居乐业的理想生活，再次烘托出作者的心性高洁以及无欲无求的心态。

尾联“随意春芳歇，王孙自可留”巧用了《楚辞·招隐士》里的典故。《招隐士》中云：“王孙兮归来，山中兮不可以久留。”原意是招王孙出山入仕，示意山中不可久留，而王维在此处则表达了相反的含义。春芳凋谢乃是四季轮回，秋色自有秋色的美处，“王孙”可以留下不必离去。这句诗貌似在劝“王孙”，实则是道与诗人自己。“山中”比朝中好，洁净淳朴，可以远离官场污浊而洁身自好，出仕朝堂实则不如留在山中。从这句诗中可以看出诗人对平淡生活的迷恋与向往，是其高尚情操的完美体现。

这首诗运用了一种艺术手法，就是以自然美来象征诗人的人格美和诗人理想中的社会美。乍看是用“赋”的手法描绘山水美景，对景物做细腻深邃的刻画，实际上通篇都是比兴。诗人通过对山中秋景的描绘来表达自己对远离世俗凡尘的渴望，以及对隐逸生活的执着追求。

全诗运笔如行云流水，自然流畅，借景抒情，情景交融，无论是在韵律上还是意境上，都是山水诗中的上品。

秋夜曲

桂魄初生秋露微，轻罗已薄未更衣。
银筝夜久殷勤弄，心怯空房不忍归。

【赏析】

本诗写一位少妇在秋夜思念丈夫，主要内容是闺怨。

第一二句描写秋天夜晚的冷清景色。月亮升起，秋露很轻。轻罗做的衣服虽然已经显得单薄，但主人公却没有心情更换。

第三四句写主人公因寂寞而“殷勤”弄筝。冷清的秋夜里，少妇在屋外拨弄着银筝，即使夜已经深了，也不肯回屋。“心怯空房”看似是原因，其实真正的理由是没有人相伴。这是一种委婉的说法，将少妇羞涩的心理表现得很生动。通过对少妇微妙心理的巧妙刻画，将闺怨写得缠绵哀伤。

鹿柴[①]

空山[②]不见人，但闻[③]人语响。

返景[④]入深林，复[⑤]照青苔上。

【注释】

① 鹿柴（zhài）：一作鹿砦。柴，今通“寨”，指栅栏。鹿柴是王维晚年隐居之所，在今陕西省蓝田县，是辋川的一个景区，风景优美。

② 空山：空旷的山林。

③ 但闻：只听见。但：仅、只。

④ 返景：指日落时分夕阳反射到东方的光线。景：古时同“影”，太阳的光影。

⑤ 复：又。

【赏析】

本诗是王维五绝组诗《辋川集》二十首中的第五首。作为山水诗的代表作，《鹿柴》描绘了黄昏时分山林中的清幽景色。

“空山不见人”，首先从正面点出空旷的山林杳无人迹。王维的诗中“空山”一词出镜率很高，似乎对它格外偏爱。而在不同的诗中，它所呈现的意境也有微妙的差别。“人闲桂花落，夜静春山空”（《鸟鸣涧》）偏重于体现春山夜晚的安谧幽美；“空山新雨后，天气晚来秋”（《山居秋暝》）则着力于体现秋山雨后的明快洁净；而“空山不见人”，重点在于体现山林的清幽冷寂。“不见人”，把“空山”的意蕴具体化了。人迹罕至的空旷山林，在诗人的笔下显得空旷虚无，犹如远离红尘之胜境。

单看第一句诗的话，几乎文字平平，然而紧接着这一句的是“但闻人语响”，一下子把境界全烘托出。颇可玩味的是“但闻”二字。一般来说，空山尽管寂静“不见人”，不过读者可以联想到会有风语细细、水声潺潺、鸟啼啾啾、虫鸣唧唧，并非没有半点声息。但是这些常规的声响都寂然无声，传来的却是人语声，颇在人意料之外。“人语”似乎是打破“空山”之“寂”的，但却更衬托出山谷的幽。以有声写无声，与“蝉噪林愈静，鸟鸣山更幽”（南朝·王籍《入若耶溪》）有异曲同工之处。以暂时的声响去反衬长久的寂静，而愈见空山之空。人语响过之后，山中再一次沉入万籁俱寂中，像将一颗小石子投向如镜面般的湖中，激起轻微波澜后又复归平静。

前两句描写了空山传语，语言虽直白，却让人如身临其境。后两句进而勾勒了深林晚照，对山林的描写从调动听觉到引出视觉。“返景入深林，复照青苔上。”这时夕阳的光线照射入林木深处，又有一部分斑斑驳驳的光影落到林间的青苔之上。

山中的树林，茂密深邃，造成了林间的昏暗。树下的青苔，也暗示出林中的光线不足。偏偏是在这样的环境中，夕阳的余晖穿过层层树林，洒向青苔之上。就是这一抹斜阳，给幽暗中的山林提亮了一个色度、带来了一阵温暖，在寂然中展现出一点生机。然而，落日的余晖总是短暂的，最后的光线也不会太亮。不久之后天色就要暗下来，深林会再次归属于幽暗的统辖区域。

本诗有两个透视点，其中一个便是深林。树林深处，人无法用感官测知，因此便产生了想象中不可知的幽深与神秘之感。这种感觉在盛夏就要过去、初秋即将来临的时节最为明显。诗的另一个透视点是青苔。苔色青青，尽在眼底。青苔所生之处往往在茂密的林间，阴暗潮湿，而此刻却沐于斜阳晚照中。投在地面上的葱郁的树影在落日余晖中渐渐拉长，深林与青苔两个透视点融合在一起，二者互应，使得诗文虚实相生、动静结合。

这首诗的绝妙之处在于清新自然，毫不做作。全文没有一个晦涩的字眼，却必须经过反复咀嚼，才能品出它的味道。诗人没有着力强调和直述山林的幽静和昏暗，却达到了这种效果。他独辟蹊径，以人语来打破山的寂静，以夕阳来影射深林的幽暗，以声烘托静，以亮反衬暗，反而使山林的寂静和幽暗给人留下更加深刻的印象。

大多数的山水诗，总难以脱开具体景物的写实：要么描绘芳草萋萋、古木参天，要么临摹孤峰嶙峋、辽远无边，要么状写飞瀑直下、泉水潺潺。这便是众多山水诗的窠臼，着眼于用语言复制景物的绮丽。

而王维的这首《鹿柴》与这些写实的诗歌相比，却多了几分空灵清透，就像写意画与工笔画之间的区别。他将声音从图像中抽离出来，从一个奇特的现象下笔："空山不见人，但闻人语响。"这种从声音写起的方法新巧有趣，因为"空山"，因为"不见人"，关闭了视觉的通道，听觉就会格外灵敏，于是听见"人语响"。山中层峦叠嶂，看不见一个人。有时能听到朗朗笑声，但由于声音在空谷中回荡，一时间难以判断人声究竟从何而来。这种现象本来很平常，但是将这种视觉与听觉融为一体的方法，却不能不说是王维的一个创造。

诗人、画家和音乐家三重身份的王维，把鹿柴附近的景色用语言、画面、声音有机地结合起来。无声的宁静、无光的昏暗，人人都能觉察；而细声的静寂，微光的幽暗，却鲜有人关注。诗人以音乐家对声音的敏感、画家对光影的捕捉，恰如其分地把黄昏中空山传声和深林返照，那可遇而不可求的一瞬间通过语言整合出来，呈现在读者面前。

然而忘情世事的味道在诗中也有所流露。除去本首诗，在《辋川集》中，带有这种遁世色彩的句子俯拾皆是，例如："暗入商山路，樵人不可知"（《斤竹岭》）；"涧户寂无人，纷纷开且落"（《辛夷坞》）；"来者复为谁，空悲昔人有"（《孟城坳》）；"湖上一回首，山青卷白云"（《欹湖》）。诗人长于表现静谧恬淡的意境，寄情于山水，倾心于佛法，自称"一悟寂为乐，此生闲有余"（《饭覆釜山僧》）。

青溪

言入黄花川，每逐①青溪水。
随山将万转，趣②途无百里。
声喧乱石中，色静深松里。
漾漾泛菱荇，澄澄映葭苇。
我心素已闲，清川澹如此。
请留盘石上，垂钓将已矣。

【注释】

① 逐：循、沿。

② 趣：即趋。

【赏析】

《青溪》是王维山水诗的代表作之一，大约写于诗人归隐蓝田之后。诗中每一句都可以成为一幅风景优美的山水画，再次印证了王维的“诗中有画，画中有诗”。诗句清淡自然，声色俱佳，静动结合，颇值得玩味。诗人借物言志，通过对青溪水的描绘来抒发自己淡泊明志、宁静致远的高尚情怀，表明自己的归隐之意。

这首诗为名“青溪”，其溪位于今陕西省勉县东部，是一条不知名的溪流。王维初归隐之时，常循着青溪进入黄花川（今陕西凤县东北）游历。全诗采用了“移步换形”的写法，随着诗人所处位置的变化，所见之景色亦有所不同。

第二句“随山将万转，趣途无百里”中的“趣途”即趋途之意。由青溪至黄花川路途不足百里，溪水蜿蜒，九转百折，沿山势迂回行进。青溪水顺流而下，潺潺的溪水与两岸郁郁葱葱的松林相映成辉，彼此交融，色调浓淡相宜，景色错落有致。紧接着诗人更见情趣。“声喧乱石中”这句展现了一派动感刚硬的景状；然而下句中，诗人笔锋转至“色静深松里”，通过对静默深松的色调描写，将动态不着痕迹地转化为清幽如画的静态，上下两句自然契合，意境深远。尤其水流过乱石时，“喧”字给人以强烈的声感；当其流经松林时，“静”字又将同一条青溪描绘得那么娴静、安谧，悄无声息。这一联中一动一静，声色相通，意境极美。

当青溪流出松林，进入开阔地带后，又另有一番景色：“漾漾泛菱荇，澄澄映葭苇。”水面上菱叶、荇菜等水生植物参差浮泛、摇曳生姿；水行处，波光粼粼，微波荡漾；趋步前行，水面又似明镜般的清莹透明，岸边浅水中的芦花与苇叶，倒映在水中仿佛天然画卷。这一联中，“漾漾”绘水动貌，“澄澄”状水静貌，动静相宜，颇为传神。

其实，青溪本身并无奇景，然它那素淡的景致，为何在诗人王维眼中却美不胜收？诚如王国维所说：“一切景语皆情语也。”“我心素已闲，清川澹如此。”诗人借这青溪来为自己写照，以清川的淡泊来印证自己的夙愿，反映了他在仕途失意后自甘归隐的心情，物境与心境在这里融为一体。最后一句“请留盘石上，垂钓将已矣。”诗人借用了东汉严子陵垂钓富春江的典故，来抒发自己想隐居青溪的高洁情怀。此二句既是全诗意境的落脚之处，也是作者思想的必然归宿。

整首诗含而不露，耐人寻味。风光与情怀无疑是一种诗心与画意的结合，诗画相洽，方见真谛。

李白：人生得意须尽欢，莫使金樽空对月。

诗人名片

生卒年月：公元 701 年—公元 762 年

字号：字太白，号青莲居士，有“诗仙”之称

祖籍：陇西成纪（今甘肃省秦安县陇城）

代表作：《将进酒》等

诗人小传：幼时随父迁至昌隆。二十五岁离开蜀地，长期漫游。天宝初年，供奉翰林，后受谗毁，离开长安。“安史之乱”时期曾为永王李璘幕下，乱平后受牵连而被流放夜郎，中途幸遇天下大赦。李白从民间和神话传说中汲取了大量养料和素材，其诗风格雄奇豪放，想象丰富绚烂，语言流畅，音律和谐多变。存世诗文千余篇，有《李太白集》。代表作有《蜀道难》《行路难》《梦游天姥吟留别》《将进酒》等。《全唐诗》存其诗二十五卷。

将[①]进酒

君不见，黄河之水天上来，奔流到海不复回。
君不见，高堂[②]明镜悲白发，朝如青丝暮成雪。
人生得意须尽欢，莫使金樽空对月。

天生我材必有用，千金散尽还复来。

烹羊宰牛且为乐，会须[3]一饮三百杯。

岑夫子[4]，丹丘生[5]，将进酒，杯莫停[6]。

与君歌一曲，请君为我侧耳听。

钟鼓[7]馔玉[8]不足贵，但愿长醉不复醒[9]。

古来圣贤皆寂寞，惟有饮者留其名。

陈王[10]昔时宴平乐[11]，斗酒十千恣[12]欢谑[13]。

主人何为言少钱[14]，径须[15]沽[16]取对君酌。

五花马[17]，千金裘，呼儿将出换美酒，与尔[18]同销[19]万古愁。

【注释】

① 将（qiāng）：请。

② 高堂：父母。

③ 会须：应当。

④ 岑夫子：指岑（cén）勋，李白好友。

⑤ 丹丘生：元丹丘，李白好友。

⑥ 杯莫停：一作“君莫停”。

⑦ 钟鼓：富贵之家宴会奏乐所使用的一种乐器。

⑧ 馔（zhuàn）玉：美好的食物。

⑨ 不复醒：一作“不用醒”或“不愿醒”。

⑩ 陈王：三国时期魏国的陈思王曹植，著名文学家，“三曹”之一。

⑪ 平乐：洛阳西门外的平乐观，是汉代富豪及达官显贵的娱乐场所。

⑫ 恣（zì）：放纵，无拘束。

⑬ 谑（xuè）：玩笑。

⑭ 言少钱：一作“言钱少”。

⑮ 径须：只管。

⑯ 沽（gū）：通“酤”，买。

⑰ 五花马：指名贵的马。

⑱ 尔：你。

⑲ 销：同“消”。

【赏析】

《将进酒》是一首劝酒歌，它原本是汉乐府短箫铙歌的曲调。天宝十一年（752），李白和好友岑勋一同到颍阳山居探望住在嵩山的元丹丘，三人共宴，开怀畅饮，李白即兴写下这首诗。诗中抒发了怀才不遇的苦闷，感叹人生苦短，当洒脱饮酒，及时行乐，其中淋漓尽致地体现了李白的才情、个性以及人生观，是李白的代表作之一。

诗人采用长短不一的句子，五音繁会，表达复杂多变的感情。诗中有悲有喜，节奏时张时翕，发泄了不满，排解了郁结，气象不凡。诗人在对现实感到绝望、无奈之后，深知凭借自己是无法改变现状的，于是他告诫世人不要将时间浪费在苦闷之中，人生在世要及时行乐，顺其自然。

“君不见，黄河之水天上来，奔流到海不复回。君不见，高堂明镜悲白发，朝如青丝暮成雪。”开篇六句用两组排比句，从时间和空间上表达了诗人的感慨。一生就像那奔流不息的黄河一样，虽然会波澜壮阔，但是终究是一去不复返的，在不经意间，已经满头白发了。诗人用夸张的手法形容时间的飞速流转，告诉友人及世人珍惜时光，及时行乐。

“黄河之水天上来，奔流到海不复回。”两句形成了一个对比，一涨一消，有一种循环往复的感叹之情。“高堂明镜悲白发，朝如青丝暮成雪。”说的是年迈的父母从明亮的镜子中看到了自己的白发感伤、难过。“朝”和“暮”两个字是一种夸张的写法，让原本就短暂的时间显得更加短，给人一种生命短暂、韶华易逝的紧迫感。

“人生得意须尽欢，莫使金樽空对月。天生我材必有用，千金散尽还复来。”这四句从人生短暂的悲伤中跳出来，转而描写纵酒举杯的洒脱不羁，塑造了一个性情豪放、喜好自由、不慕权贵的诗人形象。

“人生得意须尽欢”，李白的一生中几乎没有得意过，失望和愤慨常驻在他的心中，因而这一句诗虽然宣扬的是及时行乐的观点，但是联系李白的际遇，可以理解为诗人逃离现实、自我安慰的一种方法。

这一段中最为绝妙的就是诗人并没有直接在诗句中描写酒，而是通过“金樽”“月”这样的意象来描写自己的生活状态，使得饮酒这个动作变得肆意洒脱，自由自在。“莫使”和“空”两个字构成了一个双重否定句，加强了诗句的感情和语气，侧面展现了诗人开怀畅饮的动作。

作为一个积极好强的人，李白懂得如何苦中作乐，慰藉自己。“天生我材必有用”表达了李白对自己的肯定和鼓励，“我”是全句的中心，充满了自信心，“千金”是一种夸大的说法，极言金钱之多。李白不会被外物、金钱所迷惑，认为对金钱不需要过分地吝啬，人生就应该随心所欲。这几句诗中蕴含了诗人的豪情壮志，展现了诗人的狂放不羁。

“烹羊宰牛且为乐，会须一饮三百杯。岑夫子，丹丘生，将进酒，君莫停。与君歌一曲，请君为我侧耳听。”这一部分描写盛宴的场面，点出参加酒宴的朋友。诗人将狂放之情宣泄到了极致，酒宴也进行到了高潮。“烹羊宰牛”透露了这是一场肆意豪放、随心惬意的宴会，吃的并不是精致华美的菜式，而是整头的牛羊这样粗陋的食物。

酒兴正酣的诗人心中再无苦闷和顾忌，他不停地向自己的朋友“岑夫子”和“丹丘生”敬酒，连用两个短句使得诗句在节奏上发生了变化，表现了诗人当时急促的语气、忘乎所以的状态。他随心所欲，兴致高涨，甚至想要高歌一曲，希望友人用心倾听。

“钟鼓馔玉不足贵，但愿长醉不复醒。古来圣贤皆寂寞，惟有饮者留其名。陈王昔时宴平乐，斗酒十千恣欢谑。”这是诗人为“君”所歌的内容，这种写法十分巧妙，形成了一首歌中之歌。

“钟鼓馔玉”代指富贵的生活，之前的“烹羊宰牛”一句已经说明诗人并不在乎食物是否精致，这里得到了进一步的说明。“钟鼓馔玉”这样的美食在诗人眼中毫无价值，他追求的是开怀痛饮，永远沉醉在醉酒的喜悦之中。诗人的心情从之前的洒脱逐渐变成了愤怒，其中包含了对仕途失意的不满和无奈。

“古来圣贤皆寂寞，惟有饮者留其名”就是对诗人心情的具体描写。他感叹古时的名士也都和自己一样寂寞孤独，接着回到了饮酒的主题上，说明只有肆意饮酒才可以青史留名，才是有意义的。这里李白以“陈王”曹植自比，表现了自信、自负，语气更加狂妄有力，雄浑气派。

“主人何为言少钱，径须沽取对君酌。五花马，千金裘，呼儿将出换美酒，与尔同销万古愁。”结尾诗人又回到了饮酒的主题上，表现了李白的豁达洒脱。像“五花马”“千金裘”这样珍贵的物品在诗人的眼中完全比不上美酒重要，呼应了前文的“千金散尽还复来”，进一步表明李白对于金钱的不屑。“呼儿将出换美酒，与尔同销万古愁”二句刻画了诗人醉坐席上，指使小童拿美酒的洒脱形象，表现了诗人的狂放不羁，不拘世俗礼法的性格，同时也反映了诗人和友人之间的浓厚情谊。“呼儿”和“与尔”两个词没有加上敬称，是非常随意的叫法，使人主客难辨，大有喧宾夺主之势。

《将进酒》这首诗主要以散行为主，对仗工整，诗句大部分是七言句，中间掺杂可以加强语气的三、五言句，使全诗错落有致，富于情趣。在韵律上，五音繁会，更适合表达复杂多变的情感，诗人用饱满的语言将自己的感情和意愿融汇到了一起，全诗狂放豪迈，悲而不伤，悲而能壮。

蜀道难

噫吁嚱①，危呼高哉！蜀道之难，难于上青天！
蚕丛及鱼凫②，开国何茫然！
尔来③四万八千岁，始与秦塞通人烟。
西当太白④有鸟道⑤，可以横绝峨眉巅。
地崩山摧壮士死，然后天梯石栈相钩连。
上有六龙回日之高标，下有冲波逆折⑥之回川⑦。
黄鹤之飞尚不得，猿猱⑧欲度愁攀缘。
青泥⑨何盘盘，百步九折萦岩峦。
扪参历井仰胁息⑩，以手抚膺⑪坐长叹。

问君西游何时还？畏途巉岩[12]不可攀。
但见悲鸟号古木，雄飞雌从绕林间。
又闻子规[13]啼夜月，愁空山。
蜀道之难，难于上青天，使人听此凋朱颜！
连峰去天不盈尺，枯松倒挂倚绝壁。
飞湍瀑流争喧豗[14]，砯崖[15]转石万壑雷。
其险也若此，嗟尔远道之人，胡为[16]乎来哉！
剑阁[17]峥嵘而崔嵬，一夫当关，万夫莫开。
所守或匪亲，化为狼与豺。
朝避猛虎，夕避长蛇，磨牙吮血，杀人如麻。
锦城[18]虽云乐，不如早还家。
蜀道之难，难于上青天，侧身西望长咨嗟[19]。

【注释】

① 噫（yī）吁（xū）嚱（xī）：蜀地方言。

② 蚕丛、鱼凫（fú）：传说为古代蜀国两位国王的名字。

③ 尔来：从那时以来。

④ 太白：太白山，又名太乙山，在长安以西，今陕西眉县、太白县一带。

⑤ 鸟道：只有鸟儿能飞过的路，形容道路窄小。

⑥ 逆折：水流回旋。

⑦ 回川：有漩涡的河流。

⑧ 猿猱（náo）：一种猴类，栖息于蜀山，最善攀缘。

⑨ 青泥：青泥岭，位于今甘肃徽县南，陕西略阳县北，入蜀要道。

⑩ 扪（mén）参（shēn）历井：参、井分别为两个星宿名字。古天文学家将天宇中星宿分配到地上各个州国，名为“分野”，通过观察天象来占卜地上分野州国的吉凶。参星是蜀的分野，井星是秦的分野。扪：用手摸。历：经过。胁息：屏气不敢呼吸。

⑪ 膺：胸。

⑫ 巉（chán）岩：高大而险峻的山岩。

⑬ 子规：杜鹃鸟，叫声悲切，蜀地最多。《蜀记》中记载："昔有人姓杜名宇，王蜀，号曰望帝。宇死，俗说杜宇化为子规。子规，鸟名也。蜀人闻子规鸣，皆曰望帝也。"这两句一断为"又闻子规啼，夜月愁空山"。

⑭ 喧豗（huī）：水流的轰响声。

⑮ 砯（pīng）崖：水撞击石崖的声音。

⑯ 胡为：为什么。

⑰ 剑阁：剑门关，大、小剑山之间的一条栈道，长三十余里，在四川剑阁县北。

⑱ 锦城：现四川成都市。

⑲ 咨嗟：叹息。

【赏析】

《蜀道难》写于天宝初年李白入长安之时，是诗人依照乐府诗的格式写作的。李白通过天马行空的想象力将蜀道的峥嵘险峻描绘得生动形象。诗中由古及今，自秦入蜀对蜀道山水做了精致的描写，以此来展现入蜀之路的艰难险阻。

从"噫吁嚱，危呼高哉"到"地崩山摧壮士死，然后天梯石栈相钩连"为本诗的第一部分。诗人用"噫吁嚱"这三个感叹词加强语气，开篇以"天"字起韵，连押了五韵，叙述了蜀道的起源，极言蜀道的险峻，奠定了全诗豪放的基调。"蜀道之难，难于上青天"一句总起全诗，表明想要踏上既高且危的蜀道比攀上青天还要困难。"四万八千岁"是一种夸张的说法，目的在于突出蜀道的险峻和杳无人烟。

在这一段中，诗人活用了五丁开山的传说，使得这首诗从一开始就极具神话色彩。传说秦惠王时期，有五个大力士奉命为蜀王开山辟路迎娶秦惠王赐予的五个美女。这五个力士在铲除大蛇时，被大蛇奋力反抗，地裂山崩，力士被乱石压死，之后蜀道才有了山路和栈道。诗人借助这个传说表现蜀道之险峻是人力不能逾越的。在这一段中诗人运用赋的手法将蜀道的艰险夸张地展现了出来。

"上有六龙回日之高标"到"使人听此凋朱颜"为第二部分，诗人连押九韵，描写艰险的天梯石栈，以磅礴的气势展现了蜀道之险峻，一气呵成。神话传说中，太阳神羲和所乘坐的车由六条龙拉着，因此说“六龙回日”，山之高险到已经阻挡了太阳神前进的道路。蜀道之下奔流曲折、波涛汹涌的河流和险峻的高山遥相呼应，更衬托出了高山的危险。

“黄鹤”善于飞翔，“猿猱”善于攀爬，但是就连它们都不能跨越蜀道之天险，从侧面突出山峰的高危，行走之艰难可想而知。“青泥”指的是青泥岭，唐代进入蜀道的要塞。青泥岭的山路九转回旋，侧面展现了行路人内心的畏惧和恐怖。抚胸长叹这个动作从细节上表现了行路人的步履艰难、惊心动魄。

在将蜀道之难描写到极致后，诗人通过“问君”两字引出下文，表达出旅途的哀伤和苦闷。“问君西游何时还”这一句表明了诗人写作的原因。“悲鸟号古木”“子规啼夜月”这两种哀伤的意境将蜀道那种苍辽空寂的氛围表现得十分强烈，路中鸟兽的悲鸣声也正表现了诗人对友人此行的担忧。“蜀道之难，难于上青天”这一句重复吟唱，强调了蜀道的艰难险峻，使得让人有“凋朱颜”的惊恐之态变得有理可循。

“连峰去天不盈尺，枯松倒挂倚绝壁”到“胡为呼来哉”为第三部分。诗人通过山川之险来反衬蜀道的艰险，“连峰去天不盈尺”重点描述山之高险，“枯松倒挂倚绝壁”则旨在表现峰之绝峭，这两句极力渲染蜀道之险使人惊魂摄魄。紧接着诗人由静到动展现了水石激荡、山谷轰鸣等一幅幅动态的画面，具有很强的艺术效果。

在韵律方面，“尺”“壁”两句为一短韵，短促的音调使诗句产生了一种急促之感，给人身临蜀道之境的紧张之感。“其险也如此”总结了蜀道的山水之险。

“剑阁峥嵘而崔嵬”到“蜀道之难，难于上青天，侧身西望长咨嗟”为第四部分，诗人将描述的重点转到蜀地的军事形势。“一夫当关，万夫莫开”两句直接展现了蜀道的险峻，这里是一个易守难攻的地方，驻守此处的守将必须是十分可靠的人，否则就会引狼入室了。最后“蜀道之难，难于上青天，侧身西望长咨嗟”，再一次嗟叹蜀道之难，首尾呼应，造成回环往复的气势。

全诗生动形象地展现了蜀道的艰难、峥嵘、高险，以及旅途的艰苦。这首诗寓意深远，隐有告诫世人之意。

在形式上，本诗行文介于律体与散文之间，三言、四言、五言、七言各种句法混合运用，句子参差不齐，风格豪放不羁，情感浓烈激扬，气势回环往复，一波三折，读来令人心潮澎湃，激动不已。

山中问答

问余何意[①]栖碧山，笑而不答心自闲。
桃花流水窅然[②]去，别有天地非人间。

【注释】

① 何意：一作“何事”。

② 窅（yǎo）然：深远的样子

【赏析】

明代文学家李东阳曾这样解读此诗：“皆淡而愈浓，近而愈远，可与知者道，难与俗人言。”道出了这首诗所表达的“只可意会不可言传”的山林之妙。

诗题中所指的“山”即为碧山，在今湖南省安陆县，山下桃花洞是李白读书处。开元十五年（727）前后，李白抵达湖南安陆，不久，与高宗时故相许圉师的孙女成婚。这首诗当作于此前后隐居于山中之时。

这首诗的诗题一作《山中答俗人》，“问余何意栖碧山，笑而不答心自闲。”全诗以提问的形式领起，故作突兀，引人注意。“余”是被问者，问者自然就是“俗人”了。开元十五年前后李白年不过三十，“俗人”自然好奇，为何这样年轻而要隐居于山中呢？正待倾听答案之时，诗人笔势一转，“笑而不答”，这一枪虚晃反倒制造了悬念，更引人好奇。“心自闲”，写出诗人隐居山中的悠闲，也写出淡然处之的神态。首联写得曲折曼妙、扑朔迷离，用微笑来回应问话，而不做具体的回答，表现出诗人的气定神闲，也制造了轻松愉悦的气氛。

“桃花流水窅然去，别有天地非人间。”诗人虽然笑而未答，但却用碧山美景做了最有力的回答。桃花流水不禁令人想起东晋诗人陶渊明《桃花源记》中所描绘的世外仙境。飘落的桃花随着潺潺溪水流向深远的山林，落英缤纷、春意盎然，此景实乃人间难寻，故而“别有天地非人间”。落花随流水，这是大自然的规律，但诗人却从天然之景中看出了宛如仙境一般的美妙之处，这一笔也似汲取了天地山林间的灵气。因爱“碧山”之美景，故“栖碧山”，这两句就是最好的回答。

开元十五年，李白曾作一篇带有自序性质的文章《代寿山答孟少府移文书》：“近者逸人李白自峨眉而来，尔其天为容，道为貌，不屈己，不干人，巢由以来，一人而已……浮四海，横八荒，出宇宙之寥廓，登云天之渺茫……申管晏之谈，谋帝王之术。奋其智能，愿为辅弼，使寰区大定，海县清一，事君之道成，荣亲之义毕，然后与陶朱、留侯，浮五湖，戏沧洲，不足为难矣……”其中李白将寿山人格化，以戏谑的口吻，代寿山答孟少府，借写寿山无名而奇伟隐喻自己怀才不遇，表达了自己兼济天下的远大志向。或曰《山中问答》中诗人“笑而不答”的旨趣即在此处，可备一说。

总之，这首诗将问答、叙事、描写、议论凝练在短短四句二十八个字之中，虚实结合，意蕴幽深，自然舒缓，诗意淡远，表现了诗人独特的艺术创造力。

李白的七言绝句以山水诗和送别诗为佳，其中有一种天地浑成、山水冥和的超逸气质和一气流贯的俊逸神韵。本诗即为其中之一。

黄鹤楼送孟浩然之广陵

故人西辞黄鹤楼，烟花[①]三月下扬州。

孤帆远影碧空尽，惟见[②]长江天际流。

【注释】

① 烟花：形容柳絮如烟，繁花似锦的暮春景色。

② 惟见：只看见。

【赏析】

李、孟二人之间相差了十二岁，但却因为相似的境遇成为忘年之交，孟浩然隐居山林不问世事，风流潇洒，怡然自得，李白十分仰慕、推崇。公元730年，李白得知孟浩然将要从湖北到广陵去，遂作此诗赠别。在黄鹤楼上，李白和孟浩然短暂相聚后，亲自送孟浩然乘船东下，站在岸边看着载着友人的行船慢慢驶离，心中产生浓浓的离愁。

本诗清新自然，意境深远，虽然是一首离别诗但是其中并没有哀戚之情，反而显得十分欢快。诗人对友人可以到繁华的扬州去十分羡慕，并希望友人旅途一帆风顺，在扬州过得潇洒惬意。

“故人西辞黄鹤楼”交代了作诗的原因和送别的地点。“西辞”两个字表明了孟浩然要去的方向，为下一句做了铺垫。“黄鹤楼”不单是这次送行的地点，更是李白和孟浩然经常聚会的地方。黄鹤楼作为天下闻名的名胜，具有浓郁的神话色彩，传说是仙人飞升的地方。因而“黄鹤楼”三个字扩大了这句诗歌的意境，给人神秘、悠远的感觉。诗人希望孟浩然能够像飞仙一样，从这里出发，乘风万里，旅程顺利，其中充满了浪漫色彩，也蕴含了美好的祝福，甫一开篇就营造了一种愉快的氛围。

“烟花三月下扬州”表明了孟浩然离开的季节以及他所要前往的地点。扬州本来就是一个风景秀丽的城市，而孟浩然要去的时节又是景致颇为艳丽的三月，因此诗中不见悲伤，而是流露出诗人的羡慕和喜悦之情。“烟花”二字尽显了暮春时节扬州城的繁华景象。“下”这个字表明了孟浩然离开的方式是乘舟顺流而下，同时这个字暗示友人行舟之快，转眼间就不见踪影了，表现了诗人的难舍之情。

“孤帆远影碧空尽，惟见长江天际流。”看着孟浩然的行船渐渐驶远，最后终于消失在天边，诗人眼中只剩下一望无际的滔滔江水。这两句诗暗示了很多细节，送别友人之后诗人并没有马上离开，而是静静地站在岸边望着友人离去的方向，可见李白对孟浩然的真挚情谊。结尾二句借景抒情，情景交融，感情真挚感人。

李孟二位诗人生性豁达洒脱，这首诗尽管题为送别，但只讲深情而毫无哀戚，意境悠远，令人回味。本诗通过“辞”“下”“尽”“流”四个动词将送别的不同时间串联在了一起，也将楚地吴天的景致联系到了一起，极具动感。

赠汪伦

李白乘舟将欲行，
忽闻岸上踏歌声。
桃花潭水深千尺，
不及汪伦送我情！

【赏析】

这首诗是一首赠别诗，作于天宝十四年（755）。李白从秋浦（今安徽贵池）前往泾县（今属安徽）游览桃花潭，当地人汪伦常酿美酒款待他。临走时，汪伦前来送行，因此，李白作此诗留别。诗中朴素自然地表达出一位普通村民对诗人朴实、真挚的情感。

第一句“李白乘舟将欲行”，主要是叙述事情发生的背景，先写要离去者，继写送行者，展示出一幅别具特色的离别画面。“乘舟”二字表明离开的方式是走水路;“将欲行”则表明正是轻舟待发之时。这句诗写诗人站在船头正准备离去的情景。

第二句“忽闻岸上踏歌声”，不像首句那样直接叙述，而采用了曲笔，诗人听见岸上传来有节奏的歌声。很显然，这阵歌声的出现完全出乎诗人的意料，“忽”字将偶然的状态表现得十分贴切。如果是诗人意料之中的话，那么此处当用“遥闻”而不用“忽闻”。这句诗虽然表现得比较含蓄，未见其人，先闻其声，但人仿佛已呼之欲出。

第三句“桃花潭水深千尺”，深湛的桃花潭水触动了诗人的离愁别绪。此处将汪伦对诗人的深情厚谊和水深自然地联系起来。“深千尺”并不是指真有千尺那样深，而是用了夸张的手法，既描绘了桃花潭的特点，又为结句埋下伏笔。

结句“不及汪伦送我情”，以比物手法直接表达出汪伦与诗人真挚纯洁的友情。潭水已“深千尺”，而汪伦送李白的情谊比桃花潭水更深。诗人用“不及”二字将“深千尺”的桃花潭水与友谊联系在一起，把无形的情谊化为有形，形象生动，构思巧妙。

历来诗人都爱用水流之深比喻人的感情之深。此诗中，如果诗人直接说，汪伦的友情像潭水那样深，未免落入俗套，且带有粉饰雕琢的意味。诗人以有形之水比喻无形之情，可谓匠心独运。另外，口语化也是本诗的一大特点，诗人用明白畅达的口语直接抒情，天真自然，别具一格，也表现了李白豪放不羁的个性。

望天门山[①]

天门中断楚江开，碧水东流至此回。
两岸青山相对出，孤帆一片日边来。

【注释】

① 天门山：指安徽当涂县的东梁山及和县的西梁山，两座山分别在长江两边，形状像一道门，故被称为天门山。

【赏析】

开元十三年（725），诗人去往江东，途经天门山的时候写下了这首著名的《望天门山》。

天门山指的是安徽当涂县的东梁山以及和县的西梁山这两座山，它们分布在长江两边，形状像一道门，所以被合称为天门山。诗人乘轻舟行于江上，天门山出现在眼前，气势雄伟，震慑人心。全诗围绕“望”字展开描述。

“天门中断楚江开，碧水东流至此回。”这两句诗采用铺叙手法描述了天门山的雄浑景象以及长江奔腾不息的磅礴气势。山水相互映照将天门山的险峻展现得淋漓尽致。

第一句写江水，“中断”二字给人以无限的遐想。在这里诗人假设原本天门山并不是两座而是一座完整的山，因被湍急的江水冲断而分成两座山。既表现了天门山的险峻，更突出长江之水波涛汹涌的气势。“楚江开”强调江水突破而出的状态。

第二句写天门山。“碧”既写江水的颜色，也暗示了在天门山附近的江水十分深。“回”描绘江水曲折奔腾的画面，自由奔腾的长江水在天门山受到了阻挠，不得不放慢了前进的脚步。原本开阔的河道在天门山这里突然变得狭窄起来，大量的江水无法同时流过，于是出现了惊涛拍岸、回旋激荡的画面。

“两岸青山相对出，孤帆一片日边来。”描绘出诗人乘舟通过天门山的画面。“相对”两字表明了诗人所处的位置，以及天门山的状态。“出”字表明天门山逐渐出现在诗人的眼中，之后又渐渐离开了诗人的视线。它赋予原本静态的事物以动感，将天门山拟人化，仿佛它们正打开大门，欢迎诗人的到来，生动形象。

最后诗人乘坐轻舟在阳光的照射之下高兴地向天门山驶去。这一句暗示前面所写的都是诗人看到的，紧扣题目。结尾两句中有红色的太阳、碧绿的江水、雪白的船帆，还有翠绿的青山，这一切共同构成了一幅壮美雄浑的江山画卷，意境悠远，色彩艳丽。“孤”又增添一种孤寂苍辽之感。

李白性好山水，一生去过很多地方游历，他也留下了许多传世名篇。本诗描绘了天门山以及长江的磅礴气势，意境雄浑，体现了诗人豪放洒脱、狂放不羁的性情。

行路难（其一）

金樽[①]清酒斗十千[②]，玉盘珍羞[③]直[④]万钱。
停杯投箸[⑤]不能食，拔剑四顾心茫然。
欲渡黄河冰塞川，将登太行雪满山。
闲来垂钓碧溪上，忽复乘舟梦日边。
行路难！行路难！多歧路，今安[⑥]在？
长风破浪会有时，直挂云帆济沧海。

【注释】

① 樽（zūn）：古代盛酒的器具。

② 斗十千：一斗值十千钱，即万钱，这里用来形容美酒醇香、价高。

③ 珍羞：珍贵的菜肴。羞：同“馐”，美味的食物。

④ 直：通“值”，价值。

⑤ 箸（zhù）：筷子。

⑥ 安：哪里。

【赏析】

《行路难》共有三首，其内容均感慨世道艰险难行、仕途不顺，抒发理想难以实现的愤慨和不满。这组诗作于公元天宝三年（744）李白离开长安之时。此为第一首，诗中李白虽感叹自己怀才不遇的悲惨现状，但也表达了从未想过要向世俗妥协的高洁品格。他坚守自己的政治理想，相信前方的道路总有 “天堑变通途”的一天，坚信自己终能一帆风顺，大展宏图。这首诗豪放不羁，极具浪漫主义色彩。

“金樽清酒斗十千，玉盘珍羞直万钱。停杯投箸不能食，拔剑四顾心茫然。”开篇四句描写了一个快乐的场面：“金樽美酒”“玉盘珍羞。”诗人与友人欢聚一堂，纵酒豪饮。但面对如此佳肴美酒诗人却无心品食，他一次次推开酒杯，放下筷子，索性起坐舞剑，却心下茫然。“停”“投”“拔”“顾”四个连续的动作表现了诗人内心深处的无奈和苦闷。

“欲渡黄河冰塞川，将登太行雪满山。闲来垂钓碧溪上，忽复乘舟梦日边。”承接上文的“心茫然”， 正面描绘了诗人所行之路的艰难。“冰塞川”“雪满山”写诗人在人生的道路上遇到的艰难险阻，也就是被“赐金放还”远离长安的挫折。后两句化用典故，写了两个历史人物——周文王的贤臣姜太公和辅佐商汤的伊尹，他们虽才华横溢但一开始均默默无闻，姜太公钓鱼，伊尹做梦乘坐小船绕过日月，直到知遇明君后他们才一展抱负，建功立业。

李白一方面以两位历史人物自比，表现对自己的信心。另一方面感叹自己空有才华、抱负，当今却没有古时文王、商汤那样的明君能够赏识、重用自己，抒发了渴望明主重用的心情，对自己的未来前途充满信心。

“行路难！行路难！多歧路，今安在？”这四句用短句子将诗人那种进退两难的矛盾心情惟妙惟肖地表现出来。诗人明白像姜尚、伊尹那样有明主知遇是可遇而不可求的，当他回到现实中，眼前的路依旧是困难重重，艰难阻碍。诗人不禁感叹面前的道路虽多，却很难找到自己前行的正确方向，突出理想与现实之间强烈的矛盾冲突。

“长风破浪会有时，直挂云帆济沧海。”这是诗人对未来的憧憬。他虽然遭受了巨大的挫折，但是依然期望有一天能够实现自己的抱负。这种积极的人生态度使他摆脱了歧路的彷徨和失意的苦闷，到这里所有的迷茫和彷徨都化作了坚定的信念，诗文跌宕起伏，引人入胜。

对诗人李白来说，篇幅长短以及体裁都不能束缚他纵横的神思以及天马行空的想象。这是一首短小的七言歌行体诗歌，只有短短的十四句，八十二个字，但是李白在较短的篇幅内，运用跳跃的思维和语言实现了时空和感情的腾挪转移，打开了深广的意境，感情层层叠叠。全诗的格调随着诗人的心境从喜悦到失望、抑郁，发展到最终充满积极向上的情绪，给人乐观、自信之感。全诗情绪激扬，构思新颖，变化多端，值得细细体味。

望庐山瀑布

日照香炉①生紫烟，遥看瀑布挂②前川。
飞流直下三千尺，疑是银河落九天。

【注释】

① 香炉：指庐山的香炉峰。

② 挂：指瀑布从高处奔流而下的情景。

【赏析】

本诗是李白当年游历东南第一次来到庐山时，因感慨庐山的壮美所作的两首诗中的一首。本诗在内容上重点围绕“望”字，描绘了庐山的香炉峰雄浑壮阔的景色。

“日照香炉生紫烟”首句点明诗人“望庐山瀑布”的地点在庐山的香炉峰。香炉峰是庐山最著名的山峰之一，因形似香炉而得名。此句犹如神来之笔，李白所描绘的香炉峰矗立在天地之间，直冲霄汉，在阳光的照射下袅袅的轻烟萦绕着青山绿水，分外迤逦迷人，别具一番情趣。

首句描绘了一幅美妙绝伦的青山图，“遥看瀑布挂前川”一句则将焦点对准了庐山瀑布。“挂”字将瀑布奔腾不息的状态生动形象地刻画出来，使瀑布和山的形象更具立体感，突出了庐山瀑布的壮美，引起无限遐想。

“飞流直下三千尺，疑是银河落九天”两句诗展现了瀑布的雄浑壮丽，成为千古传诵的名句。“飞流”两个字表现了瀑布从高处奔流而下的状态。“直下”两个字描述了瀑布的险峻，庐山瀑布上下落差十分巨大，水流的速度非常快，以至于倾泻而出的水流就像是从空中直落下来的一样。“三千尺”是一种夸张的说法，极言瀑布高险。“疑是”表明以下内容只是诗人的猜想或者说是感慨：这样气势雄浑壮美的瀑布恐怕只有天上的银河才能和它媲美吧！这种感叹虽然夸张却又真实可信。

本诗语言雄浑奔放，节奏明快，气势磅礴，生动形象，形神俱全，读来使人如临其境，如闻其声。

把酒问月

青天有月来几时？我今停杯一问之。

人攀明月不可得，月行却与人相随。

皎如①飞镜临丹阙，绿烟灭尽②清辉发。

但见宵从海上来，宁知晓向云间没？

白兔捣药秋复春，嫦娥孤栖与谁邻？

今人不见古时月，今月曾经照古人。

古人今人若流水，共看明月皆如此。

唯愿当歌对酒时，月光长照金樽[3]里。

【注释】

① 皎如：皎，皎洁；如，犹如。

② 绿烟灭尽：指圆月被烟云遮蔽，然后又从云层后面露出来的状况。

③ 金樽：指古人用的酒杯。

【赏析】

这首诗是李白应友人之请而作的咏月抒怀诗。诗人从各个层面描绘明月的孤高形象，纵横恣肆，风流自赏，此诗也可看作李白的自我写照。全诗通过对海天明月等景象的描绘，以及对时光流逝、人生苦短的慨叹，展现了诗人的旷达胸襟及潇洒个性。

首句“青天有月来几时，我今停杯一问之”以倒装句式统领全篇，以疑问的语气表达出诗人的困惑，气势斐然。诗人停杯沉思，借着几分醉意，向苍冥发问：这明月，亘古如斯地悬于空中，它究竟存在了多久呢？这一问，源自诗人对宇宙本源以及生命的困惑、思索与探寻，“停杯”二字生动地表现出诗人迷惑杂糅的情态。“人攀明月不可得，月行却与人相随。”明月高悬青天之上，使人徒生攀不可得的感慨。古往今来，想要飞升明月，以求长生不老之人不计其数，皆是徒然。而明月的清辉却世世代代普照万里，伴随着人们。这两句诗赋予明月人格，它神秘、奇妙，使诗人心驰神往，但也蕴藏着攀而不得的无奈，心情十分复杂。

“皎如飞镜临丹阙，绿烟灭尽清辉发”两句极写月色之美。皎洁的月亮高悬在夜空中，犹如明镜，照着朱红色的宫门，清光焕发。以“飞镜”“丹阙”“绿烟”共衬明月，写圆月一开始被烟云遮蔽，然后又从云层后面露出来的动态形象，突出月亮的妩媚动人，光彩夺目，而“绿烟灭尽”四字尤其生动灵逸。

“但见宵从海上来，宁知晓向云间没？”夜晚明月由东海升起，拂晓时分又下沉西天，没于云海之中，反复循环，日夜轮回，时光也由此消逝。这两句诗表面上说的是明月的踪迹难测，实则表达了诗人对韶华易逝的慨叹。

“白兔捣药秋复春，嫦娥孤栖与谁邻？”诗人再次向月中的白兔、嫦娥发问，想象飞驰。白兔年复一年地捣着药，嫦娥在月宫里孤独地生活，又有谁能陪伴她呢？轻盈飘逸、潇洒自在的神仙和神物本应为世间之人羡慕，诗人却以反问的形式，表达“高处不胜寒”的孤苦高洁，同时表达对宇宙和人生哲理的探求。

“今人不见古时月，今月曾经照古人。古人今人若流水，共看明月皆如此。”今天的人无法见到古时的明月，然而今晚这一轮月却曾将清辉笼罩于古人身上，这两句诗遣词有重复、错综、回环之美，兼有互文之妙。古人今人何止恒河沙数，逝如流水，然而他们见到的明月却亘古如斯。这四句收束上文，进一步表达对宇宙和人生的思索和感慨。

“唯愿当歌对酒时，月光长照金樽里。”此二句意为：我希望在唱歌饮酒的时候，皎洁的月光能长照杯中，我亦可尽享当下这美好人生。这两句化用了曹孟德诗“对酒当歌，人生几何”，再回到及时行乐的主旨上来，意味隽永。末句“月光长照金樽里”，诗人从海阔天空的驰骋中又回到手中的酒杯上来，使读者从这一回旋的意境中获得完整的体会。

全诗感情饱满奔放，随兴挥洒，极富回环错综之美，浑成自然之妙。诗人由酒写到月，又从月归到酒，塑造出一个高洁、永恒的月的形象，也显露着诗人孤高出尘的高尚品质，在时间和空间的主观感受中，表达对宇宙和人生哲理的深思探索。

长相思（其一）

长相思，在长安。

络纬秋啼金井阑，微霜凄凄簟①色寒。

孤灯不明思欲绝，卷帷望月空长叹。

美人如花隔云端。
上有青冥之高天，下有渌水之波澜。
天长路远魂飞苦，梦魂不到关山难。
长相思，摧心肝！

【注释】

① 簟（diàn）：竹席。

【赏析】

《长相思》为乐府旧题，宋人郭茂倩将其收归于《杂曲歌辞》。汉至六朝文人所作多表达羁旅、征戍的相思之苦，“上言长相思，下言久别离。”一般认为李白的《长相思》二首作于不同时期，艺术表现手法也不尽相同。此为第一首，主要通过描写景物来烘托感情，渲染气氛，表达相思苦欲绝，大约属离开长安后的回忆之作。

这首诗以“美人如花隔云端”一句分前后两个部分。前半部分由“长相思”开始铺叙情势，中间辅以四句七言扩张；后半部分先以四句七言诗开始，用“长相思”收尾，前后形式均衡对称，富有艺术美感。

诗中描写“络纬”“金井阑”等意象不禁让人想起闺词之作，但似乎又不可完全作为其解。“长相思，在长安。”这句看似在倾诉对长安之美人的思念，而大唐帝都长安对于李白来说是一个充满希望又使他的理想破灭的地方，它承载着诗人匡时济世的政治理想，也承载着他失败的苦闷和痛楚。即使离开后，长安的风景、人物也时刻萦绕在诗人脑海中，挥之不去，化而入诗。

第一部分，从听觉到触觉再到视觉描写景物，渲染了清冷孤寂的氛围，突出了相思之苦。秋日虫鸣备感凄切落寞，秋霜清冷，寒气逼人。不明的孤灯，照映出人物内心的孤独。一番相思“欲绝”，何其清苦！举目远望，寄寓明月托相思，不想美人远如相隔在云端，只能“空长叹”。

第二部分，类似于《离骚》中的“求女”一段，诗人以饱满的感情上天入地，寻求令他魂牵梦萦的人儿。长天冥冥、绿水滔滔，怎奈茫茫苍苍天高地远，纵上下求索皆不见芳踪。最终只得沉重一叹：“长相思，摧心肝！”以短促的句子结尾，铿锵有力，情感执着，相思悲痛，形式上首尾呼应。

全诗在情感表达和诗歌韵律上达到了高度的统一。李白善用重复意思的词语，故作长调，抒发无限的感慨和咏叹。如诗中“上有青冥之高天，下有渌水之波澜”一句，“青冥”与“高天”，“波澜”与“渌水”，几乎是一回事，诗人重复而用，一是为了避免在歌行中夹杂断句减缓气势；二是为了形成感叹的语感。

在思想内容上，由《楚辞》开始，诗人常以美人比喻所追求的理想，故而这首诗常被解读为诗人对于政治理想的执着追求。但诗中并没有直接表达出来，而是含于象外，隐而不露，显示出一种含蓄蕴藉的格调，风度翩然，情感酣畅，令人叹为观止。

长干行

妾①发初覆额，折花门前剧②。
郎骑竹马来，绕床③弄青梅。
同居长干里，两小无嫌猜。
十四为君妇，羞颜未尝开。
低头向暗壁，千唤不一回。
十五始展眉④，愿同尘与灰。
常存抱柱信⑤，岂上望夫台⑥。
十六君远行，瞿塘⑦滟滪堆⑧。
五月不可触，猿声天上哀。
门前迟⑨行迹，一一生绿苔。
苔深不能扫，落叶秋风早。
八月蝴蝶黄，双飞西园草。

感此伤妾心，坐愁红颜老。

早晚下三巴，预将书报家。

相迎不道⑩远，直至长风沙⑪。

【注释】

① 妾：古代妇女自称。初覆额，指小的时候头发尚短。

② 剧：游戏。

③ 床：井边护栏。

④ 展眉：才懂得一些人情世故，感情开始显露在眉宇之间。

⑤ 抱柱信：相传古代有个叫尾生的人，与一女子约会于桥下，届时女子不来，潮水却至，尾生为表示自己的守信，抱着桥柱，结果被水淹死。常用这个故事来比喻言而有信。

⑥ 望夫石：传说丈夫久出不归，妻子登台眺望，天长日久变成了一块石头，故名此石为望夫石，妻子所登之台为望夫台。

⑦ 瞿塘：峡名，长江三峡之一，在今重庆市。

⑧ 滟滪堆：瞿塘峡口的一块大礁石。每年阴历五月，江水上涨之时即被江水淹没，船只极易触礁。

⑨ 迟（zhí）：一作“旧”，等待之意。

⑩ 不道：不嫌。

⑪ 长风沙：地名，在今安徽省安庆市东的江边上。《入蜀记》（宋·陆游）中称，金陵（今为南京）至长风沙七百里，水流湍急，十分险恶。

【赏析】

长干行是乐府旧题《杂曲歌辞》中一个曲调的名字，原为长江下游一带写船家妇女生活的民歌。李白离开四川游历东南之时曾在汉水流域和长江中下游长时间流连客居，其间他熟悉了当地的“吴声”“西曲”，民歌中那些表现商女离愁别恨的曲子深深打动了诗人，在此基础上，加之多年生活阅历，促成了这首《长干行》的诞生。

这首诗描绘了一个凄美的爱情故事。女主人公与自己的丈夫两小无猜,青梅竹马,他们相亲相爱，成为夫妻。但是她那身为商人的丈夫却不得不长年在外经商，独自留在家中的女子心中充满了对丈夫的思念和眷恋之情。

“妾发初覆额，折花门前剧。郎骑竹马来，绕床弄青梅。同居长干里，两小无嫌猜。”这开篇六句女主人公回忆儿时和丈夫嬉戏相伴的欢乐时光，塑造了两个天真无邪、活泼可爱的孩童形象。

“妾发初覆额，折花门前剧。”描写女主人公年幼时的样子。“郎骑竹马来，绕床弄青梅。”写女子眼中丈夫孩童时的样子。二人自小相识，亲密无间，相亲相爱。

“十四为君妇，羞颜未尝开。低头向暗壁，千唤不一回”四句，重点表现女子和丈夫新婚生活的喜悦和羞涩，其中饱含了甜蜜与幸福。

“十五始展眉，愿同尘与灰。常存抱柱信，岂上望夫台”这四句中，女子和丈夫陷入了热恋之中，他们许下同生共死的誓言，这是他们生活甜蜜美满的具体表现。

“十六君远行，瞿塘滟滪堆。五月不可触，猿声天上哀”四句中，女子的丈夫为了经商离开了心爱的妻子，独自留在家中的女子心中充满了对丈夫的思念和担忧。

“门前迟行迹，一一生绿苔。苔深不能扫，落叶秋风早。八月蝴蝶黄，双飞西园草。感此伤妾心，坐愁红颜老。”这八句诗中包含缠绵悱恻的相思之情，诗人通过景物描写表达感情，其中充满了相思之情、思念之苦。女子看到自己门前那深深的苔藓，看着被秋风扫落的树叶，不禁感叹年华逝去。当她再看到园中双飞的蝴蝶，联想到了自己的形单影只，心中升起了深深的孤单之情，她渴望丈夫早日归来。

“早晚下三巴，预将书报家，相迎不道远，直至长风沙”这四句是全诗的终结。对于女子来说，她期盼的只是一封报平安的书信，为了这封书信，她会不远万里、不辞辛苦地去迎接，女子的思念之情在这里达到了顶点。

本诗全篇都是女子的独白，在表达思念的同时，她也不禁怨恨一去杳无音信的丈夫。诗人将写景、叙事和抒情巧妙地融合在一起，语言婉转，节奏明快，感人至深。

一说这首诗明则以爱情故事为主题，暗则寄托了诗人在黑暗、腐败的政治现实中郁郁不得志的苦闷情怀。两者一明一暗深化了诗歌的意境。

《长干行》温雅感人，深沉柔婉，人物形象细致入微、栩栩如生，字里行间充满了浓烈的感情。

夜宿山寺

危楼[1]高百尺[2]，手可摘星辰[3]。

不敢高声语，恐惊天上人。

【注释】

① 危楼：高楼，这里指建在山顶的寺庙。

② 百尺：虚指，不是实数，这里形容高楼很高。

③ 星辰：天上星星的统称。

【赏析】

某日，夜色已深，万籁俱静。李白独自一人来到隐于深山中的一个寺庙里，发现寺院后面有一座很高的藏经楼，于是登了上去。凭栏远眺，朦胧的夜色中点点星光，不由得诗兴大发，写下了《夜宿山寺》这首记游写景的短诗。

“危楼高百尺”是从正面描写山寺的高耸。一个“危”字，特别突兀醒目，和“高”字在同句中的相互呼应，将山寺立于山巅的那种傲视万物的非凡气魄淋漓尽致地表达了出来。

“手可摘星辰”，手都可以摘到天上的星辰了。这种夸张的手法烘托出了山寺的高大挺拔，有直冲云霄的气势。每一个字都将读者欣赏的眼光引向了星光璀璨的夜空，不但会有“高处不胜寒”的感触，反倒给读者以豁达之感，用美丽的夜空勾起人们对直冲云霄的“危楼”的向往。

三四两句中的“不敢”写出了李白夜临“危楼”时的心理状态，从诗人“不敢”与“恐惊”的心理中，读者可以感受到原来“山寺”和“天上人”之间的距离是如此近，用这样的手法自然地写出了山寺之高大挺拔。

李白用夸张的手法描写了山寺的高耸，引起读者丰富的想象。山上的这座楼几乎有百尺高，诗人站在楼顶就能用手摘下天上的星辰。在这里都不敢大声说话，唯恐将天上的神仙惊动了。

该诗语言自然朴素，却形象逼真。诗人借助大胆的想象，极力渲染了山寺之高耸，将一座雄伟、神奇的宏大建筑展现在读者眼前。

李白的诗风豪放雄健，想象极其丰富，语言自然婉转，音律富有变化而又和谐统一，具有浓郁的浪漫主义色彩。该诗寥寥数笔，就酣畅淋漓地表达出了人在高处的愉悦、豪放、可爱、率直。

杜甫：无边落木萧萧下，不尽长江滚滚来。

诗人名片

生卒年月：公元 712 年—公元 770 年

字号：字子美，自号少陵野老

祖籍：襄阳（今湖北省襄阳市）

代表作：《登高》等

诗人小传：一般认为他出生在巩县（今河南巩义），其祖父是初唐诗人杜审言。杜甫曾担任过左拾遗、检校工部员外郎等官职，又被称为杜拾遗、杜工部。

杜甫一生写了 1500 多首诗，名篇甚多。他生活在唐代由盛转衰的历史时期，亲眼见证了繁华到极点的盛唐王朝逐渐衰落的过程，亲身体验了颠沛流离之苦。他把这些经历写进诗里，其诗歌被称为“诗史”，代表作包括“三吏”（《新安吏》《石壕吏》《潼关吏》）“三别”（《新婚别》《垂老别》《无家别》）等。

他是唐朝伟大的现实主义诗人，作品以古体、律诗见长，风格沉郁顿挫，常以叙事入诗，语言精练，饱含对国运的关注，对民生疾苦的关怀，被后世尊称为“诗圣”。

登高

风急天高猿啸哀，渚清沙白鸟飞回。
无边落木萧萧下，不尽长江滚滚来。
万里悲秋常作客，百年多病独登台。
艰难苦恨繁霜鬓，潦倒新停[1]浊酒杯。

【注释】

① 新停：杜甫此时因肺疾而刚刚戒酒，故曰“新停”。

【赏析】

本诗系杜甫于唐代宗大历二年（767）重阳节在夔州登高望远时触景生情之作，也是最能代表杜甫沉郁顿挫风格的七律之一。清代杨伦称此诗为“杜集七言律诗第一”，而明代胡应麟对这首诗更为推崇：“此诗自当为古今七律第一，不必为唐人七言律第一。”

诗的前四句写诗人重阳登高后所见之景，有山有水，有声有形，有走兽有飞鸟，或轻描淡写或浓墨重彩，呈现出了一幅无边苍凉且满含悲壮的秋日江山图；后四句写诗人站在高处，面对浩瀚江山发出的悲秋之声，既悲自然之秋色，亦悲国运之衰颓，还悲自身之老病，实是一首深婉动人的佳作。

首颔两联一闻一见，在水在山，两相间隔，毫不呆板。

“风急天高猿啸哀，渚清沙白鸟飞回。”首联于对仗中兼用韵，仔细体会可分为多幅画面：秋风图、碧天图、猿啸图、渚清图、沙白图、飞鸟图，六幅画面合而为一，就是一幅诗人登高纵目观赏万里秋色的长卷，仿佛有秋色千般、秋声万种席卷而来。

“无边落木萧萧下，不尽长江滚滚来。”颔联对仗工整，严格按照律诗的格律要求而作，从大处着笔，写出了秋色之浓郁。秋色如同滚滚而去的江河，大有一泻千里之势，意境宏阔，气势磅礴。“无边”写出了秋意之深之浓，“不尽”写出了江河之长之阔，这两个词既能代表所描述的意象的特点，又是诗人内心的感觉被具体化的产物。这一联经常被引用为最能代表杜甫诗作大气盘旋、悲凉沉郁风格的名句。

颈尾两联分写悲秋和登高，落笔到自己穷途潦倒的命运，大概是因为久客他乡尝尽艰苦，或者是因为老病潦倒日甚而白发日添，诗人酒杯难举，内心愁苦至极。寥寥二十余字，竟写出了如许曲折的层次。

“万里悲秋常作客，百年多病独登台。”颈联写出杜甫暮年多病，长期在外漂泊，无依无靠的艰难处境。登高后，诗人看到萧瑟的秋景，受到触动，内心的愁苦又添几重。“万里”从空间落笔，“百年”从时间着手，都以夸张的手法表达了诗人对艰苦环境的无奈。宋人罗大经在《鹤林玉露》里说：“万里，地之远也；秋，时之惨凄也；作客，羁旅也；常作客，久旅也；百年，暮齿也；多病，衰疾也；台，高迥处也；独登台，无亲朋也。十四字之间含八意。”故而这一联有一举三叹、一字一悲之妙。

“艰难苦恨繁霜鬓，潦倒新停浊酒杯。”世事艰难，尝尽人世艰辛的诗人如今已经两鬓花白，仍然为不能为国分忧而感到遗憾；诗人困顿失意，本想借酒浇愁，无奈疾病缠身不得不戒酒，忧愁不但没能消解，反而因年老多病的现实又加深了一层。尾联把诗人穷困潦倒、穷途末路的感慨抒发得极为辛酸。生活的艰辛、老病的纠缠、志向的破灭，全部压在诗人的身上，无限悲凉之意溢于言表，成了一首“拔山扛鼎”式的悲歌。

诗人把一幅豪迈壮美的秋景图铺展开来，又融入个人的叹老嗟贫，以及对世事多艰、人民多灾的感叹，具有很强的感染力。明代周珽《唐诗选脉会通评林》云：“章法句法，直是蛇神牛鬼佐其笔哉。”清代胡以梅在《唐诗贯珠》里评价：“对起对结，浑厚悲壮，大家数。此在夔州所作。江山境界，能助诗神。‘风急天高’，极得登高之神情。”方东树则说：“笔势雄骏奔放，若天马之不可羁，则他人不及。”

江畔独步寻花

黄四娘家花满蹊，千朵万朵压[①]枝低。
留连戏蝶时时舞，自在娇莺恰恰[②]啼。

【注释】

① 压：指花朵互相拥挤推搡着。

② 恰恰：黄莺的声音，象声词。

【赏析】

《江畔独步寻花》是一组绝句组诗，共有七首，作于唐肃宗上元元年（760）春天。一年之前，饱经离乱之苦的诗人杜甫终于来到成都，在朋友的资助下于成都西郭建起一座“浣花草堂”。虽然居所简陋、生活清贫，但这里安静闲逸，且无战争纷扰，诗人终于能暂时安居，故而心情也变得轻松、喜悦起来。

组诗写的都是春暖花开之日，诗人沿锦江江畔独自散步时见到的繁花盛开的景象。诗题点明了地点、事件，尤其指明了“花”是这组诗歌的描写对象。七首诗虽然景色不同，情感有殊，但整体上都是通过诗人游春赏景的所见所感，表达他对安定生活的热爱和对自然美景的讴歌。本首是组诗之六，描述了诗人在黄四娘家附近小径上的见闻。

“黄四娘家花满蹊”，诗人首先交代了寻花赏景的具体地点是黄四娘家的小路，一个“花”字紧扣主题，一个“满”字既写出了枝繁叶茂的静态美，又表现出春意盎然的动态美，动静结合，描绘出了一幅生机勃勃、五光十色的春景图。

“千朵万朵压枝低”，这一句一出，仿佛有铺天盖地的花团互相拥挤、互相推搡着汇聚到了读者眼前，令人目不暇接。“千朵万朵”两组数量词是对上一句中“满”字的补充，使“满”的形象数字化、具体化。“压”是“低”的前因，“低”是

“压”的结果，这两个字把花朵争奇斗艳、旖旎可人的模样刻画得淋漓尽致。

“留连戏蝶时时舞，自在娇莺恰恰啼。”这两句既妙在形象，又妙在声音，还妙在韵律，画面美与声音美交相辉映，再辅以节奏的明丽愉快，把蝶舞莺啼的春景写得灵动飞扬，韵味十足。“留连”既是蝴蝶对花的态度，也是诗人对眼前美景的态度；“自在”既是黄莺的姿态，也是诗人的内心写照。“时时”“恰恰”两组叠字使这两句诗的对仗显得愈发工整，节奏也更明快，读起来朗朗上口，颇有民歌韵味，尤其“恰恰”二字，是形容黄莺声音的象声词，使人顿觉黄莺的啼鸣仿佛就在耳畔。

整首诗的前两句正面描写花之多、花之盛，后两句则以蝴蝶和黄莺对花丛的留恋侧面烘托花景之诱人。不论是正写还是烘托，其目的都是为了彰显春花的妩媚娇艳和茂密繁盛。虽然全诗无一句抒情，字字都是景语，但诗人怡然自得、轻松闲适的心情却仿佛要从每一个字上流淌下来了，既给人以清新优美的视觉享受，又给人以积极愉悦的心理享受。

杜甫难得地摆脱了战争丧乱带来的忧虑和痛苦，这必须归功于大自然以其和平安宁之美抚慰了他千疮百孔的心。诗人沉醉在自然美景中，与景物和谐共适，甚至达到了物我两忘的境界。

另外,劳动人民的语言和民歌情调也对杜甫产生了明显的影响。自长安沦陷之后,杜甫过着颠沛流离的生活，他与普通劳动人民同生死、共患难，从思想到创作手法上都汲取了民间的营养。

春望

国[①]破山河在，城春草木深。
感时花溅泪，恨别鸟惊心。
烽火连三月，家书抵万金。
白头搔更短，浑欲不胜[②]簪。

【注释】

① 国：国都，即京城长安。

② 不胜：不能承受。

【赏析】

滞留长安期间，杜甫亲眼目睹了叛军烧杀抢掠的种种恶行，忧心如焚却又无可奈何。至德二年（757）三月，春天如期而至，诗人一方面思念远在他乡的亲人，另一方面又希望自己的国家也能迎来春天的局面，于是他挥笔成诗，创作了这首五律。

虽然题为“春望”，但不同于一般的赏春观景诗，诗中春景饱含哀思与离情，倒不如理解为“望春”更为妥帖——诗人借春至长安的自然景观，召唤着时局的春天也早日到来。前四句借景抒情，寓情于景，写诗人在沦陷的长安度过的第一个春天的所见所感，后四句抒发思家怀旧的情感和忧国忧民的情怀。

“国破山河在，城春草木深。”首句直接切题，写春望之所见。国都城破，诗人不写残垣断壁的颓象，却强调山河依旧在，自然的山河岿然不动，象征帝王权势的宫殿、庙宇是不是也完好无损呢？春至都城，诗人没有写明媚春光，而是极言草木幽深，“深”字在此并非欣欣向荣之意，而是以草木之幽衬托人烟之荒芜，恰如宋代司马光在《温公续诗话》中的评析：“‘山河在’，明无余物矣；‘草木深’，明无人矣。”

“感时花溅泪，恨别鸟惊心。”诗人触景生情，因为景悲心苦，所以即使面对着平日里能娱人性情的花鸟，也提不起兴致，反而因花落泪，对鸟惊心。这种情绪有悖常理，但却恰到好处地表达了诗人的“感”之深与“恨”之切。

“烽火连三月，家书抵万金。”去年春天，诗人和家人一起度过，如今又见春景，他不由得思念起远在羌村的亲人来。从国事写到家事，视野虽然缩小，却以更细致、更具体的视角写出了战争对人民的戕害。战争持续了数月，烽火不熄干戈不止，百姓们过着朝不保夕、战战兢兢的生活。在这种情况下，诗人没有和亲人在一起，担忧焦虑之情愈重。一封家书抵过万金，虽然是夸张之词，却又合情合理，是人们在战乱中的真实心理。

"白头搔更短，浑欲不胜簪。"愁白了的头发越搔越稀少，简直都难以梳成发髻，更别说插住簪子了。尾联仍然采用夸张的手法，塑造出诗人满头稀疏白发、面容枯槁憔悴的形象。事实上当时杜甫只有四十多岁，但诗句呈现出的俨然是一个老翁。由此，作者内心的凄楚之深重、愁闷之难纾不言而喻。

对祖国的热爱和对家人的眷恋在本诗中得以抒发，既念国事又恋家事，两种感情紧密交织在一起，深挚热烈且扣人心弦，"感时"和"恨别"两词是理解本诗情感主旨的关键所在。除了丰富的感情，人物形象鲜明也是本诗一大特点，诗人"穷年忧黎元，叹息肠内热"（《自京赴奉先县咏怀五百字》）的大义与风范得以彰显。

全诗形式严整，对仗精工，有白描，有夸张，有直陈，有蕴藉，诗人的视野时而开阔时而具体，情感有跌宕之势，在情景交融的手法中，物我同感、人景共悲的含蓄、深切之美更加感人。

春夜喜雨

好雨知时节，当春乃发生。
随风潜①入夜，润物细无声。
野径云俱黑，江船火独明。
晓看红湿②处，花重锦官城。

【注释】

① 潜：指悄无声息。

② 湿：指雨水润泽万物及锦官城被雨装点后的情景。

【赏析】

清朝浦起龙在《读杜心解》中说："写雨切夜易，切春难。"《春夜喜雨》一诗生动、贴切地写出了夜雨的特点，还写出春雨之妙，是一首描写春夜细雨的佳作。

这是杜甫在草堂初期的作品。这段时期，他暂时从动荡生活里挣脱出来，生活比较安定舒适，心情也相对舒展愉悦，创作了一批富有闲情雅致的作品。本诗既咏物，也抒情，赞美了春雨润物无声、不求人知的无私品格，表达了诗人因雨落的欢喜。

首句以一个直截了当的“好”字表现出诗人对这场及时雨的态度，兴奋之情溢于言表。雨之所以“好”，是因为它“知时节”；因其能“知时节”，故而做到“当春乃发生”。春天的雨只是一种自然景观，当然不能洞悉时节、体贴人意，此处是拟人化的处理，诗人采用移情手法，赋予无情的雨以感情，把它从无情之物变成有情之物。

“随风潜入夜，润物细无声。”此句重点通过听觉感受写“好雨”的特点：春雨总是随着和风，趁着苍茫的夜色，悄无声息地来到人间，它滋润万物却默不作声，显现出无私的特点。诗人在颔联中依然采用了拟人的手法，一“潜”一“润”，塑造出了一位踮着脚尖、放轻脚步的春之精灵的形象，写出了雨水的神韵。这一联格外能体现杜甫敏感的情思，学者孙绍振曾说：“只有心灵过细的人，才能感觉这本来不可感觉的感觉；只有具有精致的内在感受力的诗人，才能为生命看不出的潜在生长而体验到默默欣慰；只有关切国计民生的人，才能为一场无声的细雨感到由衷的欣慰。”

“野径云俱黑，江船火独明。”颈联从“春夜之雨转向春雨之夜”，通过较为宽阔的视角，描写雨夜江边的景色。前一联侧重写声音，这一联侧重写形色，不过写的不是细雨之形色，而是雨夜之形色。这个夜晚，阴雨密布，田野间的小路黑漆漆的，只有远处江面上停泊的船只上闪烁着明亮的灯光。“俱黑”与“独明”，通过鲜明的对比，夜路愈暗而灯火愈明，二者互见，体现出了诗人的辨证视角。

“晓看红湿处，花重锦官城。”尾联从写实转为想象，描绘了雨后锦官城里的美丽景色。锦官城是四川成都的别称，自三国时期开始，大量织锦工匠会聚蜀汉成都，这里成了蜀锦的生产和集散中心，蜀汉还在成都设了管理织锦之官，因此成都也叫锦官城、锦城。夜雨不知何时停了，经历了雨水润泽的万物越发显得生机勃勃，整座锦城都被雨露装点得分外妖娆。这两句中，“晓”字切合前文的“夜”，而“红”“湿”“重”三字分别从颜色、形态、质感三个角度写出了雨后花朵的特点，让人眼前浮现出了花繁叶茂、红绿分明的蓬勃春景。

所谓“羚羊挂角，无迹可寻”，诗题中的“喜”字并未出现在正文里，但喜悦之情却流露在全诗的字里行间：首联喜的是春雨的及时到来，颔联喜的是润物无声的品格，颈联喜的是雨意浓浓的景象，尾联喜的是雨过天晴后的花艳景美。

全诗语言清丽，结构紧密，寄情于物的同时又寓情于景。诗人用词精练，写景精致，修辞精妙，热情歌颂了润物无声的春雨，生动传神地表达了诗人无限喜悦的心情。

望岳①

岱宗②夫③如何？齐鲁青未了。
造化④钟神秀，阴阳割昏晓。
荡胸生层云，决眦⑤入归鸟。
会当凌绝顶，一览众山小。

【注释】

① 岳：指东岳泰山。泰山为五岳之首，其余四岳分别为西岳华山，南岳衡山，北岳恒山和中岳嵩山。

② 岱宗：指泰山是群岳之长。岱：泰山别称。宗：长也。

③ 夫（fú）：语气助词，无实际意义。

④ 造化：指大自然。

⑤ 决眦（zì）：这里指极力张大眼睛的样子。决：裂开。眦：眼眶。

【赏析】

《望岳》是杜甫流传下来的诗歌中最早的一首，大约作于唐玄宗开元二十四年（736）。是年杜甫到长安参加贡举，结果名落孙山。他没有滞留京师或立刻还乡，而是在齐、赵（今河南、河北、山东）一带游历。途经山东泰安时，他独自游览泰山，写下这首《望岳》，既热情讴歌了泰山的雄伟，又表达了自己的壮志豪情。这首诗是青年杜甫积极进取的人生态度、光芒四射的人生理想的最佳写照。

“岱宗夫如何？”开篇先用问句，声名远播的东岳泰山到底怎么样呢？这一句看似怀疑的问句其实流露出杜甫对泰山神往已久、慕名而来的情愫，以及终于站在泰山脚下的兴奋。

那么，泰山到底是不是真如传闻中一样雄伟呢？“齐鲁青未了”，诗人自问自答：泰山青翠苍郁，从齐绵延至鲁，甚至在齐鲁之外依然能看到它挺拔伟岸的英姿。齐、鲁是春秋时期两个诸侯国的简称，后用来指代山东等地。在如此辽阔的土地上，青翠的山色绵延至天际，泰山之雄伟不难想象。

首联没有直接赞美泰山之高，而是以横向的距离之远衬托纵向的山之雄伟，令人初读愕然，再读会心，有耳目一新的感觉。清代沈德潜评价这一句“已尽泰山”，恐怕再没人能出其右。

颔联由远及近，从远望其全貌到近观其神秀，“造化钟神秀，阴阳割昏晓。”造物主好像对泰山格外眷顾，把神奇险峻和端庄秀美的特征同时赐给了它。泰山伫立在大地上，把天空分成两半，一半阴一半阳，就像一半被晨光照耀一半被夕阳垂青。此联中“割”字用得甚妙，把泰山比喻成一把割裂了天空的锋利的尖刀，生动形象，有很强的画面感。

“荡胸生层云”，峰峦越高，缭绕在峰顶山腰的云雾就越浓密，云气层出不穷，环绕不去，令人心潮也随之起伏激荡。山云虽然不散，鸟儿却要归巢了。“决眦入归鸟”一句是说诗人睁大双眼，极目远望，似乎想追随着归鸟渐渐远去的身影，连眼角都要裂开了！“决眦”二字以夸张的写法表达了诗人对能够自由翱翔于天际的飞鸟的羡慕。

首联到颔联通过由远及近的镜头推移自然过渡，颔、颈二联的过渡则是通过从晨到昏的时间变化完成的。清晨，山中的云雾最浓；黄昏，飞鸟才会归巢休憩。所以，诗人此次游览泰山，时间跨度至少从晨到昏，以一整天的时间流连于同一个地方，符合诗人在首句里表现出的对泰山的向往之情。

“会当凌绝顶，一览众山小。”全诗除诗题以外没有一个“望”字，但通篇都在写“望岳”时看到的美景奇色，连尾句都是在写通过望岳而产生的攀登泰山的愿望：一定要登上泰山峰顶，站在最高处俯瞰其他山峦的渺小！写这首诗时，杜甫只有二十几岁，正是人生中最朝气蓬勃的年华，虽然遭遇了应举落第的挫折，但整体而言，他还没有经历过太多苦难。年轻的杜甫对未来有很多积极的设想，满心都是报国安民的期望和志气，面对高大雄伟的泰山时，这股豪情喷薄而出，留下了这篇千古佳作。

通过对泰山景色的描写，诗人表达了对祖国山水的热爱，以及昂扬向上、积极进取、兼济天下的志向。春秋时，《孟子·尽心上》曰：“孔子登东山而小鲁，登泰山而小天下。”意思是说孔子登上东山，觉得鲁国变小了；登上泰山，又觉得天下变小了。杜甫的《望岳》并未写登山之事，但他登上山顶后的心境，大概也与孔子相似，整个天下尽在眼中，只盼自己能以才华济世报国。

蜀相

丞相祠堂何处寻，锦官城外柏森森。
映阶碧草自春色，隔叶黄鹂空好音。
三顾频烦[①]天下计，两朝开济老臣心。
出师未捷身先死，长使英雄泪满襟。

【注释】

① 频烦：通“频繁”，指屡次，多次。

【赏析】

唐肃宗乾元二年（759）冬，杜甫结束颠沛流离的生活，辗转入蜀，定居在成都浣花溪畔，象征着杜甫草堂时期的开始。第二年春天，杜甫探访了位于成都郊外的武侯祠，瞻仰凭吊武侯诸葛亮。对鞠躬尽瘁、挽救时局的诸葛亮，诗人仰慕之至，心里又涌上对时事的兴叹，即成此篇。

前四句写景，描写了武侯祠的位置、环境；后四句议事，诗人触景生情，高度概括了诸葛亮的生平，由衷赞美他的德行、操守，随后又追昔抚今，夹叙夹议，表达了自己乃至天下所有爱国志士的心声。

“丞相祠堂何处寻，锦官城外柏森森。”首句中“寻”字虽看似有漫不经心之意，实则表明诗人是特意前来，尤其用自问自答的句式，更证明他对武侯祠慕名已久，并非信步而至。诗人一方面交代武侯祠的位置——锦官城外，另一方面描写环境——柏森森。“森森”二字既指松柏之葱郁劲拔，也渲染出庄重肃穆的氛围。起笔得势，表现出武侯祠的气象不凡。

“映阶碧草自春色，隔叶黄鹂空好音。”颔联中诗人的位置已经从祠堂外转移到祠堂内，详写近景。碧草映阶绿，黄鹂隔叶啼，这本来都是令人赏心悦目的美好春景，但却因“自”“空”二字被染上了寂寞、冷落的色彩。这两句工笔细描着力写景，但诗人独自徘徊在萋萋的芳草间，踟蹰于悄无人迹的林木下的身影隐约可见。

不论诸葛亮生前缔造了多么辉煌的事业，如今也渐渐被人淡忘，只剩下荒凉冷清的武侯祠。诗人触景生情，凭吊之感遂又深了一层。在这种氛围的影响下，诗人思绪难平，回顾诸葛亮的生平事迹，赞美了他的雄才大略。

“三顾频烦天下计，两朝开济老臣心。”这是对诸葛亮一生际遇与政治理想的高度概括：刘备三顾茅庐后，诸葛亮隆中献策并辅佐刘备联吴抗曹，取荆州定西川，成天下三分之大势；刘备去世之后，诸葛亮又辅佐刘禅，忠贞不渝，不遗余力。杜甫用十四个字，凝练而生动地写出诸葛亮一生的事迹，表达了他对诸葛亮的雄才伟略与报国忠心的景仰，直接而不失厚重。诗人虽以议论入诗，但并不枯燥，反而因其中蕴含的诚挚感情，深化了全诗“沉挚悲壮”（清注杜诗学者仇兆鳌语）的抒情氛围。

“出师未捷身先死，长使英雄泪满襟。”尾联鲜明地体现出了杜诗沉郁顿挫的风格。“出师未捷”写的既是诸葛亮的经历，又是诗人自己的感受——诸葛亮六出祁山，最终还是事业未竟含恨而终；诗人半生奔波依然仕宦无成，面对安史之乱却报国无门、请缨无路。“泪满襟”的“英雄”是武侯诸葛亮，是诗人自己，也是天下一切空有报国之志却含恨无成的人。

清人邵子湘评论这四句时说："自始至终，一生功业心事，只用四语括尽，是如椽之笔。"这功业心事，既是武侯的，恐怕也是杜甫自己的。颈、尾两联有叙事，有议论，有抒情，有据有理有情，表达出诗人在武侯祠的所思所想。

艺术特色方面，诗人巧妙地把眼前之实与历史之实融会贯通，做到了写景与抒情的应和，咏古与抒怀的协调。

其次，诗人对材料的剪裁十分恰当。例如面对武侯祠及周围的景物，他选择了最能够代表其典型特征的翠柏、碧草、黄鹂，渲染气氛；回顾诸葛亮生平时，诗人又捕捉其一生中最具代表性的政治活动，有高度的概括力。这都体现了诗人在选材上的谨慎和考究。

再者，该诗章法自然，结构紧凑，表意直接但不流于肤浅，情感直露但并不草率，体现出诗人运笔如椽、挥洒自如的文字驾驭能力。

登岳阳楼

昔闻洞庭水，今上岳阳楼。
吴楚东南坼①，乾坤②日夜浮。
亲朋无一字，老病有孤舟。
戎马关山北③，凭轩涕泗流。

【注释】

① 坼：裂开。

② 乾坤：指天地，形容湖水的广阔。

③ 关山北：指杜甫的故乡，当时正值戎马倥偬、干戈扰攘。

【赏析】

唐代宗大历三年（768）冬天，五十七岁的诗人杜甫经夔州出三峡，到达了洞庭湖畔的岳阳楼下，此前他对此地向往已久，终于夙愿得偿。诗人登高临水，望着壮阔而苍茫的江面，触景生情，写下著名的五律《登岳阳楼》，以表达身世之慨和家国之思。

“昔闻洞庭水，今上岳阳楼。”诗人终于登上慕名已久的岳阳楼，首句写其满心喜悦。作者并没有直接抒发“闻名欣识面”的愉快心情，用“昔闻”“今上”两词对举，既有时间对照又有动作对仗，喜悦之情自然而然流露出来。

诗人早就听说过洞庭湖的风景之美之壮，现在终于登楼远眺。“吴楚东南坼，乾坤日夜浮。”以洞庭湖为界，广袤的土地被分成了吴、楚两部分，日月都在湖面上浮动，茫茫湖面波浪翻天，无边浩瀚。清代王士禛认为这是描写洞庭湖的“雄跨今古”的佳句，恐怕其他人都再难超越。

但是近人喻守真却认为，杜甫写景状物时偶尔会进行夸大形容，不免有牵强失真的地方。本诗颔联就犯了这个毛病。从地理学上来说，洞庭湖四周均为楚地，不能说是与吴分界之处；“乾坤日夜浮”倘用来咏大海，那还相当，若咏洞庭，则未免不称。所以后人虽加以曲解，究于事理未当。不过，这并不影响后人对这两句诗的偏爱，人们之所以争相称颂，可能是因为欣赏诗人琢句的宏阔和“坼”“浮”二字的奇警。

“亲朋无一字，老病有孤舟。”颈联从写景转入抒情，一唱三叹地表达出内心的孤寂不堪。正如清代浦起龙所说:“不阔则狭处不苦，能狭则阔境愈空。”（《读杜心解》）此联采用相生的表达手法，诗人登上岳阳楼，眼前之景越广阔，内心的飘零之感就越浓烈，情景相生，更具妙韵。

“戎马关山北，凭轩涕泗流。”结句从望远而怀故乡，是当时确有此情，也是题中应有之义，诗人延展得极为自然，毫不费力，又与开首有异曲同工之妙。登高而怀乡，怀乡则念国，诗人对国事的关切时时刻刻都不曾淡漠。之所以涕泗流，不仅有个人身世之悲，更有对关山戎马、国事兴衰安危的牵挂，这一句使全诗的境界更为壮阔，思想感情也得到进一步升华。

清人黄生称赞这首诗道：“前半写景，如此阔大；五六自叙，如此落寞；诗境广狭顿异，结语凑泊极难。转出‘戎马关山北’五字，胸襟气象，一等相称，宜使后人搁笔也。”此评颇有见地。诗人把身世感慨和忧国情怀一并汇入诗中，内容严肃，格调严谨，体现出沉郁顿挫的诗风。

八阵图

功盖三分国，名高八阵图[①]。

江流石不转，遗恨失吞吴。

【注释】

① 八阵图：指天、地、风、云、飞龙、翔鸟、虎翼、蛇盘组成的作战阵图。

【赏析】

唐代宗大历元年（766），杜甫初到夔州（今四川奉节），去寻访与诸葛亮有关的遗迹，到夔州西南的永安宫前的平沙上，亲眼目睹“八阵图”遗迹，遂作五言绝句《八阵图》，怀古抒怀，抒发了诗人对诸葛亮的仰慕之情，以及人至迟暮而功业无成的遗恨。

八阵图是一种由天、地、风、云、飞龙、翔鸟、虎翼、蛇盘八种阵势组成的军事操练和作战的阵图，相传最初是由轩辕黄帝传下来的，到三国时期，诸葛亮继承并发展了这一阵法，为三足鼎立局势的形成做出了巨大的贡献。诸葛亮布阵的遗迹不止一处，夔州八阵图遗迹只是其中之一。据《荆州图副》记载：“永安宫南一里，港下平碛上，有孔明八阵图，聚细石为之。各高五尺，广十围，历然棋布，纵横相当，中间相去九尺，正中开南北巷，悉广五尺，凡六十四聚。或为人散乱，及为夏水所没，冬时水退，复依然如故。”

“功盖三分国，名高八阵图。”诗人开门见山，以总括的大手笔精练地写出了诸葛亮一生的功业事迹。诸葛亮辅佐刘备建立蜀国，与孙吴、曹魏政权形成鼎立之势，其功劳之大用一“盖”字可谓恰如其分。为了更具体地展现诸葛亮的功绩，诗人在第二句中以八阵图彰显诸葛亮的智慧和成就。之所以截取诸葛亮布阵图这一事迹，一是为了紧扣诗题，毕竟这首诗是杜甫寻访八阵图遗迹时有感而发，二是因为围绕八阵图有诸多富有传奇色彩的典故，最能突显诸葛亮的政治智慧和军事才能。

“江流石不转”，既是写实，亦是用典。根据刘禹锡在《嘉话录》中的记载，夔州八阵图经过了六百年江河淘漉冲刷，兀自岿然不动，布阵如此坚固，足见诸葛亮的才智。《诗经》有云：“我心匪石，不可转也。”杜甫化用此句，赞扬诸葛亮对蜀汉事业坚定不移的忠贞之心，以忠心之坚定，反衬“遗恨失吞吴”，则遗恨之情更重。

尾句蕴含丰富的历史背景。三国时期，刘备痛失关羽、张飞两位兄弟，急于报仇，违背了诸葛亮最初制定的联吴抗曹的长远战略。蜀汉倾尽全力，试图一举吞并东吴，结果被东吴大将陆逊火烧连营七百里。经夷陵之战，蜀汉军力锐减且国力大削。不久，刘备病逝于白帝城。再到后主登基，诸葛亮殚精竭虑，也没能力挽狂澜，直至蜀亡。从某种意义上说，刘备的攻吴决策是蜀汉命运的转折点，也是导致隆中策破产的重要原因。是以，诸葛亮怎么可能不“遗恨”呢？

在杜甫眼中，为国为民鞠躬尽瘁的诸葛亮最有古代贤相风范，在这个历史人物身上，寄托着诗人本人的政治理想。诗人毫不掩饰地表达澎湃的敬仰，同时对诸葛亮大业夭折的千古遗恨致以惋惜，其中还有对自己身世的感伤。吊古往往夹杂着议论，诗人把议论融入诗中，把诸葛亮的形象塑造得极为生动，抒情达意又富有浓厚的主观色彩，亦歌亦叹，耐人咀嚼。

旅夜书怀

细草微风岸，危樯[1]独夜舟。

星垂平野阔，月涌大江流。

名岂文章著，官应老病休。

飘飘何所似？天地一沙鸥。

【注释】

① 危樯（qiáng）：高高的桅杆。

【赏析】

杜甫在草堂的安逸生活没有持续太久。永泰元年（765）初，杜甫辞去剑南节度府参谋职务。没过多久，一直资助他生活的好友严武去世，诗人在成都的生活也陷入了困境。是年五月，杜甫决定带家人离开成都，计划取道湖北随后回京。这首诗就是他乘舟东下到达渝州（重庆）时舟中感怀之作，抒发了奔波不遇的感慨。

诗的前两联写“旅夜”，写旅途夜景，后两句“书怀”，抒发诗人的凄凉无依，表达出强烈的生命孤独感。

“细草微风岸，危樯独夜舟。”首联使用对起法，先写日景，再写夜间；先写陆上，再写水中。“细、微、危、独”几个形容词，凝练地把水陆两方的情景完全包举了起来。诗人先写近景，从细处着眼，写出了沿途所见的景象。诗人乘船至渝州等地时，时间当是五月左右，事实上这个时节本生机盎然，却因作者心境落寞，故寓情于景，连眼前所见都沾染上淡淡的孤寂色彩。

“星垂平野阔，月涌大江流。”颔联中的画面极富动感，有一种空间不断向无尽处延伸的张力。星星垂在天际，原野显得更加广阔平坦，一眼望不到尽头；月光随着翻腾的波浪涌动，闪着粼粼的光，随着茫茫的江水滚滚而去。这两句与首句相对，从水陆两方分咏，用“垂”和“涌”两个“响字”，又将星月这两个意象烘托出来，在“开襟旷远”（清代浦起龙）的宏大意境里，衬托出诗人孤苦伶仃、无依无靠的形象。

前两联都在写景，颈联若继续写景，则违背虚实相生的作诗之法，诗人即景生情，回归诗题中的“怀”字。“名岂文章著，官应老病休。”上句故作问语，以见跌宕，下句说明他东下是为了休官致仕，从中可见涌动在诗人内心的复杂情绪：他本想在仕途有所作为，但最后所得的一点名声竟然都来自诗文，有悖初衷；诗人辞官的原因看似老病，事实上是官微位卑又受人排挤，根本无法实现政治理想。此联皆为反语，是诗人无可奈何之叹息。

“飘飘何所似？天地一沙鸥。”结句承上启下，即景自况，用沿途所见的沙鸥来比喻自己的境遇，形象地写出诗人漂泊零落、孤独寂寞的形象。末句中，广阔的天地和渺小的沙鸥形成了鲜明的对比，愈发显出飘零之感，而“一”字则与首联中的“独”字首尾呼应，深化了全诗的凄凉意味。这一句和杜甫在《登岳阳楼》中的尾句“亲朋无一字，老病有孤舟”有异曲同工之妙。

该五言律诗是诗人晚年的代表作之一，具有杜诗沉郁顿挫的风格，其最显著的特点就是景与情的相生相衬。在精妙的意象、雄浑的意境中，寄托着无尽的哀思，首联中的一个“独”字更是起到统摄全篇的作用，把漂泊孤苦之感注入了每一处景、每一句诗中。

对雪

战哭多新鬼，愁吟独老翁。

乱云低薄暮，急雪舞①回风。

瓢②弃樽③无绿，炉存火似红。

数州消息断，愁坐正书空。

【注释】

① 舞：指雪花随风乱飘。

② 瓢：指葫芦。

③ 樽：古代盛酒的器皿。

【赏析】

至德元年到至德二年（756—757），长安沦陷，杜甫只身一人被困其中，前线的战况和亲人的消息均无法传回京都。杜甫独居在被叛军占领的长安，生活艰难困苦。唐军又在宰相房琯的带领下连吃败仗，局势对李唐朝廷颇为不利。本诗正是在这样的背景下创作出来的。

在这个凄苦的冬天，忧国忧民的杜甫满怀感慨，只能借着诗文来表达自己心中的忧思。“战哭多新鬼”说的就是两次战役之中牺牲的士兵，他们在战场哀号不已。“愁吟独老翁”，一个独居的老人独自吟诗排解心中的忧愁。首联一下子点出了诗人心中的愁苦。“多”与“独”形成鲜明对比，更能体现当时时局的动荡，表现出诗人心情的沉痛。

“乱云低薄暮，急雪舞回风。”薄暮时分天空中乱云压低，飞舞的雪花随着风乱飘，如诗人心中的愁绪无法厘清。时间的推移点出题目中的“对”字，也把诗人独坐室内，看着天空发出愁苦感慨的形象勾勒出来。

“瓢弃樽无绿，炉存火似红。”其中，“瓢”即葫芦，是古人用来盛茶盛酒的工具。“樽”即酒樽，是一种盛酒器。“绿”用来指代酒，古时的酒为绿色，因此以颜色指代。用来装茶的葫芦丢在一边，酒杯里一滴酒也没有，空空的炉子中只有灰烬，却看起来好像炉火熊熊燃烧一样。这一联将诗人艰苦清贫的生活描绘得淋漓尽致，尤其“似”字的运用，让人感觉到所谓的火红的炉火是诗人心中的幻象，说出了诗人对于光明和温暖的渴望，既渴望现实中炉火的温暖，也期盼政局能早日恢复安稳。短短十字，把对客观事物的写实与主观情感的抒发自然地融为一体，毫无生硬的痕迹。

“数州消息断，愁坐正书空。”这两句表达了诗人的愁绪，也是全诗主旨所在。“书空”二字来自晋人殷浩的典故，南朝宋刘义庆的《世说新语·黜免》记载道：“殷中军（殷浩）被废在信安，终日恒书空作字，扬州吏民寻义逐之，窃视，唯作‘咄咄怪事’四字而已。”意思是当一个人愁闷无聊到极点，用手在空中写字。数月以来州与州之间消息早已断绝，诗人满心愁思，无聊地在空中写字。尤其是结尾“愁坐正书空”一句，不知杜甫在空中书写的是家国之痛，还是对亲人的担忧，但这一举动把无处着力，无法发泄的愁思一一表现了出来。诗人心中充盈着对国家和亲人安危的关心，满是对动荡时局的愁苦，还有对受苦人民和战死将士的同情。他心有重重复杂情绪，却只能对着空中飞舞的雪花喃喃自语，无人诉说。

月夜

今夜鄜州[①]月，闺中只独看。
遥怜[②]小儿女，未解忆长安。
香雾云鬟湿，清辉玉臂寒。
何时倚虚幌[③]，双照泪痕干。

【注释】

① 鄜（fū）州：今陕西省富县。当时杜甫正在长安，其家眷在鄜州羌村。

② 怜：爱。

③ 虚幌：透明的窗帷。

【赏析】

因为安史叛军的步步紧逼，玄宗之子即太子李亨仓皇北上。公元756年6月，长安沦陷，一个月后李亨在灵武登基，改年号为“至德”，史称肃宗。得知这个消息的杜甫把家人安顿在鄜州（今陕西延安市富县）的羌村，决定独自赶赴灵武投奔肃宗。谁料途中他被叛军虏至长安，虽未遭囚禁，却不得不中断计划，滞留在沦陷的国都。诗人独在异地，恰逢月圆，对月思家，遥望亲人，写下《月夜》一首，表达对家人的深切思念。

杜甫一生四处辗转，漂泊良久，创作了很多表达思念之情的佳作，其中《月夜》却极特别。一方面，他没有正面写自己对家人的思念，而是运用想象，通过写妻子对自己的相思表达主旨；另一方面，委婉曲折地表达了诗人对妻子的脉脉温情，这在杜诗中也是不常见的。

诗题为“月夜”，主旨是表达相思，但诗人并没有写自己眼中的长安月，而是采用从对方设想的构思落笔，通篇都是诗人的想象。清代浦起龙的《读杜心解》有云：“心已驰神到彼，诗从对面飞来，悲婉微至，精丽绝伦，又妙在无一字不从月色照出也。”

“今夜鄜州月，闺中只独看。”这是一幅令人伤感的闺中望月图。今日长安月圆，鄜州的月亮自然也是圆的，按理说妻子身边有儿女的陪伴，为何诗人还会用“独看”二字呢？要想理解首联中这一关键之处，必须联系颔联。

“遥怜小儿女，未解忆长安。”儿女虽在身边，但他们年纪幼小，尚不知“思念”为何物，他们或许会对着空中的明月眺望欢呼，却不是因为思念远方的父亲。故而，在小儿女的“未解”映衬下，望月思人的妻子就显得更加孤单了。一个“独”字，描摹出妻子孤独凄清的身影，也刻画出她寂寥凄苦的心事。《瀛奎律髓汇评》引用清代纪昀的评论：“言儿女不解忆，正言闺人相忆耳。”又引晚清许印芳言：“对面着笔，不言我思家人，却言家人思我。又不直言思我，反言小儿女不解思我，而思我者之苦衷已在言外。”

“香雾云鬟湿，清辉玉臂寒。”颈联中，诗人对妻子的形象进行了更细致的描写。夜深雾重，妻子的头发是不是已经被雾水打湿了？夜凉如水，妻子托腮望月，手臂大概也会感觉到寒冷吧。既能体现妻子相思成痴的深情，也表露出诗人对妻子的关怀。诗人把自己对妻子的深情表达得委婉含蓄，却真挚细腻，感人至深。

“何时倚虚幌，双照泪痕干。”相思之情深厚若此，令人不禁感叹：到底何时才能团圆，共倚窗前同赏明月呢？这既是妻了的呼唤，亦是诗人的心声，“双照”与“独看”前后呼应，对未来相聚的盼望愈深，现在分隔两地的愁苦就越浓。

诗人根据所要表达的情感选择意象，又有意地改变了叙述的角度，既出人意料，又合情合理，表现出了身处异地的两人在情感上的双向流动之美，有出奇制胜的效果。另外，语言工丽情感却悲，尤其最末两联，“语丽情悲”之对比十分明显，更显顿挫曲折之妙。

江南逢李龟年

岐王[①]宅里寻常见，崔九堂前几度闻。

正是江南好风景，落花时节又[②]逢君。

【注释】

① 岐王：指唐睿宗第四子李隆范。

② 又：指寄托无限悠长的今昔盛衰之感。

【赏析】

据唐代郑处诲在《明皇杂录》中的记载："唐开元中，乐工李龟年、彭年、鹤年兄弟三人皆有才学盛名，彭年善舞，鹤年、龟年能歌，尤妙制《渭川》。特承顾遇，于东都大起第宅，僭移之制，逾于公侯。宅在东都通远里，中堂制度，甲于都下。其后龟年流落江南，每遇良辰胜赏，为人歌数阕，座中闻之，莫不掩泣罢酒。杜甫尝赠诗。"杜甫所赠之诗就是《江南逢李龟年》。

杜甫初遇李龟年时，正是开元盛世的鼎盛时期，如今落花时节在他乡重逢，早已物是人非，不仅二人都成了两鬓斑白的老者，盛世之象也早就成了过眼云烟。抚今怀昔，诗人不免感慨良多。清朝蘅塘退士评此诗云："世运之治乱，年华之盛衰，彼此之姿凉流落，俱在其中，少陵七绝，此为压卷。"

"岐王宅里寻常见，崔九堂前几度闻。"前两句追忆前事，直接写李龟年早年间经常出入达官贵人的府邸，间接写当年太平之世的承平气象。岐王是唐睿宗第四子李隆范，崔九指中书令崔湜的弟弟崔涤。据考证，岐王及崔涤俱卒于开元十四年，那时尚未有梨园之设。杜甫初见李龟年，应该在天宝十年之后。当时，李龟年可谓富贵极于一时，诗人杜甫也是风华正茂，有着"开口咏凤凰"的风发意气，与此相衬的，是美好而繁荣的盛唐气象。

"正是江南好风景，落花时节又逢君。"诗人与李龟年重逢，距离"岐王宅里""崔九堂前"的相见已时隔四十余年，两个垂暮的老人在落花时节的江南偶遇，俱是满面沧桑，尝尽了流离之苦，其中滋味，真是一言难尽。所谓"江南好风景"，大有"风景不殊，河山有异"之叹。四句特标"落花时节"，又隐写世乱时艰。杜甫与李龟年在这种情况下相遇，大有"同是天涯沦落人"之感。

诗中情绪伤感，偏未流露出一字半句伤情，令人读了也并未觉得可悲。但是仔细品味，才知别有所指：既有个人身世际遇之感伤，也有攸关国运之叹惋，尾句"又"字寄托着无限悠长的今昔盛衰之感，令人不由黯然神伤。元代范德机指此诗为"藏咏”，正是卓见。

《江南逢李龟年》是杜甫现存绝句中年代最晚的一首，全诗寥寥几笔，无一哀字却诉尽哀声，以二十八字道出四十余年的盛衰荣辱，其含蓄，其深沉，真令人不禁拍案叫绝。清代黄生评价其“见风韵于行间，离感慨于字里”（《杜工部诗说》），恰中妙处。

新安[1]吏

客行新安道，喧呼闻点兵。
借问新安吏：“县小更无丁？”
“府帖昨夜下，次选中男行。”
“中男绝短小，何以守王城？”
肥男有母送，瘦男独伶俜。
白水暮东流，青山犹哭声。
“莫自使眼枯，收汝泪纵横。
眼枯即见骨，天地终无情！
我军取相州[2]，日夕望其平。
岂意贼难料，归军星散营。
就粮近故垒，练卒依旧京[3]。
掘壕不到水，牧马役亦轻。
况乃王师顺，抚养甚分明。
送行勿泣血，仆射[4]如父兄。”

【注释】

① 新安：今河南新安县。

② 相州：即邺城。

③ 旧京：指东都洛阳。

④ 仆射：古代官职，秦始置，汉以后因之。唐宋左右仆射为宰相之职。此诗中指郭子仪。

【赏析】

乾元元年（758），即安史之乱爆发的第四年，虽然李唐的军队已经收复长安、洛阳等重镇，但黄河以北的大片土地仍然被叛军占领。在朝廷的调遣下，郭子仪、李光弼率多路兵马围攻邺城（即相州），因为唐肃宗对将领不够信任和指挥不力，朝廷军遭到叛军两面夹击，最终惨败。为了补充折损兵力，肃宗连续急发征兵令，强征乱拉的惨剧屡屡出现，一时间人民怨声载道，全国都笼罩在恐怖、惊慌的氛围下。

当时，杜甫正从洛阳前往华州，经过潼关一带时，他亲眼目睹了诸多妻离子散、家破人亡的人间惨剧，愤而落笔，写下了“三吏”“三别”等多篇叙事诗。新安在洛阳以西，郭子仪的部分军队惨败撤退后，曾在这里休憩调整，当地百姓自然成了军队征兵的来源。杜甫路过这里时，恰好看到新安吏正在招兵，于是上前问询，后以“客”与“吏”的问答入诗，创作了《新安吏》这首诗。

从诗人表达的思想感情出发，可以把这首诗分为两部分：从首句到“天地终无情”为第一部分，表达了诗人对以“中男”充丁的现象的谴责；从“我军取相州”到结尾为第二部分，表达了诗人对这场“王师顺”的战争的支持态度。毫无疑问，这两种感情之间存在尖锐的矛盾和冲突，恰恰是这种冲突，更加真实地表现了诗人忧国忧民的心理状态。

第一部分是由诗人与新安吏的问答引出的。诗人看到道路两旁人头攒动，异常喧闹，便上前探询，结果发现是朝廷正在征兵。但是，按照天宝三年的规定，二十三岁以上的成年男丁才需要服兵役，可是前来应征入伍的人群里，明显有很多年龄尚幼的人，于是诗人忍不住上前问道：“县小更无丁？”连年征战，小小的新安县已经没有多少成年的壮丁了吧？看似询问，实际上诗人是在质问新安吏：你怎么违背王法，以年龄不足者充丁呢？

“府帖昨夜下，次选中男行。”对方并没有被诗人问住，而是不慌不忙地说：“昨晚州府就下了公告，中男也要到军队服役。”“中男”当时指的是十八岁至二十三岁的男子，他们既没有强壮的身体，意志也不够顽强，还缺少生活的历练，仅凭他们，“何以守王城？”

诗人以疑问的形式表达了肯定的意思。他非常清楚，这些被迫入伍的中男不是保家卫国的最佳人选，关于这一点，想必新安吏心中也是有数的。但是，寻遍新安，又能找到几个适合的男丁呢？连年的战争已经造成十室九空，成年的男子大多已经战死沙场或正在浴血奋战，朝廷还要继续征兵，谁也没有办法啊。

面对追问，新安吏不再回答，或是心虚得无话可说，或是懒得搭理迂执的诗人，总之，他没有继续回答。于是，诗人环顾四周，开始打量应征的人群：“肥男有母送，瘦男独伶俜。”长得壮实些的中男大概家境比较好，还有母亲前来相送；那个瘦弱的中男看上去简直还像个孩子，独自一人入伍，连个来送行的人都没有。这一句诗暗含两层意思：一方面，从母亲送行却不见父亲的细节可知，战争已经持续数年，新安一带几乎再无壮丁，正好和“县小更无丁”相呼应；另一方面，从“瘦”字中可知当时百姓生活的艰苦。

不管是征人还是送行的亲人，一定都在痛哭，以至于青山白水都忍不住为他们落泪，连自然都在为人哭泣，景象之悲戚不言自明。诗人心中不忍，不由得劝他们不要再哭了：“莫自使眼枯，收汝泪纵横。眼枯即见骨，天地终无情！”无情的当然不是天地，恐怕是祸国殃民的安史叛军，还有无能的朝廷吧。也有人认为诗人是在谴责无情的命运，这种观点不可取，因为作为一位现实主义诗人，杜甫总是能够敏锐地捕捉到种种社会弊端背后的根源，即便有怨天恨地之语，恐怕也是他有心无力、无可奈何时才发出的悲呼。

以上是全诗的第一层情感的体现：诗人认为以中男充军的现象是不合理的，他对这些人有多少同情，就对这项政令的发布者有多少痛恨。可是，接下来，诗人的情感却发生了转折。

余下十二句，是诗人对在哭泣的“中男”的劝慰。他说，朝廷的军队原本计划在“日夕”之间攻克相州，“岂意贼难料”，结果因错误估计了敌人的势力，最终惨败而归，战败的军队如空中散乱的星星一样归来。

以上是对当时局势的交代，接下来他又向征人说明要如何服役：“就粮近故垒，练卒依旧京。掘壕不到水，牧马役亦轻。”这四句是说军队里的给养充足，工作也不繁重，他们不需要上前线杀敌，只需要在当地保卫东都就行。更何况“况乃王师顺，抚养甚分明。”讨伐逆贼名正言顺，王师是正义之师；朝廷给予士兵的待遇也十分优厚，所以诗人劝慰征人：“送行勿泣血，仆射如父兄。”你们不要再哭了，左仆射郭子仪将军就像父兄一样仁爱啊！

诗人说此话的目的是为了安抚悲伤的征人，有劝解之意，但未必都是事实。不过，从这段话里也可以捕捉到一些重要的信息。这场战争和诗人写《兵车行》时的战争的性质不同，是一场诛灭叛军、维护国家稳定的正义战争，所以杜甫认为百姓应该参战。虽然诗人对那些征人充满同情和怜悯，但他并不反对这场战争，反而持支持态度。然而，连一场本来可以“日夕望其平”的相州之战都不能顺利取胜，诗人又不由得对朝廷的实力和决心难以信任。

诗人内心存在巨大的矛盾，他同情被战争伤害的人民，又希望朝廷尽快以战争夺回稳定的政局，却又不相信朝廷的实力。种种复杂的念头交织在一起，使全诗前后的主题显得扑朔迷离。

这种微妙而矛盾的心理既符合诗人本身的性情，又与当时的社会现实相吻合，虽然看似不妥，却更加深刻，也更加真实。当代学者施蛰存解读时说，这种矛盾的心理恰恰就是杜甫的“现实主义”，也形象地表现了历史事实，难怪杜甫的作品被后人誉为“诗史”。

无家别

寂寞天宝后，园庐但蒿藜[①]。
我里百余家，世乱各东西。
存者无消息，死者为尘泥。
贱子因阵败，归来寻旧蹊[②]。
久行见空巷，日瘦气惨凄。
但对狐与狸，竖毛怒我啼。
四邻何所有？一二老寡妻。

宿鸟恋本枝，安辞且穷栖。
方春独荷锄，日暮还灌畦。
县吏知我至，召令习鼓鞞。
虽从本州役，内顾无所携。
近行止一身，远去终转迷。
家乡既荡尽，远近理亦齐。
永痛长病母，五年委沟溪。
生我不得力，终身两酸嘶。
人生无家别，何以为蒸黎[③]！

【注释】

① 蒿藜：蒿和藜。泛指杂草、野草。

② 蹊：小路。

③ 蒸黎：百姓、黎民。

【赏析】

《无家别》与“三别”中的其他两首不同，虽然通篇也是主人公的独白，但主人公面前并没有具体的倾听者。《新婚别》中新妇的自白是说给丈夫听的，《垂老别》是一首老翁与妻子的诀别诗，这首《无家别》里，败阵归来又被抓丁的“贱子”归来无人喜，别去亦无人涕。但他依然喋喋不休地诉说了一通，“似自语，亦似语客。”（清代浦起龙《读杜心解》），既像是在自言自语，又像对天控诉，描述了自安史之乱以来国运衰败、民生凋敝的社会现实，其发出的“人生无家别，何以为蒸黎”的感叹催人心肝，既紧扣本诗眼目，亦可视为“三吏”“三别”组诗的总旨。

前六句以归来“贱子”的视角，总写天宝之乱后民间荒凉的景象。诗人选取“贱子”的家乡作为乱世的缩影，又起首定下“寂寞”的基调，从较为宏大的角度落笔，感叹民生之多艰。

安史之乱后，全国到处人烟寥寥，田园荒芜。主人公的家乡原本是个“我里百余家”的繁荣之地，或许不够富庶，但也是一幅鸡犬相闻、园庐相望的太平景象。但经历战争浩劫之后，“园庐但蒿藜”“世乱各东西”“存者无消息，死者为尘泥”——园庐荒芜，野草丛生，乡邻四散，生死未卜，满目的荒凉和萧条，令人神伤。

“贱子因阵败，归来寻旧蹊”两句交代了主人公的身份。前文是“贱子”归来后看到的家乡的全貌，后文从宏观转入微观，更进一步写战争对民生的破坏。

贱子归家后，见到了这样的景象：“久行见空巷，日瘦气惨凄。但对狐与狸，竖毛怒我啼。四邻何所有？一二老寡妻。”这六句的意思是：我在荒凉破败的村庄里走了很久，所经过的街巷全都空无一人，在惨淡的日光照耀下，到处都是冷清凄惨的景象。不时有一只只野狐狸蹿到我面前，它们不仅不怕人，竟然还竖起毛发对着我啼叫怒号。曾经的街坊邻居都到哪里去了呢？只能看到一两位年老的孀妇。

凄凉景象带给读者非常不愉快的阅读体验。诗人对这一段文字的措辞格外用心，“空”“瘦”“惨凄”“怒”“啼”等字词用得极妙，给客观景物涂上了强烈的主观感情色彩，既体现了“贱子”返乡后的悲凉心境，也是对诗人天宝乱世中悲恸心情的刻画。

征人九死一生回到故里，本来应该是一件值得高兴的事情，但触目所及，都是悲惨的景象。归来已经无家，主人公的心情之沉痛压抑，不难揣测。

“宿鸟”四句在结构和内容上都起到过渡作用。主人公回到家乡以后，虽然因眼前的景象感到悲伤，但终归是回到了自己依恋的家乡，可以重新过上安稳的生活，于是他努力振作，并重务农事，“方春独荷锄，日暮还灌畦。”悲戚转为振作，全诗第一次显露出喜悦的色彩。

但是，就连这种卑微的“穷栖”的想法，最终也成了奢望。“县吏知我至”成为主人公人生中的第二个转折点，他必须整理行囊，再次应征入伍。上次离开时，大概还有亲人前来送行，这一次，“虽从本州役，内顾无所携。”主人公无人可别，也没有东西可以携带，孑然一身，不知最终将葬身何处。不过，“家乡既荡尽”，自己此去是远是近已无关系，是谓“远近理亦齐”。

诗到这里，大有一种既然了无牵挂不如以死报国的悲壮之情。念及这可能是他最后一次回到家乡，亦是最后一次离开家乡，主人公不由得想起自己上次出征期间病逝的母亲。“永痛长病母，五年委沟溪。”当时他出征在外，母亲生病无人照料，病逝后也只能被草草埋葬在沟渠旁边。可怜她含辛茹苦把儿子养大成人，儿子竟不能为她养老送终，这是母亲之苦，也是儿子之恨。“酸嘶”二字道出了苦之浓重，恨之悲切。

最后，主人公发出了“人生无家别，何以为蒸黎”的反诘——生而为人，竟然连个可以告别的家都没有了，我们还算得上是朝廷的黎民百姓吗？这是主人公的追问，也是诗人的质问。生灵涂炭、民不聊生的人间惨剧从何而来，安史之乱又因何而起，诗人内心疑问重重，却苦于寻不到答案。

对结尾二句，浦起龙评论说：“末二以点作结，‘何以为蒸黎’，可作六篇总结。反其言以相质，直可云：‘何以为民上？’”诗人虽然没有把矛头直指统治阶级，但主人公的陈述里已经显露出对当权者的愤怒的控诉。当一国百姓不能安居乐业，甚至“无家别”，百姓还算什么百姓？作为社会基石的百姓的生活被动摇，居于上层的统治者理应承担责任。

明代王嗣奭在《杜臆》中评论这首诗“语似宽而痛已极矣”。诗人遣词造句十分凝练，无一闲笔，但又不显古板刻意，反而蕴含着极深的感情。

较“三吏”“三别”中的其他五首作品而言，《无家别》控诉的意味更加强烈，主人公直接诉说自己的所见所闻所感，反映了当时战区所有底层人民的悲惨遭遇，令读者悲至心酸，愤而拍案。

梦李白二首

（其一）

死别已吞声，生别常恻恻。
江南瘴疠地，逐客无消息。
故人入我梦，明我长相忆。
君今在罗网，何以有羽翼？
恐非平生魂，路远不可测。
魂来枫林[①]青，魂返关塞[②]黑[③]。
落月满屋梁，犹疑照颜色。
水深波浪阔，无使蛟龙得！

（其二）

浮云终日行，游子久不至。
三夜频梦君，情亲见君意。
告归常局促，苦道来不易。
江湖多风波，舟楫恐失坠。
出门搔白首，若负平生志。
冠盖满京华，斯人独憔悴！
孰云网恢恢？将老身反累！
千秋万岁名，寂寞身后事。

【注释】

① 枫林：指李白被放逐的西南之地，那里多枫林。

② 关塞：此时杜甫居于秦陇地带，此处关塞较多。

③ 青、黑：李白的魂来往于夜间，所以称之为“青”“黑”。

【赏析】

乾元元年（758），李白被流放夜郎，到了第二年行至巫山被赦免，重回江陵。身处北方的杜甫只听闻好友被流放，却不知已被赦免，日夜担忧思念好友，以致好友频频入梦。

两首诗按照时间顺序写就，从入梦前到梦中到梦醒。第一首写的是初次梦见李白，流露出对其流放途中吉凶难卜的关切。

“死别已吞声，生别常恻恻。”死别常让人呜咽，生别却让人隐隐作痛。“江南瘴疠地，逐客无消息。”江南山泽瘴气十分厉害，你这个被放逐的人却一点消息都没有。这四句写的是诗人清醒时的所思。入梦前，诗人已经开始为李白担忧，对方音信全无，这让他十分挂念，语调悲怆，道出心中的苦痛。

“故人入我梦，明我长相忆。”这两句开始写诗人梦中所见，他先交代故友出现在梦中：老朋友你这样进入我的梦中，一定是明白我时常惦念你。不说自己日有所思夜有所梦，而说友人入梦理解自己的心思，表达了诗人在梦中见到友人李白的欣喜和欣慰。

“君今在罗网，何以有羽翼？”你现在身陷囹圄，如何才能拥有翅膀飞来我所在之地。“恐非平生魂，路远不可测。”难道入梦的是你的魂魄，路途遥远生死难测。诗人的情绪一下子从喜转疑，由疑转成了深深的忧虑。

“魂来枫林青，魂返关塞黑。”魂魄从青色的枫林飘来，从关山的黑塞返回。其中“魂来枫林青”的典故出自《楚辞·招魂》中“湛湛江水兮上有枫，目极千里兮伤春心，魂兮归来哀江南”一句，这段话是宋玉为屈原招魂时的话语。

“落月满屋梁，犹疑照颜色。”月光照亮了整间屋子，洒满了屋梁，你模糊的容颜似乎还在眼前。随着时间的推移，诗人由于梦见友人，突然惊醒，看见一屋子月光的清辉，眼前似乎还有好友的音容样貌，情绪再起波澜，满心的忧虑在梦醒之后变成了叮咛。“水深波浪阔，无使蛟龙得！”路途遥远，水深浪高，请你千万小心，不要让蛟龙捉到你。诗人述说叮咛嘱咐之言，表达的是自己对李白命运的担忧。“蛟龙”的典故出自南朝梁吴均《续齐谐记》，东汉初年，有人在江边行走时碰到一个自称屈原的人，他说虽然每年都有盛大的祭祀活动，然而祭品却都被江中的蛟龙吃了。这两句和“魂来枫林青”相同，都把李白的才情同屈原联系起来，暗含诗人对李白的肯定和尊敬。

第一首诗的情绪一波三折，关键还是对故友生死未卜的担忧，对故友命运的关切。第二首诗也按照同样顺序叙说，主要写了诗人对李白遭遇的深切同情，也是诗人多次梦见李白后的感叹。

开篇两句“浮云终日行，游子久不至”用比兴的手法引言，见浮云思游子。与李白《送友人》中的“浮云游子意”不谋而合。天上的浮云整天飘来飘去，远方出游的故人你何时归来。“三夜频梦君，情亲见君意。”接连三个晚上频繁地梦见你，可见你对我是多么情真意切。这句话同上篇的“故人入我梦，明我长相忆”相同，都是从李白入梦的角度来解读诗人对李白的思念，也写出了两人之间深厚的情谊。

随后四句写的是梦中片段，写李白不远万里魂入梦中与诗人的对白。“告归常局促，苦道来不易。”每一次你都匆匆来去，总说路途艰辛，入梦不易。“江湖多风波，舟楫恐失坠。”你又说江湖风急浪高，担心船只遇险，船沉湖底，楫落水中。接下来的两句写诗人在梦中所见李白的举止。“出门搔白首，若负平生志。”每次出门你都会搔着白头，好像遗憾自己辜负了一生的壮志豪情。以上六句从神态、言语、举止三个方面来刻画李白的形象。

这一幻影对诗人造成莫大触动，引出下两句“冠盖满京华，斯人独憔悴”的感叹。长安城中满是权贵，独有这样一个才人独自憔悴，困顿狼狈。这样的感叹之后，诗人接着替李白鸣不平，对李白给予了高度评价，并作以同情的嗟叹：“孰云网恢恢？将老身反累！千秋万岁名，寂寞身后事。”这四句是说谁说天网恢恢疏而不漏，为什么无辜的你年事已高却要反遭连累。生前的遭遇如此，就算死后名垂千古万世流芳又有何用？只不过是死后的慰藉而已。

后一首诗饱含诗人的深情厚谊，如清代浦起龙在《读杜心解》中所说：“次章纯是迁谪之慨。为我耶？为彼耶？同声一哭！”诗人对李白的遭遇十分同情，又联系自身遭际，难分彼此，道出自己心中的感叹，只能一起放声痛哭。

两首诗的内容相互呼应，上首开端的“死别”与下首结尾的“身后”，无形中构成了一个完整的诗文结构，只是意境和侧重各有不同，不能混为一谈，总体而言又表达了诗人的真情实感，表现出李白与杜甫之间情谊的深厚。

高适：莫愁前路无知己，天下谁人不识君。

诗人名片

生卒年月：约公元 704 年—公元 765 年

字号：字达夫，一字仲武

祖籍：河北省景县

代表作：《别董大》等

诗人小传：唐代著名的边塞诗人，世称“高常侍”。早年曾游历长安、蓟门一带求仕，公元 749 年才应举中第，授封丘尉。高适的诗歌笔力雄健，气势奔放，格调高昂，展现了大唐盛世的精神风貌。他善作边塞诗，与岑参并称“高岑”，以七言歌行最富特色，有《高常侍集》十卷，存诗二百多首。

别董大[1]

千里黄云白日曛[2]，北风吹雁雪纷纷。

莫愁前路无知己，天下谁人不识君？

【注释】

① 董大：指唐玄宗时期有名的琴师董庭兰。

② 曛：指黄昏的夕阳之色。

【赏析】

这首赠别诗，以真挚的情感表达了对友人的祝愿。一般认为董大是唐玄宗时期名噪一时的琴师董庭兰。《别董大》（其二）中有诗句言：“一离京洛十余年”“今日相逢无酒钱”。可见写作此诗之时，诗人应该仍处于求仕失意的漫游时期。

“千里黄云白日曛，北风吹雁雪纷纷。”这两句写的是分别之际的眼前之景。曛是指黄昏的日色。夕阳西下之时，太阳渐渐向西山靠拢，极目远眺，茫茫千里黄云飘游。时值北方冬日，白雪纷纷，寒风呼啸，好像吹着大雁向南飞去。冬日暮雪，寒云归雁，这样的景象对于一个即将送别友人的漫游浪子来说该是何其凄凉悲壮！风雪长啸之中，即使没有困顿潦倒的遭遇也难免心生悲凉，何况诗人多年求仕失意，心中积郁。

有了前两句的情感积淀，诗行至后半却气势一转，“莫愁前路无知己，天下谁人不识君？”这两句气势回转磅礴，给友人前行的力量，劝慰友人不要担心漫漫前路，实际上也是诗人对自己多年失意的慰藉，更是胸有丘壑、满怀信心的情感抒发。

诗歌的前两句，用白描的手法写别离时候的眼前之景，以真切的情感融入景物之中，创造了悲凉深远的意境。后两句诗人以广阔的胸襟抒发对友人的真情，表现出对前途的坚定希望。

前面竭尽全力铺陈风雪送别的景物，为下面积蓄情势。待饱满之际，陡然一转，更突出诗人对友人惺惺相惜之情，以及在自我慰藉中所表现出的信心和力量。

全诗语言质朴豪爽，抒情直白有力，情势跌宕，动人肺腑。作为一首赠别之诗，高适未表依依不舍、哀伤缠绵之意，而是以真挚的情感、慷慨的意气写就了一首开阖大气、感人至深的送别诗，在同类诗作中别具风致，堪称佳作。

燕歌行　并序

开元二十六年，客有从御史大夫张公出塞而还者，作《燕歌行》以示適，感征戍之事，因而和焉。

汉家烟尘在东北，汉将辞家破残贼。
男儿本自重横行，天子非常赐颜色。
摐金伐鼓下榆关，旌旆逶迤碣石[①]间。
校尉羽书飞瀚海，单于猎火照狼山[②]。
山川萧条极边土，胡骑凭陵杂风雨。
战士军前半死生，美人帐下犹歌舞！
大漠穷秋塞草腓，孤城落日斗兵稀。
身当恩遇恒轻敌，力尽关山未解围。
铁衣远戍辛勤久，玉箸应啼别离后。
少妇城南欲断肠，征人蓟北空回首。
边庭飘飖那可度，绝域苍茫更何有！
杀气三时[③]作阵云，寒声一夜传刁斗。
相看白刃血纷纷，死节从来岂顾勋。
君不见沙场征战苦，至今犹忆李将军！

【注释】

① 碣石：今河北省昌黎县北的碣石山。

② 狼山：狼居胥山。

③ 三时：指一整天，包括早、中、晚三时。

【赏析】

《燕歌行》是乐府旧题，据说就是曹丕开创的。曹丕的《燕歌行》首创以妇女秋思入题，后人多学他用此曲调写作闺怨诗。这首诗用《燕歌行》的曲调来写边塞生活和战事，由高适首创。

《燕歌行》是高适的代表作，诗前面的小序表明了写作此诗的缘由。“张公”指河北节度副使张守珪，因开元年间战契丹有功而拜辅国大将军兼御史大夫。“客”，指的是诗人的一位朋友，他随张守珪出征，归来而作《燕歌行》，故高适这首《燕歌行》是和朋友诗而作。

本诗以边塞战争为题材，但重点不在于民族矛盾。诗人通过对边塞一场战争过程的描写，表达了对将领轻敌失职导致士兵痛苦牺牲的谴责，对广大士兵的同情，以及统治者任用像李广那样体恤士兵的将领的愿望。

全诗以凝练的笔法写了一场战争从出师、战败被围困直到拼死困斗的全过程，过渡恰当，连接紧密。

前八句为第一段，写出师的过程。开篇诗人点出了战争发生的地点和性质。战事起于东北，将军奉命征讨。“天子非常赐颜色”，由此可以看出将军已经获得非常的恩宠，恃宠而骄，为下面将军轻敌而导致战士们被困牺牲埋下了伏笔。

紧接着后四句描写行军出征的阵容，“摐金伐鼓下榆关，旌旆逶迤碣石间。”金鼓震天、旌旗如云，将领率军浩浩荡荡奔赴战场，一方面流露出骄傲的情绪，另一方面也与后面战斗失利的狼狈情景做对比。“校尉羽书飞瀚海”，“飞”字突出军情紧急。“单于猎火照狼山”，带着必胜的信心到达前线后却发现敌人的军队规模庞大，阵地森严，可预知战争不仅不如想象般容易，反而十分艰难。

第一部分概括地写出师的过程，随着距战场越来越近，气氛也越来越紧张。接着第二段八句写情势危急最终战败。“山川萧条极边土”，战斗刚刚开始的时候情势不利，地形开阔无险可守，这样的战斗地势正适合敌人骑兵作战。“胡骑凭陵杂风雨”，写敌军骑兵迅急来势汹汹，犹如暴风骤雨。

“战士军前半死生，美人帐下犹歌舞。”前线战士拼死杀敌，死伤无数，后方将领却恣意悠哉地欣赏歌舞。诗人用前后方的对比，突出主将的对战事的骄傲和对士兵的冷酷。接着四句通过大漠景色以及天色变化的描写，侧面说明了激烈的战斗一直持续到黄昏时分，残余部队被围困，悲惨的景物描写烘托出战士们凄凉无助的心境。

第三段八句描绘征人、思妇两地相隔，两处相思的情景，突出双方思念而不知何时再见的愁绪，后又用战场情景和夜间生活渲染出悲凉的气氛。这一段写战争给士兵和思妇带来的痛苦，表现诗人对将领的深刻谴责。

最后四句收束全篇为第四段，写士兵们与敌人短兵相接，拼死奋战。“相看白刃血纷纷，死节从来岂顾勋。”在生还概率很小的情况下，他们决心以身殉国。“岂顾勋”三字，说明他们浴血奋战也无法取得个人功名，这是对主将的讽刺。因为将领骄傲轻敌，急功近利，贸然出击，导致了全军将士的惨烈伤亡。

“君不见沙场征战苦，至今犹忆李将军！”在最后诗人发出悲叹的强音，表现出对士兵沙场苦战的同情，以及对将领不知体恤士兵的反讽。“李将军”是指西汉时期威镇北方边境的飞将军李广，他身经百战、屡建奇功，体恤爱护士卒，常常与士兵同食同住，深受爱戴。由汉至唐，边境战争无数，死伤士卒更是不计其数，可是像李广一样爱惜士兵的主将却是凤毛麟角，李将军至今令人深深怀念！

全诗平仄相间，抑扬顿挫。本篇虽为七言歌行但其中运用了不少律句，尤其在第三段诗人用征人和思妇之间的对比，突出了战争给百姓带来的深重苦难，对主将贪图功名、享乐却视人命如草芥的行为进行了有力的痛斥。《燕歌行》不仅是高适的第一代表作品，也是唐代边塞诗中传诵千古的佳篇。

塞上听吹笛

雪净[①]胡天牧马还，月明羌笛戍楼间。

借问梅花何处落[②]，风吹一夜满关山。

【注释】

① 雪净：冰雪消融，指季节。

② 落：传到什么地方。

【赏析】

这是一首描写塞上风光的诗歌，是诗人在哥舒翰幕府时所作。诗人选取了一系列带有边地特征的景物，用虚实相生的手法创造了一个开朗壮阔的意境。

首句中“雪净”“牧马”暗示时令季节，透露冰雪消融、大地回春的消息。天近黄昏，战士们牧马而归，月光静静地从天空中洒下清辉。“牧马还”可以作两种解释，一可以理解为战士们牧马而归，另外也可以理解为胡人牧马北归不再南下，意味着边地战事息止。诗人描写了较少入题的边塞春光，颇具宁静疏朗之感。

“月明羌笛戍楼间”，这时候，不知道从哪座戍楼传来悠悠的羌笛之声。吹奏的是什么曲子呢？下一句诗人做出了回答。

“梅花何处落”，这是一句问话，同时也照应了上句。《梅花落》是汉乐府中二十八横吹曲之一，其乐曲和诗词以傲雪凌霜的梅花为主题，是千百年来流传不息的笛子曲代表作。这一句中将曲名拆分开来，兼用“落”字的意思。风吹笛声传到何处去了呢？“风吹一夜满关山”。

诗人创造了一个飘逸动人的境界，仿佛随风飘满关山的不只是悠扬的《梅花落》曲子，还有散落在空中伴风而舞的梅花花瓣。冰雪初净的春夜，战士们听着笛曲《梅花落》，想象着梅花随风飘散于洒满清辉的月空中，扬扬洒洒满布关山。胡地本没有梅花，这样的意境是由听觉而想象到的，是虚写。

全诗由描写边塞风光到听闻《梅花落》进而想到了有梅花盛开的故地，流露出淡淡的思乡情绪。但是，诗人笔下的思乡之情感而不伤，显示出盛世大唐的开朗乐观精神。

封丘作

我本渔樵孟诸[①]野，一生自是悠悠者。
乍可狂歌草泽中，宁堪作吏风尘下？
只言小邑无所为，公门百事皆有期。
拜迎长官心欲碎，鞭挞黎庶令人悲。
悲来向家问妻子，举家尽笑今如此。
生事应须南亩田，世情尽付东流水。
梦想旧山安在哉？为衔君命日迟回。
乃知梅福[②]徒为尔，转忆陶潜归去来。

【注释】

① 孟诸：古代泽薮名，现今的河南商丘东北部。

② 梅福：西汉时期南昌县尉。

【赏析】

诗人高适少有游侠之风，胸怀大志以期建功立业。早年间他到长安等地游历求仕，但没有成功，直到年近五十才由宋州刺史张九皋推荐，及第登科，后来却只谋了个封丘县尉的小官。封丘在今河南省的东北部，西汉时设置封丘县。这首诗就是诗人任封丘县尉时所作。

这首诗以自白的方式表达了诗人处于理想和现实之间的矛盾心情，流露出归隐田园的想法。唐人殷璠在《河岳英灵集》中评价高适的诗歌：“多胸臆语，兼有气骨。”叶嘉莹先生也认为高适的诗歌以“气骨”胜，并进一步将“气”理解为一种精神力量，“骨”则是从诗歌的结构、句法、章法来说的。这首诗可谓是高适诗作中气骨兼具的代表之作。

全诗四句为一段，可分为四段。

第一段是开头四句，这四句慷慨高昂，仿佛压抑许久的感情一迸而出。“本”字说明诗人的本来面目和生活志趣，从正面表述自己的本性，说自己不想再做这个小官的原因。县尉这个官职在唐代到底有多少职权呢？这是个从九品的官职，县尉平日管理的都是乡里间鸡鸣狗盗的小事儿，而且还要看县令的脸色，甚至受县令的指使搜刮民脂民膏。杜甫就曾拒绝受此官职，并写诗戏作“不做河西尉，凄凉为折腰”，李商隐也曾写诗表达过做县尉的苦恼。

高适不仅有诗才，在军事上也颇具雄才大略。安史之乱时期，他曾直言潼关失守的原因，并直接反对玄宗派诸子分守各地，玄宗不听，果真发生了叛乱。后来唐肃宗在平定永王璘的叛乱中起用了高适，获得了成功。但高适却因意气直言被肃宗周围众多宦官妒恨，被免去了兵权。

可见，以高适的才干做一个区区小县尉，实在壮志难酬。第一段中，“孟诸野”的“孟诸”是古代泽薮名，在今天的河南商丘东北。高适少时家贫，种地、打鱼、砍柴出身，所以他说自己本就是一个悠闲自在的人，更适合在山野林中过闲云野鹤般的自在生活，于庸俗社会中做一个卑躬屈膝的小官吏实在难以忍受，感情愤懑溢于言表。

第二段是中间四句，诗人从客观现实的角度来说不想做县尉的实情，表现为官生活的沉痛压抑。来往逢迎的长官都比县尉大，唯唯诺诺还是其次，关键是还要帮助他们去压榨百姓，心中不忍却无可奈何。

第三段承接第二段内容，进而提出辞官归隐的希望，直接表达了诗人要抛弃名利，归隐田间的决心。

最后一段诗人一转念想到了归隐与做官的矛盾难以解决。一方面，不知道自己的家园在哪里；另一方面朝廷命官也不能自主去留。“乃知梅福徒为尔，转忆陶潜归去来。”这里的“梅福”曾做过西汉南昌县尉，以诤言直谏见称。王莽专权时期，以一县尉之微官上书朝廷，险遭杀身之祸，后挂冠弃官，传说后来羽化登仙。看来仅凭小小县尉上书议论政事也毫无作用，思来想去诗人想起了陶渊明的《归去来兮辞》，意为弃官归隐。

全诗扣紧理想与现实的矛盾，表达不堪为吏、渴望归隐的主旨，语言质朴无华，结构一贯而下，气势自然生动，气骨兼具。

营州歌

营州[①]少年厌[②]原野，孤裘蒙茸猎城下。
虏酒千钟不醉人，胡儿十岁能骑马。

【注释】

① 营州：边塞少数民族地区。

② 厌：饱经、习惯的意思。

【赏析】

这首诗用白描的手法描绘出唐代东北边塞的粗犷风情，生动地刻画了北方少数民族青年的形象，表现了他们豪爽彪悍的性格以及边塞地区独特的生活情趣。

“营州少年厌原野，孤裘蒙茸猎城下。”首句中的“厌”是饱经、习惯的意思。首句概括写少数民族少年的生活习惯和风貌，第二句描写了他们的衣着和动作。这两句诗将边塞少年策马扬鞭、竞相追逐于城郊打猎的形象描写得极为生动，极具画面感。

穿着毛茸茸的狐皮袍子策马奔驰在原野上打猎，对于北方边塞的少数民族来说这已经是家常便饭了。这是他们的生活习惯，更是他们的生存方式。在北方辽阔的原野上，丛林茂密、水木繁盛，这样的生活环境决定了他们崇尚习武、打猎为生的生活风俗。

“虏酒千钟不醉人，胡儿十岁能骑马。”这两句进一步描绘了边塞少年豪爽的性格和北方地区彪悍的民风。生活在这里的各族少年，自幼耳濡目染，受到牧猎骑射的熏陶，早就养就了豪饮的习惯，练就了一身精湛的马术，十几岁就可以在草原上策马扬鞭、纵横驰骋。“千钟不醉”写出他们喝酒时的豪放情态，十岁能骑马说明他们从小就习惯了这种粗犷的生活，表现了他们勇敢无畏的精神风貌。

本诗直抒胸臆，语言流畅，仿佛出口成章，一气呵成。诗人用极少的笔墨，抓住了北方边塞少年的典型特点，用精练的语言表达出来，展现了边塞生活风貌。全诗洋溢着浓厚的边塞生活气息和热烈的豪情，读起来既亲切可感又振奋人心。

崔颢：黄鹤一去不复返，白云千载空悠悠。

诗人名片

生卒年月：约公元 704 年—公元 754 年

祖籍：汴州（今河南省开封市）

代表作：《黄鹤楼》等

诗人小传：唐玄宗开元十一年（723）进士，但始终不得志。《旧唐书·文苑传》把他和王昌龄、高适、孟浩然并提。少年多闺怨诗，偏于浮艳，晚年游历大江南北，诗歌题材拓宽，风格气势宏伟、激昂豪放，其闻名于世的《黄鹤楼》一诗当作于此时。

黄鹤楼

昔人[1]已乘黄鹤去，　此地空余黄鹤楼。
黄鹤一去不复返，　白云千载空悠悠。
晴川历历汉阳树，　芳草萋萋鹦鹉洲。
日暮乡关何处是？　烟波江上使人愁。

【注释】

① 昔人：指仙人子安。因其曾跨鹤过黄鹤山，遂建楼。

【赏析】

历来题咏黄鹤楼的作品很多，崔颢这首《黄鹤楼》是举世公认的千古绝唱。南宋诗论家严羽在《沧浪诗话》中曾经评价说：“唐人七言律诗，当以崔颢《黄鹤楼》为第一”，使得这首诗名气大增。

相传，此前与崔颢属于同时代的李白，游历到武汉黄鹤楼诗兴大发，本想登高赋诗，可见到了崔颢这首后，连称“绝妙”，并有感写了一首 “打油诗”：“一拳捶碎黄鹤楼，一脚踢翻鹦鹉洲，眼前有景道不得，崔颢题诗在上头。”便放下了笔。后人便于黄鹤楼东侧，修建一亭，名曰李白搁笔亭。“崔颢题诗李白搁笔”，这个故事被传为千古佳话，后来不少文人墨客游览至此或题记、题诗或作亭联。此说的真实性大可不必胶柱鼓瑟地去追究，但足见《黄鹤楼》一诗影响力之深远、广大。

黄鹤楼始建于三国吴黄武二年（223），与岳阳楼、滕王阁并称为江南三大名楼。黄鹤楼在武昌黄鹤山（又名蛇山），《齐谐志》说黄鹤楼在黄鹤山上，仙人王子安乘黄鹤过此山，因此山名为黄鹤，后人在山上造了一座楼，遂命名为黄鹤楼。据陆游《入蜀记》卷五记载：“黄鹤楼，旧传费祎升飞于此，后忽乘黄鹤来归，故以名楼，号为天下绝景。”江南三大楼可谓春兰秋菊各有千秋，难分伯仲，而就得名论，与岳阳楼和滕王阁相比，黄鹤楼却有一个神奇而美丽的传说，这也正是它的魅力所在。

《黄鹤楼》是诗人登楼抒怀之作。但与一般的登临诗作不同，诗人弃写黄鹤楼的位置、建筑形制等外在特征，而由黄鹤楼的得名起笔，大做文章。

诗的前两联写诗人登上黄鹤楼瞭望天宇的所见所感。黄鹤楼的传说令人心驰神往，初见黄鹤楼时“昔人”在此处羽化成仙的故事想起来让诗人激动不已。诗人没有在摹状黄鹤楼巍巍大气上费一点笔墨，却依据黄鹤楼得名的神话传说写出了它道骨仙风的神貌。“白云千载空悠悠”，人去楼空，悠悠千载，世事茫茫，俯仰天地之间，心潮起伏之中，诗人借着“黄鹤”“白云”的意象写出登楼的感受，也引出关于宇宙人生的思考，为结局渲染的愁绪做了铺垫。

前四句诗人连用三个“黄鹤”，再用一个“白云”，语气回转，一贯而下。意象扩大，气势雄浑，语言上好似脱口而出，顺势而就，毫无滞留之感。清人沈德潜在《唐诗别裁》中欣赏崔颢这首诗：“意得象先，神行语外，纵笔写去，遂擅千古之奇。”由此可见一斑。

后两联诗人转而写在黄鹤楼上所见到的景色。“晴川历历汉阳树，芳草萋萋鹦鹉洲。”阳光照耀着广阔的平原，汉阳镇绿树成荫，历历在望；茂盛的青青春草铺满了鹦鹉洲。“晴川”中的“川”指的是汉水平原，汉阳是武汉三镇之一，“鹦鹉洲”唐时在汉阳西南的长江中，后来被江水冲没。

最后一联，写诗人从楼上眺望汉阳城、鹦鹉洲景色而引起的淡淡乡愁。日暮时分，夕阳西下，正是归家的时候，看着江上浩渺的烟波，心中不禁低叹：哪里才是我的家呢？这一句由景入情，由豪放苍莽的气势转向淡淡的哀愁。

纵观全诗，起、承、转、合颇具章法。第三句转折处写眼前之景，为结尾的乡愁蓄势。

相传，虽然当时李白看到此诗便搁笔了，但后来还是模仿崔颢的《黄鹤楼》在此地作了《鹦鹉洲》一诗，只不过没有获得后世的关注。随后游历南京之时又作《登金陵凤凰台》，在炼字、气势上都有模拟迹象。这两首诗在文学批评家中引起了一番争论。明代文学家、史学家王世懋认为两首诗虽然都以“愁”字结尾，但李诗的愁因本为失宠之臣，心中已有愁；崔颢却是本来不愁，见到烟波江上的景色才由此生出愁绪，“长安不见使人愁”远不及“烟波江上使人愁”。

总之，此诗意境开阔，气魄宏大，淳朴生动，一如口语，感情真挚，不愧为千古黄鹤楼绝唱。

长干曲　二首

（其一）

“君家何处住？妾住在横塘[①]。”
停舟暂借问，或恐是同乡。

（其二）

“家临九江水，来去九江侧。
同是长干人，生小不相识。”

【注释】

① 横塘：即今江苏省南京市江宁区。

【赏析】

盛唐诗人崔颢，历史上关于他生平事迹的记载比较少，《唐诗纪事》中说他“有文无行”，但到底怎样“无行”，唐宋人鲜有记载。元代辛文房在《唐才子传》卷一中写他：“然行履稍劣，好蒲博，嗜酒，娶妻择美者，稍不惬即弃之，凡易三四。”看来是赌钱、嗜酒、好色之故。

一般认为，崔颢早期的诗歌多写闺情，男欢女爱；后游历，至东北，赴边塞，诗风转为慷慨豪迈，雄浑奔放。《长干曲》是南朝乐府“杂曲古辞”旧题，在题材上看或属于诗人早期作品，但在风格上又与一般的闺情欢爱之情大不相同。

崔颢继承了民歌的风格，用轻快的语言、白描的手法，抓住了生活中富有戏剧性的一幕，塑造了一个活泼开朗、可爱率真、情窦初开的少女形象。风格明艳浪漫，热烈但不张扬，朴素健康。

长干在金陵地区；横塘与长干相近，在今南京西南麒麟门外。诗人以问句开篇，单刀直入。一个问句，一个“君”字，表示这句是以女主角的口吻问出的话。起笔突兀，但却使读者闻其声如见其人，声音一出，情态便出，再不用浪费笔墨描写女孩的姿容穿戴。

天真的女孩住在横塘，行船时候忽然听到邻船男子的话音，仿佛不假思索张口便问：你和我是不是同乡？“借问”二字写出船家女的天真率直，才问过男子家在何处，不及回答，便自言横塘人。直爽无邪的性格反映了她的年龄，她应该是一位情窦初开的妙龄少女。

“暂借问”，暗示两人在水域中初次见面，萍水相逢。茫茫江上，停船自报乡里，主动和偶尔相逢的邻船的小伙子攀话，写出了女孩的豪爽、纯真与热情。

《长干曲》本就是乐府旧题，诗人沿用了民歌男女对唱的形式，第一首用女主角的口吻，第二首用的就是男主角回答的口吻了。“家临九江水”回答了“君家何处住”。九江，泛指江水。

“来去九江侧”，男主人公如实告诉对方，他也是一个风行水宿、长年在外奔波的人，所以才有两人的萍水相逢。既回答了对方的问题，同时也暗含着无奈与期待。为了生计这样辛苦之无奈，对女孩子关心热情的些许期待全都包含在内。

“同是长干人”应了女主人公“或恐是同乡”的猜想。同是长干人，又同在水上漂泊寻生计，两人自然大有“同是天涯沦落人，相逢何必曾相识”的感觉。假若两人从小便相识相知，该有多好，这一叹更显出萍水相逢的可贵。宋代李之仪的《卜算子》一词为“我住长江头，君住长江尾；日日思君不见君，共饮长江水。”这首词也以语言简练、风格清新著称，可与崔颢这首《长干行》共赏。

本诗以清新晓畅的语言，刻画了男女主人公率直、可爱的形象，结尾处更显示出诗人笔力不凡，仅仅用了五个字即翻腾诗情，表现了两人一见如故、相见恨晚的心理。诗歌艺术凝练集中，表情含蓄疏朗，应属抒情民歌中上品之作。

储光羲：落花如有意，来去逐轻舟。

诗人名片

字号：字不详

生卒年月：约公元 706 年—公元 763 年

祖籍：兖州（今山东省兖州市）

代表作：《江南曲（其三）》等

诗人小传：开元十四年（726 年）举进士，终因仕途失意，隐居终南山。后复出官至监察御史。安史之乱时被迫受伪职，后请罪，被下狱，贬谪岭南。储光羲和王维是好友，也是山水田园诗派代表诗人之一。

江南曲（其三）

日暮①长江里，相邀归②渡头。
落花如有意，来去逐轻舟。

【注释】

① 日暮：傍晚，指时间。

② 归：到达，指地点。

【赏析】

储光羲的《江南曲》采用乐府旧题，一共四首，这是其中的第三首。

这首诗用简单明快的语言创造了一个清新优美的意境。平静的江面上，微风拂面，残阳中江水瑟瑟泛红，好像姑娘微微红晕的脸颊。前两句“日暮长江里，相邀归渡头。”交代了青年男女约会的时间和地点。一天的劳作结束了，他们相约在渡口见面，一同划船回家。划船的水波声、姑娘和小伙子的嬉笑声、呼唤声、对歌声全都融入了这日暮时分的江景画卷中，气氛活跃轻松，景色宜人。

“落花如有意，来去逐轻舟。”诗人以随风飘零的落花为喻，将青年男女之间含蓄有意的微妙感情贴切地表达出来，并融入了优美的意境中。“如有意”三个字将落花拟人化，“如”是好像的意思，落花好像有情义一样，飘动追逐着船儿向前漂流而去。“轻舟”表现出青年男女欢快、轻松的心情，“落花”追逐疾行的“轻舟”，突出了紧紧相随唯恐不舍分离的情态，这里是暗指青年男女之间的感情如有还无，他们对爱情期待、追求，同时又含而不露。

最后一句也作“来去逐船流”，但从诗情和诗意上来看都不及“来去逐轻舟”。

总的来说，储光羲的《江南曲》民歌风味极为浓郁，情真意切，质朴自然，用平易的语句、从容的语调达到了力透纸背的艺术效果。他的作品中田园题材的诗歌较多，这首《江南区》清新明丽，别具一格。

钓鱼湾

垂钓绿湾春，春深杏花乱①。
潭清疑水浅，荷动知鱼散。
日暮待情人，维舟绿杨岸。

【注释】

① 乱：指春天杏花在枝头迎风纷繁颤动。

【赏析】

这首诗描写了青年在潭边钓鱼、等待情人时所见到的景色,以及等待的焦急心情。依依杨柳、青青河畔，一叶扁舟轻轻荡漾，岸边的青年端坐着钓鱼，实际上他关心的不是水底的鱼而是远去水面上随舟荡漾的涟漪。

开头两句连用两个春字，写出了钓鱼湾春色正浓。翠绿的杨柳岸，鲜红的杏花满坠枝头。如画春景中，青年独坐岸边，他在等待鱼儿上钩，更是等待情人前来赴约。枝头乱颤的纷繁杏花，也难掩等待中的青年焦急烦乱的心情。

不知等了多久，鱼儿没有上钩，情人也没有来。于是他看着清澈的潭水，不禁猜想，是不是因为潭水太浅了，才没有鱼儿来上钩呢？如果水太浅了，是不是情人的小舟也会搁浅呢？正这样想着，忽然间水面上的莲叶微微动了一下，他以为是情人划船到来，心中分外高兴，不禁怔了一下，仔细分辨才知道原来是水底的鱼儿四散游去碰触了莲叶的缘故。他的心一沉，又一次陷入了失望惆怅之中。

最后两句诗人才点名青年的真正意图，在这个暮春黄昏，钓鱼只是他的借口，实际上他是在等待约会的情人。

这首诗短短三十个字，却用了两个“春”字和两个“绿”字，绘染出浓郁的春色，满纸皆为春意。杏花、清潭、荷叶、绿杨，这些最能够表现春天特点的景物在诗人的笔下越发使人沉迷陶醉。

“潭清疑水浅，荷动知鱼散”是脍炙人口的千古名句。“疑”字和“知”字用得极具匠心，从细节处将青年小伙子满心欢喜期待情人到来又夹杂着担心的微妙心理变化写得丝丝入扣，惟妙惟肖。

最后诗人才交代出等待“情人”的情节，“绿杨”与头一句的“绿湾”相互照应，用自然景色烘托出人物的内心情感。

储光羲善作五言古诗，格调高逸，意趣深远。这首诗意脉回转、委婉曲折，诗人并没有在开篇点名青年等待情人的事实，而是在景物的描写之中将青年的垂钓渲染得含情脉脉，并将钓鱼这件事与对爱情的期待联系起来，富有双关的特点，使全诗更具诗情。

岑参：今夜不知何处宿，平沙万里绝人烟。

诗人名片

生卒年月：约公元 715 年—公元 770 年

祖籍：原籍南阳（今属河南省新野市），迁居江陵（今属湖北省）

代表作：《碛中作》等

诗人小传：自幼亡父，家道中落，后从兄受书，遍读经史。二十岁求仕不成，奔走京洛，北游河朔。三十岁举进士，授兵曹参军。天宝年间，两度出塞，居边塞六年。大历年间官至嘉州刺史，世称“岑嘉州”，后罢官，死成都旅舍。

岑参是盛唐著名的边塞诗人，与高适并称“高岑”。出塞前多作山水、述怀及赠答之作，其边塞诗富有典型的浪漫主义色彩，想象丰富，热情奔放，尤擅七言歌行，有《岑嘉州集》。《全唐诗》录其诗四卷。

碛①中作

走马②西来欲到天，辞家见月两回圆。
今夜不知何处宿，平沙③万里绝人烟。

【注释】

① 碛（qì）：沙漠。

② 走马：跑马。

③ 平沙：广阔的沙漠。

【赏析】

在碛西边塞，也许是多人执行任务，也许是独身放马驰骋，平沙莽莽，铺向远方，极目望去，空蒙一色，天地间已无界线。诗人被此感染，吟咏出了一首寄托感想的诗行。

“走马西来欲到天”，“走马西来”四字脱口道出自己的行动和所处的环境。诗人怀着火热的报国之心远赴西域，他爱上了这里野旷天低的辽阔，因而数年后又来到边塞。骑着健马匆匆向西远赴大漠，这种撼动心魂的古拙凝重感刺激着他的神经，他对这“走马西来”的状态十分着迷。“欲到天”，进一步强化了这种感觉。这极远的地方，就像来到了西天边，天地迷蒙不分界线的情境宛若踏入天界，美妙的感觉可以想见。

“辞家见月两回圆”，释明了诗人是辞别家乡到此，并时逾数月。这里的“见月两回圆”不是确数，只是一种象征性的虚拟，表明离家之久。两见月圆的描述也容易让人联想到诗人两次远赴边关的经历。

“今夜不知何处宿，平沙万里绝人烟。”乍看实有些苍凉的况味。这里黄沙平铺，远旷无垠，百里甚至更远无人烟，今夜不知道去哪里住宿。诗人似是遇到了难以克服的困难，陷入百般无奈连住处都找不到的绝境。然而诗人之意绝不在此：一方面，他西来志向是“马上建功”，不畏战阵的勇者自然不会畏惧荒凉；另一方面，他“走马西来”经过了草地、荒原、沙漠、火山，已经磨砺出坚韧的意志。现此杳无人烟的际遇不但不是他面临的困境，反而是他自由驰骋的乐园。此种况味更能激发人的诗情，“今夜不知何处宿”，故设疑问，后边不做正面回答，却以“平沙万里绝人烟”给出了明月映耀下大漠杳渺无际的景象。夜色中的杳渺是苍凉凄冷的，但品味其情并不显得伤感。戎马生涯的艰辛，边塞地际的荒凉，正显示了诗人从军戍边的豪情壮志。

岑参的边塞诗情奇而趣异，意深义远，这来源于他身在大漠，对边疆风物极深切的体验。这首小诗只摄取了沙漠途中的一个剪影，就将边塞生活的情与景展现得淋漓尽致。

逢入京使（其三）

故园①东望路漫漫，双袖龙钟②泪不干。
马上相逢无纸笔，凭君传语报平安。

【注释】

① 故园：即长安，诗人在长安有住处。

② 龙钟：即沾湿的意思。

【赏析】

根据刘开扬《岑参诗集编年笺注·岑参年谱》考证，此诗作于天宝八年（749）岑参第一次远赴西域的途中，是一首思乡之作。

“故园东望路漫漫，双袖龙钟泪不干。”向东遥望那故土长安，只觉西去的路漫漫长远，泪水流下擦湿了两袖，可汩汩的泪还是没有流完。开头两句写得非常悲伤。从诗的内容看，岑参在天宝八年远赴西域，行程中恰遇回京的使者，且对方又是故人。离长安许久，不免思念家中的妻子，诗人在西去万里的路上碰到了回返的故人，一去一返，两相对比，不由得让人黯然神伤，因而他一边请故人捎信回长安告诉家人自己平安，一边泪流满面用衣袖擦拭。

岑参二十岁入京求仕，三十岁考取进士，先后两次去边塞，度过了六年边关戎马生涯。岑参一生的志向可表作两端：一是通过边陲建功来求取功名，岑参出身于官宦世家，他的曾祖、祖父、伯父都做过宰相，父亲也做过刺史，在他的意识中，若求不得功名即是有辱家门；另一个心愿则是报效国家，他曾自言：“万里奉王事，一身无所求，也知塞垣苦，岂为妻子谋。”基于此，岑参一生作为皆积极而奋进，边塞诗也都昂扬大气。既然“也知塞垣苦，岂为妻子谋”，似乎就不应像此诗中“泪不干”，不过也正是如此，才显出了诗人的至情至性。“奉王事”不等于无家事，“不为妻子谋”不等于心中不念妻子。同样，岑参因思家而落泪并不代表他勤于王事的心志不坚。

“马上相逢无纸笔，凭君传语报平安。”在马上相逢没有纸和笔写成书信，只能拜托故人传个口信回去向家人报一声平安。拳拳思家之情跃然纸上，但此时他该是“泪已干”，不再悲，并决定了放下思乡的包袱远去戍边。三、四两句处理得简单直接，但简洁中寄寓着一片深情，也表现了诗人开阔磊落的胸襟。

此行是岑参第一次西去万里，远离家乡告别亲人去从军的心情十分复杂：一方面他频频回首怀念家园，另一方面远去戍边立功报国的决心又十分坚定。但顾家和报国定然不能两全，西去报国是他最终坚持的选择。

语言朴素明快，但意味深远悠长，这是本诗的极大特色。虽寥寥数语非常直白，却如浓酒一样醺人欲醉，盖因苍茫古道上那擦肩而过的口信让人揪心，又得益于诗人平实中见真情的表现功力。

走马川[①]行奉送封大夫出师西征

君不见走马川，雪海边，平沙莽莽黄入天。
轮台九月风夜吼，一川碎石大如斗，随风满地石乱走。
匈奴草黄马正肥，金山[②]西见烟尘飞，汉家[③]大将西出师。
将军金甲夜不脱，半夜军行戈相拨，风头如刀面如割。
马毛带雪汗气蒸，五花连钱[④]旋作冰，幕中草檄[⑤]砚水凝。
虏骑闻之应胆慑，料知短兵不敢接，车师西门伫献捷。

【注释】

① 走马川：指今新疆阜康三工河。

② 金山：指阿勒泰山

③ 汉家：唐代诗人多以汉代唐。

④ 钱：马斑驳的毛色。

⑤ 檄：讨伐敌军的文书告示。

【赏析】

岑参任安西北庭节度使判官，受到大唐名将节度使封常清赏识。写这首诗是为了给封常清出兵征讨播仙壮行，因而内容中既有战争的艰难和军旅的勇毅，又预祝主帅马到功成。全诗气势豪放，节奏有力，奔腾激荡，雄浑壮美，想象奇特，堪称边塞诗的绝唱。

全诗内容可分为三个方面：

一是写边塞风沙的猛烈。“君不见走马川，雪海边，平沙莽莽黄入天。”您没见那雪域高原上的走马川吗？滚滚的黄沙都被狂风吹卷得蒙蔽了天空了。诗起笔三句突兀惊人，一下子描绘出苍茫混沌的自然景象，猛烈地冲击着人的情感。这处写的是日间的“风”景，诗句内却没有用“风”这个字，但却让人感到“强风劲疾”不可一世。若不是那风狂，怎能有那迷迷蒙蒙的苍黄上接天际，怎能有这黄沙飞卷浑天昏地。

日间的风已是这样可畏，夜间的风又怎样呢？“轮台九月风夜吼，一川碎石大如斗，随风满地石乱走。”夜间的风就如野兽般狂吼而来，一川如斗大的碎石被狂风吹刮得满地乱滚。新疆阜康市三工河有大量鹅卵石，后人认为那里就是本诗所说的走马川。如果昔日的走马川真的是一川斗大的石块儿，恐怕再大的风也吹不得斗石乱滚。诗人运用了夸张的手法，极力描写环境的恶劣，不外乎是为了铺陈渲染战争和战场的艰难困苦，以衬托将军和战士们的雄毅无畏，达到摧心撼人的艺术效果。

二是写将士的勇悍。匈奴的首领趁着草黄马肥的时候入侵而来，已经在西方扬起了戎马烟尘。而大将军早有准备，及时探得信息，带领大军西去出击准备歼敌。诗人依据边地的气候和自己军旅生活的经验，借着想象抒发了唐军不畏艰难的豪迈之情。

“将军金甲夜不脱，半夜军行戈相拨，风头如刀面如割。”将军睡眠不能卸甲和衣卧，随时准备应对变化的军情，这是描述领军大将的机警尽职。夜里行军人衔枚马摘铃，但仍时有枪戈相碰，夜风吹来既疾又寒，刮在脸上如刀割面，这是对出师拒敌的卓绝艰苦所做的畅意烘托。

随后，诗人再深化一步，马身上的汗水把雪融化，腾腾蒸发着的水汽，再冷却结成冰碴儿挂在毛皮上，帐幕中砚台里的水已经结了冰，欲拟写文书时发现难以蘸笔挥毫。这些极其生动的描述，不是为了渲染环境的瘆人和战争的可怕，以作者对主帅封常清以及大唐军人的了解，他们不会因诗句环境的感染产生怕战惧敌的心理。相反，诗句使人联想到了将士们强大的忍耐力和承受力，艰难中才能练就英雄虎胆，诗人在这里歌颂了为国效命的将士的赤胆忠心。长期厄境中锻造出的军队训练有素，坚毅勇悍，如此的军伍必定无往而不胜。

三是写战胜敌人的信心。“虏骑闻之应胆慑，料知短兵不敢接，”有这样忠勇强悍的军队还顾忌什么？什么样的敌人战胜不了！匈奴的骑兵如果探知我军如此强大有战斗力，一定会变得胆战心惊畏首畏尾，料想他们也只是在远处打探消息，不敢以短兵相接对战决胜，最终敌军会闻风丧胆远远遁去，胜利属于大唐雄师。

全诗的艺术特点鲜明。首先是语奇，用“莽莽黄入天”来形容黄沙遮天蔽地，气势雄浑而沧桑；用一川斗大石头被吹得满地乱滚来形容风吹猛烈，怪异奇特，扣人心弦；“夜不脱”“面如割”“砚水凝”等都语义新奇，形象生动。其次是气壮，大将出师，三军夜行，刀戈相拨，寒风凛冽，马毛汗蒸，冰砚草檄，决战虏骑，势不可屈，一连串的壮举，真的是气壮山河。再就是情真，诗的语言直白，肆意渲染，形象毕现，感情深挚，真切动人，洋溢着热情。写景物写得极其严酷，写人写出了百分豪气，写战事写出了十足信心；渲染寒酷而不致使人低沉，铺叙艰难而能壮人胆志，字表谀合而暗蓄勉戒。

诗中的走马川距离天山北的古尔班通古特沙漠很近，沙漠边缘就是古丝绸之路北线，是唐朝北庭都护府重要守地，也是岑参身在边塞经常行走的地方。若不是作者有丰富的边塞体验和一片爱国的热情以及与边关主帅的相知相契，是绝对写不出这样酣畅淋漓的作品的。

轮台歌奉送封大夫出师西征

轮台城头夜吹角，轮台城北旄头[①]落。
羽书昨夜过渠犁，单于已在金山西。
戍楼西望烟尘黑，汉兵屯在轮台北。
上将拥旄西出征，平明吹笛大军行。
四边伐鼓雪海涌，三军大呼阴山动。
虏塞[②]兵气连云屯，战场白骨缠草根。
剑河风急云片阔，沙口石冻马蹄脱。
亚相勤王甘苦辛，誓将报主静边尘。
古来青史谁不见，今见功名胜古人。

【注释】

① 旄（máo）头：即“髦头”，昴星的别名，旧时以为“胡星”。旄头落：指胡人败亡的征兆。

② 虏塞：敌方要塞。

【赏析】

与《走马川行奉送封大夫出师西征》相同，本诗也是岑参为同一战事赠给封常清的作品。前一首通过进军的艰难赞扬军士的勇毅和必胜信心，此处则直接描绘战场的氛围和气象。两首抒写边塞军旅生活的诗如同姊妹篇各擅胜场，均是古典诗苑中的丽卉。

前六句写大战之前两军遥相呼应的对峙状态。“轮台城头夜吹角，轮台城北旄头落。”作者以一种丝管轻吹的笔意发起诗的开端。月黑之夜，轮台城上角号呜咽，预示着战事将临，而北方的天际旄头星宿悄悄下落，边塞的夜曲，苍凉而雄浑。

古人认为天上旄头星宿预示着胡人的旺衰，旄头明耀预示胡兵兴盛，而“旄头落”预示胡兵败北。诗的开头就隐含了唐军此去必胜，对出征的吉祥祝愿藏于字里行间。那么此时此地压抑的战争氛围是缘何而起的？因为“羽书昨夜过渠黎，单于已在金山西。”反推回叙，原来是此前接到军情报告，知悉匈奴的单于已经带领大军入寇，到达了金山的西面。

敌人来犯，因而才日夜响起警报的号角。不仅如此，“戍楼西望烟尘黑”，登上戍楼已经能够望到西方敌军营地升起的烟火了。这样的紧迫军情，我方当然要有所准备，事实上已经“汉兵屯在轮台北”。一在金山西，一在轮台北，军处两地，遥见狼烟，对垒之势已成，双方剑拔弩张，大有一触即发之势。

中间八句是对两军对战境况的虚实描写。“上将”四句把出征的场面和气势描写得极其宏大。领军大将拥着节旄要去西征，整个大军在朝阳中随着笛鸣声启动，中军及偏师进军的鼓声如海潮般隆响，三军将士齐声大呼似要把阴山掀翻移动。由于是奉送出征之作，对两军作战只是虚拟的描绘并非战后的追述，因而把军容尽量夸张渲染一番：大将是那样具有威仪，军鼓裹着笛音是那样的震天作响，三军气势是那样的排山倒海，由此烘托出此次出师的浩大声威。

封大夫的出师如此严整和从容镇定，军中判官岑参对主帅的治军了如指掌，写起来也就得心应手。从军生涯的感染使诗人愿意抒写边塞自然中的大风、大雪、大寒，不愿吟咏风花雪月；写军事也愿以“上将”“大军”“大呼”来赞美人物的坚毅高尚和军伍的强大雄壮。他早已不是饱读诗书经过科举考取功名的柔弱书生，而是被染变为坚定豪迈的军人，再没了丝竹一般细碎而悲哀的气质。

“三军大呼阴山动”，雪海也要搅它翻涌，阴山也能将其掀动，这浩大的气势必将所向无敌。但是作者并没有就此收束全诗向封大夫表示祝贺，而是笔锋一转，“虏塞兵气连云屯，战场白骨缠草根。剑河风急云片阔，沙口石冻马蹄脱。”这是在提醒将士们绝不能自满轻敌，因为“兵气连云屯”的敌人也十分强大，他们也是有备而来的。

“战场白骨缠草根”一句更是警策和提醒，新战死的人不可能马上变作白骨，此处诗人要暗示的是这场战争并不轻松，前面是古往今来边塞无数将士倒下的战场，残酷的边疆战史需要拿来做借鉴，军威大盛也不要轻敌。送征之作不能尽都是颂词，以下两句又加写气候的寒冷，风是急的，雪片是阔的，“石冻马蹄脱”，石头冻硬竟能将马蹄臼落，环境的严酷、战争的艰苦不言而喻。

作者此处的目的并非渲染战争的恐怖，而是对艰难现实的正视，说明取得战争胜利的关键在于知己知彼。

末四句主旨是呼应奉送出征的主题。“亚相勤王甘苦辛”，封常清于天宝十三年以节度使摄御史大夫，在汉代此职相当副宰相，因而岑参诗中称封常清为“亚相”。“誓将报主静边尘”，突出了封常清为国守边的忠心和必胜的决心，并带有预祝凯旋之意。末二句是颂扬之词，“今见功名胜古人”，封常清自幼读书，两次入朝为官，安史之乱前曾取得赫赫边功，岑参对封常清是由衷赞佩的，诗尾的两句颂词不存半点阿谀逢迎之意。

全诗顿挫抑扬，结构紧凑，张弛有度。描写、烘托、象征、想象、夸张等手法多样，具有很强的艺术穿透力，并兼具历史的厚重感和浪漫的气息。

白雪歌送武判官[1]归京

北风卷地白草[2]折，胡天[3]八月即飞雪。
忽如一夜春风来，千树万树梨花开。
散入珠帘湿罗幕，狐裘不暖锦衾[4]薄。
将军角弓[5]不得控，都护[6]铁衣冷难着。
瀚海阑干百丈冰，愁云惨淡万里凝。
中军[7]置酒饮归客，胡琴琵琶与羌笛。
纷纷暮雪下辕门，风掣[8]红旗冻不翻。
轮台[9]东门送君去，去时雪满天山路。
山回路转不见君，雪上空留马行处。

【注释】

① 判官：唐代节度使手下协助处理公务的幕僚。

② 白草：西北地区的一种野草，秋天干枯时会变成白色。

③ 胡天：泛指西北地区的天空。

④ 锦衾：锦缎的被子。

⑤ 角弓：用兽角装饰的硬弓。

⑥ 都护：镇守边疆的长官。唐时设六都护府，各设大都护一员。

⑦ 中军：主帅亲自统领的军队，此处借指主帅居住的营帐。

⑧ 掣：牵，这里指风吹。

⑨ 轮台：在今新疆乌鲁木齐米东区境内，唐朝时属庭州，隶北庭都护府。

【赏析】

岑参边塞诗的代表作，必以此诗为首推，亦是咏雪诗中的极品。岑参曾经两次深入边关，第一次赴安西（今新疆库车）做安西节度使高仙芝的僚属，第二次赴安西北庭任节度使封常清的判官。武判官是岑参在安西北庭军中职务的前任，这首诗是岑参为他回京复命写的送行诗。

全诗的内容包括两个方面：一是咏白雪写严寒；二是抒发与好友的别情。

第一方面内容集中于前十句，极写雪与寒。

“北风卷地白草折，胡天八月即飞雪。”诗的起笔即写出了寒冷的北风铺天盖地而来，将原野上成片的白草吹刮弯伏，肃杀之气毕现。这还不足以表现气候的严酷，诗人紧起一笔：凛冽的寒风夹带着飘飞的浓雪，纷纷乱乱、扬扬洒洒，仿佛寒冬已至，但事实上西北地区才到八月。

前两句写的是前一天晚上风雪骤现的情景。“忽如一夜春风来，千树万树梨花开。”第二日晨起，只见白雪铺陈大地，挂满枝头，仿如春神一夜之间悄悄地命令梨花在千树万树枝头绽放。“忽如”两句让景观的出现显得神奇而突兀，又一语活现出美丽的雪景，推出了一幅万树梨花一夕竞放的烂漫盛景图。

诗人接着畅吟：“散入珠帘湿罗幕，狐裘不暖锦衾薄。将军角弓不得控，都护铁衣冷难着。瀚海阑干百丈冰，愁云惨淡万里凝。”雪被风裹着无孔不入，卷进了珠帘，润湿了罗幕，钻进了衣服，砭人肌肤，乃至于裘皮衣裳都已经不能保暖，丝锦做的被子当然更显得单薄难以御寒。将军的手被冻僵到连角弓都拿捏不住，都护的衣甲此时变得又沉又硬又凉，可是仍要穿戴上它借以暖身。浩瀚的边塞之地白雪连天，冰峦叠嶂，阴云遮蔽，景象惨淡，万里长天苍凉凝滞，压人欲摧。

边塞大雪袭来后天地冰寒的凛冽景象到此被描绘得淋漓尽致。当然诗人不是简单地触景生情枉作呻吟，这样极致的渲染是为了以边塞恶劣环境衬托驻守唐军的坚毅豪迈以及融融友情。

后八句极写友情。“中军置酒饮归客，胡琴琵琶与羌笛。”在这大雪铺地天气奇寒的时候，中军帐内却摆上了热烈的酒宴，将士们频频举杯，以此表达对即将离开边塞战友的送别之情。本是苦寒难耐，但将士们却不加理会，大杯高举，杂乐齐奏，对回京的战友表示由衷的祝贺。在西北轮台的驻军帐内，大帅居中，将士环列，觥筹交错，山呼畅饮，百乐齐鸣，真是一派喧嚣热烈的场面。

“纷纷暮雪下辕门，风掣红旗冻不翻。”此时已至晚间，暮雪卷进辕门，红旗在疾风中被刮得猎猎作响，仍傲然挺立。这里用军旗在寒风中傲然而立暗喻战士们的坚韧不拔，写出了边塞军人的壮志豪情。

“轮台东门送君去，去时雪满天山路。山回路转不见君，雪上空留马行处。”诗的最后抒发了对战友归去的惜别之情。在此地（轮台）军营东门送别战友，他回归的路上是无边无际的皑皑白雪。待到路转山弯人行无影时，雪地上只留下马匹的蹄迹蜿蜒远去。

诗人以叙事手法写出送别前任判官的整个过程：本来才八月，可边塞已经非常冷，漠北的寒流坐拥疾风在夜间卷来一场大雪。夜间已经觉得寒冷侵至，第二天早上睁眼一瞧，却见大地银装素裹，白雪挂满枝头，天山别有一番美景。原定今日送武判官回京的送行宴没有因这大雪奇寒受到影响，军帐内大摆酒席，多种乐器在宴中伴奏，气氛热烈浓重，友情意味盎然。第三天武判官启程，人们在东门送行，望着归人渐行渐远直至被山遮住身影，不知相互何时能再相见，不免久久站立，感触良多。“雪上空留马行处”中“空留”二字，包含着无限深意，即成送别的绝唱。

大肆夸张是本诗的最大特点。“千树万树梨花开”“愁云惨淡万里凝”，极尽铺陈夸张之能事，将事物表现得大气磅礴，炫人眼目。另一个突出特点是格调高亢。表层寒冷惨淡，但内里却充满激扬的热情。“胡琴琵琶与羌笛”“风掣红旗冻不翻”，即便边塞苦寒，将士们仍能苦中作乐，展现出军人不屈的意志和豪迈的气概。全诗读来，不仅不会因边军寒苦产生悲悯情怀，反而会因他们感到振奋和欢欣，足以显现出诗人卓越的艺术功力。

凉州馆中与诸判官夜集[1]

弯弯月出挂[2]城头，城头月出照凉州。
凉州七里十万家，胡人半解弹琵琶。
琵琶一曲肠堪断，风萧萧兮夜漫漫。
河西幕中多故人，故人别来三五春。
花门楼前见秋草，岂能贫贱相看老。
一生大笑能几回，斗酒相逢须醉倒。

【注释】

① 夜集：夜间聚会，指作者与老友们相聚。

② 挂：高悬在上。

【赏析】

岑参在凉州作客，与在河西节度府就职的老友夜间聚会，宴中感怀颇深，写下了这首意味深长之作。

“弯弯月出挂城头，城头月出照梁州。”诗人首先点出了弯月挂空这“夜”的时间和“夜”的环境。月牙弯弯，靓影孤寒，悬在凉州城头上，似在低头俯瞰夜幕里的芸芸世人，竟有五分凄凉七分清幽的况味。凉州本就处在寒地，凉州这地名也透着凉意，加之凉月在空，忧人的寥落，不尽的沧桑。如是情境恰是入诗入画的最为迷人之处，诗歌以此开头一下牵动了人的情愫。

“凉州七里十万家，胡人半解弹琵琶。”起句清凉而落寞，而转句却是十万人家的热闹。原来这里并不清寂，甚至堪称是大都会，只不过是入夜后停止了喧嚣。盛唐时期，凉州作为西北边陲重镇，人口众多，市景繁荣，在全国也是著名的大城。诗人只叙一笔就勾画出了凉州的繁盛，有意对边城先抑后扬地加以渲染，并且道出了当地少数民族大半人家都会弹奏琵琶，凉州的民俗风情已经跃然纸上。边陲之夜，月儿弯弯，琴声悠扬，凉州此时实是一派和谐融乐的太平景象。

“琵琶一曲肠堪断，风萧萧兮夜漫漫。”因为是写夜间聚会，因而此处的一曲肠断应该是写夜饮中的琵琶曲调。诗人有意无意地还是沉溺于当地的民俗风情，幽怨而苍凉，这历来是边塞风光的特质，不能不深印在这个惯做西北人的心中。在这夜集宴饮中听着琴曲，望着凉月，客居于此体味着西北的苍凉，不知不觉就发生了风萧夜漫凄曲断肠之感。作为边塞诗人的岑参并不是一味地豪情放歌，时而也会一发忧思。

“河西幕中多故人，故人别来三五春。”道出了集会的原因和与谁相聚。诗人有许多老朋友在河西节度使的幕府中，而且这些人与自己分别的时间或三年，或五年，今日在这里能够一并相聚开怀畅饮，真是人生一大快事。

“花门楼前见秋草，岂能贫贱相看老。”以秋草点明了季节，对所住的馆舍以

“花”为名，与秋草相对应，由鲜花转到冷秋，使人立生世事易变的感触。后句的“岂能贫贱相看老”则是引物喻人，时间虽是秋天，草虽秋黄，但人却不能因伤秋颓废，不能在平凡、窘困中虚度年华挨过此生，应当树立远大志向去建功立业。

“一生大笑能几回，斗酒相逢须醉倒。”结尾两句豪气突涌，仿佛缓流中掀起的高高浪头，露出了岑参与老友豪放的本色。没有几回能像这次多年的老朋友在一起欢聚，那就尽情豪饮，一醉方休吧！从末尾的诗行中足见岑参为人的洒脱及对老友们的深挚感情，同时也或多或少地透露出了“对酒当歌，人生几何”的意味。

前六句写环境和背景，汲取了民歌的元素，运用顶针句法，迭次转音韵，构成了轻松明快的情调，读来朗朗上口。后六句重点写相聚的过程和友人的互勉，语言直截了当，直抒胸臆，痛快淋漓。夜聚宴饮，老友由消闲集会中竟能横生望远励志的豪迈之情，反映了盛唐期间的时代精神。

山房①春事（其二）

梁园日暮乱飞鸦，极目萧条三两家。

庭树不知人去尽，春来还发旧时花。

【注释】

① 山房：在山野中的房子。

【赏析】

“山房”指建于山野的房舍，“春事”即春色或春光。春日光景本应充满活力，但在诗人眼中却惨淡无比。

“梁园日暮乱飞鸦，极目萧条三两家。”日已西沉，晚霞暗淡，一群乌鸦被来客惊扰，四散漫天乱飞，一片聒噪。极目远处，收入眼帘的只有三两户茅屋，几缕炊烟在暮色里无奈地升起。春天的光景就是这样让人心碎，而这里，正是前代著名的“梁园”。

梁园也称“兔园”，是西汉梁孝王刘武在封地（今河南省商丘县境）建造的一所居乐场。昔日的梁园里，奇山、怪岩、灵岫、佳果、异树应有尽有，珍禽、异兽、稀畜出没其中，亭台、飞阁、宫楼错落连绵，鹤洲、凫渚、雁池连岛萦回。整个园区覆盖周遭三百余里，极尽奢华。每逢春季这里更是士女云集的景观园，只见绿树掩映，繁花满枝，百鸟栖飞，渚清池碧，水流潺潺，奇观丽景人间他处再难见到。汉代枚乘曾作《梁王兔园赋》对它加以誉美，唐王勃也有“鹤汀凫渚，穷岛屿之萦回”的美文回顾。但是当岑参到达这里之后，却大为失落，各色稀禽珍鸟不见，代之的是聒噪昏鸦，宫楼台阁也已荡然无存，目视的只余几所茅屋。以往的奢华一去不再有，即便春日也是一派萧条的景象。

触景伤情，诗人游春的情绪彻底败坏，苦苦地吟出伤春的诗句，慨叹今古事变、兴亡陵替、盛衰无常。

诗人初来的目的是春日观光，虽然因名园凋敝而生出吊古之意，但总还是要调整心绪寻觅春的气息。于是诗人在萧条中发掘春意，“庭树不知人去尽，春来还发旧时花”的句子溢出笔端。他见到了废园中的树木仍然滋叶生花，耐得住少人的寂寞，春色不减当年。但是诗人并没有被这开花的树感染而调整好自己的心情，美丽的梁园已经凋敝如斯，只有依旧开放的树花又能带给梁园什么呢？无非是徒增物是人非的怀古伤情而已。因而，后两句中又有怨尤，似是埋怨庭树不因园衰而枯萎，兀自按时令开出繁花。

唐杜牧有诗云：“商女不知亡国恨，隔江犹唱《后庭花》。”慨叹人的无心。岑参在这里却不是真的埋怨树的无情，而是以“庭树春来发花”反衬“人去尽”，进一步加深哀情。如果说杜牧的诗要表达的是对陈后主丢了江山的叹惋，岑参此诗既是在安史之乱以后所出，当是在暗殇大唐繁盛不再。

春梦

洞房昨夜春风起，遥忆美人①湘江水。

枕上片时春梦中，行尽江南数千里。

【注释】

① 美人：容貌美丽之人，古时既指男人又指女人。

【赏析】

这是一首怀念友人的诗作。

前两句写梦前所思。昨夜，深深的洞房中，春风吹了进来。春天来了，江南一定是满眼的春色。但季节的更替很容易影响人的情绪，尤其在春天将至的时候。于是，吹入洞房的春风引起了诗人对远在江南的“美人”的思念。古代，“美人”的意思有很多，既指男人，又指女人；既指容貌美丽的人，又指品行美好的人。一个“遥”字，既点明分别之久，又暗指相距之远。既难相会，就愈加思念了。

后两句写因相思而成梦。因为白天的思念，夜眠洞房时，诗人因思而梦。虽然只在枕上躺了片刻，在梦中却已行走了数千里，还来到了美人所在的湘江之滨——江南。“片时”与“数千里”对比照应，写出了春梦的奇妙，而梦中行进的快速也表现了诗人对“美人”的深刻思念。这两句在写梦朦胧迷离的同时，也写出了诗人和“美人”平时的深情厚谊。虽然梦十分朦胧，但能在梦中实现醒时无法完成的事，还是能让读者切实地感受到它的美妙。

寄左省[①]杜拾遗

联步趋丹陛，分曹[②]限紫微。
晓随天仗[③]入，暮惹御香归。
白发悲花落，青云羡鸟飞。
圣朝无阙事[④]，自觉谏书稀。

【注释】

① 省：唐中央官署名，门下省的别称。

② 曹：官署。

③ 仗：皇家的仪仗。

④ 事：失事，误事。岑参当时任补阙，与拾遗都是谏官，负责讽谏弥补皇帝的缺失。

【赏析】

诗题中的“杜拾遗”就是诗人杜甫。唐肃宗至德二年至乾元元年（757—758），岑参由杜甫推荐任为右补缺，属中书省，居右属；杜甫当时任左拾遗，属门下省，居左属，因而岑参称杜甫为“左省杜拾遗”。岑杜两人算是同僚，更是好友，本诗是两人互相赠答表达心曲之作。

全诗的意思是：我和你每天一同快步登上那红色的台阶，为朝廷办公在宣政殿旁却分属管辖。五更天就去等待跟随皇帝的仪仗入朝，晚上沾带着朝会中燃香的炉烟回家。人已生出白发，花瓣儿落下触景生情心感寂寥，多羡慕在天空中高飞的鸟儿。圣明的朝廷没有什么过失和缺点，连你我上呈的谏书奏章都越来越少了，“拾遗”“补阙”也渐成虚话。

前四句中，“丹陛”“紫微”“天仗”“御香”连用，都是朝廷重仪，都是溢美之词，仿佛两人在朝备受天子荣宠，高官、荣华、显贵加身。但是杜甫却明白，老友是在向他诉说朝官的生活是多么无聊、老套和空虚。朝官的生活就是这样，每日五更天就要起身待朝，应付差事，可每天并没有做什么实际的事情。不仅个人，恐怕连整个朝廷都是如此，不过喧喧嚷嚷糊涂度日而已。只能是顶着冠、佩着带在“朝官”闲衔虚荣下，每天早起当值，晚上沾一点儿“御香”回家。

第五、六句诗人已不再是调侃似的与老友说话，而是实话直说：“白发悲花落，青云羡鸟飞。”我的白发已经满头，就如花到凋谢、树将叶落，至此已对虚荣无所求，真羡慕那自由的飞鸟。岑参用了一个“悲”字概括自己对做官的不快感受，又用了一个“羡”字抒发对闲云野鹤般生活的向往。他的“悲”是为“联步趋丹陛，分曹限紫微”的忙碌无为而烦恼，也是为“晓随天仗入，暮惹御香归”的枉沾虚荣而怨怼。肃宗之朝，正值安史之乱过后，天下满是疮痍，国家百废待兴，可朝廷却拿不出好的办法尽快中兴，一向有志的岑参又位卑职小，空有报国之念却只能混迹于宫廷无所事事，借诗向老友发泄心中怨气也是正常的。

末尾两句诗人委婉地向老友宣泄了对时政的极度不满。他说：圣朝至今已经完美得再也没有什么缺点和过错了，我自觉没什么可以上荐书规劝补阙了。从字表看好像是表扬朝廷“无阙事”不用除弊，但前边“白发悲花落，青云羡鸟飞”已然表达了自己的怨愤之情，那么此处是故作反语，反话中加重不满。恐怕诗人只有愤慨之极，才会脱口而出这样激烈的语言。

本诗所表现出的内容和思想有其复杂性。首先，杜甫举荐岑参做了“右补阙”，于理不该向杜表示对“工作”的不满。但二人是知交，又都是豁达之人，自非可以常理推导。并且就此官场两人感受相类，杜甫的诗也有“衮职曾无一字补”“何用虚名绊此身”的诗句。

其次，岑参系豁达之人，“一生大笑能几回”“真是英雄一丈夫”，何其大气，似乎不该有这样的惆怅。但诗人此时已是白发满头，随着年纪的增长意气消磨亦属自然。

再次，岑参曾两次去边塞从军，一向主张大丈夫需建功立业，不应如此消沉。由此看来，安史之乱给大唐带来了重创，同时也给士人豪迈乐观的精神以重创，加之肃宗朝萎靡难振，中兴日迟，诗人隐退之志萌生也并非反常。

与高适薛据登慈恩寺浮图[①]

塔势如涌出，孤高耸天宫。
登临出世界，蹬道盘虚空。
突兀压神州，峥嵘如鬼工。
四角碍白日，七层摩苍穹。
下窥指高鸟，俯听闻惊风。
连山若波涛，奔凑如朝东。
青槐夹驰道，宫馆何玲珑。
秋色从西来，苍然满关中。

五陵北原上，万古青濛濛。

净理[②]了可悟，胜因[③]夙所宗。

誓将挂冠去，觉道[④]资无穷。

【注释】

① 浮图：指佛塔，音译自梵文佛陀。

② 净理：指佛理。

③ 胜因：指善缘。

④ 觉道：指佛道。

【赏析】

慈恩寺之得名“慈恩”，是因为它是唐高宗李治做太子时为其母所建。慈恩寺即现在西安的大雁塔。当时，高适、薛据、杜甫和储光羲等五人都咏了该题，各作一诗。除了薛据的一首失传外，其余四首都流传了下来。其中，岑参的这首是最出色的，主要写塔孤傲的情态，表达了他登临后顿悟禅理想辞官学佛的想法。

前两句写登塔前仰望全塔，只见平地突然出现一座高塔，像巍峨的山峰一样耸入云霄，塔势之高可见一斑。而这塔的出现又给人一种“如涌出”的突然之感，像泉水喷涌出来一样，奇特的感觉跃然纸上。这里对塔高、塔奇的描写都是为下文登塔时更奇特的感受做铺垫。

“登临”以下六句主要写登塔时的所见、所感。诗人从不同的角度对塔高进行描写：到了塔顶就像脱离了尘世，沿石阶向上，仿佛在天空中飞旋，塔的四角遮蔽了太阳，七层的塔身仿佛接着蓝天。

“下窥”以下十句写到塔顶后见到的景色。“下窥指高鸟，俯听闻惊风”是诗人从上往下看所见，脚下是高飞的鸟、呼啸的风。“连山若波涛”至“万古青濛濛”是诗人在塔顶瞭望四周时看到的景色：远方连绵的山峰像滚滚的波涛一样向东而去，近处玲珑的宫馆与遍植青槐的大道相互掩映，清晰可见。关中秋色苍茫，北原五陵一片青蒙。

最后四句写忽悟“净理”，甚至想挂冠而去。从塔的高处俯视，一种超然洒脱的感觉会使人不自觉地生发出对人生的感悟。而慈恩寺塔是佛教圣地，诗人因佛理而悟道，自然就有大梦初醒的感受。诗人表达了要进入佛门学习佛理的想法，其实是报国无门的无奈之举。

在描写塔的高耸挺拔时，“如涌出”“耸天宫”“碍白日”“摩苍穹”等词语用得十分奇妙，给人一种身临其境的真实感，令人叹服。

登总持阁

高阁[①]逼诸天，登临近日边。

晴开万景树，愁砍五陵烟。

槛外低秦岭，窗中小渭川。

早知清净理，常愿奉金仙。

【注释】

① 高阁：指总持阁寺，在今西安终南山的半山腰中。

【赏析】

该诗写了诗人登总持阁寺时的所见、所感。它极力描写了总持阁寺的高大雄伟，流露出一种想超凡脱俗、一心理佛的思想。总持阁寺在今西安终南山的半山腰上。

头两句写了总持阁寺高耸的形态，用了夸张的手法。第一句点出“高阁”，第二句接着用“登临”回应题目，并用“逼诸天”“近日边”等夸张的语句来写总持阁寺地势之高。

总持阁寺地势很高，自然会让人产生不凡的登临感受。中间四句写在阁上远眺看到的景色。晴朗的天气里，田野中的葱茏树木清晰可见，而远处的五陵却烟雾蒙蒙，使人产生怅然的情绪。第三四句主要写登塔后的开阔视野。从栏槛处向下看，原本巍峨的秦岭显得十分低矮；从窗中望出去，本来宽阔的渭水也变得细小起来。这两句通过平常景物形态的变化来描写塔的高大。

攀登高地会使人产生迷茫的感觉，而此时的诗人又漂泊在外，再加上官运不顺，怅然之情尤甚。于是，他在总持阁寺想到皈依佛门、潜心悟道。这种出世的想法是高耸的塔和神圣的佛教圣地带给他的。

该诗景情自然融合，这得益于前面的写景与后面的写情形成的一种过渡和联结。

常建：万籁此俱寂，但余钟磬音。

诗人名片

生卒年月：公元 708 年—约公元 765 年

字号：字号不详

祖籍：籍贯不详

代表作：《题破山寺后禅院》等

诗人小传：开元十五年（727）与王昌龄同榜进士，长期仕宦失意，漫游山水名胜。曾任盱眙县尉，后隐居鄂渚西山。

其诗绝大部分描写田园风光、山林逸趣，另有少部分边塞诗，语言洗练自然，意境清迥风流，“其旨远，其兴僻”。《全唐诗》录其诗一卷，计五十七首。

题破山寺后禅院

清晨入古寺，初日照高林。
竹径通幽处，禅房花木深。
山光悦鸟性，潭影空人心。
万籁此俱寂，但余钟磬[①]音。

【注释】

① 磬：佛寺中使用的一种钵状物，用铜铁铸成，既可作念经时的打击乐器，也可敲响集合寺众。

【赏析】

“破山”即今江苏常熟市西北的虞山，“破山寺”即此山北麓的兴福寺，为南齐郴州刺史倪德光施舍宅园所改建，至唐代已属古寺。现“破山寺后禅院”有一块石碑，镌刻的碑文正是常建这篇千古名诗，为宋代书法大家米芾手迹。

“清晨入古寺，初日照高林。”首句“清晨”二字点明诗人到达破山寺的时间。佛门本是清净之地，于“清晨”至清净之地，奠定了全诗幽静之基调，也反映了诗人拜谒古寺的诚挚之心。“初日”即刚刚升起的太阳，这时的阳光也是清澈的，非是烈日的燥热浮夸。“高林”说明寺中古木成林，殿宇掩映于高大松柏之间，更显清幽之境。在清冷的早晨，于静谧的晨光中，置身于古刹的苍松翠柏间，这便是诗人进入寺院的所见，画面平静而意蕴深厚。

“竹径通幽处”，“竹径”亦作“曲径”，然无论“竹”与“曲”皆是“幽”径，通往更“幽”的深处。当然，就炼字而言，“曲”更比“竹”显意境。在如此幽静的小径上向深处走去，原来是“禅房花木深”。禅房为僧侣居所，安然坐落于花木丛中，此即是“幽处”，“深”给人一种埋藏于草木之中的感觉，突出了“幽处”的意境。不过，此联并不符合律诗的对仗，全然是出于造意的考虑，成就了全诗为人激赏的优美。

“山光悦鸟性，潭影空人心”两句言诗人的感受。“山光”是指“破山”此时的景色，诗人说“悦鸟性”，而鸟是无法表达“性”的，只是此刻的鸟鸣回荡于山林之中，“悦”了诗人的心性，写鸟其实是在写自己，以鸟寄情，别有情致。“潭影”与“山光”相呼应，让诗人于清澈的池水旁忘却了世俗繁华。此联两句实是共写一种意境，“山光”与“潭影”所代指的是这幽静古寺的自然之境，而愉悦和心无旁骛则是诗人陶醉其中的最佳证明。

末联是从听觉的角度来表现山寺之“幽”。“籁”，凡能发出声音的孔都叫“籁”，“万籁”即指自然界的一切声音。这里是说周遭的一切都是安静的，没有一点声音。

“但”是只、仅的意思，“钟磬”均为打击乐器，尤其后者为佛家所用，寺院诵经、斋供时以钟磬声为号，发动用钟，止歌用磬。此处写静中唯一的声音，就是钟磬之声，是礼佛之声。曾有人认为这两句内容上是矛盾的，“俱寂”与“钟磬音”形成冲突，此处如此设计恰是妙笔所在，诗人借寂静中掠过耳畔的一声钟磬反衬山寺的幽静，与“鸟鸣山更幽”有异曲同工之妙。

集画面美、音乐美于一身，此五律历来为人称道，其笔法古朴，遣词清幽，意境深邃空灵，不愧为有唐以来山水诗的佳作。常建如此不遗余力地将山寺之“幽”表现出来，显而易见其中的喜欢之情，故这首诗同时抒发了作者的隐逸情趣。这种情趣在王维与孟浩然的诗中表现极明显，但较常建的风雅，王诗更见佛理，孟诗多平朴自然。本诗以“幽”贯穿全篇，意境全出乎于此，回味悠长、缥缈渐远的钟磬之声犹然在耳。

宿王昌龄隐居

清溪深不测，隐处唯孤云。
松际露微月，清光犹为君。
茅亭宿花影，药院滋苔纹。
余亦谢时[①]去，西山鸾鹤[②]群。

【注释】

① 谢时：辞去俗世所累。

② 鹤：古代指仙人的禽鸟。

【赏析】

《宿王昌龄隐居》以隐逸为主题，着重表达的是隐趣，无论状物抒情都清新明快，透露出诗人对于归隐生活的憧憬，也表达了即将隐世的愉悦心情。

常建与王昌龄曾是同科及第的宦友，二人之谊深厚，只是出仕之后的境遇有所不同。王昌龄虽颠沛流离，却一直随宦海沉浮，而常建只做到盱眙县尉，便辞官归隐。这篇名作是作者往武昌樊山途中，经过石门山所作。石门山在今安徽含山县境内，是王昌龄出仕前的隐居之地。乍看此诗乃诗人睹物思人的感怀，实则是为了表达自己的隐逸情趣。

首联点出题中的“王昌龄隐居”之所在。“清溪深不测，隐处唯孤云。”石门山上有一条溪水流下，故溪水上游就是好友旧居之所。“深”并非言溪水，而是指远，这时的诗人应该在山脚下，描述溯流远望的情景。“不测”之深与下句的“隐处”都说明王昌龄隐居之所“隐”的特点，同时也描摹出一幅隐居藏于山中的开阔图景，烘托出隐居的神秘氛围。“孤云”有所指，被誉为“山中宰相”的齐梁隐士陶景弘隐居之后，曾以诗答齐高帝萧道成的诏书：“山中何所有？岭上多白云。只可自怡悦，不堪持赠君。”所以，岭上的白云并非仅仅状物，为刚才描摹的图景添了一笔色彩，而是借陶景弘的故事演绎其中所包含的清高风度和归隐情趣。此处“孤”字有许多理解，清代徐增说：“惟见孤云，是昌龄不在，并觉其孤也。”也有说陶弘景是阔隐，故“多白云”，而王昌龄则清贫，故只是“孤云”，解释都很巧妙。

颔联与颈联是对隐居环境的描写,突出了其中的清雅别致,流露的亦是隐居之趣。诗人常以月寄情，“松际露微月，清光犹为君”一句也是如此。诗人此时必定怀念这位故友，只是让“微月”的“清光”代言，委婉且深沉地表达了思念。同时，“微月”与“清光”本身的情状色彩也都散发出隐居的轻松自在，尤其后者自前者之“际”流出，松树的轮廓隐约可见，月光也定落影斑驳，其中情趣自不待言。

“茅亭宿花影，药院滋苔纹”是对王昌龄旧居之迹的描摹，当然也反映了他清贫生活亦别有情致。“茅亭”指其居住的小茅草屋，自是简陋寒酸，然却有“花影”相伴，应是诗人看到了庭院中种花的痕迹。同时，诗人也看到草药的残骸，而且有苔藓滋生，暗指旧居冷落日久。这两句既流露出对王昌龄漂泊宦海的调侃，也有些自己终偿夙愿的得意，妙趣横生。

末联是诗人直言对归隐生活的憧憬，欢快之情溢于言表。“余亦谢时去”中“亦”字用得很巧妙，说自己也告别了俗世烦扰将去归隐了，而此时王昌龄已登仕途，与上文一样，有对好友的反讽、讥诮。“西山”是诗人的归隐之处，即武昌樊山。“鸾鹤”相传为仙人的禽鸟，此处代指仙人。“群”在此处并非名词，而是动用，指与“鸾鹤”为群。此句的意思就是说要去同神仙为伴，实是指隐居生活胜似仙境，自己已经迫不及待了。

全诗如涓涓细流叮咚流下，言辞晓畅，清新明快，状物即是抒情，诗人对于隐逸生活的愉悦憧憬尽显无余，感人至深。

贺知章：不知细叶谁裁出，二月春风似剪刀。

诗人名片

生卒年月：公元 659 年—公元 744 年

字号：字季真，号四明狂客

祖籍：越州永兴（今杭州市萧山区）

代表作：《咏柳》等

诗人小传：武则大证圣元年进士，授国子四门博士，迁太常博士，后历任礼部侍郎、秘书监、太子宾客等职。其诗文以绝句见长，除应制诗与祭神乐章之外，多写景、抒怀之作，清新潇洒。《全唐诗》录其诗十九首。

咏柳

碧玉①妆成一树②高，万条垂下绿丝绦。
不知细叶谁裁出，二月春风似剪刀。

【注释】

① 碧玉：碧绿的玉。这里用以比喻春天嫩绿的柳叶。

② 一树：满树。一：满，全。在中国古典诗词和文章中，数量词并不一定表示确数。

【赏析】

人们喜爱杨柳，春来萌绿、枝柔叶媚，淡淡的似雾的鹅黄与春风一起送来融融暖意。自古以杨柳为题材的诗歌万千琳琅，贺知章这首《咏柳》却一枝独秀，成为千古传颂的佳作。

早春二月，杨柳枝条初绽嫩芽，一树写满春意。诗人为其所感，信笔写下美丽的诗行。

“碧玉妆成一树高”，新柳的枝叶青润可人，莹莹如玉，整棵树仿佛用碧玉妆成。“一树高”更形象地把立于春色中的柳树描绘得挺拔骄人。碧是青绿色，正是柳树的颜色，碧玉更是美丽的，柳如碧玉姿态可人。古人今人都愿意把美女说成碧玉，人的名字叫碧玉的也不少，“小家碧玉”更是约定俗成的美女形象。用碧玉妆扮新柳大增柳的姿色，让人将其与年轻美丽的女子联想到一起。它像美女的化身，高高的树干就是她亭亭玉立的风姿；温润青雅的枝叶就是她玉体的化身。而“万条垂下绿丝绦”进一步写出柳的柔美。万千条柔软的树枝垂下，浓稠细密，依依娓娓，荡漾撩人，披在高挺的树身上，就如少女的裙裹着挺拔的身姿，摇摇曳曳，顾影自怜。在诗人的眼里，柳就是人，人就是柳，诗句的字里行间，晃动着腰肢婀娜的倩影，绰约多姿，羞赧妩媚，惹人怜爱。

“不知细叶谁裁出，二月春风似剪刀。”诗人反问自答：是谁这么了不起，一夜之间做出了这繁多无数而又精巧细致的嫩叶？原来是像剪刀的二月春风偷偷地来把它剪裁。诗人的想象就如二月的春风一样精巧。古人咏柳的诗很多，本诗之所以拔萃其间关键就在于尾句。诗人用比喻的手法把新柳的形成说成是春风的功劳，形象并生动至极。“似剪刀”可以理解为“是剪刀”，引导读者对持刀之手展开无边的联想。

“二月春风似剪刀”，这句的无穷魅力还在于它不但咏了柳，描述了柳的美，还尽情地歌颂了春风：春风是有形的，它的形在绿柳依依荡漾间，在如少女蒙眬睡眼般的细叶间；春风是有情的，它又“裁”又“剪”地辛勤劳作和为人作嫁衣的精神足见其情深义重；春风是巧慧的，它会悄悄裁剪出颜色、样式、大小、纹理一模一样的新叶，在第二天一早给人以惊喜。

“春风剪柳”这一动情的联想，是诗人将自己的意念渗透到物象之中巧取的灵感，灵感一现，竟幻惑出永久的光华。

王翰：葡萄美酒夜光杯，欲饮琵琶马上催。

诗人名片

生卒年月：公元 687 年—公元 726 年

字号：字子羽

祖籍：并州晋阳（今山西省太原市）

代表作：《凉州词》等

诗人小传：景云进士，官仙州别驾。才智超群，杜甫曾有“李邕求识面，王翰愿卜邻”之赞，可见其才名。其性格豪爽，放荡不羁。原有集，现已散轶，善写边塞诗。《全唐诗》存其诗一卷，十三首。

凉州词

葡萄美酒夜光杯，欲饮琵琶马上催。
醉卧沙场君莫笑，古来征战几人回。

【赏析】

王翰为人豪放不羁，不拘小节，这首《凉州词》选取了西北边陲军旅生活中具有典型意义的片段，描写了戍边将士开怀痛饮、尽情酣醉的场面，一反边塞诗苍凉悲愁的风格，以浓厚的浪漫气息，表现了征人们豪爽的性格、乐观的人生态度和征战之前悲壮的感情。文采壮丽，风格遒劲，是王翰的代表作，更是盛唐边塞诗的佳篇。

盛唐时期，边塞战争频繁，边塞题材的诗歌应运而生，其中不乏赞美塞外风光，描绘壮观战争场面的作品。但诗人却抛开了这些正面的描写，而是选择了一个将士们开怀畅饮的场面，由景入情，别具一格。

“葡萄美酒夜光杯”，将甘醇的葡萄美酒斟满杯。首句用绚丽的语句，铿锵悦耳的音调，拉开了一场豪华盛宴的帷幕。试想一下，边塞的生活和行军条件十分艰苦，边地的物产不甚丰富，能够摆下这样一场盛大的酒宴，想必应该是因为众将士大败敌军，凯旋归营，故而设酒庆功。觥筹交错、宴饮欢歌，一派激情豪放的景象，为下面的抒情奠定了基调。

第二句“欲饮琵琶马上催”，开头“欲饮”二字，承上启下，既从侧面烘托美酒欢宴的诱人力量，也表现了将士们的豪爽。正要举杯痛饮，军中乐队奏响了急促的琵琶，欢快的旋律好像催促着将士们一抒万丈豪情。诗人用音乐渲染了沸腾热烈的气氛，使宴饮画面顿时变得丰富而具有立体感。

葡萄酒，夜光杯，琵琶声，诗人借助这些具有强烈边地色彩的事物鲜活地表现出塞外军旅生活的特征，将读者带入了黄沙遍地的边地战事之中，也为下面抒情做了铺垫。

于是后两句写到征戍将士的无限感慨：如果我醉倒在战场上，请君莫笑，自古以来远赴边塞征战又有几人能生还而归呢？从语气上看，诗中没有对戎马生涯的厌恶，没有对性命不保的哀叹，也并非责难征战的痛苦，而是表现了战士们豪爽开朗的性格，以及他们将生死置之度外的广阔胸襟。

酣醉之时，战士们想到战场上刀枪无眼，自身性命朝不保夕，那么再多喝几杯又有何妨，醉与不醉又有何异，终难逃一死，又何况自古以来边陲战事都是这样的结果。醉卧沙场的豪情，视死如归的勇气，举杯痛饮的奔放，这就是王翰笔下戍边战士的形象。

回顾全诗，诗人用凝练的语言塑造了丰满的人物形象，以及壮美的边塞画卷。这首诗取得的卓越艺术成就为盛唐诗歌增添异彩，诗中表现的激昂慷慨的时代风貌，传达出来的震撼人心的艺术力量深深地感染了千百年来的无数读者。

张旭：桃花尽日随流水，洞在清溪何处边？

诗人名片

生卒年月：公元 675 年—约 750 年

字号：字伯高，一字季明

祖籍：吴郡（今江苏省苏州市）

代表作：《桃花溪》等

诗人小传：唐代书法家、诗人，曾任常熟尉、金吾长史，世称张长史。他书法功力深厚，精通草书，狂草最为著称。当时，张旭的草书，与李白的诗、裴旻的剑舞，被称为“三绝”。又工诗，与贺知章、张若虚、包融号称“吴中四士”。因嗜酒，杜甫将其列入“饮中八仙”。

书迹有《郎官石记》《草书古诗四帖》等。今《全唐诗》存其诗六首，都是写自然风景的绝句。

桃花溪

隐隐飞桥隔野烟，石矶①西畔问渔船：
桃花尽日随流水，洞②在清溪何处边？

【注释】

① 石矶：河流中露出的石堆。

② 洞：指《桃花源记》中武陵渔人找到的洞口。

【赏析】

张旭作为书法家被世人所熟知，他的草书超绝，被誉为“草圣”。张旭的诗歌鲜有人知，他的诗现存六首，都是描写自然风景的绝句。这首《桃花溪》构思新颖，意境幽深，自成一格。

诗中的桃花溪位于湖南桃源县西南桃花洞北，溪水的两岸多桃林，暮春时节，桃花随风飘落，漫天飞舞，天地间、溪水上落英缤纷，宛若仙境。相传东晋时期陶渊明的《桃花源记》就是以此处为背景创作的。张旭的《桃花溪》是借用《桃花源记》的意境创作的一首写景诗歌。

一溪一桥，一矶一船，这简单的景物便构成了诗人心中的桃花溪。虽然只用了二十八个字，但张旭诗中的桃花溪与陶渊明笔下的桃花源相比似乎并不逊色。清人蘅塘退士甚至认为张旭的《桃花溪》“四句抵得一篇《桃花源记》”。那么，这首诗到底妙在何处呢？

“隐隐飞桥隔野烟”，一开篇诗人便将读者带入了一个如梦如幻的场景中。旷野中野烟缭绕如云似雾，远远望去一座高桥仿佛凌驾在空中。“隐隐”极状野烟袅袅飘浮、若有似无之态；“飞”字写出了在烟雾缭绕中，高桥给人带来的视觉误差。在缥缈的烟雾中，远处的高桥好像临空而飞，而当看到桥的时候又感觉周围的烟雾好像“隔”在眼前的一层轻纱一样。动静相结合，暗示了诗人与桥的距离，巧妙地点出了人物和景物之间的位置关系，同时也将读者带入了亦真亦幻的境界中。

第二句“石矶西畔问渔船”，诗人由远处写到了近处。站在高桥下、溪水边，诗人看着水中高低出落的岩石，树上的桃花从空中轻轻飘落在清澈的溪水中，感觉自己恍若走进了一个梦幻中的世界。一个“问”字写出诗人心驰神往的情态。诗人恍惚间以为溪水中的渔夫就是曾经寻访桃花源的渔人，那么他一定知道桃花源的入口吧！

于是，诗人以期待的口气问道：桃花随着溪水，日日夜夜不停地漂流；桃花源洞口，到底在清溪的哪段哪边？诗人把溪水中的渔夫当成了《桃花源记》中的人物，他明知道《桃花源记》是虚构的，但他不问到底有没有桃花源，而是直接问那通向桃花源的洞口在哪里，这要怎样理解呢？

这从侧面说明了这里的景致实在秀美，以及诗人欲寻世外桃源的急切心情。如果说在未见过桃花溪的景色前诗人只是向往桃花源的话，那么在亲临之后，他已经完全相信了桃花源的存在，所以也不必去问渔人是否有桃花源了。诗人实在太向往桃花源了，看着眼前幽幽小溪中随水飘零的桃花，诗人自然而然地想到桃花林尽头那个通向世外桃源的洞口。

而这个问句也仿佛不假思索、脱口而出，实在是情不自已。可见这个问话透露出了诗人对桃花源的心驰神往，也流露出对世外桃源难觅的惆怅。因为他知道，这《桃花源记》本就是陶渊明理想境界的反映，在现实中是不存在的。

全诗以由远及近的顺序，虚实相间的笔法，描写了深幽山谷中，朦胧野烟，飘逸小桥，桃花流水，渔舟轻泛如诗如画的美妙境界，构思婉曲，情景相融。读罢此诗，其悠悠诗意，淡淡惆怅，如天外之音绕梁不绝。

山中留客

山光物态①弄春晖，莫为轻阴便拟归②。
纵使晴明无雨色，入云深处亦沾衣。

【注释】

① 物态：景物的样子。

② 便拟归：就打算回去。

【赏析】

这首诗在四句二十八个字内描绘了山中的春景，用来挽留欲归的客人。诗人针对客人的心理，通过描写山中美景和自身感受，在客人面前展开了一幅开阔的山景画卷，给人丰富的想象空间，引导客人留在山中与诗人一同欣赏美丽的景色。

诗人用短小的篇幅将景、情、理三者融汇在一起，虚实结合、曲折含蓄。

“山光物态弄春晖”，第一句即写山中景色，诗人只用一个“弄”字便写出了春和景明之际，山中气象万千的变化。这是春季山林中的整体风貌，给人生机勃勃的感受，赋予万物鲜活灵动的情态。但是，具体山中的山石、草木、溪流、泉水怎么样，诗人并没有多做笔墨渲染，只留给读者广阔的想象空间。同时，这个“弄”字在写作手法上属于拟人，它将大山中一切景物全都拟人化了，与张先词中的“云破月来花弄影”有异曲同工之妙。这一句正面描写山景，含义丰富极具吸引力，也极具鼓动性。

“莫为轻阴便拟归”，这句紧承上句，看着如此秀美的山中景色，不要因为天有些阴就打算回家。这是主人的一句劝说之词，但是没有理由，这句劝说也显得没有力度。于是接下来，诗人道出了劝留的原因。

“纵使晴明无雨色，入云深处亦沾衣。”诗人给出的理由完全是站在客人的角度上来说的。他猜测客人想回家是因为怕下雨天在路上被淋湿，于是退了一步对他说，不要看天气是阴是晴了，即使在晴天从山中走过你的衣服也一样会被打湿，既然天晴、微雨都将在回家的山路上被露水沾湿衣裳，那么又何必在意是什么天气，多留几日又何妨！

“入云深处”暗示此山地势之高，春天本就多雨水，再加上山中湿度大，云雾缭绕，走下漫漫山路，即使晴天也免不了被露水打湿衣衫，那么微微显露的阴云自然不能构成客人归去的理由了。这一句诗人抓住了天气与春季山中特殊景色之间的微妙关系，既是写山中春露浓重的景色，也是劝说朋友留下的最佳理由。笔行至此，境界全出。诗人用委婉的言辞创造了令人心驰神往的意境，引导朋友去“入云深处”再探访另一番山中美景！

在山中春雨欲来的特殊情况下留客，诗人不仅抓住了客人的心理，还抓住了山中春色的特点，既是写景又是抒情，同时也是说理。

全诗读罢则可以想象到阴云来临之前的景象。在一个阳光明媚的春天，山中鸟语花香，惠风拂面，碧水蓝天之下的山峰显得格外秀伟，在山中居住的主人迎来了到此拜访的朋友。他们一起畅游山川溪泉，把酒言欢。高兴之余客人见天色渐暗，阴云密布，正打算动身离开。这时候，主人对他说，你只看到了欲来的山雨却忽略了入云深处的春露啊，即使天晴的时候下山的路上也要被露水打湿衣衫，那又何必在意晴天或雨天呢！不如在这山中多留几日，一起欣赏雨中的春山更有一番滋味！

山中留客，自然是把客人留下来欣赏山中的景色，但是雨快要来了，客人怕淋雨，衣衫尽湿，怎样来解决这个矛盾呢？单纯的劝说应该没有什么说服力，于是诗人巧妙地引导客人来欣赏难得一见的雨中春山的景色。通过对春山美景的整体描绘来劝说客人留下，抒发了诗人对大自然的喜爱之情，以及与客人共同欣赏的美好愿望。这首《山中留客》清新而富有启示，是用哲学的眼光在观察日常事物，想必无论多么固执的友人听到这一番留客的理由也要在山中多停留几日。

丘为：兴尽方下山，何必待之子。

诗人名片

生卒年月：约公元 694 年—公元 789 年

祖籍：苏州嘉兴（今属浙江省）

代表作：《寻西山隐者不遇》等

诗人小传： 屡试不第，归山攻读数年。天宝初年，进士及第，累官至太子右庶子，唐贞元四年（788）以左散骑常侍致仕。其诗多以山水田园为题材，与王维、刘长卿等人友善。《全唐诗》存其诗三首。

寻西山隐者不遇

绝顶一茅茨，直上三十里。
扣关无僮仆，窥室唯案几。
若非巾柴车，应是钓秋水。
差池不相见，黾勉空仰止。
草色新雨中，松声晚窗里。

及兹契幽绝，自足荡心耳。
虽无宾主意，颇得清净理。
兴尽方下山，何必待之子。

【赏析】

唐诗中寻访类的诗歌很多，其结构行文大致相同，但丘为此诗却构思巧妙、独辟蹊径，不失为同类作品中的佳篇。诗中记叙了诗人寻访隐逸高人而不遇一事，但诗人并未因不遇而沮丧，却转而从欣赏山中美景中体味隐逸的高雅志趣，继而抒发了自己乘兴而往、乘兴而归的惬意和对隐逸生活的向往之情。

本诗可以分为两大部分来理解。从开头到“差池不相见，黾勉空仰止”可以看作第一部分，写“寻隐者不遇”的经过。其余为第二部分，这部分诗人欣赏山林美景，抒发随性而为的雅致。

“绝顶一茅茨，直上三十里。”写出隐者居所的位置。“绝顶”“三十里”，突出上下落差之大、寻访路途遥远，也侧面表现出诗人对隐者的尊敬和仰慕之情。“直上”，写山路险峻，突出诗人不畏辛劳前去寻访。三四句写敲门无应答，透过窗子只见桌几，隐者却毫无踪迹。

“若非巾柴车，应是钓秋水。”寻隐者不遇，诗人推测其行踪——不是乘车出游就是到水边垂钓去了吧！“柴车”，形容车的简陋，突出隐者安贫乐道的胸怀。

“差池不相见，黾勉空仰止。”来得真是不巧，没有见到心中尊敬的隐者，殷勤到此处只能空留对他的仰慕之情了。“黾勉”照应首次两句所写的路途遥远、艰难，写出了诗人心之所诚。“空”字透露出希望落空的失望感，按照常理，接下来就应该写懊恼失落的心情或者到此为止了。路途难行，心诚而访，见不到隐者灰心失望也在情理之中。但是诗人点到为止，刚刚流露出一丝空落的心情，便被欣赏隐居雅景的欣喜取而代之了。

下半部分他没有写懊丧、失望的心情，而是借描绘隐居美景，抒发了自己乘兴来去的喜悦心情。“草色新雨中，松声晚窗里。”山中小雨初停，绿草经过新雨的洗涤显得更加翠绿夺目，风荡着松林，将阵阵浪涛般的沙沙声送进了窗户。寻人不遇，诗人并没有失望，山林中脱于尘世的美景触动了他的心灵，诗人转而体会到了林中问景的妙处。来到这惬意幽静的绝尘山林中，草香、松涛涤荡着诗人的身心，使他感到分外满足。即便没有遇到仰慕的隐者又有何妨？于这隐居的景致中不也可见隐者风度之一斑吗？

虽然说没有宾主酬答之意，却正好借此行此景领悟出清静的道理。诗人的心情由失落变得满足，最后一句诗人化用“王子猷雪夜访戴”的典故，进一步抒发自己“乘兴而行，兴尽而返”的惬意心情。

纵观全诗，诗人写“寻西山隐者不遇”，本来历经艰辛到达隐者“绝顶”处的居所却不见隐者踪迹，心情不免落落不欢，但诗人却出乎意料，借着“不遇”而欣赏山中景致，进而突出隐者的日常生活和性格志趣，尽情地抒发了自己旷达不羁的胸怀。本诗构思精妙，独具匠心，在同类诗作中独树一帜。

左掖①梨花

冷艳全欺②雪，余香乍③入衣。
春风且莫定④，吹向玉阶⑤飞。

【注释】

① 左掖：唐代门下省官署，因在宫殿左侧，所以称左掖。

② 欺：压过，超过。

③ 乍：刚刚。

④ 定：停。

⑤ 玉阶：宫殿的白色石阶。

【赏析】

丘为的诗多写田园风光，风格飘逸洒脱。他在这首诗中委婉地表达出希望施展抱负的愿望。诗人在开篇首先描写梨花的高洁芳香胜过晶莹的雪花，然后又希望和煦的春风将梨花的芳香吹到皇宫的玉阶上，得到皇帝的赞赏。诗人在这里是以梨花来自喻，巧妙地表达了自己想要学有所用、为国效力的远大理想。

张谓：不知近水花先发，疑是经冬雪未销。

诗人名片

生卒年月：？—约公元 778 年

字号：字正言

祖籍：河内（今河南省沁阳市）

代表作：《早梅》等

诗人小传：天宝二年登进士第，后官至礼部侍郎。他的诗格调清正，讲究格律，以饮宴送别题材为多。《全唐诗》存诗一卷。

早梅

一树寒梅白玉条，迥①邻村路傍溪桥。

不知近水先花发，疑是经霜雪未销②。

【注释】

① 迥：远。

② 销：这里指冰雪融化。

【赏析】

“梅、兰、竹、菊”被称为四君子，它们是中国画的传统题材，也是历代诗人吟咏的对象。梅花因花期早，常在二月就开花，而被称为寒梅，早梅的花期更早，大约在冬至前后。这首诗通过对溪桥旁早梅形象的描写，歌颂了早梅不屑竞逐尘世的高洁品格。

早梅的花期正在隆冬季节，而它却不畏严寒独自开放，诗的前两句写出了梅花的色彩、生长环境，衬托出梅的高尚品德。在冰雪覆盖的冬季，百花都已经失去了往日的娇媚，只有梅花正处花期。但是诗人笔下的梅花偏又选择在远离闹市的村路、溪桥旁静静地开放，洁白似玉的花朵与它不喜哗众取宠的性格暗暗契合。

三四两句写梅花开得早的原因，紧扣题目的“早”字。梅花开放需要空气湿度较大，因而溪流旁、近水处的梅花开得早。一般来说，绝大多数的花早就在秋冬季节凋零了，而冬季时常下雪，天地间经常苍茫一片，所以远望去诗人才会怀疑这是尚未消融的残雪。走进后仔细看过，才知道这是早开的梅花。

自古以来，咏梅者或赞梅花姿色，或写梅花神韵，这首诗用短短四句咏叹梅花遗世独立的高洁品格，同时突出近水梅花开得“早”的特点。探寻过程曲折有致，将早梅的习性、色彩和形态描写得栩栩如生，不失为千古咏梅佳篇之一。

题长安壁主人

世人结交须黄金，　黄金不多交不深。
纵令然诺暂相许，　终是悠悠行路心。

【赏析】

长安作为大唐帝国的政治经济文化中心，同时也是当时闻名世界的交通枢纽和贸易中心。来往长安的中外贸易商客众多，当时的长安市场上来自世界各地的奇珍异宝琳琅满目，令人目不暇接。有市场交易自然就有了货币流通，黄金是当时流行的通货，也渐渐成为衡量人情的标准。当时社会上不仅买卖东西要靠黄金衡量，人们结交朋友更要用黄金的多少来衡量，黄金已经成为结交友人的砝码。这首诗反映了中唐时期的社会风气和世态人情，题目中的长安壁主人大概就是这种类型人物的典型代表。

诗的前两句，连用两个“黄金”，揭露出金钱对人心的腐蚀。社会上结交朋友看的不是人品、德行，而是黄金的多少。有钱人往往有很多朋友结交，没钱的人往往门庭冷落。黄金多的人家门庭若市；黄金少的人家便门可罗雀。诗人用语虽然简单，但讽刺批评力度却一针见血。

“纵令然诺暂相许，终是悠悠行路心。”后两句诗突出了长安壁主人的冷漠和虚假。别看他口头上说得好好的，实际上根本就是漠不关心。他的心中没有朋友只有黄金，没有真情实感只有虚情假意。他的笑脸只是敷衍应对，实际内心冷漠无情。在他心里对朋友就像对路人一样的冷淡。

中唐以后，世风日下，朝政腐败，卖官鬻爵。不论是在朝野还是在市井之中，趋炎附势、钻营逐利、被金钱腐化的人随处可见，长安壁主人只不过是其中的典型人物之一。诗人用平淡的语言，将长安壁主人虚伪、钻营的嘴脸刻画得入木三分，十分传神。同时，用精警的语言，揭露了金钱对人情世态的污染。

第三章

一场美的沉思·中唐诗千古绝唱

李益：从此无心爱良夜，任他明月下西楼。

诗人名片

生卒年月：公元 748 年—约公元 829 年

字号：字君虞

祖籍：姑臧（今甘肃省武威市凉州区）

代表作：《写情》等

诗人小传：大历四年（769）进士，任郑县尉。建中四年（783）登书判拔萃科，后弃官漫游燕赵一带。贞元十三年（797）任幽州节度使刘济从事。元和后，得唐宪宗赏识，入朝任秘书少监，官至礼部尚书。诗歌追慕盛唐，边塞诗尤绝，时人争将谱入管弦歌唱。有《李君虞诗集》，《全唐诗》录其诗两卷。

写情

水纹珍簟思悠悠，千里佳期一夕休①。

从此无心②爱良夜，任他明月下西楼。

【注释】

① 一夕休：指出乎意料，又无挽回余地。

② 无心：指心灰意懒、伤心之态。

【赏析】

“水纹珍簟思悠悠，千里佳期一夕休。”躺在华美的水纹竹簟之上，不禁神思悠悠，辗转难寐，本来相互约定好的佳期，如今一夕之间便烟消云散，思虑至此，怎不使人伤心难过？“千里佳期”，说明此约定的难得与重要；“一夕休”，可见约定改变得是多么突然，且十分决绝，让人出乎意料，又无挽回余地。

“从此无心爱良夜，任他明月下西楼。”盼望已久，最终不得，诗人痛苦难眠，面对明月斜挂的美好夜晚，反而更添对佳人的相思与怨恨，连这月夜也无心爱怜赏析了。“从此”二字烘托了诗人心中怨恨之情的深切，只因夜月情伤，从今而后，再也不面对月夜，决绝之情可见。“任他”二字，将主人公心灰意懒而又任性赌气的伤心之态绘出，动情传神。

“千里佳期一夕休”，是其他三句的原因，也是整首诗的诗眼。诗人将此句置于诗歌第二句的位置，既使诗歌不太平常，又起自然转合的作用，可谓一举数得，新颖独特。

此诗思想感情很单弱，却有一番别致情调，多因其艺术手法的独特，妙在诗人以良宵美景衬托哀伤失望之情，诗中“良夜”“明月”只是更增伤心的事物，已经不再是赏心乐事的景色。这种反衬手法，使诗人伤心怅惘的形象更加突出。三四句，以诗中主人公的任性之语写出，以将来的假设之思，绘此时的悲痛之情，悲情愈显。

江南曲

嫁得瞿塘贾，朝朝误妾期。

早知潮有信[①]，嫁与弄潮儿。

【注释】

① 潮有信：潮水按照规律涨落，故称“有信”。

【赏析】

《江南曲》为乐府清商曲之一。李益的《江南曲》实为一首闺怨诗，但因以乐府诗题写出，又具有一番民歌风味。唐代闺怨诗中，有很大一部分是以商人妇的闺怨为题材的，这有颇深的社会原因与历史背景。唐代商业发达，商品流通各地，从事商品运输贩卖的商人日渐增多，而商人之妻独守空闺的现象也就日渐平常，这样的社会问题被集中反映在文学作品中，成为引人注目的闺怨诗。唐代文人诗有很多涉及商人妇的诗歌，如白居易的《琵琶行》中就有“老大嫁作商人妇”“商人重利轻离别”等句，而直接抒写商人妇闺怨的诗歌亦不乏其类。

李益这首《江南曲》语调明快，以白描手法将诗中女主人公的心迹口吻刻画了出来。“嫁得瞿塘贾，朝朝误妾期。”诗人以女主人公的视角开篇，不加渲染，朴实直接，却将女主人公的心思口吻都刻画了出来。嫁给一个瞿塘江上往来的商人，朝朝失信，不守期约。“朝朝”表达了商妇对商人重利轻别的埋怨，“误”字刻画了商人不守信诺，也表达了女主人公的失望之情。此句一出，一个年轻口快的商人新妇的形象便如立目前，其抱怨之声仿在耳边。

“早知潮有信，嫁与弄潮儿。”在写完少妇的抱怨之后，诗人又是一转，以“潮有信”而与“误妾期”相比，将商人经常失信的情状反衬而出，更将少妇的怨恨之情曲折传神地表达了出来，使诗歌再添妙趣。“早知潮有信”，真可谓奇思妙想，使得前面平实的两句，也显得妙趣倍增。“嫁与弄潮人”是少妇恨恨之语，却是诗人异想天开之笔，少妇的天真、痴情、苦闷、无奈全都在此句中表达了出来。“早知”二字，将少妇恨恨之情、伤心之态，表达得淋漓尽致，一个被丈夫的失约弄得恼恨交加、赌气伤情的少妇形象宛在眼前。

整首诗都以商人妇的视角写出，首次两句以少妇之口说出，语句平实，三四两句以少妇之心想出，想象奇特。在这一平一奇中，少妇的心声、心情波动期间，语似荒唐却至情至性、率真可爱、惹人爱怜，大有民歌意趣。

夜上受降城闻笛

回乐烽[①]前沙似雪，受降城外月如霜。

不知何处吹芦管，一夜征人尽望乡。

【注释】

① 回乐烽：指回乐县的烽火台，在今宁夏灵武县西南。

【赏析】

唐代受降城有东西中三城，是唐睿宗景云中，朔方军总管张仁愿为抵御突厥所筑。此诗所指应为中受降城，在今内蒙古自治区五原西北。李益是中唐时期有名的边塞诗人，其边塞诗广为传唱。本诗是其中的名篇，表达了戍边征人的怀乡之情。

“回乐烽前沙似雪，受降城外月如霜。”回乐烽前漫漫白沙犹如铺白雪一般，受降城外，月光洒下来如流霜在天空中飞散一般。“回乐烽”，即回乐县的烽火台，故址在今宁夏回族自治区灵武县西南。首联对仗精工，“回乐烽前”对“受降城外”，将地点点出，并将所有边地与征戍之人一语总括之。“沙似雪”对“月如霜”，比喻生动形象，把白沙漫漫、月光寒凉之感带给读者，诗人以视觉的颜色之比，来绘触觉的寒冷之感，从而刻画出边地的寒凉苍茫，真乃妙笔。

“不知何处吹芦管，一夜征人尽望乡。”不知什么地方有人吹起了芦笛，笛声幽咽，勾起征人无限的思乡之情，辗转难眠，回首望向家乡的方向。边声的描绘在李益的边塞诗中占有很重要的地位，如“边霜昨夜堕榆关，吹角当城汉月孤”“天山雪后还风寒，横笛吹遍《行路难》”等。李益不直接刻画征人内心的愁苦，而是通过这些边地的角声、笛声、芦管来烘托边人幽怨的思乡之情，让读者在幽咽的边声中，来慢慢体会出边人的思乡之痛。“不知何处”，衬托出芦笛声的幽咽迷离，也烘托了征人茫然而感的心情。“尽”字，用夸张的手法表达了人人起愁情的情形，也衬托出笛声的感染力。

此诗艺术手法独特，将诗画音乐融于一体，来描绘典型环境，表达征人之思。诗歌一联写景，一联写声。写景时，诗人以“沙如雪”“月如霜”两个形象生动的比喻，烘托出一个旷远凄寒的氛围，为下句绘声做好铺垫。而在写声之时，诗人只以“不知何处吹芦管”一句，平直绘出，但对芦管的幽怨之声，却未加任何点染刻画，转而又以“一夜征人尽望乡”的简单诗句结束，征人满怀愁思又无任何描绘。然而两句相并，笛声之幽怨，征人之愁思，呼之欲出，如滔滔水流，不能抑制，但又含蓄蕴藉，百转低回，让人感到诗近而意远，涟漪层层，不愧为中唐广为传唱的名篇。

喜见外弟[1]又言别

十年离乱后，长大一相逢。
问姓惊初见，称名忆旧容。
别来沧海事[2]，语罢暮天钟。
明日巴陵道，秋山又几重。

【注释】

① 外弟：表弟，即姑舅家的兄弟。

② 沧海事：指世事变迁翻覆。

【赏析】

《喜见外弟又言别》是李益著名的诗作，通过描绘一次与至亲久别重逢的场面，将动乱之感与骨肉亲情表达得生动感人。

“十年离乱后，长大一相逢。”表兄弟二人于动荡纷乱中断绝音信，分别十年，如今突然相逢，二人已非孩童，都早已长大成人。“十年离乱”，大约指的是发生于唐玄宗天宝十四年（755）至唐代宗宝应元年（762）之间长达八年的“安史之乱”，以及后来的藩镇割据、外族入侵等战乱。“一”字凸现了二人十年离乱后第一次相逢的偶然性、戏剧性。开篇直入主题，简单明了。

“问姓惊初见，称名忆旧容。”十年未见，二人的音容变化很大，在互道姓名之后，才发现不期遇见了至亲，二人一边惊喜地寒暄着，一边在脑海里回忆着对方旧时的容貌。“惊”字表达了二人“初见”时既惊讶又惊喜的心情。“惊初见”，点出二人是不期而遇，紧扣首联的“一”字。“忆旧容”，既指二人于脑海中回忆彼此旧时的容颜，也指二人在相认后，热烈地互道着二人小时候的种种情形。

十年离乱，音信全无，一朝相见，二人有说不完的话，从小时候的情形一直聊到分别后各自经历的一切。“别来沧海事”紧承“忆旧容”，并以“沧海事”将人世沧桑描绘殆尽。十年间，唐朝引以为傲的盛世太平于动荡战乱中转瞬而逝，而动乱中个人的生死离别更是沧海桑田，物非人亦非，其间种种，二人说不完道不尽。“语罢暮天钟”，直到钟声四起，二人的思绪才被悠长的钟声惊断，他们停下交谈环视四周，才发现早已暮色笼罩了。

“语罢”话别，不禁想起“明日巴陵道，秋山又几重”，二人匆匆而遇又匆匆而别，此一别又是远隔千山，不知再次相见又会隔上多久。“巴陵”，郡制在今湖南省岳阳。诗人不直接写再次分别后相见困难重重，而是以“秋山又几重”代指表弟远行，二人又将远隔，相见甚难。“又”字，既点出了二人相距遥远，山水重重阻隔，又表达了诗人与表弟难以分舍的惆怅情怀。

此诗将社会动荡中亲人聚散匆匆的画面刻画得细腻生动，引人注目，艺术手法简朴大方，语言精练传神。诗人从细节出发，层次清晰地把兄弟二人久别重逢的神情、心态刻画得声情并茂，逼真传神，抒情笔墨不施，而至亲重逢的种种情谊自然流露，使读者心领神会。

刘禹锡：沉舟侧畔千帆过，病树前头万木春。

诗人名片

生卒年月：公元 772 年—公元 842 年

字号：字梦得

祖籍：洛阳（今属河南省）

代表作：《酬乐天扬州初逢席上见赠》等

诗人小传：贞元九年，擢进士第，入为监察御史，后因王叔文败，坐贬朗州刺史，其间与白居易相识相知，唱和相酬。

刘禹锡出身书香世家，博览群书，被贬期间诗作多讽托幽远，但整体诗风豪爽健朗，白居易尝叙其诗曰："彭城刘梦得，诗豪者也。其锋森然，少敢当者。""其诗在处应有神物护持，其为名流推重如此。"刘禹锡"诗豪"之称自此沿用至今。《全唐诗》录其诗十二卷。

酬[①]乐天[②]扬州初逢席上见赠

巴山楚水[③]凄凉地，二十三年弃置[④]身。
怀旧空吟闻笛赋，到乡翻似[⑤]烂柯人。
沉舟侧畔千帆过，病树前头万木春。
今日听君歌一曲，暂凭杯酒长精神[⑥]。

【注释】

① 酬：答谢，以诗相答的意思。

② 乐天：指白居易。

③ 巴山楚水：古时四川东部属于巴国，湖南北部和湖北等地属于楚国。此处用来指代诗人贬谪暂居之地。

④ 弃置：抛弃，搁置。

⑤ 翻似：倒好像。

⑥ 长精神：振作精神。

【赏析】

刘禹锡仕途坎坷，多次遭贬，仅在巴蜀一地就苦居了二十三年之久，终于在宝历二年（826）得以回朝。途经扬州时，与从苏州归来的白居易相逢，两人互赠诗文，以诉衷肠。白居易写了一首《醉赠刘二十八使君》赠予刘禹锡。

“为我引杯添酒饮，与君把箸击盘歌。诗称国手徒为尔，命压人头不奈何。举眼风光长寂寞，满朝官职独蹉跎。亦知合被才名折，二十三年折太多。”白居易在此诗中对刘禹锡遭受的不平待遇深表同情，并对他的才气给予了高度的赞扬，最后一句“亦知合被才名折，二十三年折太多”意为：你理应遭受不幸啊，谁让你的才气太过出众，名望太过显赫呢，只是遭受二十三年确实太久了。

由此，刘禹锡作了这首《酬乐天扬州初逢席上见赠》来回应白居易。

首联“巴山楚水凄凉地，二十三年弃置身”是承接白居易的“二十三年折太多”而来，此联直接点明了诗人的经历，诗人在这凄凉的巴蜀之地谪居了二十三年之久。随后，“怀旧空吟闻笛赋，到乡翻似烂柯人。”今日重返洛阳，早已物是人非了，很多老友都已逝去，自己现在也只能“空吟闻笛赋”来怀念他们了。后一句化用了“王质烂柯”的典故来表明自己惆怅的心情，王质因坐观童叟下棋而蹉跎了百年，而诗人在此借这个故事暗示自己在巴蜀耽搁得太久，以致现在回来时，早已恍如隔世、事态变迁了。

诗人在首联和颔联中都在感慨自己不幸的遭遇，白居易也以“举眼风光长寂寞，满朝官职独蹉跎”来为友人的命运鸣不平。当诗境尽显悲伤的气氛时，诗人却宕开笔墨，以“沉舟侧畔千帆过，病树前头万木春”来释放胸怀，即刻意境大开：沉舟侧畔，仍有千帆竞渡；病树前头，依旧是枯木逢春。诗人以“沉舟”和“病树”自比，寓意自己之前虽历经坎坷，可是仍会有柳暗花明的时候，一片暗沉之色中涂抹一丝亮颜，积极乐观，诗人豁达的心胸不能不让人为之赞叹。而此联也因此成为了千古名句，激励人们当坚守信念，风雨之后自会有天晴之时。

哀情转激情，沉郁变明朗，颈联使诗歌的情调急转，于是诗人承续而来，写出了“今日听君歌一曲，暂凭杯酒长精神”的尾联：今天听了你的一首诗歌让我感触颇多，暂且就让我借酒来振奋精神吧。这里的“君”自是指白居易，诗人在这最后一联中表示与友人把酒言欢，忘记过往的痛苦，只盼明日重新出发的期望，自有一股豪迈大气、坚忍不拔的精神隐含其间。

《酬乐天扬州初逢席上见赠》是刘禹锡豁达心胸、乐观态度的证明，也是刘白二人深厚友情的诠释。全诗语言洗练，意境高远，不负刘禹锡“诗豪”之名。

石头城[1]

山围故国[2]周遭[3]在，潮打空城寂寞回。
淮水东边旧时月，夜深还过女墙[4]来。

【注释】

① 石头城：在今南京市西清凉山上，三国时东吴曾在此戍守，就石壁而筑城，故称“石头城”。

② 故国：旧都。

③ 周遭：环绕。

④ 女墙：指石头城上的矮墙。

【赏析】

《石头城》是刘禹锡联章歌咏五处古迹诗中的一首。此诗颇为知名，流传甚广，诗人不仅总结了历史教训，还流露出物是人非的苍凉之感。

“山围故国周遭在，潮打空城寂寞回。”昔日围绕石头城的青山依旧固守原地，潮水击打着这空城，并没有得到丝毫的回应，只能寂寞地回去。这两句为整首诗奠定了苍凉沉重的基调。环绕“故国”的青山此时也和潮水一样是寂寞的，这种寂寞本身就是一种吊唁，诉说着六朝往日的繁华。它们像被遗弃的旧情人一般，孤独地守候着一座再也没有灵魂的空城，此时，它们也化作诗人的代言人，将这种悲凉展现得淋漓尽致。

石头城周围的青山和潮水是对“故国”的吊唁，而“淮水东边旧时月”则是对石头城繁华的见证。秦淮河畔，曾经繁华至极，但是，昔日六朝王公贵族的纸醉金迷之地现在已是破败不堪，只是当年“淮水东边”的明月，如今仍旧一如往昔地“还过女墙来”，照见这残破的古城，“今月曾经照古人”（李白《把酒问月》）该是此意境的最佳注解。月亮不动声色地见证了一座古城的兴衰，这是诗人的别具匠心。“月”经常是抒发感情的载体，此月被诗人赋予了人的感情，深深的惋惜之情隐含其间。至此，诗人的吊古情怀被推向了高潮。

被群山环绕，被潮水轻拍，被月色俯照，石头城只是静静地屹立在那里，无言语亦无声色，其没落之景、荒凉之境似有不尽之意。自然景物的映衬中让人事之景尽现，苍凉之景的描摹下让悲凉之情深蕴，这就是诗人于此诗的最大功绩。短短的四句诗赋予静态的石头城以动态的美感，诗中句句是景，却无处不衬托出诗人对故国萧条和凄凉人生的深沉感伤。

白居易曾赞誉此诗：“我知后之诗人无复措词矣。”北宋周邦彦的《西河·金陵怀古》词中也有“山围故国”“怒涛寂寞打孤城”“夜深月过女墙来，伤心东望淮水”等句，化用了《石头城》中的诸多意境，以至“石头城”成了一个慨叹岁月的标记，成了一段欲说还休的传说。

乌衣巷

朱雀桥边野草花，乌衣巷口夕阳斜。
旧时①王谢堂前燕，飞入寻常②百姓家。

【注释】

① 旧时：指晋代。

② 寻常：平常。

【赏析】

“朱雀桥边野草花，乌衣巷口夕阳斜”两句中，点出了两个地点：朱雀桥和乌衣巷。乌衣巷，是晋朝王导、谢安两大家族的居住地，因其弟子都穿乌衣，故此得名。而“朱雀桥”则是指秦淮河上的那条车马喧闹之地，它是乌衣巷去往南京市区的必经之地。此两地都是繁华之地、热闹之区，乌衣巷里群聚高士，朱雀桥上往来行旅。诗人在此没有正面描写两地的繁荣之象，而是轻描淡写地写出了“朱雀桥边”的“野草花”和“乌衣巷口”西斜的夕阳。昔日喧闹的朱雀桥边已遍生野草，荒凉的气息缓缓流淌出来，大有桥前冷落、车马稀少之感。

第二句“乌衣巷口夕阳斜”中的“斜”字用得极为考究，这既是夕阳西斜的实景再现，也暗含了往日繁华的不再，一下将乌衣巷撇入那夕阳的境地。诗人在这两句中采用景中之景的绘法，在昔日风光的名胜之地选取了今日衰败的自然之景，一个“野草花”，一个“夕阳斜”，彻底改变了地方风物的原貌。然而诗人眼见凄凉染尽，还是无可奈何。

“旧时王谢堂前燕，飞入寻常百姓家”两句家喻户晓，乃千古绝唱。“旧”在这里不仅起到强调的作用，还具有双重指向之义，不仅指曾经的王谢所居之地即乌衣巷，也指乌衣巷中的“堂前燕”。诗人的用心可谓凄苦，望见燕子，即是对乌衣巷往昔的追随，一个“旧”字表达了悠悠惆怅之意。但是“旧时王谢堂前燕”早已是寻常百姓之家的堂前客，这里也有今与昔的对比，往日的乌衣巷早已繁华落尽，此时居住的正是寻常的百姓之家。“燕子”在这里不仅仅是一个简单的意象，更由它栖息地的转换暗示了此时的乌衣巷早已今非昔比，同时诗人对于繁华不再的感慨也于此意象中得到了强化。

一只燕子从繁华而来，至寻常而终，历经诸多变化，眼见世事流转，今昔之间徒增一丝况味，浸染着一抹婉转之美，简洁洗练的语词一语道破人生之味、生命之叹，平凡的辞藻在这四句诗中锻造出含蓄而隽永的况味。白居易称“掉头苦吟，叹赏良久”，是对此诗读后感想的最佳诠释。

竹枝词

白帝城①头春草生，白盐山②下蜀江清。

南人上来歌一曲，北人莫上动乡情。

【注释】

① 白帝城：城名，在今四川奉节县城东瞿塘峡口。

② 白盐山：在今四川奉节县东南长江南岸。

【赏析】

《竹枝词》原是四川地区的一种民歌。长庆二年（822），刘禹锡担任夔州刺史时将其改为文人诗体以“俾善歌者飏之”，后辑九首成册名之曰《竹枝词九首》，冠绝一时。本诗就是《竹枝词九首》中的第一首。

诗中所描绘的是白帝城一带的风土人情。第一句“白帝城头春草生”点明了作者到达白帝城的时间。仰视白帝城头，百草依次呈现，盎然之中充满了无限生机。“白盐山下蜀江清”，作者又低下头俯视蜀江，眼界翻转之后，山水之隽秀尽收眼底。蜀江指的是长江经过白盐山下的一段：山水相映成趣，凸碧凹晶各尽其妙。这引起了诗人的浓厚兴致。

前两句写的是景色，想要渲染一种“奔轶绝尘”的氛围，没有声音是不行的。“南人上来歌一曲”就转向了当地的声。本句虽未直接描写“南人”所唱的内容以及旋律，但有了大江崇山为背景依托，引吭高歌之雄壮自然可见一斑。“上来”可以理解为登高而唱，也可当作是“出来”之意，惟妙惟肖地刻画出了一个精神抖擞、不吐不快的“南人”形象。

诗的重点在第四句，“北人莫上动乡情”。“北人”是对照上句“南人”而说的，“北人莫上”同“南人上来”形成鲜明反差。“北人”指的是像诗人一样的外乡人，“歌一曲”勾动了“北人”的思乡之情，这也从侧面烘托出了山水之明丽，歌曲之婉转。“动”不仅暗藏了“北人”的神情，且易引起读者跟诗歌产生一种心灵上的共鸣。

从内容上看，本诗仍可被划进思乡诗的序列。但其以滚滚长江和绵绵群山来烘托乡情，摆脱了儿女情长的窠臼。

秋词（其一）

自古逢秋悲寂寥，我言秋日胜春朝。
晴空一鹤排①云上，便引诗情到碧霄②。

秋词（其二）

山明水净夜来霜，数树深红出浅黄。
试上高楼清入骨，岂如春色嗾人狂。

【注释】

① 排：推开。

② 碧霄：青天。

【赏析】

“悲秋”是文人骚客笔下常写常新的题材，落叶飘零的秋景常常让诗人心生感慨，慨叹或孤寂或悲伤的情愫。刘禹锡这两首《秋词》虽也是写秋景，却显得大气磅礴，非但没有感伤之境，反而开阔积极，催人奋进。更何况，彼时正是刘禹锡遭贬官，任朗州司马之际，诗人能在此逆境中另辟蹊径，对秋风秋景发出“秋日胜春朝”的豪言壮语，更显难得。

“自古逢秋悲寂寥”，大多文人面对落叶纷飞、万物萧条、霜风凄紧的景象，常常忧及自身，故而写秋的诗篇中总不免带上“寂寥”、悲凉的气味。“自古”一词思接千载、视通万里，将前人诗歌的特性一以贯之，精练恰切。随后诗人笔锋一转，“我言秋日胜春朝”，古人虽常“悲秋”，刘禹锡却说自己大有不同，他觉得秋天比春天更加可爱，更加美丽。究其原因，是因为“晴空一鹤排云上，便引诗情到碧霄”。秋天旷远的天空中鹤群并立，即刻将诗意带向了蓝天白云之间。后两句中，诗人宕开一笔，瞬间把原本悲凉的秋转为高亢的秋。“一鹤”虽略显寂寞，却胜在意志顽强，诗人于此状似写鹤，实则借鹤喻己，暗喻自己即使在逆境孤独之中也坚持振翅飞翔。“一鹤排云”冲破了秋天肃杀的氛围，为广袤的天空再添一抹活力。

冲天的鹤指的是诗人自己，在“排云”之后，刘禹锡备感诗兴盎然，于是写下这首秋词，在寂寞中自我慰藉，在挫折中自我奋进。诗人积极向上、乐观开朗的高洁情操自此显露无遗。即使人生坎坷仍要励志高歌，即使壮志难酬也要“一鹤排云”，其豪迈的心胸让人肃然起敬。

《秋词二首》中第一首于逆境写壮情，直言“秋日胜春朝”，第二首则贬春褒秋，更为秋之肃然讴歌。

“山明水净夜来霜”，秋高气爽的天气里，山是明的，水是净的，一夜之后，即使银霜满地，人的心情仍然舒畅。“数树深红出浅黄”中“数树”并非指树木之多，恰指树叶稀落凋零之状，秋风过境，叶落无痕，枝丫上只徒留下几片孤单的叶子罢了。但是树叶虽稀，却红中带黄，煞是好看。“深红出浅黄”的色彩描写为空寂的秋天增添了一抹亮色，给这寒冷的季节带来了几丝暖意。

“试上高楼清入骨，岂如春色嗾人狂。”这两句是说：如果有人不相信（秋景如此动人），不妨登上高楼亲自感受一下，一定能感觉到一丝丝的清凉浸入心脾，怎会像春天那样使人轻狂呢？最后一句诗人直言“春色嗾人狂”，以景喻人，自比像自己一样的高洁之士是秋色，而那些轻狂之徒乃是春色，贬春而褒秋，泾渭分明的爱憎尽显其间。

两首诗的主题虽同，但写法各异，同时又有着千丝万缕的联系。第一首重在写“气”“一鹤排云”，由秋之景气引至做人之志气，因为只有这样才能坦然地面对寂寥的秋日，面对多舛的命运，像鹤一般排云而上，表现出诗人志在高远、昂扬奋发的精神状态；第二首是重在写“色”，描写秋日有代表性的景物特色，山明、水净、叶红，凄洁又不乏色彩，寂寞中又有热闹的成分，在这清澈入骨的秋色中，诗人整颗心都得以沉淀和升华，只剩下满腹肃然与深沉之色，岂是繁闹的春色可以相比。

两首诗并于秋词二首之中，同异交杂，共抒诗人于秋之喜，于秋之赞。

和乐天《春词》

新妆宜面下朱楼，深锁春光一院愁。
行到中庭数花朵，蜻蜓飞上玉搔头。

【赏析】

诗题即直言此诗是为应和白居易《春词》而作，虽同写少女之怨，可写法却各有不同，景近而情异。

首句“新妆宜面下朱楼”，营造出清新活泼的氛围。新妆而成的女子，娇好的面容上脂粉涂抹得极为相宜，她迈着欢快而又焦急的步伐匆匆下楼，这步履中满含了隐隐的希望和期待。下楼之后，她望着满园的春光，本该一派生机勃勃的景象，却于瞬间涂抹上了愁色，故言“深锁春光一院愁”。

满园的春光无人欣赏，愁溢满了院落，而这“愁”中绝非仅仅是春光被深锁流露出来的愁，更有少女本身被禁锢在此深院之中，没有自由的愁，两种愁思混合，刹那间将少女下楼时的急切盼望定格在了这满园的愁光之中，春不解意，人更愁。前两句中，少女行动由动到静，其心情也从激动逐渐转为失落，对比鲜明。

随后三、四句“行到中庭数花朵，蜻蜓飞上玉搔头”，诗境在这里得到了扩大和提升，此处依旧写愁，可是这愁不仅是承前，更将愁思化为具体的动作，也诗意地强化了愁，给人一种抹也抹不掉，推也推不走之感。少女饱受情感心理的冲击，无处发泄心中的烦闷，便行步迟迟，来到中庭，数着盛开的花朵，不料这花也是愁的，一朵便是一段愁。春花新鲜妩媚，在这园中却无人问津，无人赏识。只有这少女同情它，当少女还未来得及以花自喻之时，蜻蜓却已将她当作花朵而翩翩飞至“玉搔头”。此景之中，人如花，花似人，自古花为凋零苦，这少女的心也已乘着愁思而去，更见伤情。

诗至“蜻蜓飞上玉搔头”以掷地有声的才情做结，以妙笔做尾，强化了“愁”的同时也深化了诗意，乃神来之笔，刹那间将院愁、人愁、花亦愁等各种愁情蕴于诗中，也植入读者心里。

既是唱酬白居易的《春词》而来，那么结合《春词》两相对照理解，更为恰切。

“低花树映小妆楼，春入眉心两点愁。斜倚栏杆背鹦鹉，思量何事不回头？”白居易诗中没有少女的活动，诗人展现出一幅静态的画面，一幅始终处在低气压中的画面。低低的花和绿树掩映下的小楼，将愁带入了少女的眉心，点点的愁一下就进入了主题的表达层面。后二句是少女在此情此景时对愁思的回应，最妙是“思量何事不回头”这句，给全诗带来了重重叠叠的神秘感。

显然，白刘二人的诗都是含愁，但一静一动有明显的区别，虽将愁同样写得出神入化，但刘禹锡笔下无论是少女的愁还是满地的愁，都是在转折中完成的叙述，不仅使情感更加跌宕，也带给读者更加深刻的情感体验。

望洞庭

湖光秋月两相和，潭面无风镜未磨。
遥望洞庭山水色，白银盘里一青螺。

【赏析】

转任和州的途中，诗人遥望洞庭，以丹青笔墨将月下秋景勾勒得线条清晰而情致朦胧，干净且透彻。

“湖光秋月两相和，潭面无风镜未磨。”首两句直接写出了月光照耀下洞庭湖的风光：微凉的月光射入湖面，与湖水浑然一体，辽阔的视线之中，是水月相映的和谐之景，一种缥缈、宁静的氛围自这情境而生。其中一个“和”字用得极妙，不仅将眼下的景色成功简练地组织入文，还将诗人身临的感受以可观之笔表达出不可言传之意。第二句“潭面无风镜未磨”更是以巧妙的比喻，活化了眼前之景。由于无风，湖面平静犹如未曾打磨的铜镜，平而不滑，明而不亮，朦朦胧胧之境恰将秋月映衬下的静态湖面展现得出神入化。

诗人沉浸在眼前缥缈的景色之余，仍没有忘记将洞庭山水尽收眼底，不禁发出“遥望洞庭山水色，白银盘里一青螺”的感喟。近观与远看的视角不同，感受到的震撼也有所差异：远而望之，不仅眼界开阔，心胸也随之开阔，这种心境之下，诗人眼中的洞庭湖里苍翠的君山就像白银盘里盛放的一枚青螺。将君山比作“青螺”，生动而不失准确，既再现了君山开阔之气势，更为整首诗的意境增添了几抹神秘之感。

前两句以广阔的视角来展现月影下的洞庭湖面，而后两句则将视角停留在君山一侧，整个画面的过渡自然而不留痕迹，清新灵动。最为人称道的是诗中新鲜的比喻，诗人将平静的湖面比作未磨的镜，将君山比作月下的一只青螺，不仅构成画面的清晰质感，还延伸出广阔的想象空间。诗人细致入微的描写不仅是风景的诗意转化，同时也将其胸怀融入其中：将浩瀚无边的洞庭湖看作一面铜镜、白色银盘，把君山看作是一只小小的青螺，广博的胸襟由此显露无余，视野大开，诗意顿生。全诗语词朴质，比喻新奇，所造之境美轮美奂，诗歌审美和人生情趣都得到了大大提升。

蜀先主庙

天下英雄气，千秋尚凛然。
势分三足鼎，业复五铢钱①。
得相能开国，生儿不象贤②。
凄凉蜀故妓，来舞魏宫前。

【注释】

① 五铢钱：汉武帝时发行的钱币名称。此处指代汉室大业。

② 象贤：效法前贤。此处指继承父业。

【赏析】

“蜀先主”即刘备，先主庙是刘备死后塑像所在之庙宇，在夔州（今重庆奉节县东）。这首五律诗写于刘禹锡任夔州刺史时，诗人概括叙述了刘备生前身后之事，赞刘备而讽刘禅，大有一股嗟叹愤慨之味。

《三国志》中曾传世一句“今天下英雄，惟使君与操耳”，此乃曹操对刘备语，刘禹锡在《蜀先主庙》中就借用了“天下英雄”一词指代刘备。“天下英雄气，千秋尚凛然。”英雄之气气贯长虹，即使现在面对的只是刘备的塑像，也让人肃然起敬，由此不难想见其生前的英雄气概。诗人在首联直接颂扬刘备的气势和神态，十字中把刘备的英雄之姿写得生动传神。

“势分三足鼎，业复五铢钱。”这一联化用了两个典故。西晋孙楚的《为石仲容与孙皓书》中有言：“自谓三分鼎足之势，可与泰山共相终始。”当时刘备、曹操、孙权三分天下，呈三足鼎立之势，英雄之气摄人心魄。而“业复五铢钱”则取自童谣，如诗人在此下自注“汉末童谣：‘黄牛白腹，五铢当复’”。西汉时，武帝铸币，但于王莽时代被废，后在东汉末年，刘秀再次启用。诗人在这里用“五铢钱”的兴废指代汉室基业的盛衰，以表明刘备光复汉室的志向。诗人化用不同典故，自然而不显痕迹，道出了刘备的功绩。

前两联集中写与刘备“天下英雄”之名相符的功绩伟业，颈联却笔锋一转，写英雄的人生失意之处。“得相能开国，生儿不象贤。”刘备三顾茅庐邀请诸葛亮出山辅佐，终于建立功业，但怎奈自己的儿子竟是“扶不起的阿斗”。历史上的蜀后主刘禅昏庸孱弱，不仅不能“象贤”，反而一步步把蜀国基业推进了深渊，终致亡国。

刘禅降魏之后，甚至还有“凄凉蜀故妓，来舞魏宫前”这贻笑后人之举。当时刘禅降魏，被封为安乐县公，司马昭在宴会上招来蜀国故妓，众人嗟叹，可是刘禅却哈哈大笑，这一史实记载在《三国志·蜀志·后主传》中：“司马文王（昭）与禅宴，为之作故蜀伎。旁人皆为之感怆，而禅喜笑自若。”这一举止与“此间乐，不思蜀”皆是刘禅留于历史上的污点，屡屡被用来讽刺不惜前人功业的不肖之徒。

清代纪昀评云：“起二句，确是先主庙，妙似不用事者。后四句，沉着之至，不病其直。”（纪批《瀛奎律髓》）从刘备生前的功绩写到刘备死后其子刘禅的无能，一褒一贬，一扬一抑，盛衰之境况自然而出。诗人在这四联中再现了“天下英雄”，即先主刘备完整的一生，他缔造了“千秋凛然”的基业，也有“生儿不象贤”的遗恨，这是刘备叱咤风云的一生的缩影，也能代表世间诸多英雄豪杰的一生。诗人借古讽今，蕴含古今兴亡之叹。诗人当时正在贬所，诗中隐有以昏庸无能的刘禅暗指当时的君王之意，委婉地指斥君主不能选贤任能，反而打击报复忠义之士。

刘备是古代忠义英雄的代表，也是贤明君主的典范，既是诗人崇敬、效仿的对象，也寄托着他对贤君明主的渴望。此外，刘禹锡在这首诗中借嗟悼刘备生前身后，亦说明盛衰之无常和人生之无奈，暗含自己的身世之叹。全诗豪气干云，于开阔的字眼中淬出警示之意。

白居易：天长地久有时尽，此恨绵绵无绝期。

诗人名片

生卒年月：公元 772 年—公元 846 年

字号：字乐天，号香山居士

祖籍：下邽（今陕西省渭南市）

代表作：《长恨歌》等

诗人小传：贞元年间进士，任翰林学士，左拾遗；因直言进谏，贬江州司马，移忠州刺史；后被召为主客郎中，知制诰。因曾担任太子太傅，世称“白太傅”。

白居易是一位杰出的现实主义诗人，他生活在唐朝走向衰微的时期，其诗以重大社会政治问题为内容，感叹时世、反映人民疾苦，使当时的诗歌突破了大历十才子“流连光景”的狭窄范围。他在文学上倡导新乐府运动，主张“文章合为时而著，诗歌合为事而作”；艺术上以通俗平易著称。其成就主要表现为政治讽喻诗和长篇叙事诗。白居易诗今存近三千首，著有《白氏长庆集》。《全唐诗》录其诗三十九卷。

长恨歌[1]

汉皇重色思倾国[2]，御宇多年求不得[3]。
杨家有女初长成，养在深闺人未识。
天生丽质难自弃，一朝选在君王侧[4]。
回眸一笑百媚生，六宫粉黛无颜色[5]。
春寒赐浴华清池[6]，温泉水滑洗凝脂[7]。
侍儿扶起娇无力[8]，始是新承恩泽时[9]。
云鬓花颜金步摇[10]，芙蓉帐暖度春宵[11]。
春宵苦短日高起，从此君王不早朝。
承欢侍宴无闲暇，春从春游夜专夜。
后宫佳丽三千人，三千宠爱在一身。
金屋妆成娇侍夜[12]，玉楼宴罢醉和春。
姊妹弟兄皆列土[13]，可怜光彩生门户[14]。
遂令天下父母心，不重生男重生女[15]。
骊宫高处入青云[16]，仙乐风飘处处闻。
缓歌慢舞凝丝竹[17]，尽日君王看不足。
渔阳鼙鼓动地来[18]，惊破《霓裳羽衣曲》[19]。
九重城阙烟尘生[20]，千乘万骑西南行[21]。
翠华摇摇行复止，西出都门百余里。
六军不发无奈何，宛转蛾眉马前死[22]。
花钿委地无人收[23]，翠翘金雀玉搔头[24]。
君王掩面救不得，回看血泪相和流。
黄埃散漫风萧索，云栈萦纡登剑阁[25]。
峨嵋山下少人行[26]，旌旗无光日色薄。
蜀江水碧蜀山青，圣主朝朝暮暮情。

行宫见月伤心色[27]，夜雨闻铃肠断声[28]。
天旋地转回龙驭[29]，到此踌躇不能去。
马嵬坡下泥土中，不见玉颜空死处[30]。
君臣相顾尽沾衣，东望都门信马归[31]。
归来池苑皆依旧，太液芙蓉未央柳[32]。
芙蓉如面柳如眉，对此如何不泪垂。
春风桃李花开日，秋雨梧桐叶落时。
西宫南内多秋草[33]，落叶满阶红不扫。
梨园弟子白发新[34]，椒房阿监青娥老[35]。
夕殿萤飞思悄然，孤灯挑尽未成眠[36]。
迟迟钟鼓初长夜[37]，耿耿星河欲曙天[38]。
鸳鸯瓦冷霜华重[39]，翡翠衾寒谁与共[40]。
悠悠生死别经年，魂魄不曾来入梦。
临邛道士鸿都客[41]，能以精诚致魂魄[42]。
为感君王展转思，遂教方士殷勤觅[43]。
排空驭气奔如电[44]，升天入地求之遍。
上穷碧落下黄泉[45]，两处茫茫皆不见。
忽闻海上有仙山，山在虚无缥缈间。
楼阁玲珑五云起[46]，其中绰约多仙子[47]。
中有一人字太真，雪肤花貌参差是[48]。
金阙西厢叩玉扃[49]，转教小玉报双成[50]。
闻道汉家天子使，九华帐里梦魂惊[51]。
揽衣推枕起徘徊，珠箔银屏迤逦开[52]。
云髻半偏新睡觉[53]，花冠不整下堂来。
风吹仙袂飘飘举[54]，犹似霓裳羽衣舞。
玉容寂寞泪阑干[55]，梨花一枝春带雨。
含情凝睇谢君王[56]，一别音容两渺茫。
昭阳殿里恩爱绝[57]，蓬莱宫中日月长[58]。

回头下望人寰处⑲，不见长安见尘雾。
惟将旧物表深情⑳，钿合金钗寄将去㉑。
钗留一股合一扇㉒，钗擘黄金合分钿㉓。
但教心似金钿坚，天上人间会相见。
临别殷勤重寄词㉔，词中有誓两心知。
七月七日长生殿㉕，夜半无人私语时。
在天愿作比翼鸟㉖，在地愿为连理枝㉗。
天长地久有时尽，此恨绵绵无绝期㉘。

【注释】

①唐宪宗元和元年(806)，白居易任周至(今属陕西)县尉。一天，他和友人陈鸿、王质夫到马嵬驿附近的仙游寺游览，谈到李隆基与杨贵妃的旧事。王质夫认为，像这样的事情，如无大手笔加工润色，就会随着时间的推移而消没。他鼓励白居易："乐天深于诗，多于情者也，试为歌之，何如？"于是，白居易写下了这首长诗。与此同时，陈鸿写了一篇名为《长恨歌传》的传奇小说。

② 汉皇：原指汉武帝，此处借指唐玄宗李隆基。唐人文学创作常以汉称唐。重色：爱好女色。倾国：绝色女子。

③ 御宇：驾御宇内，即统治天下。汉贾谊《过秦论》："振长策而御宇内。"

④ 杨家四句：蜀州司户杨玄琰，有女杨玉环，自幼由叔父杨玄珪抚养。开元二十三年（735），在她十七岁时被册封为玄宗之子寿王李瑁之妃。后被唐玄宗看中，二十二岁时，玄宗命其出宫为道士，道号太真。二十七岁被玄宗册封为贵妃。白居易此谓"养在深闺人未识"，是作者有意为帝王避讳的说法。丽质：美丽的姿质。

⑤ 六宫粉黛：指宫中所有嫔妃。古代皇帝设六宫，正寝（日常处理政务之地）一，燕寝（休息之地）五，合称六宫。粉黛：本为女性化妆用品，粉以抹脸，黛以描眉，此代指六宫中的女性。无颜色：意谓相形之下，都失去了美好的姿容。

⑥ 华清池：即华清池温泉，在今陕西省临潼县南的骊山下。唐贞观十八年（644）建汤泉宫，咸亨二年（671）改名温泉宫，天宝六年（747）扩建后改名华清宫。唐玄宗每年冬、春季都到此居住。

⑦ 凝脂：形容皮肤白嫩滋润，犹如凝固的脂肪。

⑧ 侍儿：宫女。

⑨ 新承恩泽：刚得到皇帝的宠幸。

⑩ 金步摇：一种金首饰，用金银丝盘成花之形状，上面缀着垂珠之类，插于发鬓，走路时摇曳生姿。

⑪ 芙蓉帐：绣着莲花的帐子。

⑫ 金屋：据《太真外传》，杨玉环在华清宫的住所名端正楼。此言金屋，系用汉武帝“金屋藏娇”语意。

⑬ 姊妹句：杨玉环被册封贵妃后，家族沾光受宠。她的大姐封韩国夫人，三姐封为虢国夫人，八姐封为秦国夫人，堂兄杨铣官鸿胪卿、杨锜官侍御史，堂兄杨钊赐名国忠，官右丞相。姊妹，姐妹。列土，裂土受封。列，通“裂”。

⑭ 可怜：可爱，值得羡慕。

⑮ 不重生男重生女：陈鸿《长恨歌传》云，当时民谣有“生女勿悲酸，生男勿喜欢”“男不封侯女作妃，看女却为门上楣”等。

⑯ 骊宫：即华清宫，因在骊山下，故称。

⑰ 凝丝竹：指弦乐器和管乐器伴奏出舒缓的旋律。

⑱ 渔阳：郡名，辖今北京市平谷县和天津市的蓟县等地，当时属于平卢、范阳、河东三镇节度史安禄山的辖区。天宝十四年（755）冬，安禄山在范阳起兵叛乱。鼙鼓：古代骑兵用的小鼓，此借指战争。

⑲ 霓裳羽衣曲：唐代著名舞曲，相传是唐玄宗依据西凉节度使杨敬述所献乐曲加工润色而成。

⑳ 九重城阙：九重门的京城，此指长安。烟尘生：指发生战事。

㉑ 千乘万骑西南行：天宝十五年（756）六月，安禄山破潼关，逼近长安。玄宗带领杨贵妃等出延秋门向西南方向逃走。当时随行护卫并不多，“千乘万骑”是夸大之词。乘：马车。

㉒ 翠华四句：李隆基西奔至马嵬驿（今陕西兴平），扈从禁卫军发难，不再前行，要求李隆基诛杀杨国忠、杨玉环兄妹以平民怨。无奈之下，李隆基只得答应。翠华：用翠鸟羽毛装饰的旗帜，皇帝仪仗队用。百余里：指马嵬坡距离长安一百多里。六军：泛指

禁卫军。宛转：形容美人临死前哀怨缠绵的样子。蛾眉：古代美女的代称，此指杨贵妃。

㉓ 花钿：用金翠珠宝等制成的花朵形首饰。委地：丢弃在地上。

㉔ 翠翘：像翠鸟长尾一样的头饰。金雀：雀形金钗。玉搔头：玉簪。

㉕ 云栈：高入云霄的栈道。萦纡：萦回盘绕。剑阁：又称剑门关，在今四川剑阁县北，是由秦入蜀的要道。此地群山如剑，峭壁中断处，两山对峙如门。诸葛亮相蜀时，凿石架凌空栈道以通行。

㉖ 峨嵋山：此是旧称，今称峨眉山，在今四川峨眉县。玄宗奔蜀途中，并未经过峨眉山，这里泛指蜀中高山。

㉗ 行宫：皇帝离京出行在外的临时住所。

㉘ 夜雨闻铃肠断声：《明皇杂录 · 补遗》："明皇既幸蜀，西南行。初入斜谷，霖雨涉旬，于栈道雨中闻铃音与山相应。上既悼念贵妃，采其声为《雨霖铃曲》以寄恨焉。"这里暗指此事。

㉙ 天旋地转：指时局好转。肃宗至德二年（757），郭子仪军收复长安。回龙驭：皇帝的车驾归来。

㉚ 不见一句：不见杨贵妃，徒然见到她死去的地方。

㉛ 信马：任由马往前走。

㉜ 太液：汉宫中有太液池。未央：汉有未央宫。此皆借指唐长安皇宫。

㉝ 西宫南内：皇宫之内称为大内。西宫即西内太极宫，南内为兴庆宫。玄宗返京后，初居南内。上元元年（760），权宦李辅国假借肃宗名义，胁迫玄宗迁往西内，并流贬玄宗亲信高力士、陈玄礼等人。

㉞ 梨园弟子：指玄宗当年训练的乐工舞女。梨园：唐玄宗时宫中教习音乐的机构，曾选"坐部伎"三百人教练歌舞，随时应诏表演，号称"皇帝梨园弟子"。

㉟ 椒房：后妃居住之所，因以花椒和泥抹墙，故称。阿监：宫中的侍从女官。青娥：年轻的宫女。

㊱ 孤灯挑尽：古时用油灯照明，为使灯火明亮，过一会儿就要把浸在油中的灯草往前挑一点。挑尽，说明夜已深。按，唐时宫廷夜间燃烛而不点油灯，此处旨在形容玄宗晚年生活环境的凄苦。

㊲ 迟迟：迟缓。报更钟鼓声起止原有定时，这里用以形容玄宗长夜难眠时的心情。

㊳ 耿耿：微明的样子。欲曙天：长夜将晓之时。

㊴ 鸳鸯瓦：屋顶上俯仰相对合在一起的瓦。霜华：霜花。

㊵ 翡翠衾：布面绣有翡翠鸟的被子。谁与共：与谁共。

㊶ 临邛道士鸿都客：意谓有个从临邛来长安的道士。临邛：今四川邛崃县。鸿都：东汉都城洛阳的宫门名，这里借指长安。

㊷ 致魂魄：招来杨贵妃的亡魂。

㊸ 方士：有法术的人。这里指道士。殷勤：尽力。

㊹ 排空驭气：即腾云驾雾。

㊺ 穷：穷尽，找遍。碧落：即天空。黄泉：指地下。

㊻ 玲珑：华美精巧。五云：五彩云霞。

㊼ 绰约：体态轻盈柔美。

㊽ 参差：大约，差不多。

㊾ 金阙：金碧辉煌的神仙宫阙。叩：叩击。玉扃（jiōng）：玉石做的门环。

㊿ 转教小玉报双成：意谓仙府庭院重重，须经辗转通报。小玉：吴王夫差女。双成：传说中西王母的侍女。这里皆借指杨贵妃在仙山的侍女。

(51) 九华帐：绣饰华美的帐子。九华：重重花饰的图案。

(52) 珠箔：珠帘。银屏：饰银的屏风。逦迤：接连不断地。

(53) 新睡觉：刚睡醒。觉，醒。

(54) 袂：衣袖。

(55) 玉容寂寞：此指神色黯淡凄楚。阑干：纵横交错的样子。这里形容泪痕满面。

(56) 凝睇：凝视。

(57) 昭阳殿：汉成帝宠妃赵飞燕的寝宫。此借指杨贵妃住过的宫殿。

(58) 蓬莱宫：传说中的海上仙山。这里指贵妃在仙山的居所。

(59) 人寰：人间。

(60) 旧物：指生前与玄宗定情的信物。

(61) 寄将去：托道士带回。

(62) 钗留二句：把金钗、钿盒分成两半，自留一半。

⑥③擘：分开。合分钿：将钿盒上的图案分成两部分。

⑥④重：再，又。

⑥⑤长生殿：在骊山华清宫内，天宝元年造。“七月”以下六句为作者虚拟之词。陈寅恪在《元白诗笺证稿·长恨歌》中云：“长生殿七夕私誓之为后来增饰之物语，并非当时真确之事实。”“玄宗临幸温汤必在冬季、春初寒冷之时节。今详检两唐书玄宗记无一次于夏日炎暑时幸骊山。”而所谓长生殿者，亦非华清宫之长生殿，而是长安皇宫寝殿之习称。如果真有这样的事，应发生在“飞霜殿”，但此殿名不符合爱情的长久与火热，故当改为长生殿。

⑥⑥比翼鸟：传说中的鸟名，据说只有一目一翼，雌雄并在一起才能飞。

⑥⑦连理枝：两棵树的枝干连在一起，叫连理。古人常用此二物比喻情侣相爱、永不分离。

⑥⑧恨：遗憾。绵绵：连绵不断。

【赏析】

在文学史上由唐玄宗和杨贵妃的故事演绎出的文学作品不胜枚举，这些作品的主题大致上可归为两类：一类专注于他们之间的悲剧爱情，比如元人白朴的杂剧《唐明皇秋叶梧桐雨》，被王国维先生评价为“沈雄悲壮，为元曲冠冕”；第二类则是着眼于他们爱情背后的政治意义，比如诗仙李白的《清平调》，诗圣杜甫的《哀江头》，虽然文风不同，但都以唐玄宗因色误国、杨贵妃红颜祸水为主题，批判意味明显。

唐玄宗后期一改前期励精图治、广开言路的形象，沉迷于音乐、女色，专宠杨贵妃，任人唯亲。后来安禄山趁机作乱，盛唐国势一去不复返，这些都是史实。但唐玄宗和杨贵妃之间的爱情，虽然不为当时的政治形势所容忍，也不失为现实一种。白居易这首长篇叙事诗，既不拘泥于历史，大篇幅针砭时弊；也不局限于爱情格局，情深意浓写哀情，而是艺术化地再现李、杨的故事，融记叙、抒情、议论为一体，于回环反复中激起读者心中的涟漪，任由读者自己去回味、去思索。

诗的题目“长恨歌”取意于诗的最后两句“天长地久有时尽，此恨绵绵无绝期”。其中“长恨”是全诗的诗眼，也是白居易层层铺排的演绎起点，它就像一颗深埋的种子，在诗化的故事中，由隐到显，由小到大，最后成为无穷、无尽、无解的幽幽思绪。

全诗开卷言“汉皇重色思倾国，御宇多年求不得”，“重色”二字为长恨根由，“求不得”为下文写杨贵妃受宠做铺垫。简简单单的一句陈述，清清楚楚地交代了整个诗化故事的背景，起到了统领全篇的作用。

接下来六句，以省俭的语句，介绍了杨贵妃的概况：天生丽质、待字闺中。从“养在深闺人未识”到“六宫粉黛无颜色”，寥寥几笔，快速进入主题，唐玄宗和杨贵妃的爱情故事由此拉开帷幕。

“日高起”“不早朝”“无闲暇”“夜专夜”等用词，极富戏剧场面地再现了李、杨在一起的欢快、安逸。但醉生梦死的背后，已经埋下了悲剧和恨意的种子。

“后宫佳丽三千人，三千宠爱在一身”写的是后宫佳丽的嫉恨，“姊妹弟兄皆列土”的连锁反应暗示贤士能人的不满，“遂令天下父母心，不重生男重生女”的社会风气，是整个大唐悲剧开始的一个隐患。如此这些初露端倪的弊端，统治者视若无睹，“骊宫高处入青云，仙乐风飘处处闻。缓歌慢舞凝丝竹，尽日君王看不足。”写尽皇宫中歌舞升平的极乐景象。其中的“缓”“慢”“凝”等字眼，是在写音乐，同时也暗示着唐玄宗和杨贵妃那种慢节奏的安逸生活。

这种生活对于相爱的人来说总是越长越好，但是紧接着一句“渔阳鼙鼓动地来，惊破霓裳羽衣曲”，如平地起惊雷一般，突兀地将故事的节奏蓦然加快。渔阳是当时安禄山节度使辖管的地方，鼙鼓则是唐时作战用的小鼓，这里代指战争。霓裳羽衣舞曲是唐玄宗改编的，为杨贵妃伴舞而作。这两句中的“动地来”“惊破”等字眼，给人一种措手不及的突兀感和乐极生悲的冲突感。

爱情和纵欲的享受戛然而止，叛军兵临城下。诗中“千乘万骑”均是虚指，为的是用夸张的笔法，表现安史之乱的来势汹汹和唐玄宗这方的措手不及。到了“六军不发无奈何，宛转蛾眉马前死”这句，冲突白热化，“无奈何”三字是当时唐玄宗左右为难、难以抉择的内心写照。

马嵬坡这段历史为世人熟识，但作者在这里没有直言杨贵妃之死，而是像使用蒙太奇镜头一样，通过贵妃头上的装饰品暗示杨贵妃的没落收场。从这一句开始，诗歌的基调陡转直下，由极喜到极悲。“君王掩面救不得，回看血泪相和流。”白居易没有写唐玄宗的内心，没有写他的痛苦，更没有写他的阻止，而是通过两个动作“掩面”“回看”，传神地再现了唐玄宗内心的九曲回肠。

“黄埃”四句写唐玄宗失去杨贵妃后，逃往西南、客居蜀地的所见、所想。在这一部分，诗人以情写景，以景传情，用动人的语调，将唐玄宗孤独、落寞的精神世界刻画得细致入微。蜀地青山绿水，唐玄宗无心观看，蜀地行宫夜不能寐，见月，月伤心；听雨，雨断肠。本来没有任何感情色彩的自然景物，渲染的全是主人公心里的哀伤底色。

还都路，路漫漫，但是诗人单取路过马嵬坡的一段。“天旋地转”“踌躇不能去”这些内心情感和动作的表现，都从侧面表现出唐玄宗往事难忘、追思不已的内心。接下来一句“马嵬坡下泥土中，不见玉颜空死去”，今昔对比，语境凄凉。一个“空”字，说的是唐玄宗内心的怅惘、空落，同时也暗含诗人的惋惜之情。

接下来的十八句诗，写唐玄宗回到洛阳宫中，睹物思人、触景伤情的悲苦内心。这部分第一句中“归来池苑皆依旧”的感慨，为这一部分奠定了今非昔比、物是人非的哀婉情调。

“芙蓉如面柳如眉”本是美景，主人公却垂泪不止，以如此乐景，写如此哀情，心中惆怅不言而喻。后句的“西宫”是指唐玄宗当时居住的宫殿太极宫，此时宫中“多秋草”“落叶满阶”，潦倒之气尽收眼底，而这番景象折射出的恰是唐玄宗百无聊赖、追思枉然的精神世界。后面两句写主人公重游梨园、椒房这些故地的所见，“白发新”和“青娥老”对仗，往事不堪回首、时光荏苒的悲戚跃然纸上。

以上这些景物、人事都是主人公白天所见，接下来的四句则写他在深夜中辗转难眠时的所为所思。“迟迟”二字写鼓，这也从侧面反映出主人公无法入眠的煎熬。而后面的四句“鸳鸯瓦冷霜华重，翡翠衾寒谁与共。悠悠生死别经年，魂魄不曾入梦来”，类似主人公的内心独白，缠绵悱恻的相思不得之苦，在此时也被诗人渲染到了一个高度：唐玄宗缠绵悱恻的思念在现实生活中得不到回应，便寄希望于梦中，但梦中依旧无昔人倩影。

诗的最后一部分，用极具浪漫主义的笔法写唐玄宗在得道之人的帮助下，在环海仙山中找到了日思夜想的杨贵妃。

“排空驭气奔如电，升天入地求之遍。上穷碧落下黄泉，两处茫茫皆不见”四句，借助夸张、想象等手法，在时空交错的玄妙情境中，传神地刻画出唐玄宗急切、担忧的心境。“忽闻”句以降，诗人笔锋转折，从现实世界中完全跳脱进一个虚无缥缈、华美瑰丽的海上仙境。

这时候，诗人从杨贵妃的角度叙述。“闻道汉家天子使，九华帐里梦魂惊。揽衣推枕起徘徊，珠箔银屏迤逦开。云髻半偏新睡觉，花冠不整下堂来。”一个欣喜若狂的思妇形象昭然若揭：听到唐玄宗来拜访自己的消息，她来不及整理妆容就匆匆下堂。如此反应恰是思念深重的自然流露。

得见思人，“含情凝睇谢君王，一别音容两渺茫”传神地再现了二人久别重逢后悲喜交集、喜极而泣的情态。诗人在这里别具匠心地设置了一个两人俯瞰尘世的细节动作。如果说现实中的尘世是他们不愿接受的事实的话，那么海中仙境的相会则是他们内心期望的结局。因此，这个细节实则是二人内心挣扎的情景化。

但现实终究是不能改变的，天下没有不散的筵席，再美好的相聚也有分手的时候，临别时分，赠物寄词，互道珍重，其中的不舍和忠贞不渝撩人意绪。

诗的最后一句，点名主旨，呼应题目，文字收止，诗情未竟，给人无限遐想和回味的余地。

至此诗人对“恨”的演绎收笔，却没有给出完整、准确的“恨”字解析，因为这里包含的感情过于复杂。从主人公的角度来说，这恨是高处不胜寒的无奈、惋惜，是相爱却不能得到祝福的悲苦，亦是相思却阴阳两隔的枉然；从作者的角度来说，这恨是对二人爱情的惋惜，是对二人误国的责备。整首诗下来，各种情感交错于回环往复中层层渲染，而且遣词造句不甚晦涩，绘人绘情含而不露，使全诗极富艺术感染力。

卖炭翁

卖炭翁，伐薪烧炭南山[①]中。

满面尘灰烟火色，两鬓苍苍[②]十指黑。

卖炭得钱何所营？身上衣裳口中食。
可怜身上衣正单，心忧炭贱愿天寒！
夜来城外一尺雪，晓驾炭车辗[3]冰辙。
牛困人饥日已高，市南门外泥中歇。
翩翩两骑[4]来是谁？黄衣使者白衫儿。
手把文书口称敕[5]，回车叱牛牵向北。
一车炭，千余斤，宫使驱将惜不得。
半匹红绡一丈绫，系向牛头充炭直[6]。

【注释】

① 南山：即终南山，在今陕西西安以南。

② 苍苍：形容鬓发花白的样子。

③ 辗：同“碾”，轧。

④ 骑：指骑马之人。

⑤ 敕：皇帝的命令。

⑥ 直：同“值”，价格。

【赏析】

唐德宗贞元末年起，皇宫中日用所需不再由官府承办，直接由太监从民间采购，一时间宦官专权，横行无忌。他们常常以低价向百姓强行购买，甚至不给分文，简直是强盗行径。韩愈《顺宗实录》说其“名为宫市，其实夺之”。《卖炭翁》所描绘的就是这种宫中官吏向百姓强购煤炭的行为。白居易开篇自注云：“苦宫市也。”诗人通过写卖炭翁一人的悲剧，展现出劳动人民的普遍悲哀，寄寓了诗人对统治者的控诉，对人民的同情。

“卖炭翁，伐薪烧炭南山中。”开篇直接描写卖炭翁烧炭的工序和劳动环境。“满面尘灰烟火色，两鬓苍苍十指黑。”仅仅十四个字，通过对“面”“两鬓”“十指”的具体描写，以点汇聚成面，形象地勾勒出卖炭翁的苍老之态，衬托出烧炭的艰辛，展现了生活的困苦。

“卖炭得钱何所营？身上衣裳口中食。”诗人以一问一答的设问方式，揭露了卖炭翁贫窘困苦的生活状况。“身上衣裳口中食”这句是说卖炭翁千辛万苦所烧之炭是他全家的衣食来源，这为下文黄衣使者以“半匹红绡一丈绫”换走所有炭火埋下伏笔，更衬托出老翁的遭遇之悲惨。

“可怜身上衣正单，心忧炭贱愿天寒！”衣衫单薄的老翁，本来应该“愿天暖”，但为了让自己烧的炭卖个好价钱，他强忍饥寒，甚至希望天气更加寒冷。一“忧”一“愿”，写出了老翁反常的心理，读来尽是“苦”味，使诗人“可怜”的深挚怜悯有了着落。

“夜来城外一尺雪，晓驾炭车辗冰辙。”这两句使诗篇叙事从烧炭过渡到卖炭，章法自然，不落痕迹。“一尺雪”意味着卖炭翁“愿天寒”的愿望终于成真，这似乎是一个理想的转变。在清晨凛冽的寒风中，衣衫单薄的老翁踏着被冰雪覆盖而光滑难行的路，将炭车赶向集市，只为卖炭活命。“晓”字深刻揭露了饥寒交迫的卖炭翁，满怀希望不顾严寒想要“卖炭得钱”的迫不及待之情。

“牛困人饥日已高，市南门外泥中歇。”经过半天的跋涉，人困牛乏，终于来到集市。从“伐薪烧炭”到“泥中歇”，铺垫饱满，卖炭翁通过劳动换取生活之需的艰辛满纸满篇，老翁对高价“炭直”的期待也充斥在字里行间。

“翩翩两骑来是谁？黄衣使者白衫儿。”这两句中出现的人物的形象与“满面尘灰烟火色，两鬓苍苍十指黑”的卖炭翁形成强烈对比。“翩翩”既描绘出了使者养尊处优形成的悠然之态，又刻画出了其对百姓疾苦毫不理会的漠然之心。而前篇中，老翁所希望的一切，在“手把文书口称敕”的“黄衣使者白衫儿”面前，瞬间化为泡影。几日艰辛的劳动，只换得“半匹红绡一丈绫”而已，这些“炭直”，既不能御寒，也不能果腹，于老翁而言，实则毫无价值。

通过刻画特定情境下卖炭翁的特殊心理，诗人深刻揭示了主题，虽然通篇除“可怜”二字，再无一字涉及直接的情感描写，然而在对比与反衬中，将诗中人物的情感，诗外诗人的情感，与叙事交融，与心理刻画完美统一，刻画入微，含蓄有力，无斧凿之痕，却精警夺人。

琵琶行

浔阳江头夜送客[①]，枫叶荻花秋瑟瑟[②]。
主人下马客在船[③]，举酒欲饮无管弦。
醉不成欢惨将别，别时茫茫江浸月。
忽闻水上琵琶声，主人忘归客不发。
寻声暗问弹者谁，琵琶声停欲语迟。
移船相近邀相见，添酒回灯重开宴[④]。
千呼万唤始出来，犹抱琵琶半遮面。
转轴拨弦三两声[⑤]，未成曲调先有情。
弦弦掩抑[⑥]声声思[⑦]，似诉平生不得志。
低眉信手续续弹，说尽心中无限事。
轻拢慢捻抹复挑[⑧]，初为《霓裳》后《六幺》[⑨]。
大弦嘈嘈如急雨[⑩]，小弦切切如私语[⑪]。
嘈嘈切切错杂弹，大珠小珠落玉盘。
间关莺语花底滑[⑫]，幽咽[⑬]泉流冰下难[⑭]。
冰泉冷涩弦凝绝，凝绝不通声渐歇[⑮]。
别有幽愁暗恨生，此时无声胜有声。
银瓶乍破水浆迸[⑯]，铁骑突出刀枪鸣。
曲终收拨当心画[⑰]，四弦一声如裂帛。
东船西舫悄无言[⑱]，唯见江心秋月白。
沉吟放拨插弦中，整顿衣裳起敛容[⑲]。
自言本是京城女，家在虾蟆陵下住[⑳]。
十三学得琵琶成，名属教坊第一部[㉑]。
曲罢曾教善才伏，妆成每被秋娘妒[㉒]。
五陵[㉓]年少争缠头[㉔]，一曲红绡[㉕]不知数。

钿头银篦[26]击节碎[27]，血色罗裙翻酒污。
今年欢笑复明年，秋月春风等闲度。
弟走从军阿姨死，暮去朝来颜色故[28]。
门前冷落车马稀，老大嫁作商人妇。
商人重利轻别离，前月浮梁买茶去[29]。
去来江口守空船[30]，绕船月明江水寒。
夜深忽梦少年事，梦啼妆泪[31]红阑干[32]。
我闻琵琶已叹息，又闻此语重唧唧[33]。
同是天涯沦落人，相逢何必曾相识！
我从去年辞帝京，谪居卧病浔阳城。
浔阳地僻无音乐，终岁不闻丝竹声。
住近湓江地低湿，黄芦苦竹绕宅生。
其间旦暮闻何物，杜鹃啼血猿哀鸣。
春江花朝秋月夜，往往取酒还独倾。
岂无山歌与村笛，呕哑嘲哳难为听[34]。
今夜闻君琵琶语[35]，如听仙乐耳暂明。
莫辞更坐弹一曲，为君翻作《琵琶行》。
感我此言良久立，却坐[36]促弦[37]弦转急。
凄凄不似向前声[38]，满座重闻皆掩泣[39]。
座中泣下谁最多？江州司马青衫湿[40]。

【注释】

① 浔阳江：据考究，为流经浔阳城中的湓水，即今九江市中的龙开河（1997 年被人工填埋），经湓浦口注入长江。

② 瑟瑟：形容枫树、芦荻被秋风吹动的声音。

③ 主人：诗人自指。

④ 回灯：重新拨亮灯光。回：再。

⑤ 转轴拨弦：将琵琶上缠绕丝弦的轴，拧动以调音定调。

⑥ 掩抑：掩蔽，遏抑。

⑦ 思：悲，伤。

⑧ 拢：左手手指按弦向里（琵琶的中部）推。捻：揉弦的动作。抹：向左拨弦，也称为“弹”。挑：反手回拨的动作。

⑨《霓裳》：即《霓裳羽衣曲》，本为西域乐舞，唐开元年间西凉节度使杨敬述依曲创声后流入中原。《六幺》：大曲名，又叫《乐世》《绿腰》《录要》，为歌舞曲。

⑩ 大弦：指最粗的弦。嘈嘈：声音沉重抑扬。

⑪ 小弦：指最细的弦。切切：细促轻幽，急切细碎。

⑫ 间（第四声）关：莺语流滑叫“间关”。

⑬ 幽咽：遏塞不畅状。

⑭ 冰下难：泉流冰下阻塞难通，形容乐声由流畅变为冷涩。

⑮ 凝绝：凝滞。

⑯ 迸：溅射。

⑰ 曲终：乐曲结束。拨：弹奏弦乐时所用的拨工具。当心画：用拨子在琵琶的中部划过四弦，是一曲结束时经常用到的右手手法。

⑱ 舫：船。

⑲ 敛容：收敛（深思时悲愤深怨的）面部表情。

⑳ 虾蟆陵：在长安城东南，曲江附近，是当时有名的游乐地区。

㉑ 教坊：唐代官办管理音乐杂技、教练歌舞的机关。

㉒ 秋娘：唐时歌舞妓常用的名字。

㉓ 五陵：在长安城外，汉代五个皇帝的陵墓。

㉔ 缠头：用锦帛之类的财物送给歌舞妓女。

㉕ 绡：精细轻美的丝织品。

㉖ 钿头银篦：镶嵌着花钿的发篦（栉发具）。

㉗ 击节：打拍子。

㉘ 颜色故：容貌衰老。

㉙ 浮梁：古县名，唐属饶州。在今江西省景德镇市，盛产茶叶。

㉚ 去来：走了以后。

㉛ 梦啼妆泪：梦中啼哭，抹过脂粉的脸上带着泪痕。

㉜ 阑干：纵横散乱的样子。

㉝ 重（二声）：重新，重又之意。唧唧：叹声。

㉞ 呕哑嘲哳：形容声音嘈杂。

㉟ 琵琶语：琵琶声，琵琶所弹奏的乐曲。

㊱ 却坐：退回到原处。

㊲ 促弦：把弦拧得更紧。

㊳ 向前声：刚才奏过的单调。

㊴ 掩泣：掩面哭泣。

㊵ 青衫：黑色单衣，唐代官职低的官服颜色为青黑色。

【赏析】

唐宪宗元和十年（815），白居易因主张限制藩镇势力、革除暴政，遭到藩镇势力的诬告陷害，被贬为江州司马。江州相当于现在的江西九江市，司马是当地刺史的副手。虽然表面上白居易仍然居官，但做此官其实是变相地接受看管。这首诗创作于此事之后的第二年，在诗的小序中，白居易虽然自言“出官二年，恬然自安”，实际上他内心的消极情绪一直处于被压抑的状态。

这一年，他“送客湓浦口”（语自原诗小序）时，“闻舟中夜弹琵琶者，铮铮然有京都声”（语自原诗小序），于是邀其共饮，听其演奏、诉说，“始觉有迁谪意”（语自原诗小序）。事后，作长诗《琵琶行》，赠与琵琶女。

“行”是乐府歌辞的一种形式，《唐音审体》中有言：“歌行本出自乐府,然指事咏物……形式较自由。”汉魏以下的乐府诗常题名为“歌”或“行”，二者名虽不同，但本质上没有特别严格的区分，所以后来又统称“歌行体”，语言通俗，文辞铺展。在白居易的这首《琵琶行》中，文字上继续沿用浅白的风格，将琵琶女的悲惨遭遇和自己的“迁谪意”联系起来，两条故事线索相互映衬、并行不悖，人物形象鲜明、典型，道出了二人“同是天涯沦落人”的惺惺相惜。

诗的前八句，以洗练的文字交代了整件事的发生地点（浔阳江头）、时间（秋夜）、人物（主人、客人）和起因（“醉不成欢惨将别”“忽闻水上琵琶声”）。其中“枫叶荻花秋瑟瑟”和“别时茫茫江浸月”两句中的“枫叶”“荻花”和“月”等意象，虽然色彩明丽，但是“瑟瑟”“茫茫”等叠音修饰词为这番景象平添了一番凄美和冷瑟。“江浸月”中的“浸”字，极具练字之妙，营造出孟浩然诗句“野旷天低树，江清月近人”中的空旷感。

这种因寒冷而凄美、因空旷而孤寂的环境描写，是诗人秋夜送客的心情反照：落寞、遗憾。以此景烘染此情，景愈发伤情，情愈发哀婉。“举酒欲饮无管弦”写友人相聚饮酒无音乐助兴，所以“醉不成欢”。作者有意点明这一点，一方面是为了交代事情的起因，另一方面也为后文的琵琶女弹奏做铺垫。

交代了这些之后，接下来一句中的“忽闻”二字，呼应前句，突出诗人闻琴声后的惊喜，在感情上很契合前文“醉不成欢惨将别”时的遗憾。这里诗人没有用形容词直接描写诗人听到的琴声，而是用“主人忘归客不发”这一具体的动作，从反面映衬出弹琴者琴技的高超和琴声的吸引力，否则主客二人不可能不约而同地驻足倾听。

“寻声”以降的六句，写琵琶女“千呼万唤始出来”的出场。从“寻声暗问”到“移船相近邀相见”，从“琵琶声停欲语迟”到“犹抱琵琶半遮面”，前者写主人寻找的急切、邀请的郑重，后者写琵琶女的犹豫、推诿，两相对比，反衬琵琶女的琴声之妙绝。

而琵琶女之所以姗姗来迟，不是因为她不屑为陌生人演奏，而恰恰因为心中愁苦太多，不便示人、无心诉苦。诗人之所以要设置这样的开场，也正是为了层层递进地突出琵琶女的难言之痛，同时也为后文留下悬念，做好铺垫。

这之后的二十四句，白居易动用通感、比喻、白描等多重艺术手法，表现琵琶女的高超琴艺、琵琶声的千变万化。

琴声从调音开始，“转轴拨弦三两声”是琵琶女较弦试音的白描刻画，诗人评价说“未成曲调先有情”，“情”字突显，暗示以后的琴声情意更浓。“弦弦掩抑声声思，似诉平生不得志。”是听者闻声后的感想，呼应前句的“情”字，“说尽心中无限事”，进一步点明琵琶女借曲抒情、以乐代言的演奏心理。“低眉信手续续弹”“轻拢慢捻抹复挑”这两句白描，通过极细微的情态和动作表现琵琶女弹琴过程中的专注和用情。

接下来十六句，写琵琶女在弹奏《霓裳》《六幺》时的琴声。琴声本来是无形无相的抽象之物，难以捕捉。再好的音乐如果单靠形容词描摹，也无法让人完全领略乐调的精髓。为了规避这个缺陷，白居易一面借助语言本身的音韵效果，多用“嘈嘈”“切切”这样的叠音词摹写音乐，借诗歌本身的音韵美，凸显音乐本身的曲调美。另一面则借助通感，将听觉接收的音波，转化为视觉、触觉可以直观反映的具体形象，兼用贴切、巧妙的比喻，从起调的珠子零落声、急雨骤下声，到鸟鸣般的轻扬、幽泉受阻的冷瑟，再到银瓶乍迸、铁骑突出般的强音突起，一曲回环，时起时落，令人遐想无限。

曲终声息，“东船西舫悄无言，唯见江心秋月白。”诗人没有做任何的评价、赞叹，却让人涵泳回味不止，仿佛整个世界都在琴声中陶醉了。这句颇具寂静感的环境描写，从侧面烘托出听琴人忘情忘我的情态，而这种情态也反衬出了弹琴者的琴技高妙。

“沉吟放拨插弦中，整顿衣裳起敛容”同样是一句动作、情态白描。“沉吟”“整顿衣裳”“起”“敛容”等动作，暗示演奏者的心理状态：想一吐为快，却又一再犹豫。“自言”二字，自然过渡，把诗的重点从琴声移到弹琴者的身世上。在诗人的转述中，略今而详昔，大篇幅写琵琶女有才、有容的青春年华，最终却落得“门前冷落车马稀，老大嫁作商人妇”的凄凉结局。写她当前生活的诗句中，用商人的重利，表现她婚后的孤苦，用景物的冷、空、寒，渲染她内心的寂寥、无奈。

琵琶女的身世、生平诉说，如怨如慕，如泣如诉，谱写了一曲让人动容的哀歌。这样，琵琶女的形象变得立体起来，白居易借助她的言说，折射出乐伎的悲惨命运。

之后，一句“我闻琵琶已叹息，又闻此语重唧唧”承上启下，总结前文的同时，把笔锋引向诗人自己。虽然这里没有半句提他当初为何受贬，却用大量的笔墨描写自己的谪居环境和谪居生活。

“住近湓江地低湿，黄芦苦竹绕宅生”突出浔阳地段潮湿、偏僻的特点。在这里没有像样的音乐，更没有愉悦人心的自然之声。山歌、村笛在作者听来难以入耳，杜鹃鸣叫、山猿哀鸣不听也罢，听了反而会让人更加伤心。这些正好呼应“今夜闻君琵琶语，如听仙乐耳暂明”，可以说从“浔阳地僻无音乐”到“呕哑嘲哳难为听”的诗句，都是在为这一句做铺垫。

而诗人的这番自述和琵琶女的自言互作回应，共同解释“同是天涯沦落人，相逢何必曾相识”这一句的具体内涵。从某种程度上来说琵琶女的今昔对比和诗人自己的前后遭遇有一点是相通的：曾经辉煌，如今落寞。互作倾诉后，彼此都为对方所感动，于是诗人邀请琵琶女再奏一曲。

再次写琵琶声，诗人没有再作铺陈渲染，仅用“弦弦转急”四字概括，但其中的“急”恰是琵琶女心情波动、起伏的外现。座下人人掩面而泣的场面，间接地表现出天涯沦落人之间的情感共鸣已经达到了一个高潮。最后一句诗人自问自答，再次突出个人情感，足见其内心压抑良久的悲苦之情全然释放。

花非花

花非花，雾非雾，夜半来，天明去。
来如春梦几多时？去似朝云[①]无觅处。

【注释】

① 朝云：此借用楚襄王梦巫山神女之典故。宋玉《高唐赋》序：妾在巫山之阳，高丘之阻，旦为朝云，暮为行雨，朝朝暮暮，阳台之下。

【赏析】

明代文学家杨慎在《词品》中说：“白乐天之辞，予独爱其《花非花》一首，盖其自度之曲，因情生文者也。”意思是说，在众多的白诗中，这首《花非花》最招杨慎的喜欢，喜欢的原因是此诗“因情生文”。至于白居易到底想在诗中表达什么样的感情，杨慎没有给出明确的解释。不过，从诗的具体内容来看，这种感情类似某种无名的伤感，赋予全诗一种似是而非的朦胧美感。

起始两句套用民间歌谣的三三句式，文辞错落，读来朗朗上口。“花非花，雾非雾”连用两个否定句，字面意思是说：是花也不全是花，是雾也不全像雾，本质上是两个比喻，说这种东西既像花又像雾。

“夜半来”对应第三句“来如春梦几多时”，比喻作者想要言说的东西像梦一样短暂。“天明去”对应第四句“去似朝云无觅处”，又把它形容得像朝霞一样美丽易逝。这样看来，整首诗如打字谜一样，通篇设喻，喻体鲜明，本体却闪烁不定，让人无法完全了悟。

像这种多个比喻连用的艺术手法，叫作博喻、连比。在白居易的诗中这种手法较为多见，比如《琵琶行》中的“间关莺语花底滑，幽咽泉流冰下难。冰泉冷涩弦凝绝，凝绝不通声暂歇”。但大多数情况下，博喻多作为诗歌的一部分出现，而且，多个比喻都围绕一个鲜明的本体展开，喻意环环相扣，增强语言的表现力和诗歌的感染力。不过这首《花非花》全篇以博喻为诗，在白诗以及古典诗歌中，都堪称特例。

就诗的内质来说，中国当代著名学者施蛰存认为这首诗是白居易为妓女而作。他说：“‘花非花’二句比喻她的行踪似真似幻，似虚似实。唐宋时代旅客招妓女伴宿，都是夜半才来，黎明即去……她来的时间不多，旅客宛如做了一个春梦。她去了之后，就像清晨的云，消散得无影无踪。”也有学者根据此诗收录的位置和同集诗的感情基调、写作主题，推断这是一首追忆美好人事消逝的悼亡之作。尽管如此，众家的说法中有一点是相同的，即诗歌的基调是感伤无疑，那种朦胧的感伤之美，恰好契合人心感情的微妙，这种雾里看花的效果，也正是全诗的美丽所在。

柳宗元：城上高楼接大荒，海天愁思正茫茫。

诗人名片

生卒年月：公元 773 年—公元 819 年

字号：字子厚

祖籍：河东（今陕西省永济市）

代表作：《登柳州城楼寄漳汀封连四州刺史》等

诗人小传：贞元九年（793）进士，官监察御史。顺宗时，王叔文执政，他任礼部员外郎，锐意推行政治改革。后因王叔文改革失败而被贬为永州司马，迁柳州刺史，逝于柳州，年仅四十七岁。世称“柳河东”或“柳柳州”。

柳宗元是唐代杰出的思想家和著名的文学家，具有朴素的唯物主义思想，反对六朝以来笼罩文坛的绮靡浮艳文风，提倡质朴流畅的散文，是“唐宋八大家”之一，与韩愈并称“韩柳”。他在诗歌方面也卓有成就，风格清峭。著有《柳河东集》，《全唐诗》录其诗四卷。

登柳州城楼寄漳汀封连四州刺史

城上高楼接大荒，海天愁思正茫茫。
惊风[1]乱飐[2]芙蓉水，密雨斜侵薜荔[3]墙。
岭树重遮千里目，江流曲似九回肠。
共来百越[4]文身地，犹自音书滞一乡！

【注释】

① 惊风：狂风。

② 飐（zhǎn）：风吹颤动。

③ 薜荔（bì lì）：即木莲，一种常绿蔓生植物，可以缘壁而生。

④ 百越：指唐代五岭以南各少数民族地区。

【赏析】

唐顺宗永贞元年（805），柳宗元因王叔文等人的政治革新失败，被贬为永州司马，宦寓永州十年。唐宪宗元和十年（815），柳宗元被召回，旋即又被贬为柳州刺史。同时，韩泰、韩晔、陈谏、刘禹锡分别被贬为漳州、汀州、封州、连州刺史。此诗即是年夏作者抵柳州后寄赠四人之作。诗篇通过描绘登柳州城楼时看到的景色，抒发了作者身遭贬谪思念友人的情思。

“城上高楼接大荒，海天愁思正茫茫。”开篇场面宏大，直摄题魂。城楼高耸，景色辽阔荒凉，立于其上，看着远处海天相接，诗人愁思茫茫。“接”字，既描绘了诗人眼中看到的实景之形态，又表达出景色入目后诗人心的迁移。诗人的心通过眼睛与“大荒”相接，阔莽的景色带来的沧桑荒凉之感充溢在诗人胸间，铺陈中引起下文，典重沉厚。仕途波折之愁，友人故都之思犹如茫茫海天，弥漫心间，无涯无际。“大荒”“海天”本是实景，但因诗人因其所见连其所感，所以四字亦具有形容描绘愁思的功用。

“惊风乱飐芙蓉水，密雨斜侵薜荔墙。”这两句是近景，写夏雨急骤。“惊”“乱飐”“密”“斜侵”描写风雨入神而又传情，细致真切。“芙蓉”、“薜荔”之于水、墙，犹如才德之于诗人品行，而疾风骤雨“乱”“飐”之，“斜”“侵”之，“乱”于“飐”前、“斜”于“侵”上，其用尽心思摧残对手之情态尽显，敷中含比，似屈原《离骚》中香草美人之手法。

“岭树重遮千里目，江流曲似九回肠。”此联又写远景，遥望远方，重峦叠嶂，眼目所及，林树郁郁，绵延无尽。看似以“九回肠”喻江流之曲折，实则以江流回折沉纡比诗人堙厄感郁之情，情景互喻，情寓景中。诗人愁思郁结绵长，却又遭岭阻木遮，同遭贬谪的知交们音信难通，百转愁闷更是难以解消，铺陈中见层进，情景愈浓。

“共来百越文身地，犹自音书滞一乡！”“共来”二字述出诗人与友人一同被贬，“音书滞一乡”顺前联而出，各自分列平直无奇，然两句相并，加“犹自”一转，一同被贬之痛，音书远隔之恨，层起跌宕，顿使诗文沉郁浑厚，顿挫有力。

作者情感如伏线，融于景色描写之中，诗中虽写堙厄郁结的贬谪之情，却无滞涩佶屈之感，奋如奔洪，贯流而下，于平淡中蕴丰腴，余韵纡转，雄浑阔远，实为柳宗元诗歌的典范。

江雪

千山①鸟飞绝，万径人踪灭。

孤舟蓑笠翁，独钓寒江雪。

【注释】

① 千山：指山以千计，以巨大的数目勾勒出浩渺苍茫的群山背景。

【赏析】

背景是无边无际的雪景，重点是孤孑一身的渔翁，于茫茫天地间渔舟独钓，这一幅寒江独钓图表达了作者孤傲不屈的思想情感。

“千山鸟飞绝，万径人踪灭。”山以千计，径以万数，诗人以巨大的数目，勾勒出浩渺苍茫的背景，这个背景似乎能延伸到整个宇宙空间，惊人醒目。“鸟飞绝”“人踪灭”，以飞鸟人踪的绝灭，来反衬万物沉寂，使得背景苍茫远阔，更加死寂清寒。

远景的描写越是荒绝严酷，越能凸显近景的孤傲不屈。“孤舟蓑笠翁，独钓寒江雪。”在如此阔大的环境里，一叶孤舟，一套蓑笠，一柄渔竿，这位苍迈孤独的老翁就能泰然稳坐于这冰天雪地之间。诗人孤高不折，坚忍不拔的气概兀然而出。

在这幅雪景独钓图中，只有静态描写。老翁的姿态十分简单，只是静坐垂钓而已，然而这个动作泰然得仿如凝固。“孤舟”中的“蓑笠翁”，如同一尊雕塑，不仅垂钓于诗中清绝的江雪里，亦是“垂钓”于柳宗元时代严酷的政治环境中，并成为整个历史长河中的一道风景。渔翁的凛然之气，成为所有不畏艰险、傲然屹立精神的写照。

贾岛：只在此山中，云深不知处。

诗人名片

生卒年月：公元 779 年—公元 843 年

字号：字阆仙，号无本，自号“碣石山人”

代表作：幽州范阳县（今河北省涿州市）

诗人小传：贾岛曾写诗自伤，后蒙韩愈指导，诗文大为精进，遂还俗但屡试不第。文宗时，遭贬长江主簿，会昌初，举迁普州司户，最终病逝于上任途中。其诗作善雕琢，多凄苦，曾自言“两句三年得，一吟双泪流”。贾岛为人孤僻，曾被当世人称为“诗囚”或“诗奴”，一生共有三百七十多首诗存世，结集成册，有《长江集》十卷。《全唐诗》录其诗四卷。

寻隐者不遇

松下[①]问童子，言师采药去。

只在此山中，云深[②]不知处。

【注释】

① 松下：在松树下。

② 云深：指云雾弥漫山间。

【赏析】

贾岛生活在唐朝中后期，当时朝廷腐朽不堪，藩镇割据，社会满目疮痍，民不聊生。在这种情况下，很多名士都寄情山水，于自然间追求解脱。贾岛更曾有僧人的经历，后来又在政治上经历了诸多坎坷，对朝廷丧失希望，因此他的诗歌中极少反映政治现实，反以抒发怀旧送别之情的诗作为甚。此处的《寻隐者不遇》是他的代表诗歌，也是后人流传最广的诗歌之一。一首短诗尽显其诗歌写作的娴熟技巧，也将诗人当时的心态描摹得淋漓尽致。

整首诗以问答的形式展开，一问三答，在诗人与童子的对话中，清晰地表现出了诗人渴望隐逸、追求自然的思想感情。首联“松下问童子”是诗人在寻找隐者一圈后而不得时，对一位松树下的童子发问。“松下”表面看来只是对真实景物的描写，可是究其内质，却别有意味。古人素来以松、竹、梅为“岁寒三友”，赞美其桀骜孤高、不与世俗同流的品质，诗人在这里用“松”字既表现了这位隐士的生活环境，同时也折射出了这位隐士与世隔绝、不问俗世的高洁品质。

接下来三句是童子的回答，一答“言师采药去”，师父去采药了，这里的“药”也是一个重要的意象。在封建社会，很多君王、士大夫都希望能长生不老、延年益寿，因此古时候炼药、炼丹是宫廷生活中不可缺少的重要组成部分，可是在本诗中，隐士采药却别有味道。既是隐士，应是不在乎外物，不在乎生死的士人，那么他采药自然不为求长生不老。所以，于隐士而言，采药体现出他为他人谋取健康，为自己锻炼筋骨的意思。

随后，童子继续回答道“只在此山中，云深不知处”，只知道师父在这个山里面，那里云雾缭绕，我也不知道他具体在什么位置。这两句采用了情景交融的手法，寥寥几笔勾勒出一幅云雾弥漫，山影缭远的画面。这两句诗虚实相间，既是对景象的虚实交杂，隐士真的是在此山中，但是具体位置虚幻“不知处”；同时也是对诗人情感的虚实影射，诗人真的没有寻到隐士，但是诗人对隐士的隐居生活又有一份向往和追求。

贾岛作诗，素来以“苦吟”著称，苏轼也曾说过“郊寒岛瘦”，以一个“瘦”字来暗喻贾岛诗歌“清真僻苦”、晦涩难懂，但是本诗却是特例，全诗流畅自然，看似没有丝毫苦吟斟酌之痕迹，其间却又隐隐透着诗人对自然的刻意苦吟，也是虚实难辨，扑朔迷离。全诗是诗人“寻隐士不遇”后与隐士之徒的对话，简洁的语言中有着诗人未寻到隐士的遗憾怅惘之情，内在寓意中还透着一丝诗人对自由、随性的隐居生活的渴慕，诗句简单、内涵丰富，是唐诗中的名作。

题李凝幽居

闲居①少邻并，草径入荒园。
鸟宿池边树，僧敲②月下门。
过桥分野色，移石动云根。
暂去还来此，幽期不负言。

【注释】

① 闲居：指僻静，少有人居住的隐士住所。

② 敲：动作，代替推。

【赏析】

荒园草径、树上宿鸟、月下门庭、野外石桥，无一不是寻常景物，但在诗人的巧妙连缀下，却有了醇厚的意味，以上皆是贾岛于夜晚探访友人而不遇的过程中所见景色。全诗平白直抒，于生活琐事间尽显诗味，其中“鸟宿池边树，僧敲月下门”一句更是流传于世，并让贾岛获得了“苦吟诗人”的称号。

“闲居少邻并，草径入荒园。”这两句说的是：友人李凝居住的地方十分僻静，周围很少有邻居共住，一条满布杂草的小路一直通向荒芜的园林中。“少邻”“草径”和“荒园”都预示了李凝处所的偏僻和荒凉，间接指出了李凝的隐士身份。

“鸟宿池边树，僧敲月下门。”这两句是千古名句，意思是：鸟儿栖息在池塘边的树上，不时发出几声啼叫，一位僧人在月夜里敲击着一扇门扉。这里的“僧”即是诗人自己，当时诗人尚未还俗，“门”则指友人李凝的家门。一个“敲”字既是动态的动作，又有唯恐惊扰周围宁静氛围之意。一个“敲”字让诗句顿生意境，诗人用简简单单的十个字呈现了一幅人、景、物俱全的生动画面。

为了能表现出动静皆宜的感觉，诗人可谓煞费苦心，对“敲”字的选择背后还有一则故事。

一天，贾岛骑驴行在街上，忽而灵感袭来，脑中有了“鸟宿池边树，僧推月下门”的诗句。细细咂摸之后，他又觉得欠些味道，又想以“敲”字替代“推”字。究竟选何字入诗，这让诗人贾岛非常矛盾，一直踟蹰难定，甚至忘记此时正在街上，结果无意中冲撞了京兆尹韩愈的仪仗队。贾岛被兵士抓到韩愈面前，韩愈问他莽撞闯入仪仗队的原因，贾岛就把前因后果道了出来。韩愈听后非但没有指责他，沉思一番后说道：“作‘敲’字佳矣。”由此，“推敲”之争尘埃落定，贾岛和韩愈也因此成为朋友。

“过桥分野色，移石动云根。”这两句诗意是：走过小桥，清楚地看到野外的景色，清风吹拂，云彩随之拂动，而云彩投射在石头上的影子也在晃动，好似是石头在移动似的。诗人通过细致的观察，发现了云彩、石头和轻风之间微妙的关系，描绘了一幅月朗风轻、万物复苏的图景。

“暂去还来此，幽期不负言。”这两句是说：现在我暂且先离开吧，但是我还是会回到这里的，我既与李凝约定了，就决不能做个失约之人。这两句诗表现出诗人对承诺的坚守。再者，李凝是一位隐士，诗人来此与他订立约定，其间也暗含着诗人对隐士生活的向往和渴求。

贾岛字斟句酌，用笔精练，寥寥数句摹画出一幅人景合一的长卷。该诗构思精巧，遣词造句间尽显作者认真钻研的精神、刻苦负责的品质，极好地体现了“清真僻苦”的诗风；同时，在走访李凝而不遇的简单故事里，还寄寓着诗人对无拘无束的隐士生活的向往和追求。

元稹：曾经沧海难为水，除却巫山不是云。

诗人名片

生卒年月：公元 779 年—公元 831 年

字号：字微之，别字威明

祖籍：河南洛阳人

代表作：《离思》等

诗人小传：北魏皇族拓跋氏后裔。十五岁明经及第，二十四岁以书判拔萃科登第，先后任秘书省校书郎、左拾遗、监察御史等职。后因多次弹劾地方大吏，被贬为江陵士曹参军，后徙通州司马。随后又因诗文得到唐穆宗赏识，长庆二年（822）拜官同中书门下平章事。五十三岁卒，赠尚书右仆射。

元稹和白居易关系密切，常被人并举，当时言诗者称其“元白”，其诗为“元白体”。元稹是新乐府运动积极的倡导者，其诗作或“寓意古题，刺美见事”，或直接揭露社会黑暗，有强烈的现实意义，结集为《元氏长庆集》。《全唐诗》录其诗二十八卷。

离思

曾经沧海难为水，除却巫山不是云。

取次花[1]丛懒回顾，半缘修道半缘君。

【注释】

① 花：实指花朵，也有对女色的隐喻，以花写人。

【赏析】

此诗为诗人元稹悼念亡妻韦丛的组诗《离思五首》中的第四首，也是其中流传最广，最为人称道的一首，尤其“曾经沧海难为水，除却巫山不是云”两句令无数后人为之动容，潸然泪下。

“曾经沧海难为水，除却巫山不是云。”这两句是说：在看到过苍茫广袤的沧海后，其他地方的水都很难再吸引我；亲历了云霞峥嵘的巫山后，其他地方的云都黯然失色，难以负载云之称号了。诗人巧妙地利用景物来表情，以“沧海”和“巫山”承载自己对亡妻的深深思念，言外之意是，除了妻子，世间任何其他女子都无出其右。这两句以实写虚，既形象可感，又贴切自然。其中“巫山云”是借用的宋玉《高唐赋》中“巫山云雨”的典故，以神女来指代妻子，既赞其圣洁美好，又有虚无缥缈的况味。

开篇两句以物写情，用沧海之水和巫山之云来隐喻诗人对妻子深厚的感情，表现出诗人的痴情，也从侧面表现出诗人与妻子的感情之深。

接下来由景及人，“取次花丛懒回顾，半缘修道半缘君。”这两句可直译为：我在花丛中任意穿行，但是懒于回头，而这一半是因为我潜心修道，一半则是因为你。“花”既可是对花朵的实指，但也有对女色的隐喻，以花写人，诗人“取次花丛懒回顾”，是指他在花丛中不想回顾看花，暗指妻子死后，自己对其他女子没有了兴趣。而这一切，都源自“修道”和“君”，“修道”有股看破红尘的意味，诗人年纪轻轻，何至如此？归根结底还是“缘君”，还是因为失去了妻子，失去了爱人，这让他备感孤独寂寥，才会转而“修道”，进而“取次花丛懒回顾”。

前三句描写的是诗人在妻子去世后的各种表现和感受，而最后一句画龙点睛，直击主题，揭示了产生这些表现的原因。各句之间衔接自然，布局紧凑。整首诗最显著的特色在于对比喻修辞的巧妙运用，以沧海水、巫山云、花丛花作喻，表达出诗人对妻子浓浓的怀念之情，曲婉深沉，张弛有度。全诗语朴情真，淡淡怆然，感情基调伤而不俗，浓而不腻，堪称悼亡诗中的巅峰之作。

行宫

寥落古行宫①，宫花寂寞红。
白头宫女在，闲坐说②玄宗。

【注释】

① 行宫：指皇帝出行居住的宫殿。

② 说：指娓娓道出。

【赏析】

元稹和白居易往来密切，乃诗坛挚友，两人常常一起赋诗，共同倡导新乐府运动，并称“元白”。元稹这首《行宫》就是为呼应白居易的《上阳白发人》而作，两首诗交相映照，通过白发宫女的遭际，讲述了唐代自天宝末年起近半个世纪的兴衰变迁。

“寥落古行宫”，“行宫”指天子出行时居住的宫室，是皇帝在京城之外的宫殿，此句中的“古行宫”指洛阳行宫上阳宫。首句对上阳宫的全貌进行了缩影式的描写，“寥落”二字尽显了其破败和衰落。

“宫花寂寞红”，宫中的花朵在“寥落”的宫中“寂寞”地绽放着，无人问津。本句中的“红”字值得玩味。“宫花”虽然“寂寞”，仍然独自“红”着，似乎努力想呈现出繁荣绽放的景象。这样一种热烈而奔放的“红”，却被放置在以“寂寞”为主调的行宫里，诗人的反讽之意含蓄而尖锐。诗人采用了以乐情写哀情的手法，并埋下伏笔，用花“红”来反衬后文的人“闲”，于繁华中浸润着深刻的凄凉，于红艳中反衬着寂寥的沧桑，并且能引导读者展开想象：如果连古行宫中“红”的花朵都这样孤单、凄凉，生活在里面的人又是怎样一种状态呢？

“白头宫女在，闲坐说玄宗。”“白头宫女”就是白居易在《上阳白发人》中着力表现的“白发人”，也就是于天宝末年被遣送到上阳宫的宫女们。她们孤独地在这里慢慢老去，一待就是四十余年。由于不能离开，失去自由的宫女们只能无聊地坐在冷清的行宫中，闲聊玄宗时代的往事。

全诗仅二十字，清楚地交代了时间、地点、人物和事件。“宫花”“红”说明时间大致是在春天，地点是“古行宫”，人物是“白头宫女”，事件是“说玄宗”。所有元素相互连缀，即构成了一幅完整的画面：在春日凄清的行宫中，一群无聊的宫女们，你一言我一语地正在闲聊昔日旧事，她们闲聊的内容，可能有风起云涌的军国大事，也有缠绵悱恻的爱恨情仇，不过，这一切都如昔日繁华鼎盛的汉阳宫，早已成了过眼云烟。

本诗的诗眼在“说”字。一方面，这些“白头宫女”是时代的见证者和经历者，她们把自己的经历娓娓道出，就能展现出一个时代的缩影；另一方面，她们是当时地位卑贱的宫女，且是皇帝不常来的行宫中的宫女，对于玄宗的了解相当有限，又因没有自由，长期与世隔绝，可能连“今夕是何夕”都不甚清楚，她们能说的内容本应十分贫乏。恰恰是这种悖论式的存在，扩展了此诗的语境，给读者更多揣摩、玩味的空间。

诗人未作任何价值引导和情感抒发，只用零星的几个词语的组合，就渲染出了社会变迁、昔盛今衰的气象，进而慨叹沧桑巨变中人的无奈和悲哀。此诗秉承了元稹一贯的传统，寓情于景，情景交融，在清冷的画面里，融入了时事的变迁感与个人浓重的悲哀，读来一览无遗，品之内蕴深厚。

李贺：衰兰送客咸阳道，天若有情天亦老。

诗人名片

生卒年月：约公元 791 年—公元 817 年

字号：字长吉

祖籍：陇西（今甘肃省陇西县）

代表作：《金铜仙人辞汉歌　并序》等

诗人小传：因祖籍陇西，故自称“陇西长吉”。李贺是中唐时期浪漫主义诗人的代表，他的诗熔楚辞浪漫主义情怀、汉魏六朝乐府及齐梁宫体为一炉，加之大胆而丰富的想象力，创造出独具一格的诗风，被称为“鬼才”。李贺一生命运多舛，出身落魄贵族之家，虽聪颖过人，诗名远播，但仕途坎坷，年仅二十七岁便郁郁而终。有《昌谷集》传世。

金铜仙人①辞汉歌　并序

魏明帝②青龙元年九月③，诏宫官牵车西取汉孝武捧露盘仙人，欲立置前殿。宫官既拆盘，仙人临载，乃潸然泪下。唐诸王孙④李长吉遂作《金铜仙人辞汉歌》。

茂陵刘郎秋风客⑤，　夜闻马嘶晓无迹。
画栏桂树悬秋香，　三十六宫⑥土花⑦碧。
魏官牵车指千里，　东关⑧酸风射眸子。
空将汉月出宫门，　忆君清泪如铅水。
衰兰送客咸阳道⑨，　天若有情天亦老。
携盘独出月荒凉，　渭城已远波声小。

【注释】

① 金铜仙人：汉武帝刘彻听信方士之言，在建章宫造神明台，上有金铜仙人，手托巨盘，承接空中露水。

② 魏明帝：曹睿，曹操的孙子。

③ 青龙元年：亦有本作“青龙八年”。据南朝裴松之考证，这两种说法都不正确。魏明帝搬拆金铜仙人的时间当为景初元年四月，即公元 237 年。

④ 唐诸王孙：因李贺是唐大郑王李亮的后代，故自称唐诸王孙。

⑤ 刘郎秋风客：指汉武帝刘彻。他写过《秋风辞》，故称。

⑥ 三十六宫：指汉朝长安上林苑的三十六所离宫别馆，此处泛指长安的宫殿。

⑦ 土花：苔藓。

⑧ 东关：指长安东门外。

⑨ 咸阳道：咸阳故城位于长安西北，是秦国的都城。咸阳道指长安城外的道路。

【赏析】

《金铜仙人辞汉歌并序》一诗充分显示了李贺诗作联想丰富，遣词造句精心锤炼的特点，是其代表作之一。

魏明帝青龙元年八月，皇帝下诏，欲将汉武帝刘彻建造在汉宫神明台上的金铜仙人迁至洛阳。诗人借此段历史情节以及“金狄或泣”的传说，看似是仙人在倾诉对刘汉王朝衰亡的心痛，实则是诗人在倾诉对唐王朝日渐没落这一现实的担忧。

全诗共十二句，分为三个部分。

前四句以仙人的视角，用简洁的言语描述了汉宫的变迁。昔日威风凛凛的汉武帝早已似落叶被秋风带走般逝去，时间是如此转瞬即逝，夜里听到嘶叫的马儿在拂晓时便已到达天迹。画栏中的桂树繁花盛开，香气袭人，而三十六宫早已荒凉破败，满地青苔。诗人巧妙地运用拟人、夸张、对比的手法，烘托出一种悲凉景致，感叹韶华易逝。

五到八句为第二部分，描写仙人离开汉宫时凄婉的感受。魏官将仙人拆离汉宫运往洛阳，这一去路途遥远，恰逢寒风凛凛的季节，风如枪箭般吹得仙人眼眸发酸。离去时看到那熟悉的明月，回忆往昔，不禁潸然泪下。

最后四句描写出城后，仙人在去洛阳途中的悲凉感受。咸阳道旁送客的只有枯萎的兰花。兰花的枯萎不仅是由于秋风的摧残，更是情之使然。如若有情之物皆会老去，那亘古不变的苍天若是有情也照样会衰老。在荒凉的月色中，仙人手捧巨盘只身离去，渐行渐远，传入耳中的渭城河水的流淌声越来越小了。尾联营造出绵延不绝的凄凉、孤寂感，把仙人恋恋不舍的悲凉心境表达得淋漓尽致。

朱自清在《李贺年谱》中推断该诗大约作于元和八年（813）。当时李贺因病辞官前往洛阳，途中他兴感唐王朝藩镇叛乱不断，边陲烽烟四起，民不聊生，满目疮痍的社会实景，再联想自己仕途的坎坷，“百感交并，故作非非想，寄其悲于金铜仙人耳”。

诗人以拟人的手法赋予铜人生命和情感，大胆而富有创想地描写了金铜仙人在被搬离汉宫过程中所看到的种种凄凉景象以及所产生的依依不舍的悲伤心情。遣词造句形象生动：“秋风客”喻指落叶，比喻巧妙；“酸”和“射”二字巧妙地将客观的酸风与主观的眸子联系起来，不仅描写出寒风的凛冽，也映射铜人内心的酸楚，更为后文的“清泪如铅水”埋下伏笔。诗中的“铅水”将拟人化的铜人又物化还原。铅水是铜铸的仙人悲痛至极而流下的泪水，这泪水沉重且落地有声，悲伤之情溢于言表；“衰”字既描绘了兰花的外形同时更表达了一种愁苦的情感；被司马光称为“奇绝无对”的“天若有情天亦老”一句，更展现了诗人设想的大胆狂野、无拘无束，因而广为流传。

雁门太守行

黑云压城城欲摧，甲光①向日金鳞②开。
角③声满天秋色里，塞上燕脂凝夜紫。
半卷红旗临易水④，霜重鼓寒声不起。
报君黄金台上意，提携玉龙⑤为君死。

【注释】

① 甲光：铠甲迎着太阳发出的闪光。

② 金鳞：本处指铠甲闪闪发光，如同金色鱼鳞。

③ 角：古代军乐器，亦是军中号角，多用兽角制成。

④ 易水：河名，源出今河北省易县，大清河上源支流。

⑤ 玉龙：指一种珍贵的宝剑，这里代指剑。

【赏析】

《雁门太守行》是一首描写战争场面的乐府旧题诗，全诗共展现了三个场景。

第一个场景“黑云压城城欲摧，甲光向日金鳞开”，写的是兵临城下，敌军好似乌云压近，整座城似乎要被摧垮。本联中的“黑云压城”与“甲光向日”是两对矛盾的意象，北宋王安石曾经质疑此句：“是儿言不相副，方黑云如此，安得耀日之甲光也？”诗歌所反映的是诗人对外在世界的心理感受，加之李贺诗歌一向具有浓重的浪漫主义色彩，因此这两句中的矛盾意象自然不能简单地用自然界规律来解释。

“黑云”的运用，是为渲染敌军围城时的紧张气氛与危急的形势。“甲光”句，实是为了凸显唐朝战士的高昂士气。面对来势汹汹的敌人，战士们身披铠甲，列队整齐。铠甲反射着太阳的光辉，道道金光突破“黑云”。这里正是借着日光与金鳞来凸显唐军队的阵营与战士的豪情。

开篇两句既写景，又写事，在读者面前展开了一幅开阔的战前画卷。“角声满天秋色里，塞上燕脂凝夜紫”则描写战争的规模与战斗的激烈。这是本诗的第二个场景。

“角声”即“号角声”，一般在黄昏鸣响。“角声满天秋色里”意即号角的声音响彻秋日的天空。本句为无声的画面加入了激昂的音符，于是，第一联所表现的静态画面到此流动起来。正如宋代刘辰翁对此句的点评：“有此一语，方畅。”“塞上燕脂凝夜紫”则从色彩方面渲染战斗的惨烈。“夜”字点明这场战斗从黄昏开始，一直打到深夜。战斗中，塞上的泥土被鲜血染成了胭脂般鲜红，这红色在夜色中浓艳如紫。整句读来，一股凝重的气息扑面而来。

“半卷红旗临易水，霜重鼓寒声不起”是本诗的第三个场景：驰援部队在夜行军。“半卷红旗”为的是不惊动敌军，出其不意。“易水”暗含“风萧萧兮易水寒，壮士一去兮不复返”的悲壮。战士们一到前线即刻投入战斗，此时，虽已擂动战鼓，但却因秋霜浓重，战鼓“声不起”。此联意境苍凉凝重。

最后一联“报君黄金台上意，提携玉龙为君死”，以抒情为全诗做结。

相传战国时期燕昭王为招揽天下贤士，在今天河南易县东南修筑了一座高台，并在上面放了大量黄金，诗中“黄金台”即为此。“玉龙”在古代指宝剑。此联意为，将士们为报答国君，手持宝剑奋勇杀敌，决心誓死为国。李贺在最后并没有交代战争的结果，而是以死做结，“结得决绝险劲”（清诗人黎简语）。这种留白也为读者留下了想象空间。

通观全诗，李贺在造境上可谓奇诡。这种奇诡来自他在诗中运用的浓艳色彩。如首联用黑色与金色，刻画战事之紧张与将士之豪情；而在描写战斗的惨烈时，他运用了胭脂色与紫色两种艳丽的色彩；在最后表明将士誓死决心时，李贺则用玉色突出其苍凉之感。无论哪一种颜色，用在一篇描写悲壮战斗的诗中都显得过于鲜亮，然而李贺却将这些颜色运用于浑融。这些斑驳的色彩准确描绘了战场上的风云变幻，读来给人以瑰丽之感，同时令全诗画面感更加突出，意境更加鲜明。

李凭箜篌引

吴丝蜀桐张高秋，空山凝云颓不流。
江娥啼竹素女愁，李凭中国①弹箜篌。
昆山玉碎凤凰叫，芙蓉泣露香兰笑。
十二门②前融冷光，二十三丝动紫皇。
女娲炼石补天处，石破天惊逗秋雨。
梦入神山教神妪，老鱼跳波瘦蛟舞。
吴质不眠倚桂树，露脚斜飞湿寒兔。

【注释】

① 中国：即国之中央，意谓京城。

② 十二门：长安城东西南北四面各有三道城门。

【赏析】

箜篌也称“坎侯”或“空侯”，是一种十分古老的弹弦乐器。在古代，它多用于宫廷雅乐中，后来也在民间流传。唐人的箜篌演奏达到了极高水平。本篇诗题中的“李凭”便是一位善弹箜篌的梨园子弟。

李凭的箜篌弹奏技艺精湛，以至“天子一日一回见，王侯将相立马迎”。当时很多人都描写过李凭的箜篌演奏，但李贺的这首诗意象出奇，意境奇幻，在所有描写李凭演奏的诗作中脱颖而出。清代方扶南在他的《李长吉诗集批注》中，将李贺的这首诗与白居易的《琵琶行》、韩愈的《听颖师弹琴》并推。他说“白香山‘江上琵琶’，韩退之‘颖师琴’，李长吉‘李凭箜篌’，皆摹写声音至文。韩足以惊天，李足以泣鬼，白足以移人”。

《李凭箜篌引》全诗共十四句，每句七言。在用韵上，李贺每一句都用韵，其中四次换韵，因此全诗也有了节奏起伏，而李凭乐声的情绪变化也在这种节奏变化中得到了展现。据此，我们可将诗歌分作三段。

开篇四句“吴丝蜀桐张高秋，空山凝云颓不流。江娥啼竹素女愁，李凭中国弹箜篌”为第一段。

第一句“吴丝蜀桐张高秋”直入主题。“吴丝蜀桐”说明这次演奏中所用的箜篌由吴地的丝弦和蜀地的桐木制成，质地精良。诗人开篇便突出乐器的精良，也为音乐的高雅情调奠定了基础。

“高秋”二字点明了这次弹奏是在天高气爽的九月深秋。“高”字用得极妙，它在点明时间的同时也铺展开了一幅高远澄明的画面。因此如果将“高”字换作“深”或“暮”字，虽然也能表达时间，但在意境上却不如“高”字。

第二句“空山凝云颓不流”，化用了《列子·汤问篇》里“秦青抚节悲歌，声振林木，响遏行云”的典故，写出了李凭箜篌之声的绝妙境界：当乐声一起，空旷山野上的浮云都被吸引，颓然凝滞，仿佛正凝神倾听这天籁之声。“颓”字与前句中的“张”字，构成了一组对比。“张”字形容的是李凭开始弹奏，丝弦张开，乐声饱满，直上云天，气势非凡，而天边流云在刹那间被这美妙的琴声击中，因此“凝”“颓”，情态生动。

第三句“江娥啼竹素女愁”从侧面描写琴声所表达的情绪“愁”。“江娥”是中国上古帝王舜的妃子，亦称“湘夫人”；“素女”是古代传说中擅长鼓瑟的神女。那幽咽低回的琴声仿佛能牵起湘夫人与素女的愁情。用这两位神话中的人物做衬托，诗人再次渲染了琴声的感染力。

李贺在这三句中并没有对“李凭弹箜篌”这件事情进行直接的叙述。他从一把质地精良的琴落笔，接着烘托琴声的高妙，并在其中穿插着时间。

本段第四句“李凭中国弹箜篌”中，李贺才点出人物与地点。这种叙事手法是李贺的巧妙安排，他并没有因循传统人物——时间——地点的写法，而是从琴声入手，描摹琴声带给人的震撼，最后才点出人物与地点，达到了先声夺人的效果。开篇即显不同凡响。

“昆山玉碎凤凰叫，芙蓉泣露香兰笑。十二门前融冷光，二十三丝动紫皇”四句为全诗的第二段。本段是对李凭箜篌之声所达到的音色与境界的描写。

“昆山”在中国古代被称为“群玉之山”。“昆山玉碎”便是乐声乍起，箜篌众弦齐开，琴声嘈嘈切切，激越起伏。此时的音乐带着山崩地坼的压倒性气势。而“凤凰叫”三字，却将琴声转入了另一境界。“凤凰”是传说中的神鸟。《韩诗外传》中说，凤凰的鸣叫，“其声若箫”，如怨如慕，因此，“凤凰叫”三字，生动地表达了琴声的哀婉动人。此时的音乐弥漫着哀婉的情绪。

“玉碎，状其声之清脆；凤叫，状其声之和缓。”（王琦《李贺诗歌集注》）从“昆山玉碎”到“凤凰叫”，李贺在一句之中运用两种意象间的转换，“以声写声”，将琴声的高低起伏，强弱相间，表达得淋漓尽致，同时也令抽象的音乐具有了形态一般，动态十足。

“芙蓉泣露香兰笑”同样是对音乐的描写，但此句与上句不同，乃是“以形状声”。王琦点评此句时说：“蓉泣，状其声之惨淡。兰笑，状其声之冶丽。”这种描写方式令无形的音乐更具形象感：乐声到悲抑处，人们仿佛看见朵朵残荷挂着露珠；乐声到欢愉处，人们又仿佛能见到盛开的兰花笑靥般的花盘。如果说“昆山”句是对音乐声调变化的描写，那么此句就是对音乐情调转折的渲染，从“芙蓉泣”到“香兰笑”将音乐的悲喜转换诉诸视觉，形神兼备，极富表现力。

在“香兰笑”的欢愉之后，琴声的情绪再一次转向，此次为清冷，因此诗人写道：“十二门前融冷光。”

“十二门”指的是古长安城的十二座城门，在这里诗人用十二门指代整座长安城。“十二门前融冷光”，意即整座长安城的清冷之气似乎都消融在李凭的琴声中。“融”字巧妙地传达了音乐的感染力与渗透力，通过它李贺将整个长安城都沉浸在李凭的箜篌声中的不可名状之境传达得生动而富于情致。清空之下，除了李凭的箜篌之声回荡外，再无其他。

一句“二十三丝动紫皇”竟将全诗的意境载体从人间写到了天上。李凭的琴声，不仅感动了人间，还上达天界，感动了“紫皇”。这一实一虚间的过渡，也将全诗的意境扩大到了无限的宇宙。

最后六句为诗篇第三段。从这里开始，李凭的音乐进入了高潮。乐曲穿透云霄，直达天庭，连女娲补天用的五色石都被乐音震撼，一时间，石破天惊，秋雨倾泻而下；当神山上的神妪听到李凭的箜篌声后，竟然想让李凭传授他弹箜篌的绝技；而那衰老瘦弱的蛟龙听到乐音，也开始追波逐浪，翩翩起舞。月宫里，吴刚倚在桂花树下，倾听这美妙的音乐，一夜未眠。他脚面下的玉兔也陶醉在这乐声中，以至于露水打湿了它的身体，也浑然不觉。

李凭弹奏的乐曲就在这样阔壮美的时候结束，李贺的诗也结束在缥缈梦幻的意境中，但读者仿佛还没有从诗人营造的氛围中走出，仍在咀嚼乐曲与诗境的余味。

李贺自始至终都没有正面描写音乐的悠扬动人，而是用各种意象，从侧面进行烘托、渲染。如“老鱼跳波瘦蛟舞”明为写老鱼与瘦蛟，实际是对音乐产生效果的形容。本来衰老乏力的鱼龙，听了李凭的音乐，却能腾舞，可见其音乐感物至深。这种侧面的描写不但没有削弱诗篇对音乐的表现，反而令音乐的形象更加丰满，浮出纸面。

本诗最大的出彩处，即在于李贺避开了难以形状的箜篌之声，而是从各种具体意象着笔，以实写虚，极富表现力。

李贺在创作时的主要特点即想象出奇。他从人间写到天庭，再写到神山、月宫，运用了一系列非现实的意象。尤其是最后一段，一系列神仙、神话意象的排列，令人产生李凭不在人间演奏的错觉。在诗人想象翅膀的带领下，读者如进入梦幻瑰丽的世界中，其想象可谓大胆。也因此，诗中充满了浪漫主义色彩。

但这种浪漫的想象也有其短处，何其芳先生在《诗歌欣赏》中对李贺的想象力做了这样的评价：“从《李凭箜篌引》也可以看出李贺的诗的艺术上的弱点。有许多警句，许多奇特的想象，然而连贯起来，却好像并不能构成一个很完整很和谐的统一体。那些想象忽然从这里跳到那里，读者不容易追踪。过去有些人批评他的诗有些怪，无天真自然之趣，是有道理的。”

除了想象出奇，李贺在诗歌创作过程中，其遣词用句也锐感尽显。如他用“冷光”“紫皇”“玉”“芙蓉”，“补天石”等语汇，尽显其高贵富艳，而“碎”“叫”“泣”“笑”“融”“逗”等一系列动词的使用则将人们的视觉感受与听觉感受进行复合，诗文的表现力由此得到极大彰显。

虽然李贺在诗中想象夸张，用词奇险，但所表达的却是他对音乐的真实感受。他没有正面抒发这些感受，而是随着音乐声调与情绪的高低起伏，通过一系列意象的叠加来实现。如“昆山”的激越、“凤凰”的哀婉、“芙蓉”的悲伤；“冷光”的凄冷，“秋雨”的忧愁，此外，“啼”“愁”“碎”“泣”“冷”“破”“湿”“寒”

等情感类词语更是渲染了乐曲悲伤基调。诗人也没有漏下音乐中表达出的稍纵即逝的欢快情绪，即“香兰笑”。

全诗意象无一不是诗人对音乐的感受与评价，也正是这种表现手法，令诗歌的外在意象与诗人的内在情思达到完美的统一，提升了全诗的艺术审美价值。

李贺二十七岁便去世，人生阅历不够丰富，音乐修养也未达白居易与韩愈的境界，因此他的这篇《李凭箜篌引》与同题材的白、韩二人诗作相比，“缺少像韩白二人那种琴是琴、琵琶是琵琶，界线分明的乐感”（郭扬《唐诗学引论》），但也许正是这种“残缺”给了李贺的诗另一种别致的风貌。

苏小小墓

幽兰露，如啼眼。
无物结同心，烟花不堪剪。
草如茵，松如盖，
风为裳，水为珮。
油壁车，夕相待。
冷翠烛，劳光彩。
西陵[①]下，风吹雨。

【注释】

① 西陵：位于杭州钱塘江以西。

【赏析】

据说苏小小是“南齐时钱塘名妓。貌绝青楼，才空士类，当时莫不艳称。以年少早卒，葬于西泠之坞”（张岱《西湖梦寻》）。历代诗人都曾吟咏过苏小小墓，李贺也是其中之一。

“幽兰露，如啼眼。”意思是那带露的幽兰仿佛苏小小含泪的眼。此句以景开篇，运用“兴”的手法由景入人。“幽”和“啼”为全诗定下了哀怨的情感基调。“幽”字与诗题“墓”字相扣，营造了凄冷的鬼魂活动环境。

“无物结同心，烟花不堪剪”则是对苏小小内心世界的描写。这两句不仅承接了上文的哀怨情绪，而且更深一步揭示了苏小小满腔愁怨的内在根源。苏小小生前曾有相恋的爱人，她的愿望是“我乘油壁车，郎乘青骢马。何处结同心，西陵松柏下”（古乐府《苏小小歌》）。但美好的东西总是易逝，如同凄迷的烟花无法剪来相赠一般。苏小小香消玉殒，再没“结同心”的可能。

“草如茵，松如盖，风为裳，水为珮。油壁车，夕相待。”这几句写苏小小的服饰与用度，与前文的“无物结同心”相呼应：如今苏小小绿草为茵褥，青松做伞盖，清风为裳，流水当珮。她已化作一缕轻魂，非人间之物。虽然西陵松柏下的油壁车仍整日等待苏小小与爱人，但再也不会有人来到这里“结同心”。“待”字道尽了物是人非的凄凉。

最后四句“冷翠烛，劳光彩。西陵下，风吹雨”描绘风雨西陵的愁惨景象。王琦注解：“翠烛，鬼火也，有光而无焰，故曰冷翠烛。”凄风苦雨中，淡绿的鬼火发出冰冷的光，就连这光也不过是陡费光彩而已，因为人已逝，所有的希望也都随之破灭，一切都化为虚无。这四句将前文中营造的凄凉情绪推向了高潮，烘托了人物内心的无限孤寂。

李贺在诗中运用了幽兰、啼眼、烟花、草、松、风、水、油壁车、翠烛、西陵、风雨等意象。李贺将这些简单的意象情感化，每写一景，便是写一情。于是，景、情、人三者巧妙地融合在一起，读者见景如见人，观景即是读情。

唐咏苏小小墓者众多，如罗隐有《苏小小墓》，张祜有《苏小小歌》，白居易《杨柳枝词八首》中亦有“若解多情寻小小，绿杨深处是苏家”之语。这些诗或对苏小小的遭遇表示同情，或仅将苏小小作为兴怀的媒介，只有李贺的《苏小小墓》真正触及了苏小小的内心世界，因此读来最为动人。

李贺之所以能达到其他诗人所不能达的境界，也因其内心感受与苏小小有几分相似。苏小小痴守着爱情，终化春梦一场。李贺一心入仕，却因“犯讳”而落空。诗中苏小小墓前的阴惨与凄冷，正如李贺所感受到的冰冷现实，同时也是李贺内心凄苦，对人世失望的折射。于是，鬼境与现实在李贺笔下得到了统一。

梦天①

老兔寒蟾②泣天色，云楼半开壁斜白。
玉轮轧露湿团光，鸾佩③相逢桂香陌。
黄尘清水三山④下，更变千年如走马。
遥望齐州⑤九点烟，一泓海水杯中泻。

【注释】

① 梦天：即在梦中游天上。

② 老兔寒蟾：神话中有玉兔与蟾蜍住在月宫中，此处用于指代月亮。

③ 鸾佩：雕刻着鸾凤的玉佩，此代指仙女。

④ 三山：指海上的三座神山蓬莱、方丈、瀛洲。

⑤ 齐州：《尚书·禹贡》中称中国有九州。齐州即中国。

【赏析】

李贺的诗作一向以想象出奇著称，其诗中的意象大多为神仙鬼怪，这首《梦天》便是代表。诗题中的“梦”字说明诗中场景或是诗人梦境。李贺在这首诗里将想象力发挥到极致，为我们打造了一个浪漫仙境。全诗充满了浪漫主义的瑰丽想象，意境怪谲。这正是李贺诗的特点所在。

前四句“老兔寒蟾泣天色，云楼半开壁斜白。玉轮轧露湿团光，鸾佩相逢桂香陌”，写月宫之景。

“老兔寒蟾”指月亮。中国古代神话中提到，月亮中有白兔捣药。汉乐府《董逃行》有“白兔捣药长跪虾蟆丸”，晋傅玄《拟天问》中亦有“月中何有？白兔捣药”之语。除了白兔外，月宫中亦有蟾居住，因此古人也称月亮为“冰蟾”，如唐代刘禹锡在《和汴州令狐相公到镇改月偶书所怀二十二韵》中写道：“管弦喧夜景，灯烛掩寒蟾。”首句“老兔寒蟾泣天色”意即晚间落雨，仿佛月中的白兔与寒蟾在落泪。不一会儿，云层散开，一座高楼显在云端。月光斜照在高楼的墙壁上，即“云楼半开壁斜白”。

“玉轮轧露湿团光”意为：由于刚下过雨，因此远远望去，如玉的月亮浸在水汽弥漫的空气中，仿佛连光都被打湿。之后，诗人变换场景，写到月宫内部的情景：“鸾佩相逢桂香陌。”“鸾佩”指代仙女。此句意为，诗人在月宫中的桂花小径上与带着鸾凤玉佩的仙女相遇。李贺没有直写月宫之景，也没有细状仙女样貌，而只是通过“桂香”与“鸾佩”两处细节描写，便将月宫的美概括，同时也给读者留下了极大的想象空间。笔墨愈少，则天地愈广。

以上为全诗第一段，余下四句为第二段。

在第二段中，李贺的视角由天上转向人间，描绘了世间的沧桑变化：“黄尘清水三山下，更变千年如走马。遥望齐州九点烟，一泓海水杯中泻。”诗人从月宫中向下看，看见东海中的三座神山，经历了沧海桑田变幻。人间千年，天上不过一日。因此，诗人眼中人间的变化此时只如白驹过隙。在天上回望人间，九州大地亦不过如烟尘九点，浩渺的东海看起来也不过一杯水。

后四句体现了李贺的时空辩证意识。他将千年变幻寓于一瞬之间，将九州与四海之阔也包含进更为广阔的空间。这种哲理的升华，正是诗人内心情感的体现。广袤如九州都显得渺小，更何况个人；沧海桑田的轮转在永恒的时间中也不过是短短一瞬，更何况人的一生。因此，虽然后四句的诗境在表达上有旷达出尘之感，但实际却交织着诗人内心的孤寂与怀才不遇、理想不得实现的苦闷。同时，借着梦境的描写，李贺寄寓了超脱苦闷现实的愿望。

秋来

桐风[①]惊心壮士[②]苦，衰灯络纬[③]啼寒素[④]。
谁看青简[⑤]一编书，不遣花虫[⑥]粉空蠹[⑦]。
思牵今夜肠应直，雨冷香魂吊书客。
秋坟鬼唱鲍家诗[⑧]，恨血千年土中碧。

【注释】

① 桐风：秋风。

② 壮士：心怀壮志的人。

③ 络纬：指蟋蟀。

④ 寒素：指寒衣。

⑤ 青简：指著作。

⑥ 花虫，称蠹鱼，喜食书。体形小，身上有银色细鳞，尾有三毛，和身等长。因其形美，古人称为“花虫”。

⑦ 蠹（dù）：蛀蚀。

⑧ 鲍家诗：指南朝宋鲍照的诗。

【赏析】

李贺被称为“诗鬼”的原因之一，便是他十分善于以“鬼”写人。本诗即是其极具代表性的“鬼”诗。

诗人在开篇中即写到自己在深秋雨夜，坐在窗前慨叹岁月流逝。诗人有才却无处施展，只得虚度光阴，而他当初的雄心壮志，也随着逝去的日子一天天消磨，所以，当诗人意识到秋节又至时，心中震动，有了“惊心”之感。

“衰灯络纬啼寒素”意为诗人在残灯下，听见络纬鸣叫。络纬即纺织娘，它的振羽之声如同纺线声，听起来就像是它正为自己织冬衣。王琦在《李长吉歌诗汇解》中注：“络纬，莎鸡也。其声如纺绩，故曰啼寒素。或曰络纬，故是蟋蟀鸣则天寒而衣事起……”络纬鸣叫，提醒诗人岁暮将至，此句是对上句中“惊心”情绪的补足。“衰灯”与“寒素”又将诗境推向了悲苦，承接了上句中的“苦”字。

李贺在开头两句由景入情，用桐风、衰灯、寒素营造了“苦境”。在下文中，这种凄清阴冷的意境得到了进一步展开。

“谁看青简一编书，不遣花虫粉空蠹。思牵今夜肠应直，雨冷香魂吊书客。”王琦对这四句的注解是：“苦心作书，思以传后，奈无人观赏，徒饱蠹虫之腹。如此即令呕心镂骨，章锻句炼，亦有何益？思念至此，肠之曲者亦几牵而直矣。不知幽风冷雨之中，乃有香魂慭吊作书之客。”知音难觅，自己呕心创作的诗篇最终只落得被虫蠹啃食的下场，真是孤独、无望至极。

诗人在表达其愁情时，运用了极新颖的方式，将前人惯用的“九曲回肠”改成“肠应直”，意为其心头的愁情之重，竟能将曲肠牵直。这种表达方式正是李贺用词奇险、想象奇诡的体现。但是，真正的妙笔还不在此。作为生者，李贺在人世没有知音，便将希望寄托于阴间，于是，他让一个死魂来凭吊自己，以此突显其悲苦之深重，可见其构思之新颖。

最末两句“秋坟鬼唱鲍家诗，恨血千年土中碧”中，“鲍家诗”是指南朝鲍照《代蒿里行》一诗，其诗“到情真之处，鬼亦能唱”（钱饮光语）。“土中碧”，典出《庄子·外物》的“苌弘血碧”。周敬王的夫人苌弘蒙冤而死，传说她死后三年，化血为碧。

诗人辗转难眠，隐约听得坟上鬼魂正唱着鲍照的《代蒿里行》：“赍我长恨意，归为狐兔尘。”鲍照的“长恨”也是诗人的“长恨”。这种恨，就如同苌弘之血，即使入土也不泯，化为碧玉。李贺引用了两个典故，是借古喻今，以抒发自己胸中的悲怨。这些瑰丽形象也与诗人内心的悲愤达到了统一。

马诗（其五）

大漠沙如雪，燕山月似钩。
何当金络脑，快走踏清秋。

【赏析】

《马诗》借咏马抒发诗人的心志，这也是唐诗常见的借物抒情的写作方式。

一二句描写边疆的景色。“燕山”指燕然山，今蒙古杭爱山。诗人生活在贞元、元和之际，当时藩镇跋扈，犹以幽州蓟门一带最为肆虐。诗人以“燕山”暗指藩镇祸乱猖獗之地，描绘出一幅边疆战场肃杀之景：绵延不绝的燕山脚下，大漠中的沙粒宛如皑皑白雪，一弯似钩明月悬在当空，平添几分萧瑟。悲凉的战场，在旁人看来也许只觉寒栗，但在有志之士眼里却是能够施展才能的舞台。此处以“钩”形容弯月，与《南园十三首（其六）》中“晓月当帘挂玉弓”异曲同工。“钩”是弯刀的一种，“弓”是弓箭，同样用武器形容弯月，都极易使人联想到征战的场面。

三四句借对马的描写，抒发了诗人的雄心壮志。什么时候才能佩上金属的马络头，在秋高气爽的疆场上纵横驰骋？“何当”转换句式，以设问的方式引领下文，使诗歌节奏感强烈；“金络脑”指金制或金属制的马络头，马络头是马具的一种，金属制成的更为贵重，为马佩戴“金络脑”表示对马的重用，诗人借描述马渴望被重用的心态，表达了自己建功立业、报效国家的期盼；“快走”言简意赅地描绘出战马受重用后的兴奋以及矫捷的风姿；“踏清秋”喻指恰逢其时，秋天是马儿肥壮的时节，这个时候驰骋于战场之上，必能有所建树。这三字也正是李贺用词的新意所在。

全诗运用比、兴的手法，形象而生动地描绘出疆场凄凉的景象，即选取大漠最典型的场景作为切入点引出寄兴。表面上，诗人刻画了战马渴求驰骋疆场的雄心壮志，实际上是以马自喻，抒发了诗人对入仕为官，施展才华的渴望。全篇四句音韵和谐，笔调委婉，耐人寻味。

韩愈：最是一年春好处，绝胜烟柳满皇都。

诗人名片

生卒年月：公元 768 年—公元 824 年

字号：字退之

祖籍：河南河阳（今河南省孟州市）

代表作：《早春呈水部张十八员外（其一）》等

诗人小传：自谓“郡望昌黎”，世称韩昌黎。曾任国子博士、刑部侍郎、潮州刺史、吏部侍郎等职，卒谥文。他是唐代古文运动的倡导者，宋代苏轼称他“文起八代之衰”，明人推他为“唐宋八大家”之首，与柳宗元并称“韩柳”。其诗力求新奇，时而流于险怪，对宋词影响很大。有《昌黎先生集》，《全唐诗》录其诗十卷。

早春呈[①]水部张十八员外[②]（其一）

天街[③]小雨润如酥[④]，草色遥看近却无。
最是[⑤]一年春好处，绝胜[⑥]烟柳满皇都[⑦]。

【注释】

① 呈：恭敬地送给。

② 水部张十八员外：指张籍（766—830），唐代诗人，在同族兄弟中排行第十八，曾任水部员外郎。

③ 天街：东都洛阳城“定鼎门大街”，隋唐洛阳城中轴线“七天”建筑之一。

④ 酥（sū）：一种类似黄油的乳制品。这里形容春雨的滋润。

⑤ 最是：正是。

⑥ 绝胜：远远超过。

⑦ 皇都：洛阳城（唐朝东都）。

【赏析】

对绘画者来说，写生上色，浓墨重彩不难，若有若无不易。因为若有若无的构图在颜色上更要求层次感和含而不露的朦胧美。韩愈的这首小诗正如诗人精心点染的一幅早春小图，虽然没有簇锦繁花、杨柳堆烟，但是浅浅、淡淡的小雨朦胧、草色虚渺，反而有一种空处传神的空灵效果。

小诗取景于洛阳城内的“定鼎门大街”。这条街的路面宽阔，两边植有杨柳扶疏、桃李掩映。如果春意正浓时，此处自是一番艳丽、大气的景象，但是现在刚刚“早春”，杨柳桃李都处于半睡半醒的状态，虽然无缘盛景，但春雨笼罩的“天街”反而有一种静谧之美。

春雨必然是淅淅沥沥、细如牛毛的，想象奇特的诗人把它比作柔滑细腻的酥油，造句清新，比喻奇特，不仅突出了雨丝的细、雨势的小，连同诗人见到春雨的怜爱之情也表达得委婉含蓄。

次句紧承首句，写雨中的小草。本来早春时节，春草尚未丰茂丛生，加上雨雾蒙蒙，稀疏的草色更加若隐若现。高明的诗人用一句“草色遥看近却无”，制造了一种似幻似真的视觉效果，兼摄远近，淡淡清痕隐隐泛出，早春的娇羞之态尽收眼底。

三四句，诗人将春色满城的景色和浅淡早春的景色加以对比，称赞后者是一年中最好的时光，别出新意，令人叹绝。俗语有云“物以稀为贵”，在寒冬尚未走远之时，轻淡的绿色成为初醒大地唯一的装饰，和浓郁的蓊郁绿丛相比，这样的绿色反而更加让人欣喜。

诗人将这首诗赠与水部员外郎张籍（张籍在家族中排行十八，所以叫张十八），就像赠给他一幅淡雅朴素的画作，绘画者的体察景物之精细、刻画景物之超绝，将人们常见的自然美描绘得美不胜收。

晚春

草树知春不久归①，百般红紫斗芳菲。
杨花②榆荚③无才思④，惟解漫天作雪飞。

【注释】

① 不久归：即将结束。

② 杨花：指柳絮

③ 榆荚：亦称榆钱。

④ 才思：才华和能力。

【赏析】

诗人外出郊游，见到晚春景色，心有所感，故成此诗。春天即将过去，“草树”不忍春去，使出浑身解数，竞相开放，姹紫嫣红开遍，群芳争艳，美不胜收。可笑的是，那些没有姿色的“杨花榆荚”也不甘人后，只能随风飞舞，如白雪满天飞。

诗人笔下的“草树”“杨花榆荚”都被拟人化，它们有思想，懂感情，“草树”竟然“知春”将要离去，有意展示姿态想要留住春天，“杨花榆荚”苦于“无才思”，无奈之下只能化雪纷飞。诗人在描绘这幅晚春图时，构思巧妙，新意辈出，没有常见的惜春的愁苦，反而极具情趣地将万物争辉、挽留春天的景致展现出来，可以说匠心独运，别具一格。

韩愈是唐宋八大家之首，有“文起八代之衰”的称誉，他追求奇诡的文风，巧思频出，独树一帜，令人折服。这样一位有胆有识的文学家，对于敢于和百花斗艳的“杨花榆荚”并没有一味嘲讽，相反，三四句当中，“杨花榆荚”明知自己“无才思”，但是为了能在这场热热闹闹的展示中不落人后，敢于和缤纷繁华的“草树”一争高下。作者在三四句中以略带揶揄的语气描写了这一场景，除此之外，他对“杨花榆荚”这种勇于挑战、敢于创新的精神也不无鼓励。

这首描写晚春景致的小诗，构思奇巧，作者运用了拟人、比喻等多种艺术手法，赋予“草树”“杨花榆荚”这两种意象以灵性，对“杨花榆荚”的所作所为以一种幽默的手法予以鼓励，以此鼓励那些敢于尝试、勇于创新的人，这种幽默令人读起来情趣盎然，这也是这首诗的魅力所在。

刘长卿：谁见汀洲上，相思愁白蘋。

诗人名片

生卒年月：约公元 726 年—公元 786 年

字号：字文房

祖籍：宣城（今属安徽省）

代表作：《饯别王十一南游》等

诗人小传：唐朝著名诗人，工于五言，擅长五律，自称“五言长城”。其作品简练清秀，又蕴含深意，五律诗尤为著名，七律诗也不乏佳句。不过，他的部分作品因内容过于单薄，境界不够开阔，字词略显雷同而为人诟病。

他一生命运坎坷。唐玄宗开元二十一年（733），刘长卿得中进士，曾先后赴任监察御史、长洲县尉等职，然屡遭贬谪。故而他有一部分表达仕途失意、身世感伤的作品，尽显沉郁苍凉，与其他韵味流畅、温和含蓄的诗歌迥然不同。

其作品主要集录于《唐刘随州诗集》，《全唐诗》录其诗歌五卷。

饯别王十一南游

望君烟水阔，挥手泪沾巾。
飞鸟①没何处，青山空向人。
长江一帆远，落日五湖②春。
谁见汀洲③上，相思愁白蘋。

【注释】

① 飞鸟：比喻远行的人。

② 五湖：指太湖。

③ 汀洲：水边或水中的平地。

【赏析】

刘长卿与友人王十一离别时的不舍之情，以及离别后的相思之意，在这首赠别诗里表达出来，离愁别绪诚挚感人。

“望君烟水阔，挥手泪沾巾。”诗人一开始就从送别写起，开门见山地写出两人在江边话别的氛围：我们站在江边话别，泪水把手中的巾帕都打湿了，望着辽阔无边的江面，想到你马上就要乘船离开，不由得更加伤心了。从后文可知，首联中两人正在告别，诗人故意颠倒语序，一方面做押韵之用，另一方面可突出离情。

“飞鸟没何处，青山空向人。”“飞鸟”指代友人，是说朋友像鸟儿一样展翅高飞，不知将要去向何处，只剩下自己孤零零地站在原地，面对着沉寂的青山。一个

“没”字，一个“空”字，道出诗人因友人离开而无所寄托的心情，孤独、寂寥的意味十分浓郁。

“长江一帆远，落日五湖春。”颈联承接颔联，继续写两人分手后的情景：你乘坐的一叶孤舟，已经随着滚滚的江水渐行渐远，等你抵达太湖，一定能看到夕阳西照下无限美丽的春色吧！这一句与第三句对应，是对“没何处”的补充，交代了友人南游的目的地正是五湖，即太湖一带。

“谁见汀洲上，相思愁白蘋。”尾联中，诗人又从写对方转为写自己，“谁见”其实是询问对方是否看见，你是否能看到我独自一人站在开满白蘋的汀洲上，因思念你而陷入深深的愁闷之中。本联加上颈联中的“落日”一句，均出自梁朝柳恽的《江南曲》：“汀洲采白蘋，落日江南春。洞庭有归客，潇湘逢故人。故人何不返，春花复应晚。不道新知乐，只言行路远。”惜别之意极为浓厚。

诗人从首联离别场景出发，继而把友人离去后一路看到的风景和自己伫立江边思念友人的场景紧密结合，把一片离情融入景色之中，情景交融，细致地刻画出了人物的惜别心理。

逢雪宿芙蓉山①主人

日暮苍山②远，天寒白屋③贫。

柴门闻犬吠，风雪夜归人。

【注释】

① 芙蓉山：地名，在今江苏常州。

② 苍山：青山。

③ 白屋：贫家的住所，房顶用白茅覆盖。

【赏析】

在“五言长城”刘长卿流传于世的作品中，这首《逢雪宿芙蓉山主人》最为著名，几乎家喻户晓，最能代表刘长卿在五言诗方面的艺术特色和成就。

全诗每一句都可以视为一幅完整的画面。首句“日暮苍山远”，只五字便把暮色苍茫、山高路远的情状描画得极为形象，其中一个“远”字既点明旅途之艰辛，又反映出诗人急于投宿、迫切无依的焦虑感。画面渐渐拉近，天寒地冻时，漫天风雪里，一户山里人家出现在诗人的视野里，虽然他只以“天寒白屋贫”做了简单白描，但当时诗人心里那种柳暗花明的惊喜不难想象。次句描写的是诗人眼前的景象：一间被皑皑白雪覆盖的房屋，这座房屋可能本身就十分简陋，风雪的袭击无疑会使人从心理上感觉到更深一层的贫寒。

从远山到近屋，诗的前两句层次鲜明，生动形象，有很强的画面感，为下文镜头的进一步推近做了充分的铺垫。

“柴门闻犬吠”，此时，诗人已经来到了茅屋跟前，紧闭的柴门之后传来一声声狗叫。“柴门”“犬吠”都能显示出山里人家的特点。一个“闻”字背后的内容，不仅仅是犬吠，我们还能想象到当时大概还有风雪的簌簌声，诗人的叩门声、呼唤声，主人的应答声、脚步声，主客的互相问询声，还有柴门轻启的咯吱声……只以五言或十字自然难以详细描摹如此丰富的声音，但生动的场景却宛在眼前。从冰天雪地的室外进入暖意融融的屋内，诗人没有再详细刻画后续情景，只用“风雪夜归人”作为全诗收尾，这样刻意留白，不仅不显突兀，还让人有意犹未尽之感。

后人品评这首诗时，对诗人的身份是旅人还是白屋主人素有争议。

有人认为，如果诗人只是夜“宿”芙蓉山，那么以“逢雪宿芙蓉山”六字就足以点明主题，为何还要加上“主人”二字？他们认为诗人就是“白屋”主人，而这首诗写的是他风尘仆仆、冒雪还家的场景。

不过，更多人倾向于诗人只是夜来借宿的路人，诗题中的“宿”字是最好的证明，尾句中的“归”字表达的是诗人“宾至如归”的感受。当一个跋山涉水的旅人在饥寒交迫中寻到躲避风雪的人家，并得到热情招待时，确实容易产生回到久别家中的温暖感觉。这种联想合情合理，又能够帮助读者联想到诗人进入柴门后发生的事情，一个“归”字真是点睛之笔！

整首诗描绘了诗人在旅途中遭遇风雪，不得不夜宿山中人家的情景。从前两句的狂风疾雪、苍山白屋，到后两句的柴门启闭、犬吠骤起，恰如电影镜头徐徐推移，由远拉近、从静转动、由冷转暖，勾勒出了一幅“风雪夜归人”的图卷。诗人用词炼句自然质朴，毫无人工雕琢的痕迹，以简单的诗句描绘出简单的生活场景，却饱含值得玩味的情感，真是不负“五言长城”的盛名。

听弹琴

泠泠[①]七弦上，静听松风[②]寒。
古调虽自爱，今人多不弹。

【注释】

① 泠泠：清凉、凄清的样子。此处指清越动听的琴声。

② 松风：琴曲中有《风入松》的调名。这里又以风入松林暗示琴声凄凉。

【赏析】

成语“古调不弹”现在常被用来形容过时的东西不再受人欢迎，渐渐被人忽略。这个成语就出自刘长卿的《听弹琴》。不过，诗人的本意是要借古人高雅的音乐不再受今人喜爱之事实，表达他对世事流转、人心善变的不满，大有知音难寻、怀才不遇的无奈和落寞之感。

在《唐刘随州诗集》中，这首诗的诗题是“听弹琴”，此外其他辑录中有“弹琴”之说。从诗中“静听”二字可知，此诗侧重于听者对音乐的聆听欣赏，而非弹奏技巧，故而后人多认为诗题遵“听弹琴”一说更为妥当。

前两句通过描写勾勒音乐的意境。“泠泠七弦上”，琴声时而清越，如流水一样从七弦琴上汩汩流下，这是形容乐声之婉转；“静听松风寒”，琴声时而凄清，如疾劲的寒风闯入茂密的松林，这是形容乐声之肃穆。琴是传统乐器的一种，有七条琴弦，因此又被称为“七弦”，根根琴弦相互配合，在乐师的抚弄下，如流水激石，又似疾风入松，给人以美的享受。

后两句以议论表达诗人的情感。“古调虽自爱，今人多不弹。”所谓“古调”，指的是始于汉魏的以琴、瑟等乐器为主的南方清乐，到隋唐时期，这种传统音乐逐渐被人冷落，从西域传来的琵琶等乐器成为人们的新宠，一时之间，华丽而欢乐的“燕乐”盛行，人们沉溺于世俗的欢愉，很少再去体会肃穆庄重但富有美感的古乐。

诗人借古调被冷落的现实，表达了自己清高自持的志趣，又包含无人应和、孤芳自赏的尴尬。这种身世落寞、灵魂孤独的寂寞感在刘长卿的诗歌中并不少见，比如《幽琴》中“向君投此曲，所贵知音难”，便与《听弹琴》有相和之妙。

古代诗人之所以常常发出怀才不遇的感慨，大都与他们的身世相关，刘长卿也是如此。他满腹才华，又有一腔报国志向，但仕途两次受创，既受诬陷又遭贬谪，心里自然少不了愤懑和怨尤。在言论不得自由的封建社会，他也只能借诗抒情，以诗言志，来疏导心中郁郁的情结。

送灵澈上人

苍苍竹林寺，杳杳[①]钟声晚。
荷[②]笠带夕阳，青山独归远。

【注释】

① 杳（yǎo）杳：深远的样子。

② 荷（hè）：背着。

【赏析】

本诗为刘长卿山水诗的代表作，更是唐朝山水诗中的名篇。诗人借景抒情，以优美的景色表达依依不舍的离情和旷远豁达的心境，景与情完美融合，既让读者从视觉上感受到自然山水之美，又从心灵上感受到清新淡泊的禅意。

灵澈上人是一位著名的高僧，擅长诗歌，与中唐多位诗人素有往来，刘长卿便是其中之一。当时，灵澈上人正四处游方，暂停留于润州（今江苏镇江）竹林寺，诗人常与他一起探讨佛理，共品诗话。这首诗写的是暮色渐浓时分，这位僧友要返回竹林寺，诗人与其作别的场景。

"苍苍竹林寺，杳杳钟声晚。"杳杳的钟声从远处的寺庙传来，钟声厚重而平和，回荡在山林里，撞破了愈来愈浓的暮色，似乎在催促灵澈赶紧上路。这一幕十分传神，但却并非实写，而是诗人所想。此时，他们与竹林寺相距甚远，既不可能看到被幽深的竹海掩映的寺庙，也不可能听到寺庙里的暮鼓晨钟。"苍苍""杳杳"两组叠字营造出幽远、缥缈的感觉，既符合竹林寺这座佛门圣地的氛围，又引人遐思。

"荷笠带夕阳，青山独归远。"这两句由想象转为写实，头戴斗笠的僧人迎着落日的余晖，渐渐隐入深沉的暮色里，消失不见。但是，诗人还伫立在两人挥手作别的地方，望着朋友所去的方向，依依不舍之情跃然纸上。尾句的"独"字运用甚妙，灵澈在暮色里独自归寺，诗人在夕阳下独自伫立，两人在形貌上都是孤独的，但偏偏内心都能感受到来自对方的朋友般的慰藉，景与情之间的落差虽不突兀，却映衬鲜明，让人回味。

一般来说，送别诗往往着意于表现离人的不舍之情和黯然之意，但这首诗虽有眷恋却无神伤，意境淡泊闲适，极富禅意。刘长卿和灵澈上人相交时，正逢诗人遭遇贬谪，仕途失意；灵澈虽是一名世外僧人，但对诗名未显的状态也偶有怀才不遇之感。但是，两个失意的人相遇相知，不仅没有互倾苦水，反而都显现出了淡泊的境界和旷达的胸襟。他们皆无失意伤感的情愫，虽怀才不遇却能保持闲适心境，虽人生失意却能淡泊明志，这种境界，并非人人都能企及。

灵澈上人独归青山的清寂形象，诗人独立夕阳的悠长背影，反而夺走了这精美如画的山水的风光，成为这首山水诗引人入胜的关键。

重送裴郎中贬吉州

猿啼[①]客散暮江头，人自伤心水自流。

同作逐臣君更远，青山万里一孤舟。

【注释】

① 猿啼：悲伤，让人黯然神伤。

【赏析】

裴郎中的姓名、身份无从详考，只知他与刘长卿既是同僚，又有患难之谊。唐代宗年间，裴郎中和刘长卿一起从贬所被召回长安，好景不长，喜悦还未消退，两人又同时被贬离京，简直像被兜头浇了一盆冷水。

题目中之所以有“重送”二字，是因为在此之前，刘长卿已经写过一首同题五律为他送行：

乱军交白刃，一骑出黄尘。
汉节同归阙，江帆共逐臣。
猿愁歧路晚，梅作异方春。
知己酇侯在，应怜脱粟人。

——《送裴郎中贬吉州》

为同一个人赋诗两首，足见两人的交情不浅。

“重送”之作流露出深挚的不舍之情，还有无奈的同病相怜之叹。首句“猿啼客散暮江头”只用七字，形象地写出裴刘二人分别的场景：在暮色深沉的江边，裴郎中即将踏上归程，两人互相倾诉着心里的不舍，远处传来阵阵悲切的猿啼，听上去就像凄厉的哭声，似乎连猿猴都在替岸上之人表达情感。

在古典诗词，尤其是唐诗里，向来有“猿声一叫断，客泪数重痕”之说。由于猿声“其音甚厉，激昂而悲”，常常通宵不歇，所以人们常把哀鸣的猿啼视为悲伤的象征。离情是悲伤情愫中最常见，且最易触及心灵的一种。猿啼，客散，实在让人黯然神伤。

“人自伤心水自流”，不管是即将远行的裴郎中，还是为他送行的诗人，心中的情感都如呜咽奔涌的江水，连绵不绝。此句亦可作他解：不管离人多么伤心，无情的流水都会径自把载着人的船舶带走，不停留，不回头。一个“自”字，拟人化地赋予流水生命，无奈这“生命”却非常无情。

“同作逐臣君更远，青山万里一孤舟。”作为被君王贬谪，亦相当于被仕途抛弃的不幸者，裴郎中要去的地方更加遥远。夕阳渐渐隐去，载着裴郎中的船只渐行渐远，诗人只能看到青山之间的一点白帆，而这朦胧的影子最终也会消失在群山的怀抱里。诗人依然孤独地站在岸边，望向茫茫的江面，设想着渺不可知的未来。

可能比自己要去的地方更加偏僻，诗人着力于表现裴郎中命运的不幸，这使两人同病相怜的命运显得更加可悲，让人同情。在以后漫长的放逐生活里，诗人与裴郎中一样，恐怕都只能与绵延万里的青山，还有那一叶孤舟做伴，其情之悲切，令人不禁想替他们咒怨命运的不公。

诗人没有使用什么特别的艺术技巧，通篇直陈其事，将送别的情景与离别后的哀伤娓娓道来，词句清新自然，但感情真挚而深沉。

秋日登吴公台上寺远眺

古台摇落[①]后，秋入望乡心[②]。
野寺来人少，云峰隔水深。
夕阳依旧垒[③]，寒磬满空林。
惆怅南朝事，长江独自今。

【注释】

① 摇落：零落，凋落。指秋天草木衰谢。

② 望乡心：眺望故乡的心情。

③ 旧垒：指吴公台。

【赏析】

此诗是一首咏怀古迹的诗，通过秋日登吴公台所见的萧瑟荒凉的景象，抒发历史变迁、朝代更替、万物兴衰带给人的沧桑感。吴公台，在今江苏省扬州市北，为南朝古迹。

首联写观吴公台引发的感慨。古台在风雨的多年侵蚀下，已有颓圮的倾向，丛生的草木也在秋日纷纷凋零，这样的景象不由得使身在他乡的诗人怀念故乡。

颔联写古迹所在之地已非往昔般繁华喧闹，已经成为荒弃于野、人迹罕至的残台。上句写近在眼前的古台，后句将视线拉远，遥望那远远的山峦。也许是古台过于荒凉，诗人已经不忍再看，于是放眼远山，以排解胸中冲荡郁郁之思。

颈联写夕阳缓缓下沉，寺院中传来的钟磬声在暮色中弥散开，那金石的声音仿佛也带着寒气。

尾联写物是人非的慨叹。古台依旧，青山依旧，钟磬依旧，而那时的英豪早已不在，唯有秋日夕阳里滚滚的长江水不停歇地奔涌。

全诗写景抒情，深沉惆怅，历史上的俊杰如同烟云，只有古台、江水依旧，表达了诗人对物是人非这一历史必然的深深怅惘，神韵微妙。

送李中丞归汉阳别业

流落征南将，曾驱①十万师。
罢官无旧业，老去恋明时②。
独立三边③静，轻生一剑知。
茫茫江汉④上，日暮欲何之。

【注释】

① 驱：统帅。

② 明时：对当时朝代的美称。

③ 三边：汉时指幽、并、凉三州，后泛指边疆。

④ 江汉：泛指江水。

【赏析】

此诗是诗人送别一位身经百战、功勋卓著的老将李中丞所作。本诗先通过回顾将军经历的战争与战时的雄风，赞扬将军无畏勇猛、敢于为国捐躯的英雄气概。在回顾过后，以往昔的光荣与今日的漂泊做对比，表达了诗人对其处境的同情和对统治者冷酷无情的批判。

首联写李将军在战场上的神勇和无畏，曾经的英姿飒爽与今日的迷茫怅惘。这个流落他乡的落魄老者，竟是曾率领十万大军浴血沙场的英雄，今昔对比，使人伤怀。

颔联写将军罢官回乡之后，没有家业，老了还怀恋着清明的时代。

颈联“独立三边静”，以近似夸张的手法写出将军的魄力与威慑力。然而对于自己的性命，只要是为国家，他是那么在所不惜，即“轻生一剑如”。如此赤胆忠心、克己奉公的李将军，此后会怎样呢？

尾联描述了一个让人伤怀的场景，老迈的将军独立于茫茫江边，却不知何去何从。天色将晚，鬓发斑斑的老者将去哪里呢？结尾处，诗人以情写景，感情在经历沧桑慷慨后转为无限创痛，使人不由得为之沉痛惋惜。

纵观全诗，剪裁巧妙，形象生动，情感跌宕，含蓄深沉。

贾至：世情已逐浮云散，离恨空随江水长。

诗人名片

生卒年月：公元 718 年—公元 772 年

字号：字幼邻

祖籍：河南洛阳

代表作：《巴陵夜别王八员外》等

诗人小传：出生于官宦之家，礼部侍郎贾曾之子。天宝初年以校书郎为单父尉，安史之乱中追随玄宗入蜀，知制诰，官拜起居舍人。肃宗在灵武即位时，玄宗曾令贾至作传位册文。后任中书舍人，因事而被贬为岳州司马。宝应初年又被召回，官终右散骑常侍。卒后谥号曰文。

贾至以文著称，文风典雅华瞻。他交友广泛，与当时著名诗人素有往来，也享有诗名，诗风清丽典雅，对仗工整且重视用典、炼字，在唐诗诸家中可谓独树一帜，《全唐诗》中存其诗一卷，共四十六首。

巴陵夜别王八员外

柳絮飞时别洛阳，梅花发后到三湘①。

世情已逐浮云散，离恨空随江水长。

【注释】

① 三湘：泛指湘江流域。

【赏析】

赠别是古诗词中的常见主题，但迁谪人送迁谪人则不多见。本诗抒发同病相怜之感，表达依依惜别之意。

诗题中数字“八”，用法同“初至巴陵与李十二白裴九同泛洞庭湖”中的数字，按照兄弟排行而来。这位王八员外被贬长沙，当时因事被贬至巴陵（岳州）的贾至为他送行，两位仕途失意的好友又遭遇离别，心里的伤感和郁闷较之平常又多了几分。

诗人从回忆入手，先写自己的经历：“柳絮飞时别洛阳，梅花发后到三湘。”他是在柳絮飘飞的时节离开洛阳的，当时飞舞的柳絮似乎在挽留他，但他却不得不离开京师，奔赴贬所；直到梅花盛放，他才来到湘江流域，贬谪人的伤感之情在寒冷的隆冬更显沉重。“柳絮”“梅花”这两个意象既能象征时节，又是诗人形象的化身。被贬南迁，诗人感觉自己就像暮春时的柳絮，随风飘扬，无法把控自己的命运；来到贬谪之地，虽然心有怨尤，但诗人还是像傲岸的梅花一样坚守志向，不改初衷。

诗人遭遇了种种宦海沉浮、人世盛衰之后，好友也遭遇了和自己同样的命运，这让诗人不由得发出感叹：“世情已逐浮云散，离恨空随江水长。”一个“逐”字和一个“散”字，形象地写出了人间的兴衰荣辱、沉浮聚散，人事冷暖、世态炎凉之叹也蕴含其中。在这样变幻莫测的人世间，能得一知己是极为难得的事情。但是，现在好友也遭遇不幸，离别在即，心里的“离恨”简直像奔流的江水一样汹涌，没有尽头。尾句中的“空”字，既能表明知己离去后自己心里的空虚寂寞，又写出了面对这不幸境遇的无可奈何之感。

全诗运用了情景交融的手法：前两句写景，但景中含情，渲染了凄清苍凉的氛围；后两句抒情，但情中有景，似乎能看到诗人伫立江边看航船远去的孤独画面。聚散难测、离合无常的伤感蕴含在字里行间，含蓄绵长。

春思（其一）

草色青青柳色黄，桃花历乱[①]李花香。

东风不为吹愁去，春日偏能惹恨长。

【注释】

①乱：指桃花、李花开满枝头，相互重重叠叠。

【赏析】

唐肃宗乾元元年（758），贾至因房琯罢相一事受到牵连，先被贬为汝州刺史，第二年又被贬为岳州司马，直到三年后（762）肃宗驾崩，代宗即位，贾至才被召回京师。贬谪岳州期间，贾至共创作了三十余首诗歌，《春思二首》也在其中。本诗是组诗其一，表达了诗人的谪居怨、逐客愁。

既然题为“春思”，自然要以春立意，前两句围绕春景铺开，后两句写“思”，以春景之喜反衬诗人之怨，更见愁恨之深。

“草色青青柳色黄，桃花历乱李花香。”春天已至，青葱的春草铺满大地，嫩黄的柳条随风飘拂，红的桃花、白的李花开满枝头，散发着浓郁的香气。“青”“黄”

二字写出了春光的明媚和活泼，桃李花开写出了春色的娇艳和妩媚，这一派生机勃勃、情趣盎然的春景，令人满心喜悦。

良辰美景如斯，诗人不仅没有感到欢喜，反而生了怨念："东风不为吹愁去，春日偏能惹恨长。"春风不仅没有吹走心头的烦恼，这漫长的春日反而惹起了更长久的愁恨。这两句中的"愁"和"恨"照应诗题中的"思"字，和前文中明快艳丽的春色形成了鲜明的对比，更显怨长恨久。

春风固然能驱逐冬寒，但肯定无法遣散人们心里的烦忧。诗人心中恼极，迁怒春风，简直怨得毫无道理。但是，对诗词的解读不能只从常理着手，必须联系诗人的感情。正是因为观景的人内心千回百转难以纾解，才会怨东风冷漠，才会叹春日惹恨。

数百年后，宋代的黄庭坚曾作过一首《题小景扇》："草色青青柳色黄，桃花零落杏花香。春风不解吹愁却，春日偏能惹恨长。"明显出自贾至这首《春思》，黄庭坚只改几字而套用贾诗，足见贾至这首诗的影响之大，直至宋代，依然对文人有莫大的吸引力。

元结：忽然遭世变，数岁亲戎旃。

诗人名片

生卒年月：公元 719 年—公元 772 年

字号：字次山

祖籍：河南鲁山

代表作：《贼退示官吏 并序》等

诗人小传：举天宝进士，后客樊上，著书自娱，号漫郎、聱（áo）叟。安史之乱后，以右金吾兵曹参军摄监察御史，充山南西道节度参谋；平乱有功。后任道州刺史，官至容管经略使。

元结擅文亦擅诗，诗作多刺世疾邪、反映政治现实、同情民生疾苦，以高古淳朴著称，只作古体，不写律诗。后人辑有《元次山集》。

贼退示官吏 并序

癸卯岁，西原贼[1]入道州，焚烧杀掠，几尽而去。明年，贼又攻永[2]破邵[3]，不犯此州边鄙[4]而退。岂力能制敌欤？盖蒙其伤怜而已。诸使何为忍苦征敛？故作诗一篇以示官吏。

昔岁逢太平，山林二十年。
泉源在庭户，洞壑当门前。
井税[5]有常期，日晏犹得眠。
忽然遭世变，数岁亲戎旃[6]。
今来典[7]斯郡，山夷又纷然[8]。
城小贼不屠，人贫伤可怜。
是以陷邻境，此州独见全。
使臣将王命，岂不如贼焉？
今被征敛者，迫之如火煎。
谁能绝人命，以作时世贤？
思欲委符节，引竿自刺船[9]。
将家就[10]鱼麦，归老江湖边。

【注释】

① 西原贼：又称“西原蛮”，《新唐书》中有记载。“西原”是唐代对今广西左右江地区的统称，“西原贼”是唐朝时对广西少数民族带有歧视和蔑视意味的称呼，类似“蛮夷戎狄”之说。

② 永：永州，唐时地名，即零陵郡，治所在今湖南永州零陵区。

③ 邵：邵州，唐时地名，治所在今湖南邵阳市。

④ 鄙：边远地方。

⑤ 井税：田赋，赋税。由“井田制”而来。

⑥ 戎旃（zhān）：军旗，代指军事。

⑦ 典：掌管。

⑧ 纷然：引发骚乱。

⑨ 刺船：撑船。

⑩ 就：从事，就业。

【赏析】

唐代宗广德元年（763），“西原贼”发动武装起义，攻占道州达一月之久。元结临危受命，被委任为道州刺史，并于次年抵达任所。这一年，“西原贼”再次进犯，不过他们绕行道州，攻占了邻州。倘若元结是一个善于邀功请赏的官吏，就应该趁此良机向朝廷上奏，一方面自表功绩，陈述在自己治下，百姓能够安居乐业，不畏贼寇，另一方面更可以趁势吹捧皇帝，以浩浩天威吓退贼人。

但是，关心民生疾苦的元结目光敏锐地看到了贼军不来进犯的根源：“不犯此州边鄙而退，岂力能制敌欤？盖蒙其伤怜而已。”难道是因为道州的军力足以和盗贼相抗吗？当然不是！只是因为贼人怜悯道州百姓实在太过贫穷而已！贼寇尚且知道怜恤人民，“诸使何为忍苦征敛？”官吏却为何残暴征敛到令人发指的地步呢？于是就有了这首毫不留情地向统治者提出批判和质疑的《贼退示官吏》。

诗人首先叙述自已从出山到做刺史的经历，再写遇到蛮贼劫乱的情形。贼乱平定之后，又遇到政府横征暴敛，元结不肯做祸害百姓的事情，宁可弃了官职，告老回家。这是本叙事诗的主要内容，可按照这一脉络将全诗分为四段。

首句到“得眠”一句为第一段，追叙从前在山林的乐趣，通过对昔日太平盛世的追忆，表达诗人对安稳生活的追求和向往。首段与后文中黑暗的社会现实形成鲜明而强烈的对比，有助于全诗主旨的表达。其中“井税有常期”一句是后文的伏线，反衬统治者无限度征收赋税的不合理。

“忽然”一句到“见全”一句为第二段，叙说贼乱。诗人从山林出来做官，偏逢丧乱，亲眼目睹了“山夷”入侵而绕开道州的奇怪举动。“城小贼不屠，人贫伤可怜。”这两句是本段的中心，也是全诗的关键。道州独能见全的原因是因为城小、人贫，这从侧面写出了当地的萧条和人民处境的悲惨。

“使臣”一句到“世贤”一句为第三段，这是全诗的高潮，叙述丧乱之后，官吏又来征收重赋的恶行。以“征敛”照应上文“井税”，“绝人命”照应上文“人贫伤可怜”，诗人喊出了“官不如贼”的激愤之词，这是对横行无忌、鱼肉百姓的统治者的强烈控诉。“迫之如火煎”一句，道出了百姓生活在水深火热中的真相，也刻画出了催缴官吏利欲熏心、不顾百姓死活的狰狞面目。

“思欲”到尾句为第四段，叙述在这样矛盾的环境下，宁可弃官归隐，也不肯做对不住百姓的事，这是诗人在对百姓、更是对官吏们坦白自己的心迹：我打算辞去这道州刺史的官职，拿着竹篙，撑着木船，携家带眷到鱼米之乡生活，归隐在偏僻的江湖之间，直至老死也不再涉足仕途。

本诗题目是“贼退示官吏”，不像《舂陵行》以“以达下情”为目的，而是通过尖锐的讽刺反映现实，希望官吏们能够引以为鉴，体恤民情，不要再一味加重民众的负担。

前半叙事，后半抒情，全诗叙事明白，抒情直率，表明了元结清醒而务实的政治态度。本诗和《舂陵行》都是元结的代表作，杜甫赞其“两章对秋月，一字偕华星”，从内容和艺术上对这两首诗进行了肯定，诗直陈事实，直抒胸臆，针砭时弊，具有乐府诗的典型特点。

顾况：板桥人渡泉声，茅檐日午鸡鸣。

诗人名片

生卒年月：约公元 727 年—公元 815 年

字号：字逋翁，号华阳真逸

祖籍：海盐（今属浙江省）

代表作：《过山农家》等

诗人小传：自号“华阳山人”，至德二年（757）进士，先后担任润州刺史、镇海军节度使韩滉幕府判官等职务，因蔑视礼法，“不能慕顺”，且作诗嘲笑权贵而遭贬谪，晚年隐居茅山。

顾况强调诗歌的思想内容，注重教化，歌行体重批判揭露，具有很强的现实主义色彩，其七绝清新自然，饶有意趣。原有集二十卷，已散轶。明人集《华阳集》三卷。《全唐诗》录其诗四卷。

过①山农家

板桥人渡泉声，茅檐日午鸡鸣。
莫嗔②焙③茶烟暗，却喜晒谷天晴。

【注释】

① 过：访问。

② 嗔：嫌怨。

③ 焙：用微火烘烤。

【赏析】

唐诗绝句以五言、七言为主，六言绝句少之又少，写得情景俱佳的就更少了。顾况的《过山农家》不仅格律合拍，意境优美，更难得的还描绘了一幅具有农家本色的山村风景画，这也是唐朝诗人较少涉猎的题材。从这种意义上说，顾况这首诗是唐绝句中的精品。

全诗以诗人的行迹为线索，写他漫步山村过访农家的所见所闻，能见山村风光的清新优美，可感农村生活的质朴味道。

“板桥人渡泉声，茅檐日午鸡鸣。”走过板桥时，桥下的泉水匆匆作响；到达农户家的茅檐下时，正是日午鸡叫的时候。首句和次句是两幅各自独立的画面，前者是行人渡桥，后者是茅舍午鸡，但是因为有了行人的串联，这两幅图画就有了关系，读者仿佛跟随诗人的脚步，从郊外溪边的板桥上走过，沿着田间蜿蜒的小路，一步步靠近农舍，直到正午时分才终于抵达农家，这时候，正好响起了一声嘹亮的鸡鸣。这两句诗有动有静，有形有声，诗如墨画，让人有身临其境之感。

“莫嗔焙茶烟暗，却喜晒谷天晴。”这两句从写景转为写农事，借山农与诗人对话的情景，写出了劳动场景和山农喜悦的心情。山农先用抱歉的口吻对诗人说：“请不要厌弃焙茶时弥漫的烟雾。”接着又用欢喜的口吻说：“你看，天气这么晴朗，刚好适合晾晒谷子呢！”这两句写出了山民爽朗的性格，也表现出他愉快的心情。诗人并没有用更多的笔墨去塑造山农的形象，但他的形象却已经跃然纸上了。

诗人不仅在意象的串联、意境的构造方面发挥着穿针引线的作用，并且决定了整首诗的情感流向。作者本身即是这幅山村风光图的一部分，又把主观情感融入其他客体，使通篇诗作洋溢着轻松自如、爽直愉悦的氛围。

听角思归

故园黄叶满[①]青苔，梦后城头晓角哀。
此夜断肠人不见，起行残月影徘徊[②]。

【注释】

① 满：堆积。

② 徘徊：来回移动。

【赏析】

此诗写了戍边的人无法入睡，思乡情重的场景。

首句写梦中所见的故园。故园在梦中已是黄叶堆积，台阶上也长满了青苔，好像废弃很久的样子。戍边者离家太久了，梦中见到故园的荒芜凄凉，不禁思情更切，想要回家看看。此句以梦境写故园，一则表现思乡情切，二则有一种渺茫之感，为下句做铺垫。第二句写梦醒听见城头报晓的角声，角声呜咽绵长，加剧了思乡的痛楚。

最后两句写思乡人夜起徘徊，柔肠寸断，唯有残月与身影相伴，更显得凄凉寂寞。此诗写思归，却未见归字，诗人把浓情都化在了意象中，可见笔力超群。

于良史：南望鸣钟处，楼台深翠微。

诗人名片

生卒年月：不详，活动于唐肃宗唐德宗年间。

祖籍：不详

代表作：《春山夜月》等

诗人小传：肃宗至德年间曾任侍御史，德宗贞元年间，徐州节度使张建封辟为从事。善诗，尤工于五言，诗风清丽超逸，对仗工整，内容多写景，寄寓思乡和隐逸之情。高仲武《中兴间气集》曾录其诗，《全唐诗》录其七首。

春山夜月

春山多胜事①，赏玩夜忘归。
掬②水月在手，弄花香满衣。
兴来无远近，欲去惜芳菲。
南望鸣钟处，楼台深翠微。

【注释】

① 胜事：指美好的事物。

② 掬：捧。

【赏析】

史料中对诗人于良史的记载十分有限，虽然关于他的籍贯、生卒年份以及生活经历已再难详考，却不影响后人对其诗作的喜爱。《全唐诗》收录了于良史的七首作品，风格清新雅致，对自然风光及物态风情的描摹尤其令人向往，且他笔下常有令人眼前一亮并回味无穷的警策之句。

五律《春山月夜》是脍炙人口的佳作，其颔联“掬水月在手，弄花香满衣”更是流传千古的名句。这是诗人夜晚在春山赏月，触景生情的作品，表达了诗人对春山美景的热爱和留恋。

从内容着手，全诗描绘了一幅令人心向往之的春山月夜图，让人驻足欣赏，如痴如醉。

诗人先在首联中用“胜事”两字造势，触发读者的想象力，令其对春山之景以及诗人游玩的经历充满好奇。接下来，诗人用“掬”“弄”两个简单的动作，把读者引入溪边赏月、花畔寻香的情境中，轻柔似水的月光、澄净明澈的溪水、花团锦簇的山野，以及置身其中的游人，共同构成了这幅有声有色、有静有动、有景有人的动人风景图。景色如此优美，难怪游人迟迟不肯离去，正在留与去间徘徊不定，忽然又听到南边传来悠扬悦耳的钟声，游人翘首南望，只看见远处翠微掩映中伫立着的隐隐约约的楼台。

从结构而言，全诗脉络清晰，层层推进又环环相扣。

首联紧扣诗题并统摄全篇，“春山”交代地点，“夜”字点明时间，既然“胜事”颇“多”，那么“赏玩”以致“忘归”也在情理之中。三四句与一二句交叉相对，三句中“月”字照应次句中的“夜”，四句里“花”字照应首句中的“春”，只以掬月在手和弄香满衣两“事”就把“胜”字演绎得淋漓尽致，有“以少胜多，以一当十”的效果。五六句紧承前文，写游人远近流连，欲去不舍。末句以钟声收尾，回衬“夜”之意境悠然。

艺术上精雕细琢又不显造作，语出天然又精于炼字，让人读后唇齿留香，尤其颔联“如石韫玉，似水怀珠，照亮四围”，既绘物态，又抒人情，把春山夜月的意境写得优美鲜明，妙趣横生。

韦应物：春潮带雨晚来急，野渡无人舟自横。

诗人名片

生卒年月：公元 737 年—公元 792 年

祖籍：长安（今陕西省西安市）

代表作：《滁州西涧》等

诗人小传：十五岁起以三卫郎为玄宗近侍，出入宫闱。安史之乱后因玄宗入蜀而流落失职。代宗广德至德宗贞元间，先后任多项官职。贞元七年（791）退职。世称韦江州、韦左司或韦苏州。

韦应物是著名的山水田园诗人，后人每以“王孟韦柳”并称。其诗以写田园风物著名，诗风恬淡高远，“高雅闲谈，自成一家之体”，工于描摹景物，并善于描写隐逸生活，偶有涉及时政和民生疾苦之作。其作品今传有《韦江州集》《韦苏州诗集》《韦苏州集》等，《全唐诗》录其诗十卷。

滁州①西涧②

独怜③幽草涧边生，上有黄鹂深树鸣。
春潮带雨晚来急，野渡④无人舟自横。

【注释】

① 滁（chú）州：今安徽省滁州市。

② 西涧：滁州城西郊的一条小溪。

③ 怜：独爱。

④ 渡：荒郊野外无人管理的渡口。

【赏析】

《滁州西涧》写春游滁州西涧赏景所见。唐滁州治所在今安徽滁县，西涧是滁州西郊的一条溪水，人称“上马涧”。这首七绝情景交融，用语清幽，动静纷沓，画面感极强，是古代山水诗中的名篇，也是韦应物的代表作。

“独怜幽草涧边生，上有黄鹂深树鸣。”句解为：“我最爱生在涧边幽暗中的小草，涧上深密的树丛中黄鹂在啼叫。”形声并茂，情景交融，读来如身临其境。这幅画面中，涧底幽深，凄凄芳草，涧水蜿蜒流淌，别有一番优雅闲情；涧岸山边的树丛中，几只黄鹂嬉戏吵叫，另有声情和动感。诗人捕捉到“幽草”和“黄鹂”两种意象，一静一动，一涧底一树上，创造了空间不同的视觉和听觉效果，令人玩味不辍。

“春潮带雨晚来急，野渡无人舟自横。”句解为：“春雨晚落，涧水涨潮，水势湍急，没人料理的渡口一个过客也没有，只有一条小船自由自在地浮荡。”这又是一幅动静相间，幽冥清美的图画。傍晚时分，自然光暗，忽又聚了云，下了雨，随之涧涨水满，下泻速急，一番春风急雨下江淮的情景。春潮来急，有声有色，喧嚣热闹；可那一厢，水流平缓处，一只小船由缆绳牵挂着，优哉游哉，轻轻荡漾，那样的闲适宁静。一静一动的两种事物又连接在一起，织就了一幅动态的图画。

诗人几笔把普通的西涧描绘得恬淡优美。诗以言志，历来人们对这首画面动感强、情绪若隐若现的诗篇有无思想深层的寄托秉持争论，不妨从诗人生平经历来推测他寄情的原因。诗人首句即称自己独爱涧旁幽草，幽草自在生成，甘于寂寞。韦应物清高淡薄，身处浊世，厌倦仕途，因而喜欢幽草的所处清静，安贫守节，或以幽草暗喻自己的归隐想法。而黄鹂在树上鸣声诱人，就如官场媚时随流，不为诗人所喜。“野渡无人舟自横”，则蕴含着一种不在其位、不得其用的无奈感怀。作者性情恬淡悠远，对官身的位置看得极淡，咏此小诗时只是心如明镜反照自然，与世俗全无瓜葛。

淮上喜会[①]梁州故人

江汉曾为客，相逢每醉还。
浮云[②]一别后，流水十年间。
欢笑情如旧，萧疏鬓已斑。
何因不归去？淮上有秋山。

【注释】

① 会：见到。

② 浮云：漂泊不定。

【赏析】

韦应物曾在梁州流连过一段时间，他在淮上见到了于梁州交往过的一位老朋友，有感而发，遂成此作。

前两句交代了“江汉曾为客”，而且“相逢每醉还”。回忆往年自己曾经客居江汉，那时朋友们经常相聚，高兴了就一番痛饮大醉，然后相互搀扶而归。在诗人看来，那种友情值得回味。前两句的描写，诗人仿佛沉浸在旧时友情的甜蜜和怀恋中，紧扣“喜会故人”的题旨。

但是，诗人遇到故人是在“浮云一别后，流水十年间”。回首那一离别已经过十年，如流水一样一去不复返。诗人有感而发，慨叹人生如浮云，既飘浮又短暂，这次的老友相逢是乍喜还叹。

第五句“欢笑情如旧”回扣“喜会”主题。虽然叹息人生漂泊，时光易逝，但重逢毕竟是好事，收拾好心情回顾在一起交往时推杯换盏、不醉不归的一件件、一桩桩往事，今次该是又再举杯一醉而归了。可诗人没去描述那欢笑之情，只因“萧疏鬓已斑”。可见相逢欢笑是表层的，互见对方的鬓发已白，笑也是苦笑，喜也是强喜，相逢的酒再也难如十年前那般痛饮，人生如白驹过隙，十年过后人已衰老，苦笑着对视那垂垂老相，自然高兴不起来。

末尾两句“何因不归去，淮上有秋山”，这是回答友人的问话。为什么不回梁州？是因为淮上这个地方秋山美妙，故此留恋不归。

诗人在《登楼》诗中有“坐厌淮南守，秋山红树多”之句，他爱那秋山红叶，因而告诉友人这里秋日满山的红树是他不愿离开的原因。但此种解释犹让人猜想，诗人不归去该不会真的是耽玩秋景，而是要以“秋”字深一步宣泄自己渐渐老矣的心情。

这首诗的艺术手法很高：第一，笔意疏密得当。两人阔别已久，想写入笔端的东西很多，但无法巨细皆述。诗人只抓住了以往的“醉酒”写友情，“十年一瞬”写别情，“容鬓萧疏”写老情，锐点突出，言简意赅。

第二，内容起伏跌宕。首联“江汉曾为客，相逢每醉还”是写回忆的欢喜。颔联一转，浮云一别，流水十年。人生短暂，悲从中来。第五句是欢声笑语叙旧情，又回到了欢喜的氛围。第六句“萧疏鬓已斑”忽又跌入悲情中去。诗的最后淡淡地用“淮上有秋山”来平复受伤的心。一喜一悲，方悲再喜，一正一反，交替登场，起伏跌宕，扣人心弦。

第三，暗中含前人诗意，增添了深远意蕴。汉李陵有“仰视浮云驰，奄忽互相逾。风波一失所，各在天一隅”诗句，苏武有“俯观江汉流，仰视浮云翔”诗句。诗人借之以“浮云”说明漂泊不定，以“流水”表示韶华易逝，着实引人联想。

四是情景交融。“为家”“醉还”是情，“浮云”“流水”是景，“欢笑”“鬓斑”是情，“淮上”“秋山”是景。融情于景，写景寓情，极大地增强了诗的韵味。

寄李儋[1]元锡

去年花里逢君别，今日花开又一年。
世事茫茫难自料，春愁黯黯独成眠。
身多疾病思田里，邑有流亡愧俸钱。
闻道欲来相问讯，西楼望月几回圆。

【注释】

① 李儋：字元锡，韦应物的好友，时任殿中侍御史。

【赏析】

唐德宗建中四年（783），韦应物由尚书比部员外郎外任滁州刺史。第二年春天写这首七律给在朝中任侍御史的好友李儋（字元锡）。诗中叙述了对好友的思念，描述了国事民生的凋敝及自己无能为力的焦急情感。

韦应物经历了安史之乱，国弊民苦对他的思想产生了剧烈冲击。他此次在滁州任职亲自接手治理一方，对朝政的紊乱、国势的衰败、黎民的疾苦了解得更为深刻。就在他于滁州任职这一年的冬天，唐朝又发生了叛乱。朱泚以乱军占据了长安，以“秦”为国号称帝，德宗仓皇出逃，朝野一片散溃。这首诗即写于翌年的春天。

“去年花里逢君别，今日花开又一年。”首联起笔阐述了离别的情形和时间。去年春天在长安离别，今年春天花儿又已开放，时间已经一年，去春一别春又来。在春天里给友人写诗，常理应是对冬去春来万物重返生机给予赞美，与友人共享春日的快乐。但“花开又一年”，明显不是在夸赞春与花的美好，而是隐隐怨怼春去又春来，花开又花落，时光易逝，人生短暂。

第三、四句中情绪急转直下，“世事茫茫难自料，春愁黯黯独成眠。”显然，“茫茫”是指国家前景的茫茫，世事难以预料。当时朱泚盘踞长安，勤王兵马能否将其击败收复长安尚未可知，国家前景堪忧。经历过安史之乱的诗人极度忧虑天下是否又将大乱，感觉到无法预料自己的将来，更无法预料国家的前景，因而“春愁黯黯独成眠”，诗人此时已极度消沉。男人本不易生发春愁，但国家正处如此祸乱，诗人作为一州长官却无力挽救国危为民除害，反而连消息都不通，怎能不焦虑？一筹莫展无所作为中留下的只能是无尽的苦闷。春花再美、春宵再好也无心去享用，只能是“春愁黯黯”“独眠”苦思了。

“身多疾病思田里，邑有流亡愧俸钱。”第五、六句进一步叙说自己的身处境遇和思想状态。韦应物此时已近晚年，经历了唐朝由盛转衰的整个过程，已感心力交瘁，又担当起一州长官的重任，确感力不从心。因此“身多疾病思田里”，从心里不想做这官了，这是诗人的真情写照。但诗人又惦记着颠沛流离生活困苦的百姓，感到自己没有治理好滁州，没能把百姓安定下来，愧对百姓的寄望、愧对朝廷的俸禄。诗人这里既表达了自己辞官归隐的念想，又表示不能一走了之扔下百姓不管，思想十分矛盾。

末尾两句“闻道欲来相问讯，西楼望月几回圆”意为：听说你将来这里问候我，我每日登上西楼瞻望，经历了数回月的圆缺。他是在殷切盼望那位做侍御史的老友李儋到来，好向他讨教朝廷平乱的情况及解决自己心中的矛盾。

《寄李儋元锡》句句写实，一改诗人空灵含蓄的风格。看得出在当时混乱的局势中，他已无心雕句，径直抒发胸臆，表达切急的情感。因而其艺术表现和语言技巧并无特长，但又不失为唐代诗苑的名篇。究其原因是诗中诚恳地披露了一名廉洁正直的官员面对国乱民苦的忧虑和苦闷，尤其是“邑有流亡愧俸钱”的良心发现，十分难得。

秋夜寄邱员外①

怀君属秋夜，散步咏凉天。

山空松子落，幽人②应未眠。

【注释】

① 丘员外：名丹，苏州人，曾拜尚书郎，后隐居平山上。

② 幽人：隐居的人，此处指丘员外。

【赏析】

诗人与邱丹（二十二员外）在苏州时交往甚密，后邱丹去临平山修道。这首诗表面是一首寄邱丹的怀人之作，实则是吟咏自己对隐逸生活的向往之作。

“秋夜的深沉牵起我的思念，凉意侵袭散步咏唱独流连。松子落进晚山的空旷与静寂，物外人是否也在夜咏不成眠。”隐逸者的心思渗透在诗中字里行间。

首句“怀君属秋夜”，将情境拉进肃秋之夜。时序季节，自然之理，夏去秋来，晚天萧索。自古悲秋多寂寥，秋日是易于伤感的时节，在外羁旅之人此时更易思念家人。而秋凉之夜，诗人独独由此想起了在深山里的道兄朋友，此时并非惦念道友是否饥寒，诗人是由寂寥想起了山中的隐逸。

第二句把诗人的情绪表达得更加明显。“散步咏凉天”，秋而夜，本应愁上加愁，可诗人却举步于冷夜之中，一边散漫流连，一边咏唱诗歌，欣赏着冷月秋霜。这种境界非超然物外之人不可以企及。

第三句“山空松子落”，绝佳之意随成绝佳之句，意境已经脱凡入仙，诗句令人品味无限。秋在山峦，弯月在天，凉意若水，万籁俱寂，生物没了气息，空气都已沉凝，一切都已静止。突然一声轻响传来，一颗小小的松子落下，声音虽小却能传遍丛山，之后，一切又归于沉寂。诗人畅游凉夜，吟咏秋殇，内心却淡涌出这样的诗句，表达了对空山隐逸生活的无比向往。

末一句“幽人应未眠”，“幽人”即是幽居之人，此处指邱道士。幽居之人就是隐逸之人，居于青山上幽谷里曾是古贤人绝佳的选择，也是僧道等出家人修行的好场所，诗人向往邱道士在临平山的幽谷晚山里享用自然的恩赐，神魂已飞向远方。

韦应物是在秋凉夜吟下向往临平山的，他感应到了那里的秋夜更清幽、更美，因而更艳羡，猜想着临平的道士不会浪费这清幽，也该是不眠不休，趁夜游览幽山谛听松子的落地之声。

从诗境来说，这首感怀诗清韵古淡，妙蕴空灵，禅味十足，若非内在修为淡冶，不会有此从容。

从诗情来说，心思幽远，笔随意出，不受时空限制。诗的前两句是诗人所临之景，后两句是临平山之境。一首诗中拟画出两个空间，两相对映，两番景象一般情，意境幽远，耐人寻味。

从诗的艺术来说，写实和虚构相结合。诗的前两句是实写秋夜难眠空冥幽想月下沉吟的佳景；后两句是虚写山中道士在清幽的古观旁听风看月、捕捉松子落地声的妙境。实虚交融，语浅意深，令人玩味。

卢纶：独立扬新令，千营共一呼。

诗人名片

生卒年月：约公元 737 年—公元 799 年

字号：字允言

祖籍：河中蒲州（今山西省永济县）

代表作：《塞下曲（其一）》等

诗人小传：天宝末举进士，遇乱不第；代宗朝又应举，屡试不第。大历年间，由宰相元载以及王缙等人举荐，先后任阌乡尉、集贤学士、秘书省校书郎、监察御史、陕府户曹等职，后因元载、王缙获罪，遭到牵连。德宗朝复职，最终官至检校户部郎中。

卢纶是“大历十才子”之一，他的诗多为赠答唱和、送别陪宴之作，诗风明快爽朗，因长期居军幕，故也有慷慨雄壮的边塞诗。有《卢户部诗集》，《全唐诗》录其诗五卷。

塞下曲（其一）①

鹫②翎金仆姑③，燕尾④绣蝥弧⑤。
独立扬新令，千营共一呼。

【注释】

① 塞下曲：唐代乐府名。出于汉乐府《出塞》《入塞》，属《横吹曲辞》。

② 鹫：大雕。

③ 金仆姑：神箭名。

④ 燕尾：指旗的两角叉开，若燕尾状。

⑤ 蝥弧：旗名。

【赏析】

卢纶的组诗《塞下曲》共六首，分别写发号施令、射猎破敌、奏凯庆功等军营生活场景。六首诗原本是和张仆射的诗作，因此诗题也作《和张仆射塞下曲》。本诗是其中的第一首，写将军发布军令时的情景。战士们整装列队，待命出征，军容整齐，将军威严。将军一人发布命令，千军万马同声响应。诗人用“独立”和“千营”做对比，写出了官兵团结一致、士气高昂的动人场景。

塞下曲（其二）

林暗草惊风，将军夜引弓。
平明寻白羽①，没在石棱中。

【注释】

① 白羽：尾部或杆部饰有白色羽毛的箭。

【赏析】

卢纶的人生和仕途都极为不顺，早年间他多次应举不第，后经元载、王缙等举荐才谋得官职。时日不久，元载等人获罪，卢纶受到牵连，甚至一度因此入狱。朱泚之乱过后，咸宁郡王浑瑊出镇河中，充行营兵马副元帅，提拔卢纶为元帅府判官。这是卢纶边塞生活的开始。在军营中，他看到的都是雄浑肃穆的边塞景象，接触到的都是粗犷豪放的将士，故而创作了一批优秀的边塞诗，达到了诗歌创作的一个高峰。

《塞下曲》（又称《和张仆射塞下曲》）六首就写于这个时期。这六首皆是五言绝句，分别写发号施令、射猎破敌、奏凯庆功、整队发令、战中狩猎等，雄浑壮阔又英气焕发，体现出盛唐气象。此乃组诗中的第二首，借西汉李广典故，赞美边关将帅的勇健。

“林暗草惊风，将军夜引弓。”将军正在夜巡，旁边幽暗的林莽里忽然传来风的呼啸声，继而蒿草晃动，他大吃一惊，以为幽林中有猛虎，于是敏捷地搭箭引弓。首句林暗风惊，交代了时间、地点，不言虎而如有虎在，渲染出紧张的气氛；次句只写将军引弓未写将军射箭，让人对箭的去处以及是否射中充满好奇。前两句塑造出了将军警惕果敢，临危不乱的形象。

“平明寻白羽，没在石棱中。”翌日清晨，将军派人到林中查看情况，只见他射出去的那支箭，竟然已经深深地刺进了坚硬嶙峋的磐石里！通过这一让人惊叹的情节，赞美了将军的勇武。将军虽然没有射中猛虎，但射石没羽，更能说明其武艺高超、力大无穷。

“箭入磐石而没羽”本有典可循，《史记》记载：“广出猎，见草中石，以为虎而射之。中石没镞，视之石也。因复更射之，终不能复入石矣。”西汉名将李广外出狩猎时，见到草中巨石，误以为是猛虎，搭箭射去，箭入石内。

卢纶袭用这一典故，并加以创新，别具新意。首先，李广见“虎”即射，勇猛有余而沉稳不足，但卢纶诗中的将军经历了从“引”到“射”的过程，可见其临危不惧、处变不惊；其次，李广射后即“视之”，卢诗中却等到翌日，又可见其沉稳镇定；再者，李广射出的箭“中石没镞”，“镞”是箭头的意思，但卢诗中“白羽”都“没在石棱中”，言箭入石之深长。由此可见，卢纶笔下的主人公，比飞将军李广还要沉稳镇定，勇猛无敌。卢纶以声情并茂的表达和机关暗藏的细节，避免了炒冷饭的嫌疑，塑造了一位射技超群，有勇有谋的将军形象。

塞下曲（其三）

月黑雁飞高，单于①夜遁逃。
欲将轻骑逐，大雪满弓刀。

【注释】

① 单于，是古时匈奴最高统治者，这里代指入侵者的最高统帅。

【赏析】

这是《塞下曲》组诗中的第三首，写战争进入尾声，将士们雪夜逐穷寇的场面。诗人并没有描写正面交锋的战争场面，却将敌人的深夜遁逃和我军的乘胜追击进行鲜明对比，表现出将士们的英勇善战，言兵威所震，强虏远逃。

“月黑雁飞高，单于夜遁逃。”首句写景，交代时间，次句叙事，交代情由。“月黑”，即月亮被乌云遮盖，说明无光，“雁飞高”，大雁在黑沉沉的高空中掠过，渲染出环境的空寂，这句写出了夜色之深、之静，这样的环境正宜逃遁。所以，敌方首领带领着他的部队，趁着夜色悄悄逃跑了。“单于”即匈奴王，在这里指代敌方统帅，连首领都带头逃窜，说明敌人深知败局已定。诗人并没有描写此前的战争场面，但在这里却给读者留足空间，去想象白天战况的激烈程度，以及我方破敌告捷的热烈场面。

前两句写敌人逃遁，后两句则言我方追击。

“欲将轻骑逐，大雪满弓刀。”我方统帅得到消息之后，迅速率领一支轻骑，准备追击逃走的敌人，尚未出发，纷纷扬扬的大雪飘落而下，洒在将士们手中的弓刀上，锋利的刀锋反射出耀眼的光亮。一个“满”字，写出了雪花落下的势头之疾之大，使这一幕深夜逐寇的图画显得更加奇壮、磅礴，另一方面也道出了军情的紧急和边塞生活的艰苦。

学贵有疑，今人在解读这首诗时，曾指出其存在常识错误，认为北方落雪之时，大雁早已南归，不会出现雪、雁并存的景象。但是，不仅是卢纶这首诗，在其他诗人笔下，多次出现过有雪有雁的诗句，如高适《别董大》中的“千里黄云白日曛，北风吹雁雪纷纷”，再如李颀《古从军行》中的“野营万里无城郭，雨雪纷纷连大漠。胡雁哀鸣夜夜飞，胡儿眼泪双双落”，都说明在边塞地区，尤其是西北高原，不论是北雁南飞的秋季，还是南雁北归的春天，都可能有雪降落，这也再次说明了边塞气候的无常和恶劣。

卢纶抓取了战争中追击敌寇的场面，并以降雪这一富有艺术效果的情节，使全诗流露出更加严肃、紧张的情绪。诗到这里戛然而止，并没有交代将士们到底有没有追上敌军，追上之后的战斗到底是胜是败……在这迫近高潮的地方收尾，正似箭在弦上，最是扣人心弦。

送李端

故关衰草遍，离别自堪悲。
路出寒云外，人归暮雪时。
少孤[①]为客早，多难识君迟。
掩泪空相向，风尘[②]何处期？

【注释】

① 少孤：少年丧父、丧母或父母双亡。

② 风尘：形容社会动乱。

【赏析】

《送李端》一诗色调沉郁，把诗人对知己的珍视与对离别的满怀凄切吐露无遗，感情真挚饱满，感人至深。

“故关衰草遍”，是对送别环境的描写。别无景致，只提“衰草”遍野，苍茫四顾。由后文的“暮雪”可知天气是阴郁的，这样的自然环境和天气环境为整首诗奠定了悲伤忧郁的情感基调。于是，诗人直叙“离别自堪悲”，在如此严冬时令，满眼的衰败景象，再加上阴云密布，故人相送，其中况味不言而喻，“悲”成为全诗的灵魂所在。

“路出寒云外”写诗人目送李端上路的情景。路的此端是伫立的诗人，故人却朝着另一端渐行渐远，诗人一直注目在故人身上，却不想慢慢地就只能看见路伸向天边云外，而故人已经看不见了。此句“出”字极妙，看似言“路”，实为写人，一方面写故人远去，一方面也写出诗人不舍惜别的留恋。“寒云”除与严冬气节相呼应，也是诗人内心的写照，有人远去，诗人自此孤单。“人归暮雪时”是写诗人归程天色已晚，天空还飘起雪花，印证了前一句诗人望着故人远去的身影伫立良久的情节。在前文铺就的这张画卷里，夜色阴沉，在这条伸向天边的路上，只剩诗人淹没在纷飞大雪中的背影，悲凉之意尽显。

第三联是诗人的回忆与感喟。“少孤为客早”一句诉说自己多舛的命运，诗人在《纶与吉侍郎中孚司空郎中曙苗员外发崔补阙峒》诗中写道：“八岁始读书，四方遂有兵。……禀命孤且贱，少为病所婴。”“孤”意为丧父、丧母或者父母双亡，“婴”是缠绕的意思，可知诗人幼年就成了孤儿，且病痛缠身，待到八岁读书时，战乱又开始了，于是诗人早年便开始了客旅他乡的生涯，漂泊日久。“多难识君迟”与前一句对仗而出，说诗人历经坎坷，才得以与李端相识，这里的“迟”与上句的“早”在词义上形成对比，反差明显，充分道出了诗人对世事动荡、身世沦落的慨叹，同时深切惋惜与李端相识太晚。诗在此处达到高潮，诗人将身世之悲、国乱之悲与别离之悲融合在一起，仅十字看似轻巧，却意味深长。

“掩泪空相向，风尘何处期？”诗人难掩悲苦，不禁流泪，对知己的愈发留恋促使他回过头，徒然望向那伸向天边的风雪大道，只望他年相见，可是风尘扰攘，要等到何时何地？这一联是收也是放，诗人用一个后会有期的希望作为结尾，这是一个需要时间来验证的希望，既流露出对造化弄人的感慨，也表达出对未来无法预知的无奈。

尤以结尾一句的疑问语气更耐寻味。“风尘何处期？”若是反问，那便是后会无期；即便是设问，谁也无法给出答案。在战火纷飞的世事中，只能期冀变幻莫测的“风尘”予以成全。掩面而泣的细节真挚朴实，最后的发问让诗人的悲伤之情余波不平，意境旷远。

孟郊：慈母手中线，游子身上衣。

诗人名片

生卒年月：公元 751 年—公元 814 年

字号：字东野

祖籍：湖州武康（今浙江省德清市）

代表作：《游子吟》等

诗人小传：孟郊早年家境贫寒，生活困窘，且屡试不第，直到四十六岁时才得中进士，五十岁被任命为溧阳尉。

孟郊擅写古诗，五百多首存诗中以短篇五言古诗最多，无一首律诗。孟诗题材多样，有表达关心人民疾苦的，有反映社会现实、揭露统治阶级罪恶的，也有表现骨肉亲情或描画自然山水的。孟郊的诗作或明白淡素、工于白描，或精思苦炼、雕刻奇险。他以苦吟著称，与贾岛并称“郊寒岛瘦”，是苦吟诗人的代表。其作品被集录于《孟东野诗集》。

游子吟

慈母手中线，游子身上衣。
临行[①]密密缝，意恐迟迟归。
谁言寸草心，报得三春晖[②]。

【注释】

① 临行：即将远行。

② 三春晖：春天温暖的阳光。旧称农历正月为孟春，二月为仲春，三月为季春，合称三春。

【赏析】

“从来选诗的人，对于他的诗，没有一致的选录标准，因此就没有公认的代表作。但许多选本里都选了他的《游子吟》。”这句话出自施蛰存先生的《唐诗百话》。从宋至清的影响较大的唐诗选本中，但凡收录了孟郊的作品，《游子吟》都不会被落下，可见其影响之深。

《游子吟》取胜于“诗从肺腑出，出辄愁肺腑”（宋代苏轼《读孟郊诗》）的深挚感情，而非复杂多变的诗歌技巧。诗人截取日常生活中母亲为即将远行的儿子缝补衣服的瞬间，赋予普通生活场景以典型化意义，讴歌了无私而伟大的母爱，抒发了游子思乡念亲的情感。

诗题为“游子吟”，正文以游子的自述口吻娓娓道来，回忆了离家之前母亲为自己缝制衣服的场景。“慈母手中线”与“游子身上衣”都不是完整的句子，而是两个看似并不相干的词组，但是，通过母亲手中的一根“线”，这两个各自孤立的静态画面并连在一起，富有了动态的意蕴——慈母用手中丝线赶制冬衣，游子将穿着这件衣服游走天涯，母子二人的心，也通过亲情这根线被紧密相连。

“临行密密缝，意恐迟迟归。”这两句集中笔墨描写母亲密密缝衣的动作和心理。“密密”既指母亲缝制衣服之快之急，又指针脚的密密匝匝，表现母亲怕衣服赶制不成而误了儿子行程的忐忑心情，又表现了母亲担心衣服不够结实、暖和，唯恐儿子会迟迟不归，以致挨冷受冻。儿子还未出发，母亲已期盼归期，这种牵肠挂肚、深挚感人的母爱，正是此诗脍炙人口，光耀千古的原因。

最后两句是全诗的中心，诗人以反问句式，表达出游子对母亲的感激。“谁言寸草心，报得三春晖”，诗人把游子比喻成柔嫩的小草，把母爱比喻成春天温暖的日光，意思是说：母爱像春天的阳光一样广博而深厚，子女以寸草之心又怎么回报得了其中一二呢？诗人越是表达母亲的恩情之难报，就越能突出母爱之深沉浩瀚。

在文学史上，孟郊与贾岛齐名，被视为苦吟诗人的代表，锤炼字词是他们在诗歌创作中的共同特点。但是，这首《游子吟》中没有任何晦涩难懂的字词，从遣词造句到情感发展，皆水到渠成，非常自然，这便是情之所至使然。

《全唐诗》中，此诗诗题下有孟郊的自注：“迎母溧上作。”由此可知这首诗写于孟郊在溧阳县尉任上时。孟郊一生极为坎坷，四十六岁时才得中进士，近知天命之年才当了个小小的县尉。此前他长年在外，过着颠沛流离的生活，备感世态炎凉和人情冷漠，母亲到溧阳与他为伴，这对年近半百的孟郊来说，是情感上的莫大安慰。他把自己内心对母亲的情感写到诗里，脱口而出，传达出充沛而流畅的感情。

登科后

昔日龌龊[①]不足夸，今朝放荡[②]思无涯。

春风得意马蹄疾，一日看尽长安花。

【注释】

① 龌龊：指处境不如意和思想上的拘谨局促。

② 放荡：自由自在，无所拘束。

【赏析】

孟郊作诗尤以“苦吟”著称，宋代文人欧阳修在《六一诗话》中写道：“孟郊贾岛皆以诗穷至死，而平生尤喜穷苦之句。”一方面说明他在遣词造句上多刻苦琢磨，另一方面也说明他的诗作多写贫穷饥寒的内容，风格压抑而生冷。《登科后》却难得给人一气呵成、酣畅淋漓之感，洋溢着人逢乐事而喜不自胜的情绪，富有强烈的艺术感染力。

封建时代的文人大多有“学而优则仕”的梦想，尤其社会地位低下的平民阶层，希望通过科举的途径，金榜题名，以改变自己的人生。孟郊也不例外，他一生中参加了三次科举考试，但“两度长安陌，空将泪见花”（《再下第》），前两次都落榜，落得“四望失道路，百忧攒肺肝”（《商州客舍》）。德宗贞元十二年（796），饱受穷困与失意双重折磨的孟郊第三次进京应试，终于及进士第，他兴奋不已，写下这首《登科后》，以表达难以自持的喜悦之情，可谓孟郊“平生第一快诗”。

“昔日龌龊不足夸，今朝放荡思无涯。”前两句以对比手法表达忘乎所以的喜悦之情。“龌龊”指因家境贫寒和仕宦失意导致的潦倒落魄、压抑难耐，“放荡”形容一朝中榜、前途光明而带来的不受拘束、潇洒恣意，从“昔日”到“今朝”，表面看来只有一日之隔，但对孟郊而言，数十年的生活因进士及第这一境遇发生了翻天覆地的变化，此前人生不遇与前景堪忧的愁闷烟消云散，诗人心里自然有说不尽的畅快。

“春风得意马蹄疾，一日看尽长安花。”诗人骑着骏马疾驰在和煦的春风里，神采飞扬、得意之态毕现，一天之内，他与同榜高中的进士们游遍京城，赏尽名花奇卉，看尽长安的名胜风光。这两句是“放荡”“思无涯”的具体表现，此前诗人曾两次进京赶考，但是都失望而归，即使置身长安也无心观景，这一次他再也按捺不住内心的喜悦，痛痛快快地游览长安，“一日”看尽长安风貌固然是夸张之词，却最能刻画“人逢喜事精神爽”的状态，且“一日”与“马蹄疾”互相照应，写出了人在心情愉快时行动迅速、敏捷的特点。

“得意”的并非“春风”，而是诗人自己，马蹄翻飞也不见得有多“疾”，而是因为孟郊心情快慰，这两句是对“以我观物，故物皆著我之色彩”（王国维《人间词话》）的极佳证明。

这是一首不事雕琢、挥笔而就的作品，显得轻松自然、欢快愉悦。诗人兴高采烈、神采飞扬的样子甚至可以用得意忘形来形容，可见科举及第对他来说具有极其重要的意义。后人再读时，除了会被孟郊一举成名后心花怒放、欣喜若狂的心情感染，也不由得因科举制度下文人被压抑、被束缚、被扭曲的心态而感慨。

归信吟

泪墨[①]洒为书，将寄万里亲。
书去魂亦死，兀然空一身。

【注释】

① 泪墨：以泪为墨，泪水湿润了墨块。

【赏析】

孟郊家境贫寒，早年颇不得志，屡试不第，四处漫游，又无人赏识，直至四十六岁才中进士。这首诗应该写于中进士之前、四处漂泊之际。此诗为五言绝句，写了漂泊途中对家人深切的思念。

首句极具动感和震撼力，“泪墨”可以解为泪水湿润了墨块，或是以泪为墨。“洒”字写出了泪水之多，表现了诗人提笔写信时，难以压抑内心中翻涌的感情，千言万语都化作泪水汩汩而出。

后两句写信寄出后，仿佛自己的魂魄也随之回乡，到了千万里外的亲人身边，“书去魂亦去”再次掀起感情的波澜，可见思乡之苦已至极点。

苏轼在《读孟郊诗》中说："诗从肺腑出，出辙愁肺腑。"此诗体现了这一特点。全诗语言质朴，感情深挚浓重，有撼动人心的力量。

王建：今夜月明人尽望，不知秋思落谁家？

诗人名片

生卒年月：约公元 767 年—公元 830 年

字号：字仲初

祖籍：颍川（今河南省许昌市）

代表作：《十五夜望月》等

诗人小传：大历年间进士，曾任几任小官，晚年为陕州司马，有过从军塞上的经历。王建诗以乐府著称，从不同角度反映社会矛盾和民生疾苦，其诗语言通俗明快，凝练精悍，与张籍并称"张王乐府"。《全唐诗》录其诗六卷。

十五夜望月

中庭地白树栖鸦，冷露无声湿桂花。
今夜月明人尽望，不知秋思落谁家？

【赏析】

自古以来，无数诗人对月咏怀，佳句颇多。王建的《十五夜望月》，言今夜清光千门共见，又诉千里相思乱人柔肠，实是高踞题颠之作。不同版本的集作中，此诗亦作《十五夜望月寄杜郎中》，诗人以"望月"二字贯通全篇，前两句写中秋月色，后两句写望月怀人，表达对友人的思念之情。

"中庭地白树栖鸦，冷露无声湿桂花。"前两句写地白凝霜，桂枝湿露，赫然一幅月色图却又不言月，此乃诗人“经意之笔”。诗人“望月”不见月，眼前只有一幕动人的自然景象：庭院正中的地上一片银白，鸦鹊早已择树而栖正入酣梦，冰冷的露水无声地打落下来，浸湿了芳香馥郁的桂花。“地白”二字写出了月光的明亮，正因为月明，才能见树上栖鸦，才能见滴露湿桂。月夜是美丽而宁静的，渲染出了幽静深邃但又引人向往的气氛。

在这样的环境里，诗人举头望月，不禁起了思念之情。“今夜月明人尽望，不知秋思落谁家？”今天晚上月光如此皎洁，月色这般动人，普天之下人人都在仰头望月，却不知那浓浓的秋思究竟会落在谁家呢？从写景起，又由景物引出观景之人，从人联想到人之情愫，衔接不可谓不紧密，显示出诗人的缜密匠心。

将“人尽望”与诗题中的“十五”联系起来，可知这是中秋之夜，望月寄情本是中秋节的习俗，诗人的怀友之情显得更加自然熨帖，毫无突兀之感。诗人先从宏观的角度出发，写“月明人尽望”，又把相思之情具体到自己，写自己起了秋思，思念友人。可是在从一般过渡到具体的过程中，诗人又显机杼，用疑问的语气作“不知秋思落谁家”，一方面把怀友感情表达得深沉蕴藉，另一方面又暗指每户人家都可能是秋思飘落之处，每个人都可能是心生秋思之人，写出了中秋之夜怀人人们的这一普遍心理。

从写景起，以抒情结，景物以形象化的文字笔笔绘出，情思以朴素真挚的语言自然流露，景美情浓，委婉动人，味之不尽。

雨过山村

雨里鸡鸣一两家，竹溪村路板桥斜。

妇姑[①]相唤浴蚕[②]去，闲着中庭[③]栀子花。

【注释】

① 妇姑：儿媳和婆婆。

② 浴蚕：用盐水浸泡蚕茧，其中下沉者可选作蚕种。

③ 中庭：院子中央。

【赏析】

唐诗中以山水田园为描写对象的佳作不少，但能把诗情画意和农村的劳动气息结合得天衣无缝的作品毕竟少数。《雨过山村》既描写了优美的山水田园风景，又写出农忙时节真实的农村生活，以田家、蚕妇入诗，将一幅清新隽永、有声有色的民俗风情画徐徐铺展开来，令人有玩味不尽之感。

前两句紧扣诗题，是对“雨过山村”的具体诠释。“雨里鸡鸣一两家，竹溪村路板桥斜。”淅淅沥沥的小雨不停落下，僻静的山村里间或传来一两声鸡鸣。行走在狭窄的乡间小路上，一旁有蜿蜒而过的潺潺小溪，另一旁有茂密青翠的竹林，在淋漓的小雨中，溪上泛着圈圈涟漪，竹林传来声声竹韵，让人不知不觉沉醉其中，停留在一座木板桥前，久久不肯移步。

首句采用了以动衬静的手法，正因为鸡鸣只有“一两家”，更显出山村的静谧，若是群鸡和鸣，恐怕就只有聒噪之嫌了。次句由竹林、溪流、村路、板桥四个意象名词共同构成，最后这一“斜”字，赋予了整幅画面灵活的动感，而这些景物本身又置于“雨里”，画面显得更加生动了。

绘完景物，诗人开始描写人的活动，既有繁忙农事，亦有舒适闲情。“妇姑相唤浴蚕去”，媳妇和婆婆互相招呼着一起冒雨浴蚕，一方面说明了农民生活的不易，他们必须风雨无阻地辛勤劳作，抓住每个利于农事的时机，才能求得衣食无虞；另一方面也表现出山村人家和睦、温馨的生活状态，十分亲切。

“闲着中庭栀子花”，尾句从侧面写农事之繁忙。男女老少都在田间、山上忙碌着，即使人在家中，也进进出出不得空闲。院子里的栀子树已经到了花季，白莹莹的花瓣散发出浓郁的香味，与雨水的清新气味混在一起，景色美极，风味雅极，但却无人驻足，无人欣赏。诗人写花之“闲”，这正是为了突出人之“忙”。不见“忙”的字眼，却把农忙时节的氛围和盘托出，这正是从虚处着眼，实处落笔。

王建先以实物入境，又以声衬静，动静结合，勾勒出了雨后山村自然静谧的风景，随后以人入境，展现出人忙花闲的农村风貌，清新喜人，富含生活情趣。

朱庆馀：含情欲说宫中事，鹦鹉前头不敢言。

诗人名片

生卒年月：不详

字号：字庆馀，名可久

祖籍：越州（今浙江省绍兴市）

代表作：《宫词》等

诗人小传：受知于张籍，登宝历进士第，官至秘书省校书郎。其诗词意清新、笔法细致，《全唐诗》收录有其诗歌一卷。《唐诗纪事》卷四十六、《唐才子传》卷六录有其事。

宫词

寂寂花时闭院门，美人相并立琼轩①。
含情欲说宫中事，鹦鹉前头不敢言。

【注释】

① 琼轩：对廊台的美称。

【赏析】

宫怨诗是古代文人骚客最为热衷的诗歌题材之一，或控诉君王的冷漠无情，或揭示宫廷生活的寂寞孤独，但大多依托一位宫女或宫妃来表现此种情绪，想有所突破着实不易。但是朱庆馀的《宫词》却独辟蹊径、构思精巧，以两位宫女并置的方式来承载情感，使得怨情更怨，哀情更哀，读之啜泪。

第一句“寂寂花时闭院门”寥寥七字，点出时间和环境，“寂寂”是宫中冷寂的表现，“花时”暗指此时乃是花团锦簇的春天，此句诗说的是：在百花盛开的阳春时节，宫门紧闭，一片凄清之意。随后，“美人相并立琼轩”两位美人相并而立站在华美的长廊里，举目凝视庭院，“轩”取长廊之意。此时正值春意盎然时分，两位美人本该闲坐楼阁赏花赏景，但彼时宫中却紧闭宫门，一片萧瑟，美人面对良辰美景也无心赏悦，恐怕“相并立琼轩”更是难排悲伤之情，反“倍增其哀”。该诗前两句看似简单，却极具匠心，为后两句诗做铺垫。

“院门”紧“闭”，“美人相并”，互相倾诉、抱怨一番，说说身边人、说说宫中事是最为平常的，可是“含情欲说宫中事，鹦鹉前头不敢言”。正当她们想互相倾诉宫中的一切时，却一眼瞥见了屋檐上的鹦鹉，故而欲言又止。一个“欲”字把宫女深闭宫中，受尽压抑而又无法排遣的内心世界和盘托出，有股“言已尽而意无穷”的味道。美人欲言而未言，是因为自己正站在“鹦鹉前头”。“鹦鹉学舌”闲时可逗乐，却也会让人产生“隔墙有耳”的危机感。此处“鹦鹉”有双关之意，一方面确指鹦鹉这种鸟，另一方面暗指那些像学舌的鹦鹉一样的告密者。

封建社会，等级分明，争权夺利，宫中更是钩心斗角之地，诗人用“含情欲说宫中事，鹦鹉前头不敢言”准确深刻地描摹了当时处于社会底层的宫女们无奈而沉重的生活景况，自古被誉为“深得慎言之旨”。该诗不直接铺陈宫女们的宫怨，但于“寂寂”“闭院门”“欲说”“不敢言”之中又将这种难以言说的宫怨说得凄楚哀怨：青春难耐，本就没有人身自由，现在甚至连言说的自由都被剥夺了，一个“鹦鹉”就让这些宫女们欲言又止，可见当时的封建制度对这些底层宫女们严苛的精神摧残。

宫外繁花似锦，宫内大门紧闭；少女青春洋溢，美人并立嗟叹，蹉跎岁月，无处诉苦，一只“鹦鹉”让杳无人声的宫廷生活，再次堕入万丈深渊。

第四章

在回瞻与迷离之间·晚唐的生命情调

杜牧：停车坐爱枫林晚，霜叶红于二月花。

诗人名片

生卒年月：公元 803 年—约公元 852 年

字号：字牧之，号樊川居士

祖籍：京兆万年（今陕西省西安市）

代表作：《山行》等

诗人小传：唐代著名诗人。杜牧人称“小杜”，以别于杜甫。与李商隐并称“小李杜”。因晚年居长安南樊川别墅，故后世称“杜樊川”。杜牧文学成就多样，其诗、赋、古文都堪为名家。杜牧的诗歌风貌往往神韵疏朗又不失华美，气势浩荡又不时流露出婉约之致，自成一家。

杜牧生于世代官宦并很有文化传统的家庭，其祖父杜佑是唐代三朝名相，著有《通典》二百卷。父亲杜从郁官至驾部员外郎。少年生活富足，然而祖父、父亲去世后，家道日渐衰微。杜牧才华横溢，颇有政治抱负，但他于唐朝似欲中兴实则无望的时代，怀才不遇，所以常有感怀时事、借古讽今之作。

其作品主要集录于《樊川文集》。《全唐诗》录其诗歌八卷。

山行①

远上寒山②石径斜③，

白云生处有人家。

停车坐④爱枫林晚，

霜叶红于二月花。

【注释】

① 山行：在山中行走。

② 寒山：指深秋时候的山。

③ 斜（xiá）：为“伸向……”的意思。

④ 坐：因为。

【赏析】

此诗描绘了一幅深秋山林的美丽风光。第一句诗人通过三个形容词再现了山貌：远上的“远”写出了山路的曲折蜿蜒；“寒”点明了此时是深秋时节，也显示出了山体硬、冷的特点；“斜”指山的陡峭、险峻，表明诗人心生畏意，与第二句诗人突然在一片荒凉的景色中看到人间烟火的惊喜形成鲜明对比。

“白云生处有人家”意即在白云缭绕的远处诗人望到一些人家。“白云生处”句有版本作“白云深处”。二者各有其妙，但“生”字更具情景感。它表现出了山的高峻，白云层层叠叠缭绕弥漫，仿佛是流动的画面，充满了动态感。“有人家”三个字淡淡拈出，既自然又贴切，让人联想到远处深山里飘出的袅袅炊烟与鸡鸣狗吠声，同时照应了前文的“石径”二字。那些弯弯曲曲的小路原来就是深山人家日常行经之路，于是，深山便不再荒凉。

第三句“停车坐爱”表明诗人并没有因为路远而着急赶路。“停”字写出了旅途中走走停停的乐趣，与诗题“山行”中的“行”字相映成趣。“坐”意为“因为”。诗人停下了匆忙的脚步，只是因为傍晚时分的枫叶林在晚霞的照映下流光飞舞，秋山夕照的美景让人流连忘返。

这时诗人仿佛已经不是一个过客，而是一个归人，完全沉醉于美景之中。其中的“晚”蕴意无穷，它点明时间现在已经是傍晚，同时展现了时间从白天到晚上缓慢消逝的过程。同时还表明了诗人对枫林美景依依不舍、不忍离去的流连之情，也为引出末句的“霜叶红”做铺垫。

末句“霜叶红于二月花”是全诗主旨。“红于”指明经霜的枫叶比二月的花还要艳丽。在一系列清冷意象的铺陈后，诗人在这里用浓重的笔墨写出了枫叶之绚丽。行笔至此，前文所有的景物都虚化成背景，成了枫叶的陪衬。这种表现手法，将枫林的美丽衬托得更加鲜明。

“霜叶红于二月花”是客观描写，也是诗人的内心感受。一切景语皆情语，末句一反古代诗文中在描写秋天时的萧瑟冷清，用火红的枫叶让读者感受到一个充满了热烈生机的秋天，同时也体现出诗人豪迈爽健、积极乐观的感情。其构思新颖，具有启发意义。

泊秦淮

烟笼寒水月笼沙，
夜泊秦淮近酒家。
商女不知亡国恨，
隔江犹唱《后庭花》[①]。

【注释】

①《后庭花》：即南朝陈后主所作《玉树后庭花》的简称。陈后主耽于声色，终致亡国。后人将其《玉树后庭花》视为亡国之音。

【赏析】

秦淮河是六朝以来商旅的集散地，耸立着许多秦楼楚馆，热闹繁华。杜牧夜经此地，听到歌妓的唱词，感时伤世，悲从中来，写下了这首传唱千古的名作。不少学者也认为此诗为唐人七绝的压卷之作。

第一句描绘烟水朦胧、凄凉迷离的景象，通过两个“笼”字把“烟”“水”“月”“沙”四者巧妙地联系起来。此句运用了互文见义的表现手法。诗意为：烟和月色笼罩着秦淮河的水和岸边的沙。这里，诗人借着景物描写，暗示唐王朝危机四伏，使后文诗人听到隔江的歌声有感有了一个环境烘托。这里没有直接交代事件，而是先婉转地写了诗人周边的环境，给读者增添了无限想象的空间。

第二句承接了第一句，写景之后紧接抒情，交代了时间、地点。时间是“夜”，地点是“秦淮”，并且印证了诗题。“近酒家”三字开启了后文。正因为诗人离秦楼楚馆近了，才能听清歌妓演唱的《后庭花》。“近”字暗含热闹是他们的，自己却凄凉孤独之意。

“商女”是指以唱曲来谋生的女子，也被称为歌妓。第三句明写“商女”不知亡国恨，其实暗指统治者和大多数国民仍沉迷于歌舞声色之中，不谙国事，没有“亡国”的意识。暗讽的表现手法突出了诗人的痛心和无奈。

末句中的“后庭花”为用典。传说南朝陈后主作歌曲《玉树后庭花》给歌女演唱。那时隋兵已经在江北陈师，而陈后主依然溺于声色不理国事，最终导致了南朝小朝廷的灭亡。此句中的“隔江”二字，则将历史与现实串联在一处，既是对当时局势的暗示，也是对当权者的讽刺。

本句中的“犹”字用得尤其绝妙。“犹”即“还”，这一字意味深长，它将南朝的旧事与现实情景做对比，吊古的同时讽今，警示统治者如果继续沉迷声色，那么南朝亡国的悲剧将会重演，同时流露出诗人无限的隐忧和沉重的悲痛。

整首诗融写景、叙事、抒情为一体，寓情于景，情景交融，委婉浑然，意蕴无穷，表达了对于山河落魄却声色依然的深切哀思。

江南春

千里莺啼绿映红，
水村山郭酒旗风①。
南朝②四百八十寺③，
多少楼台④烟雨中。

【注释】

① 郭：外城。山郭：靠山的城墙。酒旗：酒帘，高悬在酒店外的标志。

② 南朝：东晋后在建康（今南京）建都的宋、齐、梁、陈四朝合称南朝。

③ 四百八十寺：南朝皇帝和大官僚好佛，因此当时佛寺大兴。据《南史 · 循吏 · 郭祖深传》：“都下佛寺五百余所。”此处为虚指。

④ 楼台：指寺庙。

【赏析】

杜牧在这首诗中，用短短二十八字描绘了一幅风光无限、绚烂多姿的江南春景。虽然用语简洁，意象精致，但塑造了一个大江南。

首句中用“千里”这一概括性数字，道出了江南地域的广大开阔，把整个江南都囊括其中。“莺啼”二字有先声夺人的效果，诗中春景未现，读者就听见了春天的声音。诗人正是用莺啼，把“犹抱琵琶半遮面”的春天唤了出来：在广袤的江南大地上，春天来临，四处是抽了嫩芽的绿树和刚刚舒展开的花朵，有鸣叫的鸟儿穿梭于绿柳红花之中，好一派姹紫嫣红的热闹景象。

第二句当中有“水”，有“山”，有“酒旗”，有“风”，还有“人家”。句中的“酒”字让整首诗瞬间充满了生活的气息，这里没有写酒馆、酒栈，而是选择了一个更小的意象——“酒旗”，以小见大，让人想见依水的村庄临山的城郭不时有酒帘闯入眼帘。这里的“风”也只是单独地罗列，并没有写风吹动或者拂动酒旗，留与读者想象酒旗如何迎风招展。

杜牧在前两句中只是简单地把几个意象组合起来，做文学典型化概括，但这几个意象组合以后蕴含的意义却远远超过了它们原来意思的总和，与元曲“枯藤老树昏鸦”有异曲同工之妙，如此一来江南农家欣欣向荣、春意盎然的生活气息犹在目前。

三四句中，诗人的视角从自然景观到人文景观，既有空间的延伸，也有时间上历史的追溯，忽而从明丽的景物转向了朦胧迷离的春的世界，丰富了江南春天的色彩感和层次感，向读者传达着江南的春是多姿多彩的。

“南朝”为此诗增添了历史的色彩，“四百八十”是唐代人强调数量之多的概括说法。诗人眼中，南朝修建的寺庙在烟雨缥缈之中显得格外迷离深邃，为江南的春增添了一份朦胧的古典美。

在这份美中，杜牧也抒发了历史感慨。杜牧的年代，亦是唐代大兴佛教的时期，而且与南朝一样，当时的佛教进入了恶性发展状态中。杜牧在诗中，通过“南朝”二字引出了南朝统治者因大兴佛教，劳民伤财而最终加速其灭亡的历史旧事。诗人透过“南朝四百八十寺”的“烟雨”，吊古同时亦在伤今。最后两句为诗篇加入了历史兴亡之思，让诗境从单纯的写景中超脱，全诗的主旨由此得到了升华。

对于这首诗，杨慎曾经在《升庵诗话》里提出了质疑“千里莺啼，谁人听得？千里绿映红，谁人见得？若作十里，则莺啼绿红之景，村郭、楼台、僧寺、酒旗皆在其中矣。”他认为“千里”用得不切实际，应该改为“十里”。

针对杨慎的批判，何文焕在《历代诗话考索》中做出了回答：“‘千里莺啼绿映红’云云，此杜牧《江南春》诗也。升庵谓‘千’应做‘十’。盖‘千里’已听不着，看不见矣，何所云‘莺啼绿映红’耶？余谓作‘十里’，亦未必听得着、看得见。”他认为诗人在诗歌中最主要的目的是要表达自己的真实感受，如果过分客观地实际描写会折损诗歌的意境。杜牧诗中的那美景只要让读者读来感到身临其境便是好诗。何文焕正是从文学典型艺术概括的角度肯定了杜牧的创作。

赤壁①

折戟沉沙铁未销，
自将磨洗认前朝。
东风不与周郎②便，
铜雀春深锁二乔。

【注释】

① 赤壁：指三国时期著名的战役“赤壁之战”的地方。

② 周郎：指三国时吴国周瑜。

【赏析】

杜牧写过很多首咏史诗，《赤壁》是其中最优秀的篇章之一。在诗人出任黄州刺史时，曾游览黄州赤壁矶，对于三国的历史有感，写下了这首怀古咏史诗。诗中写到的战争即是三国时期著名的赤壁之战，它扭转了当时的政治格局，也改变了历史的走向，奠定了魏、蜀、吴三国鼎立的局面。

当年，势力范围不断扩大的曹操率兵南下试图攻吴，曹操虽然满腹韬略，但是从小在北方长大的他对水战一窍不通。因为北方士卒不习惯坐船，他下令将战船首尾连接起来以防晃荡，不想却给了吴蜀以可乘之机。当时正刮东南季风，孙权和刘备联手采取火攻的办法击败曹操。而这场战争的火攻计策的决策者便是诗中提到的“周郎”，即周瑜。

第一句中的“折戟”即被折断的兵器铁戟。诗人路过古战场时，在泥沙中发现了一支被折断的戟。但是历时久远，铁戟生锈。诗人亲手把它洗净，发现它是三国遗物。拿着这支前朝战争的遗物，诗人顿生感慨，这为后面诗人的抒情奠定了基础。“认”字起到了承前启后的作用，以一支小小的“折戟”开篇，发怀古之幽思，以小见大，层层深入，充满了层次感和纵深感。

第一二句写实叙事，第三四句则写虚抒情。第三四句用了咏史诗中少见的假设手法。

在诗人看来，如果当时没有东风的帮助，这场战役将会是另一种结局，历史也将会改写。杜牧此诗立意新颖，有自己独到的见解。但也有学者提出，杜牧把赤壁战争的胜利完全归功于客观因素“东风”并不妥当，因为战争胜利的因素“天时、地利、人和”缺一不可；也有学者赞赏地认为这是诗人看到了历史是偶然性和必然性的结合。事实上，杜牧突出东风在战争中的作用，另有用意。

“东风”事实上指“机遇”“时机”，再结合杜牧际遇，他深知用兵之法，却怀才不遇，即可看出“东风不与周郎便，铜雀春深锁二乔”实际上是杜牧借周瑜得遇良机赢得战争胜利的旧事，以抒其生不逢时、壮志难酬的感慨。

诗篇尾句中的“春深”二字既是指时间上的春深，也指在铜雀台上把二乔深深锁住。二乔的身份有其独特的象征意味。《四库提要》中言：“许顗讥杜牧《赤壁》诗为不说社稷存亡，惟说二乔，不知大乔乃孙策妇，小乔为周瑜妇，二人入魏，即吴亡可知。此诗人不欲质言，故变其词耳。”杜牧将历史兴亡的感叹落脚于美人锁深宫的意象中，在气势磅礴、沉郁悲怆的咏史诗中注入了一丝风情。杜牧的这种创作构思晚唐诗人少有能及。

李商隐：此情可待成追忆，只是当时已惘然。

诗人名片

生卒年月：约公元 813 年—公元 858 年

字号：字义山，号玉溪生、樊南生

祖籍：荥阳（今属河南省）

代表作：《锦瑟》等

诗人小传：晚唐时期著名诗人。与杜牧合称“小李杜”，与温庭筠合称“温李”。李商隐诗风朦胧，讲究辞藻，构思奇特，富于幻想色彩和浪漫气息。特别是其朦胧多意的诗歌创作特点，给后人留下了广阔的想象空间。

李商隐于唐文宗开成三年（838）进士及第。曾任弘农尉、佐幕府、东川节度使判官等职，又因为牵涉到牛李党争，其后半生在政治夹缝中生存，抑郁不得志，潦倒而亡。

其作品主要收录于《樊南甲集》（二十卷）、《樊南乙集》（二十卷）、《玉溪生诗》（三卷）、《赋》（一卷）、《文》（一卷）等文集。

锦瑟

锦瑟无端五十弦，一弦一柱思华年。

庄生①晓梦迷蝴蝶，望帝②春心托杜鹃。

沧海月明珠有泪③，蓝田日暖玉生烟。

此情可待成追忆，只是当时已惘然。

【注解】

① 庄生：庄周。

② 望帝：相传蜀帝杜宇，号望帝，死后其魂化为子规，即杜鹃鸟。

③ 珠有泪：传说南海外有鲛人，其泪能泣珠。

【赏析】

这首千古绝唱《锦瑟》是李商隐诸多诗篇中的代表作，最负盛名。此诗也历来为人乐道，揣测纷纷，可见此诗难以解索。元好问在《论诗绝句三十首》中就曾说此诗是“一篇锦瑟解人难”。

全诗以“锦瑟无端五十弦，一弦一柱思华年”作为总起。《汉书·郊祀志》记载：“泰帝使素女鼓五十弦瑟，悲，帝禁不止，故破为二十五弦。”“五十弦”之“锦瑟”比之琴、筝，更能附着深情悲切的情绪。诗人更是用“无端”一词将锦瑟拟人化，似是在嗔怪锦瑟为何如此多弦。“一弦一柱思华年”，似乎每一弦、每一柱的抚弄都会引起诗人对往事的追忆。“华年”二字与前面的“锦瑟”相应，听着锦瑟的繁复琴音，不禁怅然往昔“华年”已逝，唯有思忆而不可言说。

《庄子》中有一典故：说庄周忘却自身，在梦中幻化为蝶翩然飞舞；倏忽梦醒，庄周仍是庄周，而蝴蝶却不知去向。颔联上句“庄生晓梦迷蝴蝶”即是引用此典故。诗人借此似是言说锦瑟一曲惊醒梦境，不复寐矣，而那蝴蝶如同过往华年已然离逝。下句“望帝春心托杜鹃”则是借由望帝之故——望帝死后化作杜鹃，生生把嗓子啼出鲜血以抒发心中困苦疑惑。对于李商隐来说，往事难以回首，少年意气风发，却不幸涉入晚唐的政党旋涡中举步维艰。有才情志气却无处纾解而竟致终生潦倒抱憾，而挚爱的妻子也早逝于当年。此句寄情于物，将“晓梦”“春心”之情借“蝴蝶”“杜鹃”之物来表现，抒发了诗人在孤独凄凉中对往事的追忆。

“沧海月明珠有泪，蓝田日暖玉生烟。”沧海中的珍珠只有在月明疏朗之夜，才能流下晶莹涕泪；蓝田里的美玉只有在旭日回暖之时，才会飘生如梦烟霞。神话中亦有这样的说法：月满之日即是珍珠珠圆的时候，然而茫茫沧海的珍珠即使月圆也珠珠带泪：蓝田产玉，但美玉却处在烟霭袅袅中无人赏识。物犹如此，人当如是。“沧海月明”与“蓝田日暖”优美意境的创设，不仅仅是诗人精妙绝伦艺术素养的表现和挥洒，更是诗人回答人生价值的标准和尺度。这两句，诗人以物比人，升华了全诗主题。

“此情可待成追忆，只是当时已惘然。”句中，“此情”与首联的“华年”呼应，收拢全篇。追忆过去，尽管自己以一颗浸满血泪的真诚之心，付出巨大的努力，去追求美好的人生理想，可“五十弦”如玉的岁月、如珠的年华，值得珍惜之时却等闲而过；面对现实：恋人生离、爱妻死别、盛年已逝、抱负难展、功业未建，幡然醒悟之日已风光不再。寥寥数语中，含情婉曲，表达出内心的愁苦失落。

此诗主旨历来为后人揣度有加，诗题“锦瑟”也是众说纷纭。有人认为此诗是咏物之诗，诗的前四句即分别写了瑟的适、怨、清、和四种乐调；后又有注解家主张此诗是借“锦瑟”为题的“无题”之作，是诗人在冷清孤寂中思念亡妻的悼亡之作；还有人认为，此诗有自伤身世、寄托君臣遇合等。

简言之，整首诗约作于作者晚年，他一生经历坎坷，潦倒郁结。而他在诗中略去生平具细，以缘情造物的手法，从侧面多个角度感叹年华流逝、际遇坎坷的深切悲凉。

夜雨寄北

君问归期未有期，
巴山夜雨涨①秋池。
何当共剪西窗烛，
却话②巴山夜雨时。

【注释】

① 涨：指满的意思，诗中指巴山夜间下着倾盆大雨，池水涨满。

② 话：指彻夜长聊。

【赏析】

这首诗是李商隐爱情诗的代表作之一，据传当时作者因为秋雨，滞留在荆巴一带，妻子从远方家中寄来信问他的归期，他便作了这首诗来回答，并寄相思之情。

全诗起笔“君问归期未有期”，一问一答，将妻子信中所问问题与作者的回答一句概括，即妻子盼望作者早日归家，写信询问归期，但是作者却因为种种原因，无法确定归期，寥寥几字既在叙事，又流露出作者归家心切和对妻子的思念之情。

第二句“巴山夜雨涨秋池”道明了归期无定的原因。巴山夜间正下着倾盆大雨，池水涨满，这样的天气，作者自然无法断定什么时候才能启程。除了说明受大雨阻碍不能回家之外，这一句“巴山夜雨”也是对作者身处环境的描述，烘托出一种凄凉寂寞的气氛，形单影只的作者，只能独自品尝着思念之苦。

于是，在这样风雨交加的寂寞夜晚，作者看着远方寄来的信，心中早已溢满对妻子的思念，想起往日在家中时和妻子情意浓浓的情形，一时感慨万千。于是就有了“何当共剪西窗烛”，即是作者想象着与妻子重逢后，在西屋的窗下情意绵绵，彻夜长聊，以致窗户边的蜡烛结出了蕊花，两人携手剪掉蕊花后，仍旧还有诉不完的情愫。

最后一句，仍旧是作者的想象，想象和妻子重逢后，两人彻夜长聊，诉说着在巴山夜雨时，作者对于妻子的思念。两句相连，作者巧妙地运用了时空转换，现在想象着未来，想象在未来时对现在的回忆。这里第二次提到“巴山夜雨”，与前文不同的是，这里是虚写，是想象，所以毫无雷同突兀之感。也让“巴山夜雨”这种自然景色平添了一份梦幻色彩。

这首诗，朴素平实，是一首信手拈来的即兴之作。没有起兴，也没有运用李商隐惯用典故的手法，但是读起来清新隽永，情真意切，绝对是一首不可多得的佳作。

为有

为有云屏[①]无限娇，
凤城[②]寒尽怕春宵。
无端嫁得金龟婿，
辜负香衾[③]事早朝。

【注释】

① 云屏：以云母石饰制的屏风。

② 凤城：京城。

③ 衾：被子。

【赏析】

此诗为深富韵味的闺怨诗，虽写的是夫妻床席之间的娇嗔缱绻却难抛沉重寄慨。

第一二句从丈夫的角度把闺怨的源头缓缓道出，引人入胜。“为有”即因为有，“云屏”即房间里有云形彩绘的屏风，表明这是一个富贵家庭，家中的摆设华丽，但即便是富贵人家也难免烦心事。诗中不直接描写娇妻，却以“无限娇”三个字来点出隐含的娇妻，不着一字，韵味无穷。

京城的冬天已经过去，春寒也渐渐退尽。在这样的清晨，年轻的夫妇本应该还温存缱绻在被窝里，但是诗中以一“怕”字使波澜顿生，文情迭起。第二句不但没有引出第一句中的果，反倒使疑问更增一层，让人追问“怕春宵”的原因，勾起读者的好奇心。

第三四句再以娇小妇人的口吻道出最后的答案。“无端”为没有任何缘由；“金龟婿”即是用来代指做官的丈夫。娇妻在丈夫耳边轻轻地抱怨着，只因为当初没缘由地嫁了个官宦人家的丈夫，他天蒙蒙亮就要起身去早朝，留下自己孤身一人，才会落得现在的怨怕。

妻子以娇嗔的语气道出后悔与埋怨，这是他们“怕春宵”的原因。末句的“辜负”，既是妻子埋怨丈夫，又仿佛是丈夫的自责，对新婚的妻子有着无限内疚之情，对早朝也抱有难以释怀的怨恨，却是万般无奈。

整首诗语浅情深，以春情带出春怨，此处与王昌龄的“悔教夫婿觅封侯”有相同意旨，都是以娇妻责备丈夫的口吻道出春怨。在诗人看来，人生的愿望与现实常常相悖，不如意事十有八九，种种感伤与困惑充满字里行间，虽是春怨，却难掩诗人对自己身世之怨。

贾生

宣室求贤访逐臣，
贾生才调更无伦。
可怜夜半虚前席，
不问苍生问鬼神。

【赏析】

此诗吟咏当年汉孝文帝召见贾生之事，托古讽今，寄寓着作者自身遭遇。李商隐在这首诗中，自叹其身世飘零，怀才不遇，感慨深沉。此诗极具讽刺意味，诗意隽永，三四句更成为经典，代代传诵，成为历代讽刺帝王不用贤臣的名句。

诗歌前两句从正面下笔，描写汉文帝夜访贤臣，召贾谊入宫的场景。据《史记·屈贾列传》记载，贾谊素负才名，是著名的政论家，有着高明的政治主张，主张改革弊政，然而却一生郁郁不得志，最终被贬长沙。诗人所抒的不遇之感，避开了早已被诗人们滥觞的被贬长沙题词，而是剑走偏锋，叙写贾谊自长沙召回，在宣室殿与汉文帝夜话的场景。

宣室指汉代未央宫前殿的正室。汉文帝为国访贤臣，甚至包括那些曾被贬谪的臣子。文帝屈尊纡贵，在宣室殿召见这些贤臣，其中以贾谊的才华最为出众。首句，诗人对汉文帝大加赞扬，热烈地赞颂了汉文帝访贤的殷切之心，态度虔诚谦恭，求贤若渴之心跃然纸上。由“访”至“逐臣”，赞其野无遗贤的决心。次句极力推崇贾谊，“更无伦”写其盖世奇才，无可比拟。诗歌情绪层层递进，富于节奏感，咏叹意味流露无遗。此时，明主贤臣，相得益彰，如无三四句，则会认为诗人所作为颂扬的篇章，然而诗人的奇妙构思正在此处彰显出来。

第三句即是承接前两句文意，记述君臣夜谈的场景，同时由极度的颂扬变为真相的揭露，诗旨全变。“夜半虚前席”，承接上文的“宣室访贤”，诗人用工笔刻写文帝虚心请教、聆听垂询的场景，入木三分地刻画出了文帝当时的情状，给已经尘封的历史往事注入了生命的活力，构成强烈的画面感，直观地进入读者的眼帘。这已经将文帝重视贤才的美德捧至最高点。就在这时，诗人笔锋陡转，制造了戏剧高潮，这一幅夜半垂询的图景本应博得后人的赞叹，而诗人却说“可怜”。

李商隐并没有直接将矛头指向文帝,只是面对这样的场景发出一声无奈的叹息，意境更为幽远，余味无穷。又着一“虚”字，完全否定了文帝“不自知膝之前于席”的重贤的姿态。诗人哀叹文帝这般用心良苦，遍访贤臣，只能成为毫无意义的徒劳之举。因此诗人称其为“虚”，谓之空自、徒然。诗人隐而不发，在这里先给文帝留有余地，讽刺意味并未全然表露，同时也给读者留下悬念。

这一句情感跌宕错落，承接与转折融为一体，转折之处不留痕迹，举重若轻，同时极大地引起读者的好奇，可以说是全诗的枢纽。

有了前三句的铺垫，诗人终于揭开了这次夜谈的神秘面纱，以平静的语调道出夜谈的内容。君王此次访贤，没有询问家国天下，也不关心百姓苍生，他要问的是“鬼神”这些虚无缥缈之事的本源问题。求贤心切、虚心求教、甚至秉烛夜话，却问了这样一个毫无现实意义的问题。这对贤臣来讲，是悲哀，更是比贬谪更让人难以承受的侮辱。诗人论而不断，也不点破自己的立场，但是“问”与“不问”的对比，已经写尽了诗人的愤怒与嘲讽。

贤君夜半访贤臣，这对封建士人而言，是值得大书特书的君臣遇合佳话，但是李商隐看到了求贤背后统治者的昏聩。诗的本意是对封建统治者的嘲讽，但是手法独特，欲抑先扬。诗歌的前两句，将汉文帝求贤态度节节上扬，直到最后急转直下，抒情节奏跌宕有致，贬抑之情布满全篇。诗人对诗歌的艺术处理，显得新警含蕴、唱叹有情。诗人的讽喻也因此极为犀利辛辣，看似留有婉转余地，实际上毫不留情。

汉文帝是历史上有名的贤明君主，尚且空有求贤之名，不具求贤之实，浪费了贾谊的满腹经纶和一腔报国热情。而政治生涯坎坷颠沛的李商隐，则更是怀才难遇，有志难伸。诗人借汉文帝，讽刺当时晚唐帝王大肆崇佛媚道，只求长生，而不顾苍生的昏聩行径。既是感喟贾生的不遇明主，也是感慨自己生不逢时。

诗人写咏史的同时，也慨叹自己一生的遭际。生逢衰世，沉沦下僚，诗人自比贾生，而当时的唐王却连文帝还不如。此诗既是诗人对统治者的辛辣嘲讽，更是对自身的悲叹。寓慨、讽于一体，自伤身世之意不言而喻。

乐游原

向晚意不适，
驱车登古原。
夕阳无限好，
只是近黄昏。

【赏析】

本诗是李商隐五言诗的代表作之一，其中“夕阳无限好，只是近黄昏”更是千古名句。乐游原位于长安西南，源于西汉汉宣帝为其故世皇后所造“乐游苑”，因为谐音，后渐渐被传为“乐游原”。乐游园是唐代长安城地势最高的地方，也是当时长安人游玩的好去处。文人墨客在此留下过许多墨迹，李商隐这首便是其中翘楚。全诗短短四句，言简意赅，作者借景抒情，将自身人生的不如意表达得十分贴切。

全诗起笔“向晚意不适”，交代了作者去乐游原的原因，是因为临近傍晚的时候，觉得心情不好，所以才会“驱车登古原”。第三句，则是写作者到了乐游原，看到傍晚时的景色是“夕阳无限好”。但是作者并没有继续描述景色如何美妙，而是话锋一转，感叹“只是近黄昏”，意思是虽然夕阳很美，但是黄昏将至，这美好的景色和时光很快就会消失了。

表面上作者是在表达他对于美景的赞美和留恋，但是通过这诗中淡淡的愁绪可以看出，作者并非只是在感叹景色，也是在感叹时局和人生。作者所处的年代，正是晚唐时期，昔日繁盛的大唐已不复存在，而作者一腔抱负，还未来得及施展，就陷入了朋党之争，仕途失意。

这首诗一开始就隐约透露了这种心境。为了摆脱这种情绪，他选择来到高处的乐游原。登高望远，自然会让人生出感慨。作者看到美丽的夕阳，郁闷的心情应该有所好转，但是因为长久积下的忧思，作者并没有因为美景而舒展愁眉，反倒是让他联想到美景将逝的无奈。

将逝的不仅是美景，还有作者对于韶华渐去的感叹。大唐王朝又何尝不是一样，虽然繁盛一时，也终于未能幸免，走上了衰落的道路。

无题

昨夜星辰昨夜风，画楼西畔桂堂东。
身无彩凤双飞翼，心有灵犀一点通。
隔座送钩春酒暖，分曹射覆蜡灯红。
嗟余听鼓应官去，走马兰台类转蓬。

【赏析】

这首恋情诗，作于唐文宗开成四年（839），追忆前夜在宴席上见到的意中人，分离的惆怅哀伤流露诗中。当时诗人在京城任秘书省校书郎，是一个九品小官，有着极高政治抱负的诗人仍然在政治上沉沦下僚。

首联借景抒情，今宵宴会上的种种情景，触发了诗人的回忆。他绕开了直叙昨夜相遇一见钟情的情景的普通笔法，而是通过渲染铺垫，自然而然地引出对昨夜相逢的回忆。

宴会上一片祥和景象，浩瀚的夜空中，闪烁着点点繁星，伴随着和煦的春风，令人沉醉的花香在空气中渐次弥漫，布满天地之间，这简直就是昨夜景象的重现。然而，回首之间，却蓦然想起昨夜在酒席之上、花楼之畔、桂堂东边与意中人相逢的一幕却永远成为了回忆。晚风、星辰、画楼、桂堂等意象的出现，烘托出昨夜静谧柔和的旖旎氛围。措辞华丽，流转于唱叹之间，将回忆描写得温馨而深情。

颔联接续首联的文意，顺水推舟地刻画自己的意中人思念的心理。在诗人看来，就算没有凤凰那一双美丽的翅膀，不能飞越万般阻碍到意中人面前，也是不足悲伤的。因为他相信两人彼此顾念眷恋的心情相同，就像灵异的犀角一样相通。这两句的比喻不仅恰当熨帖，而且极为新奇，充满浪漫色彩。“身无”与“心有”二词构成一组巧妙的对比，一进一退间互相照应，使诗歌的节奏变得跌宕起伏，同时体现了诗人既喜悦又怅惘的心绪。用以己度人的写法，表现了对这段缘分的珍视和自信，体现了李商隐对微妙的心理变化的把握与掌控。

颈联从思念之情写到了对当时宴会情形的回忆。诗人将思念与回忆穿插起来描写，是为了更进一步推进感情。这一联的场景描写，反衬了他孤寂忧郁的情怀。昨夜席间，欢声笑语一派欢乐景象，觥筹之间，笑语欢歌。赴宴的人们玩着藏钩射覆的游戏。环境的铺叙，为下文无奈各自分散的凄凉做好铺垫，以乐景写哀情，反衬诗人的无望、无奈。

尾联继续颈联的描写，描写宴会散后诗人只能离开意中人后的落寞与悲哀，是对离散赴任的慨叹。昨夜宴乐欢愉，持续通宵。桂堂内的宫商之音还未落下，楼外的钟鼓之声就已经响起，催促诗人去秘书省应差。诗人认为自己的人生只是一丛蓬草，随风摆布身不由己。想到自己这一走，与意中人后会无期，他的心中满布愁绪，相思之情溢于言表。结尾两句在绮丽流动的风格中有着沉郁悲慨的自伤意味。

本诗情感缠绵真切，以流动华丽的语句，抒写诗人内心的思念之情，同时交会自己沉沦的身世、功业未成的叹息，意蕴耐人寻味。该诗的主旨历来带有多义性和歧义性，但是也给读者留下了宽广的解读空间，余味无穷。

无题

相见时难别亦难，东风无力百花残。

春蚕到死丝方尽，蜡炬成灰泪始干。

晓镜但愁云鬓改，夜吟应觉月光寒。

蓬山[①]此去无多路，青鸟[②]殷勤为探看。

【注释】

① 蓬山：指蓬莱山，传说中的海上仙山。

② 青鸟：相传为西王母使者，后泛指信使。

【赏析】

李商隐是我国第一个大量创作爱情诗的诗人。他的爱情诗以含蓄隐晦为最大特征，表达出的诗情极具朦胧性和多意性，因此经常被解读为虽写艳情实有所指的本事诗。这也从侧面体现出其诗义丰之美。《无题》作为他的爱情诗代表作之一，以凄美朦胧、感情真挚胜出。

全诗以一个多情恋人的口吻婉转道出，遇见而不能，令人思穷欲绝，极尽绵延曲折。首句两个“难”字连用，缠绵缱绻之态婉转可见。它道出了极度渴望与情人相见的心态，也表现出相见无期的内心痛苦让人难以自持，情重意深，极细极真。

写完主人公的心境，第二句转为窗外的景色，只见“东风无力百花残”。“无力”二字既是写春风，也是情人之间对于分离的无能为力，可见这是被迫分离，双方都无可奈何。“残”既是春花的凋落，也是情人自伤，暗指因为深深的思念而在时间里逐渐萎谢。诗人寄情于物，以物来表现主人公内心的情感，使“物皆著我之色彩”，达到物我交融的效果。

颔联化用古诗，却不是简单模仿。李商隐在继承借鉴的基础上有创新，变原本朴素的描写为精细曲折的推敲，以表达更复杂丰富的情感。这里选取了“春蚕”“蜡炬”两个平常的意象，以其喻人。春天的蚕要把丝吐尽至死才罢休，“丝”与“思”谐音，表明自己对恋人的思念至死方休；哪怕是一支蜡烛也要一直燃烧掉最后一滴蜡油，把蜡油比作眼泪，逼真贴切。此处可见其无穷尽的痛苦，对爱情执着的追求，无望的固守，哪怕最终只是没有任何出路的绝望。主人公至死不渝的高尚情感令人唏嘘。

颈联从恋人缠绵的内心转为其外在活动。她清晨起床梳妆，只见满面愁容，“改”指云鬓的乱，也指意外地发现青丝变了白发。乱只因为无心打理，因女为悦己者容，那个悦己的情人不在身边当然是了无心绪；青丝变了白发只因相思之愁，“白发三千丈，缘愁是个长。”面容的变化体现了主人公内心深层的哀痛，无心睡眠使她憔悴，而憔悴却令自己更加难过，青春流逝年华不在，担心远方的恋人是不是依然爱着自己。

“夜吟应觉月光寒”为主人公揣想远方恋人心思的心理活动。“应”有应该、恐怕之意，那身在远方的恋人恐怕此时同样愁深难遣，只能在寒冷的月光下通过吟诵来排遣一点哀痛之意。此处的“寒”，既是触觉也是视觉，既是主人公的感受又是其料想远方恋人的感受，语简意丰。本句状千里之外如在目前。主人公能如此料想远方情人的近况，足见其情感之深切。

人间既然不能相见，唯有把愿望寄托在蓬莱仙山以待重逢，但是蓬莱路途遥远渺茫，因此相见无期。尾联的“青鸟”出自《山海经》，为有三足的神鸟，是传说中西王母的使者，又被称为信使。“无多路”道出了恋人栖身两地的悲痛。情深无可寄才最可悲，为了让远方的恋人了解到自己的心意，末尾两句中，主人公将绵绵不断的思念寄托在了能传信的青鸟身上，同时也寄托着诗人对天下有情人的美好祝愿。

无题二首（一）

来是空言去绝踪，月斜楼上五更钟。
梦为远别啼难唤，书被催成墨未浓。
蜡照半笼金翡翠，麝熏微度绣芙蓉。
刘郎已恨蓬山远，更隔蓬山一万重！

【赏析】

这首诗是李商隐《无题四首》中的第一首，也是李商隐爱情诗的代表作之一。这首诗读起来，犹如一出忧伤的默剧，让读者感受到诗中人（作者）在寂静中诉说相思成灾、求而不得的感慨。

首句“来是空言去绝踪”，以“我”的身份感叹——情人曾经承诺会来相会，却只是一句空话，实际自从分别之后，她就再也没有了音讯。第二句“月斜楼上五更钟”说的是，虽然情人没有前来赴约，但是“我”却满怀期待，一直在楼上苦苦等待到五更钟响。这两句表达的是作者在与情人分别后，对情人的期盼，以及不能相见的惆怅。

“梦为远别啼难唤”则是因为相思，而梦见了情人，只是在梦中依然是离别的场面，让人悲伤不已，止不住哭泣。“书被催成墨未浓”，梦醒之后，便马上磨墨准备给情人写信，以诉相思之苦，但是因为心急如焚，墨还未研浓就等不急动笔了。“啼难唤”“墨未浓”都表达了相思难挨的心境。这一段中的“梦”字，成为整首诗的焦点，梦里和梦醒后的情景，为下文半梦半醒的状态做铺垫。

紧接着的两句“蜡照半笼金翡翠，麝熏微度绣芙蓉”，则是从案头笔墨转向了房间中其他事物，一个是在烛光中若隐若现的翡翠鸟帷帐，一个是犹散发着淡淡麝香香气的芙蓉花被褥。“金翡翠”和“绣芙蓉”在古代象征爱情，而此情此景之下，李商隐借由这两种爱情象征的事物，传递了一种亦真亦幻、半梦半醒的心境。半明半昧的帷帐和留有余香的被褥，就像是情人刚刚才来过，表达出作者因为相思而到了出现幻觉的境地。

最后一段是幻觉消失，回归现实。现实中的情景就像“刘郎已恨蓬山远，更隔蓬山一万重”。这里是引用了一个典故：刘郎即东汉时期的刘晨，传说他前往蓬莱山采药，途中遇见一位仙女，并与其结为夫妻，半年后回到人间探亲，再想重返仙境时，却因为隔得太远没了可能，从此只能与仙女天上地上，再无相见。诗中的“我”和情人就如同这个典故中的主人公一样，隔着千重万重的距离，见面遥遥无期。这一段与首段的离别遥相呼应。

整首诗最出彩的地方是，作者将梦与现实结合，幻觉与真实相互转换，营造一种亦真亦幻、迷离恍惚的氛围，用这种婉转温柔的情绪，来传递出相思成灾的浓烈情感，最后的“更隔蓬山一万重”，更是道出爱情被阻隔的哀伤，让人感叹。

无题二首（二）

飒飒东风细雨来，芙蓉塘外有轻雷。
金蟾啮锁烧香入，玉虎牵丝汲井回。
贾氏窥帘韩掾少，宓妃留枕魏王才。
春心莫共花争发，一寸相思一寸灰。

【赏析】

“一寸相思一寸灰”，令这首诗成千古名篇。“相思成灰”成为后世比喻爱情中相思的象征。本诗描述的是深闺女子向往爱情，却又不可得的哀怨。

首联“飒飒东风细雨来，芙蓉塘外有轻雷”是以景物的描写来渲染气氛：此时此刻，天空吹着飒飒东风，下着绵绵细雨，荷塘外响起阵阵轻雷。这样的景致看似平常，但是在爱情诗中却别有深意。东风细雨，可以看出是春日情景，春日即能代表女子春心萌动的心思，而芙蓉在古代有象征爱情的意思。于是，作者便用这种写景的平常手法，将诗的意境引入到爱情中。

“金蟾啮锁烧香入，玉虎牵丝汲井回”从景致转到人：深闺中的女子，开启香炉的金蟾锁，放入香料点燃，缕缕香烟在室中缭绕升起，又摇着玉虎装饰的轱辘，拉着井索从井中打水上来。作者用这些简单细微的动作，来衬托深闺女子的孤寂。“香”“丝”二字，与“相”“思”谐音。这两个字，暗示了寂寥女子的内心正被情丝牵动。

李商隐作诗的惯用手法，即引用典故来表达诗中的情感。在“贾氏窥帘韩掾少，宓妃留枕魏王才”二句中即用了这两个典故。它们都是古时非常著名的爱情故事。前句是说西晋大臣贾充幼女贾午爱上父亲的幕僚韩寿。贾午通过帘子偷偷看他，两人因此相恋。后句是说曹植与甄宓的爱情。曹植梦见甄宓送给他玉枕，醒来后写下名垂千古的《洛神赋》，将甄宓比作洛神。作者用这两个故事来比喻爱情的美好，表达出深闺女子对爱情的向往。

尾联“春心莫共花争发，一寸相思一寸灰”则是将诗作的情感推向高潮，将之前那种压抑宣泄，这是一次悲愤感慨的爆发：对爱情向往的心境千万不能像春天的花一样竞相开放，因为所有的相思最终都会化成灰烬。将“春心”比爱情，是很常见的比喻，但是作者将春心萌动，即对爱情的向往，与“花争发”相联系，则是隐含着春心难抑之意。最后的奇句“一寸相思一寸灰”，将抽象的相思与具体的灰联系起来，既与首句香炉焚香相呼应，又能用灰烬表现相思的破灭，让人唏嘘感叹，更让整首诗有了一种凄美感。

本诗最大的成功之处，就是将爱情的美好与不可得之间的纠结情绪表达得淋漓尽致，再联系作者的生平，则会发现，实际作者也是在借由感叹爱情的失意，来抒发其仕途不得志的感慨。

韦庄：无情最是台城柳，依旧烟笼十里堤。

诗人名片

生卒年月：约公元 836 年—公元 910 年

字号：字端己

祖籍：长安杜陵（今陕西省西安市）

代表作：《台城》等

诗人小传：少孤贫力学，才敏过人，成年为人疏旷不拘。广明元年（880）在京应举，正值黄巢军攻入长安，遂陷于战乱，与弟妹失散。五十八岁回到长安，第二年登进士第。天祐四年（907）唐亡。前蜀皇帝王建用他为宰相，老卒于蜀。

台城

江雨霏霏江草齐，
六朝如梦鸟空啼。
无情最是台城柳，
依旧烟笼十里堤。

【赏析】

台城是南朝六国的皇城，旧址在今南京市鸡鸣山南。三百多年间，此处宫殿毗连，亭台秀立，廊桥傍水，柳郁花浓。然而六个王朝都在短暂的繁盛过后相继崩倾，最终台城废弃，到唐时已是“万户千门成野草”的荒园。诗人此时来到这里，眼前的景色更是凄凉，不禁产生赋诗的冲动。

这是一篇吊古之作，诗人的起笔却在古迹之外。“江雨霏霏江草齐”描绘的是一幅大江微雨、草色青青的暮春图。江水东流，浩浩汤汤，细雨蒙蒙，飘洒而下，春草茸茸，平展如茵，铺落在江的两岸。雨雾笼锁江面与两岸，迷蒙的景象如梦如幻，令人心生伤感。这幅图景，似乎与台城没有什么关联，但这悠悠东逝的江水不正是台城历史的见证吗？六国的兴衰不正是如这江水东流一去不复返吗？

首句如烟的图景引出次句如梦的六朝。“六朝如梦鸟空啼”说的是东吴、东晋、宋、齐、梁、陈尽在台城坐拥国土，各有鼎盛时期的繁荣，又都是更替衰败亡国，其间多少叱咤风云的人物，多少昏庸无能之君，多少宫廷欢宴美人妙舞，多少刀光剑影烈马骄兵，如今尽已被眼前的断墙颓垣掩埋。以往的帝皇威仪艳冶娇态尽皆悠悠灭去，进入梦幻冥间，诗人的心魂也渐入冥思。此时，叽叽喳喳的鸟鸣使之从幻象中回醒，眼前凄凉依旧，梦本是空，鸟啼也是空。

“无情最是台城柳， 依旧烟笼十里堤。”十里长堤，雨落烟笼，台城的柳树在雨雾中依依摇曳，仍是一番梦幻般的景象。台城的柳是有情的，迎春而发，年年为台城这颓垣危墙蒙上一些生机；台城的柳又是无情的，故国萧条，人去楼摧，柳树却不为之伤情，仍旧悠然自得地年年如是。因而诗人说柳“无情最是”，它不会管来此凭吊的人面对着野草丛生、死气沉沉的城垣在伤心落泪。诗中用拟人手法以柳的“无情”与“依旧”，反衬人的有情与伤感，形成更具感染力的情境。

这首诗采取侧面烘托的手法，造成一种虚幻的场景，散发出淡淡的哀愁，味淡而情浓，撩人心意。眼前的台城是六国衰景，后人回看今人，不也如今人回看古人一样叹息兴亡有数吗？与其说诗人站在台城旧址是怀念六朝古事，不如说他是在品味多少年以后人们会对大唐的盛衰作何评判。